BASTEI
LÜBBE

Bisher sind im BASTEI-LÜBBE Taschenbuchprogramm von LARRY NIVEN nachstehende Bände erschienen:

22 055 Wie die Zeit vergeht
23 008 Planet der Verlorenen
23 028 Ein Mord auf dem Mond
24 003 Ringwelt
24 028 Die Ringwelt-Ingenieure
24 064 Geschichten aus dem Ringwelt-Universum

LARRY NIVEN/STEVEN BARNES
22 072 Traumpark

LARRY NIVEN/JERRY POURNELLE
22 005 Das zweite Inferno

Larry Niven

Der schwebende Wald

BASTEI LÜBBE

SCIENCE FICTION

BASTEI-LÜBBE-TASCHENBUCH
Science Fiction Bestseller
Band 22 082

Deutsche Lizenzausgabe 1985
Bastei-Verlag Gustav H. Lübbe GmbH & Co., Bergisch Gladbach
Originaltitel: The Integral Trees
Ins Deutsche übertragen von Harro Christensen
Titelillustration: Michael Whelan
Umschlaggestaltung: Quadro-Grafik, Bensberg
Satz: Fotosatz Steckstor, Bensberg
Druck und Verarbeitung:
Elsnerdruck GmbH, Berlin
Printed in Western Germany
ISBN 3-404-22082-X

Der Preis dieses Bandes versteht sich einschließlich
der gesetzlichen Mehrwertsteuer.

Dieses Buch ist Robert Forward gewidmet, wegen der Geschichten, die er in mir entfacht hat, wegen seiner Hilfe bei der Ausarbeitung der Parameter des Rauchrings und wegen seines großen, geräumigen Verstandes.

Dramatis Personae

Discipline

SHARLIS DAVIS KENDY Früher vom Staat eingesetzter Prüfer, inzwischen verstorben. Außerdem die Aufzeichnung der Gesamtpersönlichkeit Sharls Davis Kendys im Computer des Bepflanzungsraumschiffs *Discipline.*

Quinn-Busch

GAVVING	Ein junger Krieger, der an Allergien leidet.
HARP	Der Seher oder Barde.
LAYTHON	Der Sohn des Vorsitzenden.
DER WISSENSCHAFTLER	Der Hüter des Wissens im Quinn-Buch.
DER STUDENT	Der Lehrling des Wissenschaftlers, der seine Ausbildung noch nicht abgeschlossen hat.
DER VORSITZENDE	Der Herrscher des Quinn-Stamms.
CLAVE	Ein gewaltiger Krieger, Schwiegersohn des Vorsitzenden.
MAYRIN	Claves Frau, Tochter des Vorsitzenden.
JAYAN UND JINNY	Zwillingsschwestern, die in Clave verliebt sind.
MERRIL	Eine ältere Frau, kräftig, aber steril. Klein und mit verkümmerten Beinen
JIOVAN	Ein Jäger.
GLORY	Eine Frau mit einem Ruf, der ihr nicht gefällt.
ALFIN	Ein älterer Mann, Hüter des Baumschlundes.

Andere

MINYA	Eine Kämpferin im Trium-Team des Dalton-Quinn-Buschs.
SAL, SMITTA, JEEL, THANYA, DENISSE	Weitere Angehörige des Trium-Teams.
KARA	Wissenschaftlerin der Carther-Staaten.
DEBBIE, ILSA, HILD, LIZETH, ANTHON	Bürger der Carther-Staaten.
KLANCE	Wissenschaftler des London-Baums.
LAWRI	Lehrling des Wissenschaftlers im London-Baum.
HORSE, JORG, HELN, GWEN	Copsiks im London-Baum.
DLORIS, HARYET, KOR	Aufseher im London-Baum.
KARAL, MARK, PATRY	Angehörige der Navy im London-Baum.

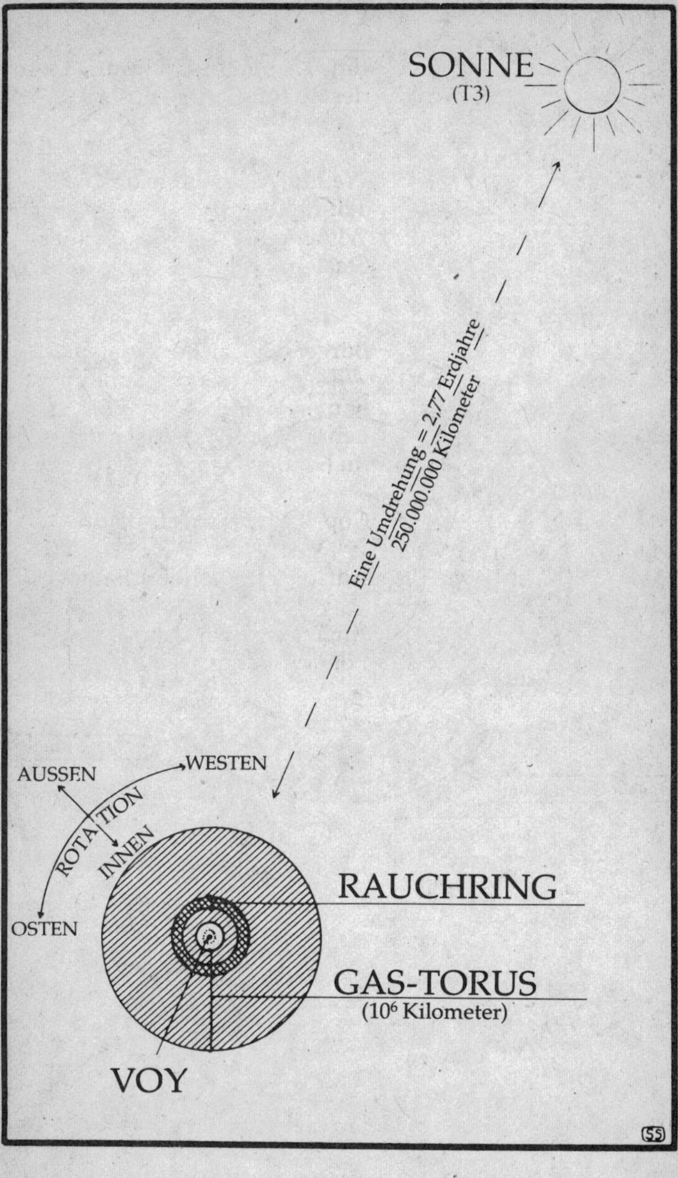
SONNE
(T3)
Eine Umdrehung = 2,77 Erdjahre
250.000.000 Kilometer
AUSSEN
WESTEN
ROTATION
INNEN
OSTEN
RAUCHRING
GAS-TORUS
(10^6 Kilometer)
VOY

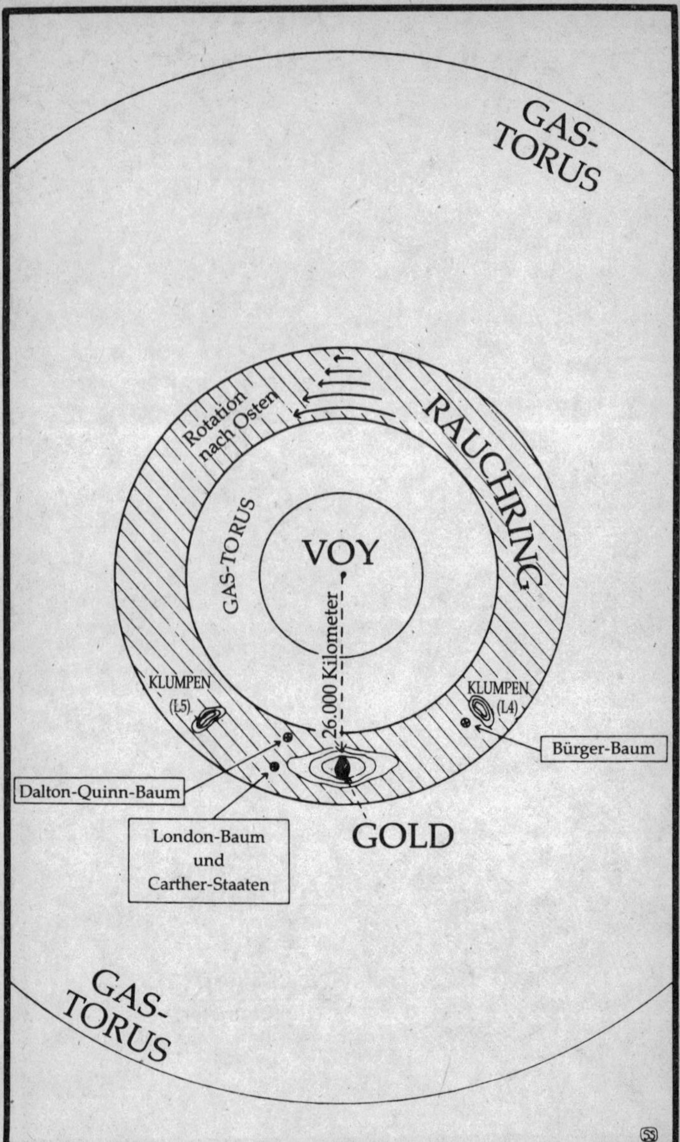

GAS-
TORUS
Rotation
nach Osten
RAUCHRING
GAS-TORUS
VOY
26.000 Kilometer
KLUMPEN
(L5)
KLUMPEN
(L4)
Bürger-Baum
Dalton-Quinn-Baum
London-Baum
und
Carther-Staaten
GOLD
GAS-
TORUS

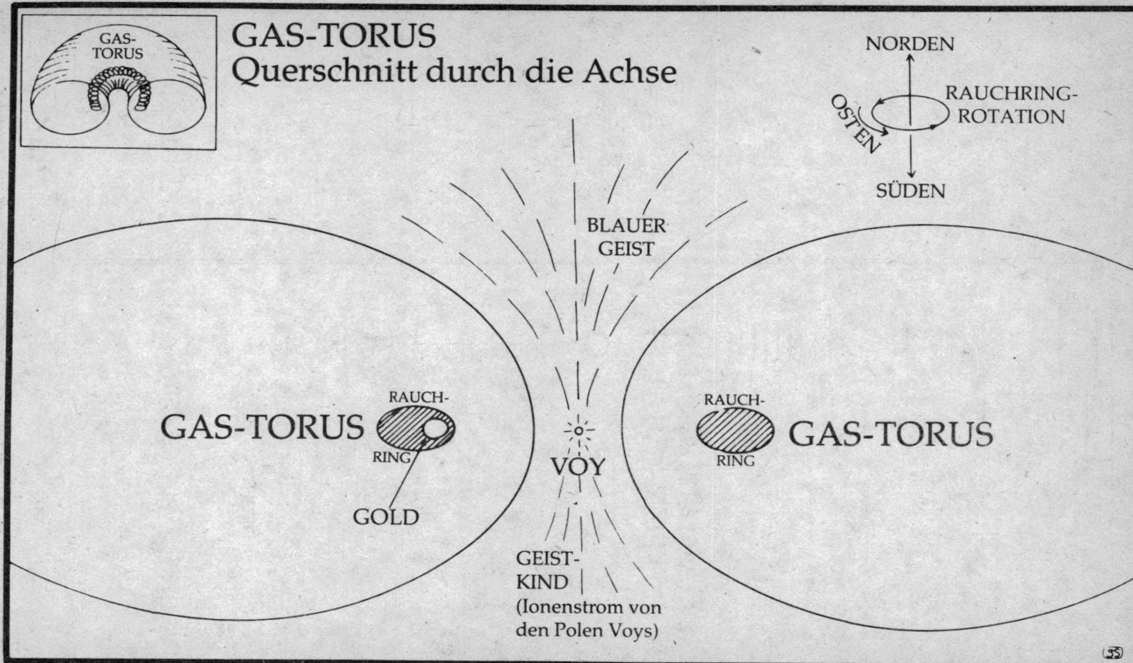

GAS-TORUS
Querschnitt durch die Achse

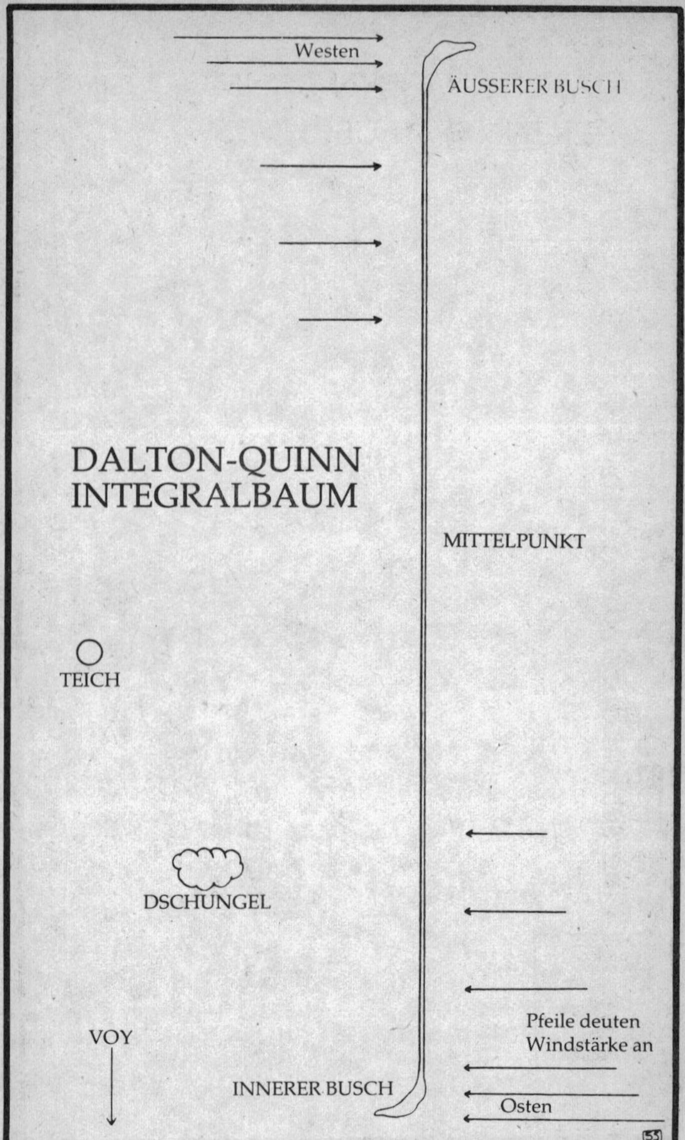

Westen
ÄUSSERER BUSCH
DALTON-QUINN
INTEGRALBAUM
MITTELPUNKT
TEICH
DSCHUNGEL
Pfeile deuten
Windstärke an
VOY
INNERER BUSCH
Osten

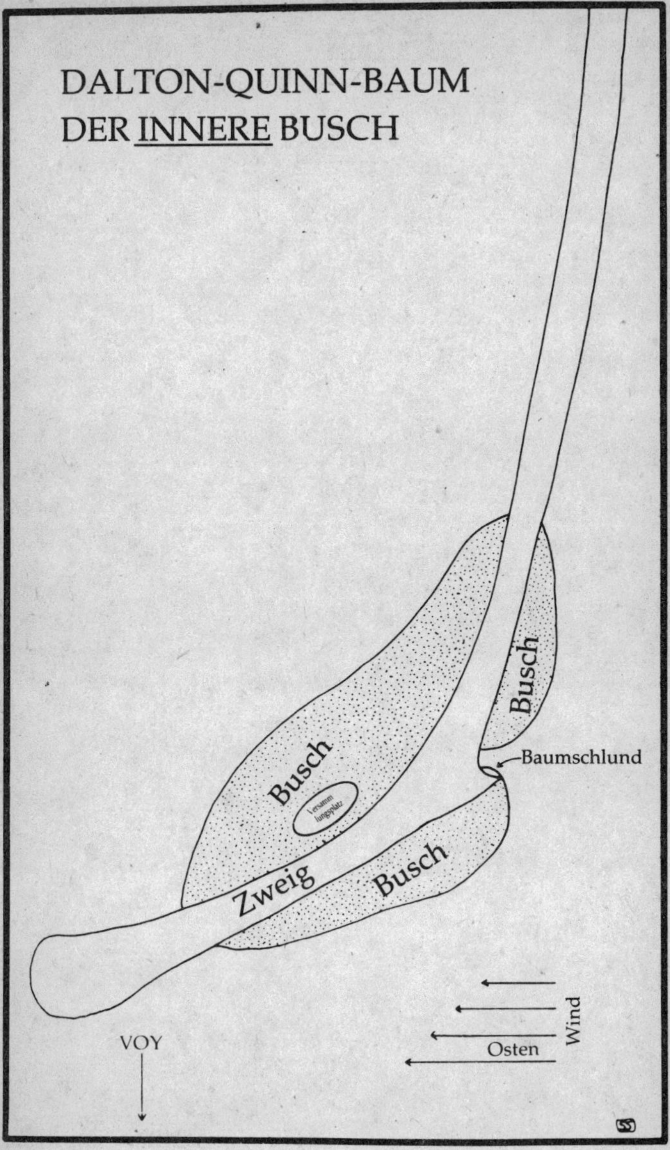
DALTON-QUINN-BAUM
DER INNERE BUSCH
Busch
Baumschlund
Busch
Versamm lungsplatz
Zweig
Busch
Wind
Osten
VOY

Prolog

Discipline

Es dauerte zu lange, viel länger, als er erwartet hatte. Sharls David Kendy hatte nie sehr zur Ungeduld geneigt, und nach der Veränderung hatte er geglaubt, gegen Ungeduld gefeit zu sein. Aber es dauerte zu lange! Was *machten* sie da drinnen?

Seine Sinne waren nicht beeinträchtigt. Sharls' Teleskopphalanx war stattlich, er konnte das gesamte elektromagnetische Spektrum erfassen, von Mikrowellen bis zu Röntgenstrahlen. Aber der Rauchring versperrte ihm die Sicht: ein stürmisches Durcheinander aus Staub, Wasserdampf, Wolken, riesigen Tropfen schmutzigen Wassers oder dünnem Schlamm, Mengen von freischwebenden Felsbrocken; Flekken, Tupfer und Klumpen von Grün, grüne Oberflächen an den Tropfen und Felsen, grüne Algensporen in den Wolken; von Algen grüngefärbt; Bäume, die wie Integralzeichen geformt waren, orientierten sich radial zum Neutronenstern und wiesen an beiden Enden dichtes Grün auf; waren große Wesen, die mit riesigen Mäulern die Algen von den grüngemaserten Wolken abweideten . . .

Im Rauchring war das Leben überall. Claire Dalton hatte ihn einen Adventskranz genannt. Claire war eine sehr alte Frau gewesen, bevor der Staat sie als Corpsicle wiederbelebte. Die anderen hatten nie einen Adventskranz gesehen; auch Kendy nicht. Was sie vor fünfhundert Jahren gesehen hatten, war ein perfekter Rauchring mit einem Durchmesser von zehntausenden von Kilometern mit einem winzigen heißen Punkt in der Mitte.

Ihre Berichte waren enthusiastisch gewesen. Das Leben hatte eine DNA-Basis; die Luft war nicht nur atembar, sondern schmeckte auch noch gut . . .

Die *Discipline* stand gegenwärtig am Punkt neutraler Schwerkraft hinter Goldblatts Welt, dem L2-Punkt. So nahe teilte sich der Himmel zu gleichen Teilen in sterndurchfunkelte schwarz- und grüngefärbte Wolkenschichten. Direkt darunter verbarg ein wahrnehmungsverzerrender Sturmwirbel den Rest eines gigantischen Gasplaneten, ein Felsklumpen von zweieinhalbfacher Erdmasse.

Sharls wollte nicht in diese innere Region eindringen. Der Mahlstrom der Kräfte konnte sein Schiff beschädigen. Er konnte nicht abschätzen, wie lange das Saatschiff intakt bleiben mußte, um seine Mission zu erfüllen. Er hatte schon mehr als ein halbes Jahrtausend gewartet. Der L2-Punkt lag immer noch innerhalb des Gas-Torus, von dem der Rauchring nur den dichtesten Teil bildete. Die *Discipline* war langsam wirkenden Erosionskräften ausgesetzt. Er konnte hier nicht ewig bleiben.

Zumindest war die Besatzung nicht getötet worden.

Das hätte ihn schrecklich belastet.

Er hatte seine Pflicht getan. Ihre Vorfahren waren Meuterer gewesen, eine potentielle direkte Bedrohung des Staates. Sein Ziel war die Umerziehung ihrer Nachkommen, wenn der Rauchring sie aber umgebracht hätte . . . nun, das würde ihn nicht überraschen. Zum Überleben braucht der Mensch mehr als atembare Luft. Der Rauchring war grün vor Leben, das sich für diese seltsame Umgebung entwickelt hatte. Es wäre sehr gut möglich, daß das eingeborene Leben seine zu spät gekommenen Rivalen getötet hatte, die damalige Besatzung des Saatschiffes *Discipline*.

Sharls wäre tief bekümmert gewesen; aber er hätte die Rückreise antreten können.

Sie würden mich einen überalterten Fehlschlag nennen, dachte er finster, während seine Instrumente im Radiospektrum eine bestimmte Frequenz suchten. *Um tausend Jahre veraltet, wenn ich nach Hause komme. Den Computer würden sie bestimmt verschrotten. Und das Programm? Das Sharls-Davis-Kendy-Programm würden sie vielleicht kopieren und den Historikern zur Verfügung stellen. Oder auch nicht.*

Aber sie waren nicht gestorben. Die ursprünglichen Meuterer hatten acht Fracht- und Reparaturmodule mitgenommen. Die Zeit und die korrosionsfördernde Umgebung mußten die FRMs eigentlich ruiniert haben; aber zumindest eins funktionierte noch. Irgend jemand hatte es erst vor sechs

Jahren benutzt. Und – da: das Licht, nach dem er gesucht hatte. Einen Augenblick lang erreichte es ihn ganz deutlich: die Frequenz von Wasserstoff, der mit Sauerstoff brennt.

Er feuerte einen Maser in ultrakurzen hochenergetischen Impulsen: »Hier ist Kendy für den Staat. Kendy für den Staat. Kendy für den Staat.«

Die Antwort kam nach vier Sekunden, träge, schwach und undeutlich. Kendy richtete seine Teleskope genau auf den Ausgangspunkt ein und gab, während er die Feinabstimmung vornahm, seine nächste Anfrage durch.

»Status. Wiederholen Sie dreimal.«

Kendy sortierte die verstümmelte Antwort mit Hilfe eines Störgeräusch-Eliminationsprogramms. Das FRM war auf Handsteuerung geschaltet, war im Wesentlichen noch intakt, benutzte nur die Stabilisierungsdüsen und bewegte sich weit innerhalb seiner Sicherheitsgrenzen. Früher war das Programm sozusagen eine vereinfachte Aufzeichnung von Kendys Persönlichkeit gewesen. Jetzt verschlechterte es sich, wurde dumm und unberechenbar.

»Kursaufzeichnung der letzten Stunde.«

Sie kam. Das FRM hatte sich bis vor vierzig Minuten mit niedriger Relativgeschwindigkeit im freien Fall befunden. Dann Manöver mit niedriger Beschleunigung, ein Kurs, der aussah wie ein vom Tisch gefallener Teller Spaghetti, eine wahnsinnige Treibstoffverschwendung. Fehlerfunktion? Oder . . . handelte es sich um eine Schlacht im Hundekampf-Stil?

Krieg?

»Umschalten auf meine Befehlsgewalt.«

Vier Sekunden; dann ein kreischendes Signal. Wie ein Schmerzensschrei. Massive Funktion.

Die Crew mußte vor fünfhundert Jahren in jedem FRM den Autopiloten abgekoppelt haben. Immerhin, es war ein Versuch wert gewesen, genau wie seine nächste Botschaft.

»Gib mir eine Sichtverbindung zur Besatzung.«

»Abgelehnt.«

Oh *ho!* Die Sichtverbindung war also nicht abgekoppelt worden! Die Meuterer mußten vor fünfhundert Jahren eine Blockierung einprogrammiert haben. Ihre Nachkommen wußten mit Sicherheit nicht, wie so etwas zu machen war.

Eine solche Blockierung ließ sich schließlich umgehen.

Das FRM war natürlich zu klein, als daß man es hätte sehen können, aber es mußte irgendwo bei diesem grünen Fleck in der Nähe von Goldblatts Welt stehen. Ein Zuckerwattewald. Die Pflanzen im Rauchring waren in der Regel flockig und zerbrechlich. Sie breiteten sich aus und teilten sich, um so viel Sonnenlicht wie möglich einzufangen – ohne sich Sorgen wegen der Schwerkraft zu machen.

Ein halbes Jahrtausend hatte Kendy nach Anzeichen einer sich entwickelnden Zivilisation Ausschau gehalten – nach regelmäßigen Mustern zwischen den schwebenden Massen oder nach infraroter Strahlung irgendwelcher Industriebetriebe oder nach industriebedingter Umweltverschmutzung: nach Metalldämpfen, Kohlenmonoxyd, Stickoxyden. Er hatte nichts von alledem gefunden. Wenn die Nachfahren der ursprünglichen Mannschaft der *Discipline* sich über den Zustand der Barbarei hinaus entwickelt hatten, konnten es nicht sehr viele von ihnen gewesen sein.

Aber sie lebten.

Irgend jemand benutzte ein FRM.

Wenn er sie nur sehen könnte! Oder mit ihnen sprechen – »Ich brauche Sprechkontakt. Bürger, hier ist Kendy. Ich spreche für den Staat. Sprechen Sie, und die Belohnung wird Ihr Vorstellungsvermögen übertreffen.«

»Verstärken. Verstärken. Verstärken«, kam es vom FRM zurück.

Kendy sendete schon mit höchster Verstärkung. »Ich verzichte auf Sprechkontakt.«

Nicht zum ersten Mal fragte er sich, ob der Rauchring sich nicht als *zu* freundliche Umwelt erwiesen haben mochte. Wesen, deren Evolution bei Schwerelosigkeit stattgefunden hatte, besaßen nicht die Kräfte eines Menschen. Die Menschen waren vielleicht die stärksten Kreaturen im Rauchring: waren darin glücklich wie die Muscheln und ungefähr genauso aktiv. Die Zivilisation entwickelt sich als Schutz gegen die Umwelt.

Oder gegen andere Menschen. Krieg würde ein hoffnungsvolles Zeichen sein.

Wenn er nur *wüßte,* was vor sich ging! Kendy hatte ein Dutzend Möglichkeiten, die Umgebung zu stören und durcheinanderzubringen. Sie aus dem Paradies hinauswerfen und abwarten, was geschieht. Abar das wagte er nicht. Er wußte nicht genug.

Kendy wartete.

1 Quinn-Busch

Gavving hörte das Rascheln, als seine Gefährten sich nach oben arbeiteten. Sie hielten sich an der großen flachen Wand des Stammes auf. Fingerdicke Stachelzweige sprossen aus dem Stamm und teilten sich endlos in immer dünnere Zweige, an deren Ende dichtes Laub hing, wie lose gesponnene grüne Baumwolle, die jeden Sonnenstrahl aufnehmen konnte. Hier unter dem Laubwerk herrschte grünes Halbdunkel.

Gavving stieg durch ein Universum aus grüner Baumwolle nach oben.

Hungrig griff er tief in das Laub und riß eine Handvoll Blätter ab. Sie schmeckten wie faserige Zuckerwatte. Man konnte den Hunger damit stillen, aber Gavvings Magen verlangte nach Fleisch. Außerdem war der Geschmack *zu* faserig ... und das Grün war zu braun, selbst am Rand, wo das Buschwerk der Sonne ausgesetzt war.

Er aß dennoch und kletterte weiter.

Am immer stärkeren Heulen des Windes erkannte er, daß er sein Ziel bald erreicht haben würde. Eine Minute später war sein Gesicht dem Wind und der Sonne ausgesetzt.

Die Sonne stach ihm in die Augen, die von seinem Allergieanfall von heute morgen noch gerötet waren und schmerzten. Immer erwischte es ihn an Augen und Nebenhöhlen. Er wandte den Kopf ab, und ihm lief die Nase, während er darauf wartete, daß er wieder sehen konnte. In gespannter Erregung schaute er dann nach oben.

Nach den Durchgängen der Sonne hinter Voy gerechnet war Gavving vierzehn Jahre alt. Höher als Quinn-Busch war er noch nie gewesen.

Der Stamm erstreckte sich direkt nach oben, direkt von Voy aus. Er schien kein Ende nehmen zu wollen, eine riesige braune Wand, die sich zu einem Zylinder verjüngte zu einem dunklen Strich mit einer leichten Krümmung nach Westen, zu einem Punkt in der Unendlichkeit – und dieser Punkt war mit Grün bewachsen. Der außenliegende Busch.

Eine Wolke aus braundurchsetztem Grün zog sich unter ihm hin und breitete sich über den Hauptast des Busches aus. Gavving sah nach Osten, und der Wind peitschte sein langes Haar nach vorn. Er sah den Ast als langes Ende nackten Holzes aus seiner grünen Scheide ragen: eine schlanke Flosse.

Harps Kopf tauchte neben ihm auf, aber er nahm sein Gesicht sofort wieder aus dem Wind. Als nächster erschien Laython, der sich genauso verhielt. Gavving wartete. Bald hoben sie wieder die Gesichter. Harp hatte ein breites grobknochiges Gesicht, dessen brutale Kraft halb unter einem goldblonden Bart verborgen lag. In Laythons schmalem langem Gesicht zeigte sich der erste Anflug eines schwarzen Bartes.

»Wir können auf die dem Wind abgewandte Seite des Stammes kriechen«, rief Harp. »Nach Osten. Raus aus diesem Wind.«

Der Wind kam immer von Westen und immer mit Sturmstärke. Harp sah durch die Finger in den Wind. »Negativ!« brüllte er. »Wie sollen wir etwas fangen? Jede Beute würde direkt aus dem Wind kommen!«

Harp wühlte sich durch das Laub, um Laython zu erreichen. Gavving zuckte die Achseln und tat dasselbe. Auch er hätte sich Schutz vor dem Wind gewünscht . . . und Harp, der zehn Jahre älter als Gavving und Laython war, führte nominell das Kommando. So etwas ergab sich allerdings nur selten.

»Es gibt nichts zu fangen«, sagte Harp. »Wir sind hier, um den Stamm zu bewachen. Die Dürre, die jetzt herrscht, schließt nicht aus, daß wir plötzlich eine Überschwemmung bekommen. Es könnte doch sein, daß der Baum einen Teich streift.«

»*Welchen* Teich? Schau dich doch um! Hier ist *nichts.* Voy liegt zu nahe. Das hast du doch selbst gesagt, Harp!«

»Der Stamm nimmt uns die halbe Sicht«, sagte Harp geduldig.

Die Sonne stand als heller Punkt unter dem westlichen Rand des Busches am Himmel. Und in der Richtung gab es keine Teiche, keine Wolken, keine schwebenden Wälder . . .

nur den leicht blau gefärbten weißen Himmel, von dem weißen Strich des Rauchrings durchschnitten, und auf diesem Strich ein undeutlicher Knoten, der Goldblatts Welt sein mußte.

Als er hochblickte, sah er noch mehr Nichts . . . weit entfernte Wolkenfetzen, die vom Sturm durcheinandergewirbelt wurden . . . ein glitzernder Fleck, der tatsächlich ein Teich sein konnte, aber er schien sogar noch weiter entfernt als die grüne Spitze des Integralbaumes. Es würde keine Flut geben.

Bei der letzten Flut war Gavving sechs Jahre alt gewesen. Er erinnerte sich noch an das Entsetzen, die Panik, die wilde Hast. Die Menschen hatten sich nach Osten über den Ast verteilt und dort festgekrallt. Sie hatten sich in dem dünnen Laubwerk zusammengedrängt, wo der Busch in nacktes Holz überging. Er erinnerte sich an ein Brüllen, das den Sturm übertönte. Der Ast hatte in seiner ganzen Länge vibriert. Gavvings Vater und zwei junge Jäger waren nicht rechtzeitig gewarnt worden. Die Flut hatte sie in den Himmel gespült.

Laython machte sich auf den Weg um den Stamm herum, allerdings in die Richtung, aus der der Wind kam. Sein Oberkörper ragte aus dem Laub hervor, und mit seinen langen Armen zog er sich gegen den Wind vorwärts. Harp folgte ihm. Harp hatte, wie immer, nachgegeben. Gavving schnaufte und schloß sich den anderen an.

Es war ermüdend. Für Harp war es besonders unangenehm. Er benutzte zwar seine Klauensandalen, aber er litt trotzdem. Harp hatte einen wachen Verstand und eine schnelle Zunge, aber er war ein Zwerg. Sein Rumpf war kurz und kräftig, seine muskulösen Arme und Beine reichten nicht weit, und seine Zehen waren bloße Dekoration. Er war kaum zwei Meter groß. Der Student hatte Gavving einmal gesagt: »Harp sieht aus wie die Bilder der Gründer im Logbuch. Früher sahen wir alle so aus.«

Harp drehte sich zu ihm um und grinste, obwohl er außer Atem war. »Wenn du älter bist, besorgen wir dir ein Paar Klauensandalen.«

Laython grinste auch geringschätzig und stürmte den anderen voran. Er brauchte nichts zu sagen. Klauensandalen hätten seine langen Greifzehen nur behindert.

Die Nacht hatte die Lichtmenge halbiert. Es war angenehmer für die Augen, wenn die Sonne jenseits von Voy stand. Der Stamm war eine große braune Wand mit einem Umfang von drei Kilometern. Gavving schaute einmal nach oben und war bestürzt darüber, daß sie so langsam vorankamen. Dann drehte er entschlossen den Kopf in den Wind und arbeitete sich durch die grüne Baumwolle weiter, bis er Laython schreien hörte:

»Abendessen!«

Ein zitternder, schwarzer Punkt war in der Richtung, aus der der Wind kam, aufgetaucht. »Ich weiß nicht, was es ist«, sagte Laython.

»Es versucht, dem Stamm auszuweichen«, sagte Harp. »Sieht groß aus.«

»Es fliegt zur anderen Seite! Kommt!«

Sie krochen, so schnell sie konnten. Der zitternde Punkt kam näher. Er sah lang und schmal aus und bewegte sich mit dem Schwanz voran. Die große durchscheinende Flosse war bei der Geschwindigkeit, mit der das Wesen versuchte, dem Stamm auszuweichen, nur verschwommen zu sehen. Der schlanke Leib rotierte langsam.

Jetzt war der Kopf zu erkennen. Hinter dem Schnabel in einem Abstand von hundertzwanzig Grad glitzerten zwei Augen.

»Ein Schwertvogel«, befand Harper. Er rührte sich nicht mehr.

»Harp!« rief Laython. »Was machtst du denn?«

»Um einen Schwertvogel anzugreifen, müßte man verrückt sein.«

»Aber es ist Fleisch! Und so weit innen ist das Tier wahrscheinlich selbst am Verhungern!«

»Wer sagt das?« schnaufte Harp. »Der Student? Der Student steckt voller Theorien, aber er braucht nicht zu jagen.«

Bei der langsamen Rotation des Schwertvogels war jetzt etwas zu erkennen, was sein drittes Auge hätte sein müssen. Aber statt dessen zeigte sich ein unregelmäßiger, flockiger, grüner Fleck. »Staubflaum!« rief Laython. »Er hat eine Kopfverletzung, die mit Staubflaum infiziert ist. Das Tier ist verletzt, Harp!«

»Das ist kein verletzter Truthahn, Junge. Das ist ein verletzter *Schwertvogel.*«

Laython war um die Hälfte größer als Harp und dazu noch der Sohn des Vorsitzenden. Er war nicht leicht zu disziplinieren. Jetzt legte er seine kräftigen langen Finger um Harps Schultern und sagte: »Wir kriegen ihn nicht, wenn wir uns noch länger streiten. Ich denke, wir sollten es riskieren.« Und er stand auf.

Der Wind zerrte an ihm. Er packte mit den Zehen und mit einer Faust die Zweige und gewann wieder Halt. Er streckte die freie Hand aus. »He! Schwertvogel! Fleisch, du Copsik, *Fleisch!*«

Harp stieß einen angewiderten Laut aus.

In seiner scharlachroten Bluse würde der Vogel ihn bestimmt sehen. Voller Hoffnung dachte Gavving: *Wir werden ihn verfehlen, und dann wird er weg sein.* Aber er wollte auf seiner ersten Jagd keine Feigheit zeigen.

Er nahm seine Leine vom Rücken. Dann wühlte er sich in das Blattwerk und hämmerte einen Haken in das feste Holz, an dem er die Leine befestigte. Die Mitte befestigte er an seiner Hüfte. Nie riskierte es jemand, seine Leine zu verlieren. Ein Jäger, der in den Himmel fiel, konnte vielleicht irgendwo einen Halt finden: Aber nur, wenn er seine Leine hatte.

Der Vogel hatte sie noch nicht gesehen. Laython fluchte. Er beeilte sich, seine eigene Leine zu verankern. Am Ende der Leine hing eine Harpune: Hartholz vom gerippten Ende eines Astes. Er schwang die Harpune um den Kopf und schleuderte sie mit einem lauten Schrei hinaus.

Der Schwertvogel mußte etwas gesehen oder gehört haben. Mit klaffendem Schnabel fuhr er herum. Wild schlug er mit seinem dreieckigen Schwanz, als er versuchte, nach rechts zu fliegen, um ihre Seite des Stammes zu erreichen. Ja, er litt Hunger! Bisher hatte sich Gavving nicht vorstellen können, daß irgendeine Kreatur auch ihn als *Fleisch* betrachten könnte.

Harp runzelte die Stirn. »Es könnte klappen. Mit Glück zerschmettert sich das Vieh am Stamm.«

Der Schwertvogel wurde immer größer: größer als ein Mann, größer als eine Hütte – und er bestand nur aus klaffendem Schnabel, Flügeln und Schwanz. Der Schwanz war eine durchscheinende Membran, die von einem V aus am Rand gezackten Knochen eingefaßt war. Was hatte er so weit hier innen zu suchen? Schwertvögel ernährten sich von Lebewesen, die in den schwebenden Wäldern ihre Nahrung suchten, und von denen gab es so nahe an Voy nur wenige. Hier gab es von allem nur wenig. Das Vieh sieht tatsächlich mager aus, dachte Gavving; dazu noch hatte es diesen weichen grünen Flaum über dem einen Auge.

Staubflaum war ein grüner pflanzlicher Parasit, der an einem Tier so lange wuchs, bis es verendete. Auch Menschen wurden davon befallen. Früher oder später erwischte es jeden, einige mehr als einmal. Aber die Menschen hatten wenigstens Verstand genug, im Schatten zu bleiben bis der Flaum vertrocknete und abstarb.

Laython könnte recht haben. Eine Kopfverletzung, die vielleicht den Orientierungsinn des Tieres gestört hatte . . . und es war Fleisch, eine Menge Fleisch, so groß wie die Langhütte eines Junggesellen. Es mußte sehr hungrig sein . . . und jetzt wandte es ihnen den Kopf zu.

Ein aufgerissener Schnabel kam auf sie zu: ein elliptisches Feld von Zähnen, die immer größer wurden.

In fliegender Hast entrollte Laython seine Leine. Harps Harpune sauste an Gavving vorbei und riß ihn aus seiner Lähmung. Er schleuderte sein eigenes Geschoß.

Unglaublich schnell fuhr der Schwertvogel herum und schnappte Gavvings Harpune wie einen Leckerbissen. Harp brüllte laut. Gavving stand einen Augenblick wie erstarrt; dann stemmte er seine Füße in das Laub und holte die Leine ein. *Sein Haken hatte das Tier erwischt.*

Die Kreatur versuchte nicht zu entkommen; sie flatterte immer noch auf sie zu.

Harps Harpune streifte die Seite des Tieres. Harp zerrte an der Leine und versuchte, das Tier an den Haken zu bekommen, aber das mißlang. Er holte die Leine ein, um es noch einmal zu versuchen.

Gavving stand bis an die Schultern in Zweigen und Laub und stemmte die Füße immer fester gegen den Stamm. Seine Hände krampften sich in tödlichem Griff um die Leine. Da alle

Augen auf ihn gerichtet waren, benahm er sich weiter so, als *suchte* er geradezu den Kontakt mit der Bestie. »Harp!« brüllte er. »Wo kann ich das Vieh am besten treffen?«

»Wahrscheinlich in den Augenhöhlen.«

Das Tier hatte sich verschätzt. Mit der Flanke riß es über ihnen Borke vom Stamm. Beängstigend nahe. Der Stamm zitterte. Gavving heulte auf vor Entsetzen. Laython heulte vor Wut und schleuderte seine Harpune.

Auch sie streifte nur die Flanke des Schwertvogels. Mit aller Kraft zog Laython an der Leine, und die Hartholzhaken bohrten sich tief in das Fleisch.

Der Schwanz des Schwertvogels erstarrte plötzlich. Vielleicht dachte er über die Situation nach. Er beobachtete sie aus seinen beiden gesunden Augen, während der Sturm ihn nach Westen zog.

Laythons Leine straffte sich. Dann Gavvings. Seine unzureichenden Zehen fanden nicht genügend Halt an den Zweigen, und die gewaltige Masse des Ungetüms riß ihn in den Himmel.

Seine Kehle war wie zugeschnürt, aber er hörte Laython schreien. Auch er war in die Luft gerissen worden.

Zwischen Gavvings Zehen steckten noch abgerissene Zweige. Er schaute auf das weiche Grün hinab, das unter ihm lag, und fragte sich, ob er einfach loslassen und sich fallenlassen sollte. Aber seine Leine war noch verankert . . . und der Wind war stärker als die Schwerkraft und könnte ihn am Busch und am ganzen Ast vorbeitreiben und in den leeren Raum blasen. Deshalb hangelte er sich an seiner Leine von ihrem Beutetier, das gleichzeitig ein Raubtier war, weg und nach unten. Aber Laython zog sich nicht zurück. Er hielt seine Harpune bereit und wartete.

Der Schwertvogel hatte sich entschieden. Sein Körper krümmte sich. Mit dem gezackten Schwanz durchschnitt er mühelos Gavvings Leine. Mit kräftigen Flügelschlägen flog er in westlicher Richtung. Laythons Leine straffte sich – dann raschelten die Zweige, und seine Leine löste sich vom Stamm. Gavving griff danach, aber er verfehlte sie.

Er hätte sich selbst jetzt in Sicherheit hangeln können, aber er blieb und beobachtete die weitere Entwicklung.

Laython hielt seinen Speer hoch erhoben. Mit dem freien Arm beschrieb er Kreise, damit sein Körper sich nicht drehen konnte, als das Raubtier auf ihn zuflog. Unter allen Lebewesen des Rauchrings waren die Menschen fast die einzigen, die keine Flügel hatten.

Der Körper des Schwertvogels bog sich zu einem U. Bevor Laython seinen Speer gebrauchen konnte, hatte das Tier ihn mit seinem Schwanz in zwei Teile geschnitten. Der Schnabel des Vogels klappte viermal zu, und Laython war verschwunden. Sein Rachen arbeitete noch eine Weile, um mit Gavvings Harpune fertigzuwerden, die noch in seinem Schlund steckte. Dann trug der Wind den Vogel nach Osten.

Die Hütte des Wissenschaftlers sah genauso aus wie die übrigen Hütten des Quinn-Stammes: lebende, zu einem geflochtenen Käfig zusammengefügte Zweige. Sie war größer als einige andere, aber durchaus nicht luxuriös. Im Flechtwerk der Wände und des Dachs steckten seine persönlichen Gegenstände: Tafeln und Truthahnfedern und Tinte aus roten Buschbeeren, Lehrgeräte und wissenschaftliche Apparate und Relikte aus der Zeit, bevor die Menschen zu den Sternen aufbrachen.

Der Wissenschaftler wirkte wie ein Blinder, als er seine Hütte betrat. Seine Arme waren bis zu den Ellenbogen mit Blut beschmiert. Er wischte es mit einer Handvoll Laub ab und murmelte: »Diese verdammten Drillzecken bohren sich in die Eingeweide, und man kann sie nicht aufhalten.« Er schaute auf. »Student?«

»Guten Tag. Mit wem haben Sie gesprochen? Mit sich selbst?«

»Ja.« Er rieb sich wütend den Arm und warf das blutige Laub in die Ecke. »Martal ist tot. Eine Drillzecke hat sich in ihren Leib gebohrt. Wahrscheinlich habe ich sie umgebracht, als ich das Biest herausholte, aber sie wäre ohnehin gestorben ... man kann die Eier dieser Tiere nicht im Leib lassen. Haben Sie Neues von der Expedition gehört?«

»Ja. Aber nur wenig. Mir erzählt kaum jemand etwas.«

Der Wissenschaftler riß eine Handvoll Blätter aus der Wand und versuchte, das Skalpell abzuwischen. Er hatte den Studenten überhaupt noch nicht angesehen. »Was halten Sie von der ganzen Sache?«

Der Student war schon wütend hereingekommen und war noch wütender geworden, als er in einer leeren Hütte warten mußte. Er versuchte, diese Wut aus seiner Stimme herauszuhalten. »Ich glaube, der Vorsitzende versucht, einige Bürger loszuwerden, die er nicht besonders mag. Aber warum ausgerechnet mich?«

»Der Vorsitzende ist ein Narr. Er glaubt, daß die Wissenschaft die Dürre hätte verhindern können.«

»Dann bekommen auch Sie Ärger, nicht wahr?« Jetzt begriff der Student. »Sie haben mir also die Schuld daran zugeschoben!«

Endlich sah der Wissenschaftler ihn an. Der Student meinte, ein Schuldgefühl zu erkennen, aber sein Gegenüber sah ihm ganz offen in die Augen. »Ja. Ich habe ihn glauben lassen, daß Sie daran schuld sind. Es gibt aber noch einige Dinge, die Sie . . .«

Die Antwort war ungläubiges Lachen. »Was? Soll ich noch mehr Geräte hundert Kilometer weit über den Stamm schleppen?«

»Student . . . Jeffer. Was habe ich Ihnen über den Baum erzählt? Wir haben gemeinsam das Universum studiert, und in ihm ist das Wichtigste nun einmal der Baum. Haben Sie nicht von mir gelernt, daß alles, was lebt, sich in der Nähe der Mitte des Rauchrings aufhält, wo es Luft und Wasser und Boden gibt?«

»Es gibt dort alles außer Bäumen und Menschen.«

»Die Integralbäume haben eine Methode. Das habe ich Ihnen doch beigebracht.«

»Ich . . . dachte, daß Sie das alles nur vermuten . . . Ah, jetzt verstehe ich. Sie sind bereit, *mein Leben* zu verwetten.«

Der Wissenschaftler senkte den Blick. »Wahrscheinlich stimmt das. Aber wenn ich recht habe, wird außer Ihnen und den Leuten, die mit Ihnen gehen, nichts übrigbleiben. Jeffer, vielleicht ist alles gar nicht der Rede wert. Sie könnten alle zurückkommen . . . und alles mitbringen, was wir brauchen: Zuchttruthähne, Fleisch von irgendwelchen Tieren, die auf dem Stamm leben. Ich weiß es nicht . . .«

»Aber Sie glauben nicht so recht daran.«

»Nein. Und deshalb gebe ich Ihnen dies hier mit.«

Er zog einige Schätze aus seiner geflochtenen Wand: ein fünfundzwanzig mal fünfzig Zentimeter großees Rechteck aus Glas, das so flach war, daß es in jedes Gepäckstück paßte, und vier Kästchen von der Größe einer Kinderhand. Der Student reagierte mit einem höchst musikalischen »Oh-oh-oh.«

»Sie werden selbst entscheiden müssen, ob Sie irgendeinem der anderen sagen, was Sie mit sich führen. Und jetzt werden wir noch eine Unterrichtsstunde abhalten.« Der Wissenschaftler schob eine Kassette in das Lesegerät. »Auf dem Stamm werden Sie zum Studium kaum Gelegenheit haben.«

PFLANZEN

ÜBERALL IM RAUCHRING GIBT ES LEBEN, ABER ES IST WEDER DICHT NOCH KONZENTRIERT. IN DER SCHWERELOSEN UMGEBUNG KÖNNEN DIE PLANZEN IHR GRÜN OHNE RÜCKSICHT AUF STRUKTURELLE FESTIGKEIT FREI ENTFALTEN, UM MÖGLICHST VIEL SONNENLICHT UND WASSER UND BODEN AUFZUNEHMEN. ES GIBT ALLERDINGS MINDESTENS EINE AUSNAHME ...

DIESE INTEGRALBÄUME WACHSEN ZU GEWALTIGER GRÖSSE HERAN. DIE PFLANZE BILDET EINEN LANGEN STAMM, DER UNTER UNGEHEURER SPANNUNG STEHT, AN BEIDEN ENDEN GRÜNEN BEWUCHS HAT UND VON DEN GEZEITEN STABILISIERT WIRD. IN GESTALT VON TAUSENDEN VON STRAHLENFÖRMIG ANGEORDNETEN SPEICHEN UMKREISEN SIE LEVOYS STERN. SIE WERDEN BIS ZU EINIGEN HUNDERT KILOMETERN LANG, UND AN DEN GRÜN BEWACHSENEN ENDEN HERRSCHT EINE GEZEITEN-»SCHWERKRAFT« VON BIS ZU EINEM FÜNFTEL G, VERBUNDEN MIT STÄNDIGEN STÜRMEN VON ORKANSTÄRKE.

DIE WINDE ENTSTEHEN AUS DER SIMPLEN UMLAUFMECHANIK. SIE WEHEN AM INNEREN ENDE AUS WESTEN UND AM ÄUSSEREN AUS OSTEN (WOBEI UNTER »INNEN« WIE GEWÖHNLICH DAS LEVOYS STERN ZUGEWANDTE ENDE ZU VERSTEHEN IST). DIE STRUKTUR VERFORMT SICH IN WINDRICHTUNG UND KRÜMMT SICH AN JEDEM ENDE ZU EINEM FAST HORIZONTALEN AST. DAS LAUBWERK BEZIEHT SEINEN DÜNGER AUS DER LUFT ...

DIE GESUNDHEITLICHEN RISIKEN EINES LEBENS BEI SCHWERELOSIGKEIT SIND HINLÄNGLICH BEKANNT. WENN DIE *DISCIPLINE* UNS TATSÄCHLICH AUFGEGEBEN HAT, WENN WIR TATSÄCHLICH IN DIESER SELTSAMEN UMWELT GESTRANDET SIND, DANN KÖNNTE UNS SCHLIMMERES PASSIEREN, ALS IN DEN GRÜNBEWACHSENEN ENDEN DER INTEGRALBÄUME ZU LEBEN. SOLLTEN SICH DIE BÄUME ALS GEFÄHRLICHER ERWEISEN, ALS WIR ERWARTET HABEN, WÄRE EINE FLUCHT LEICHT. WIR BRAUCHTEN NUR ABZUSPRINGEN UND DARAUF ZU WARTEN, DASS MAN UNS ABHOLT.

Der Student blickte hoch. »Sie haben wirklich nicht viel über die Bäume gewußt, nicht wahr?«

»Nein. Aber, Jeffer, sie haben die Bäume von außen gesehen.«

Während der Student diesen imponierenden Gedanken verdaute, fuhr der Wissenschaftler fort: »Ich fürchte, Sie werden damit beginnen müssen, selbst einen Studenten auszubilden, und das schon sehr bald.«

Jayan saß mit gekreuzten Beinen da und wickelte Leinen auf. Gelegentlich blickte sie auf, um zu sehen, was die Kinder machten. Sie waren rasch durch die Tunnel geeilt, und jetzt hatten sie sich um Clave versammelt. Er kam mit seiner Arbeit nicht recht voran, obwohl er sich Mühe zu geben schien.

Die Mädchen liebten Clave. Die Jungen eiferten ihm nach. Einige schauten nur zu, andere schwirrten um ihn herum und wollten ihm dabei helfen, die Harpunen und Haken zusammenzustellen. Sie stellten endlos viele Fragen. »Was machst du da? Warum brauchst du so viele Harpunen? Und die vielen Leinen? Gehst du auf die Jagd?«

»Das kann ich dir nicht sagen«, meinte Clave mit genau dem richtigen Tonfall des Bedauerns. »King, wo bist du gewesen? Du bist ja ganz klebrig.«

King war ein fröhlicher Achtjähriger, der ganz mit braunem Staub bedeckt war. »Wir waren unten. Da ist das Laub grüner. Es schmeckt auch besser.«

»Hattet ihr Leinen mitgenommen? Die Zweige sind nicht

mehr so kräftig wie früher. Ihr hättet durchfallen können. Und war ein Erwachsener mit?«

Die neunjährige Jill lenkte ihn geschickt ab. »Wann essen wir? Wir haben immer noch Hunger.«

»Wir sind alle hungrig.« Clave drehte sich zu Jayan um. »Wir haben genügend Rucksäcke. Proviant werden wir nicht zu tragen haben, und Wasser finden wir am Stamm . . . Klauensandalen . . . Gas-Schoten. Ich bin froh, daß wir die haben . . . hoffentlich haben wir genug Haken . . . was brauchen wir sonst noch? Ist Jinny schon zurück?«

»Nein. Wohin hast du sie überhaupt geschickt?«

»Sie soll Steine holen. Ich habe ihr ein Netz dafür mitgegeben. Allerdings muß sie ganz bis zum Baumschlund gehen. Hoffentlich findet sie einen brauchbaren Schleifstein.«

Jayan verstand die Kinder sehr gut. Auch sie liebte Clave. Wenn sie könnte, würde sie ihn für sich behalten . . . wenn Jinny nicht wäre. Manchmal fragte sie sich, ob Jinny wohl jemals so empfand wie sie.

»Hmmm . . . bevor wir den Busch verlassen, werden wir noch ein wenig Laub pflücken.«

Jayan unterbrach ihre Arbeit. »Clave, daran hatte ich überhaupt nicht gedacht. Am Stamm gibt es kein Laub! Wir werden *nichts* zu essen haben.«

»Wir werden schon etwas finden«, sagte Clave schnell. »Deshalb gehen wir ja hin. Oder hast du es dir anders überlegt?«

»Zu spät«, sagte Jayan. Sie verschwieg, daß sie von Anfang an nicht hatte mitgehen wollen. Es wäre sinnlos, das jetzt noch zu erwähnen.

»Ich könnte dich freistellen. Auch Jinny. Die Bürger mögen euch. Sie würden nicht zulassen . . .«

»Ich bleibe nicht hier.« Nicht, wenn Mayrin und der Vorsitzende zurückblieben und Clave weg war. Sie sah hoch. »Mayrin«, sagte sie.

Claves Frau stand im Halbschatten am entfernten Ende des Tunnels. Sie mochte dort schon einige Zeit gestanden haben. Sie war sieben Jahre älter als Clave, eine untersetzte Frau mit den breiten Wangenknochen ihres Vaters, des Vorsitzenden. »Clave«, rief sie, »mächtiger Jäger, was spielst du hier mit dieser jungen Frau herum, wo du doch Nahrung für die Bürger beschaffen sollst?«

»Befehle.«

Sie kam lächelnd näher. »Die Expedition. Mein Vater und ich haben sie gemeinsam arrangiert.«

»Wenn du willst, darfst du das gern glauben.«

Das Lächeln verschwand. »Copsik! Du hast mich lange genug verhöhnt, Clave. Du und die *andern.* Hoffentlich fällst du in den Himmel.«

»Hoffentlich nicht«, sagte Clave freundlich. »Möchtest du uns vor unserem Aufbruch ein wenig helfen? Wir brauchen Wolldecken. Am besten eine extra. Neun Stück.«

»Hol sie doch selbst«, sagte Mayrin und ging davon.

Hier in den Tiefen des Quinn-Buschs waren im Laubwerk Tunnel angelegt. Die Hütten schmiegten sich an die vertikale Flanke des Astes, und an ihnen führten die Tunnel vorbei. Jetzt hatten Harp und Gavving zum Gehen Platz oder jedenfalls zu einer ähnlichen Fortbewegungsart. Bei der geringen Schwerkraft hüpften sie über das Laub, als sei es und als seien sie selbst aus Luft. Die Zweige, die den Tunnel bildeten, waren trocken und kahl; ihr Laub war schon als Nahrung gepflückt worden.

Es hatte Veränderungen gegeben. Vor dem Durchgang von Goldblatts Welt waren die Tage länger gewesen; vorher hatten zwischen den einzelnen Schlafperioden zwei Tage gelegen, jetzt waren es acht. Der Student hatte versucht, den Grund dafür zu erklären, aber der Wissenschaftler war hinzugekommen und hatte den Studenten geohrfeigt, weil er Geheimnisse verraten, und Gavving, weil er zugehört hatte.

Harp glaubte, daß der Baum sterben würde. Nun, Harp war ein Geschichtenerzähler, und ein Unheil, das eine ganze Welt betrifft, gibt guten Stoff für eine Geschichte ab. Aber der Student glaubte es auch . . . und Gavving hatte das *Gefühl,* daß die Welt am Ende sei. Fast wünschte er sich, daß sie enden möge, bevor er dem Vorsitzenden über das Schicksal seines Sohnes berichten mußte.

Er blieb stehen, um in seine Unterkunft zu schauen, einen langen Halbzylinder, die Langhütte der Junggesellen. Sie war leer. Der Quinn-Stamm mußte sich zum Abendessen versammelt haben.

»Wir stecken in Schwierigkeiten«, sagte Gavving und zog die Luft hörbar ein.

»Das stimmt, aber wir müssen es uns nicht unbedingt anmerken lassen. Wenn wir uns verstecken, können wir nicht essen. Außerdem haben wir dies noch.« Er hob das tote Pilztier hoch.

Gavving schüttelte den Kopf. Es würde ihnen nicht helfen. »Du hättest ihn davon abhalten sollen.«

»Das konnte ich nicht.« Als Gavving nicht antwortete, sagte Harp: »Vor vier Tagen hat der ganze Stamm Leinen in einen *Teich* geworfen. Weißt du das noch? Der Teich war nicht größer als eine große Hütte. Als ob wir den Teich zu uns herüberziehen könnten. Wir hielten das erst für dumm, als er an uns vorbei war, und kein anderer als Clave kam dann auf den Gedanken, den Kochtopf zu holen, und als er zurückkam . . .«

»Ich würde nicht einmal Clave auf einen Schwertvogel ansetzen.«

»Natürlich nicht.« Harp grinste. »Jeder Narr kann die Vergangenheit voraussehen.«

In der Baumwolle tat sich ein freier Platz auf: der Truthahnstall, in dem noch ein einsamer Vogel lebte. Wenn es nicht gelang, ein paar wilde Exemplare aus der Luft zu holen, würde es bald keinen mehr geben. Dürre und Hunger . . . Wasser lief immer noch manchmal am Stamm herab, aber es war nie genug. Immer noch näherten sich gelegentlich fliegende Wesen dem Stamm, Fleisch, das man aus dem tobenden Sturm holen konnte, aber es geschah nur selten. Von dem süßlichen Laubwerk konnte der Stamm nicht ewig überleben.

»Habe ich dir schon mal die Geschichte von Glory und den Truthähnen erzählt?« fragte Harp.

»Nein.« Gavving beruhigte sich ein wenig. Er brauchte Ablenkung.

»Das war vor zwölf oder dreizehn Jahren, bevor Goldblatts Welt vorbeizog. Damals fielen die Dinge nicht so schnell. Frag den Studenten warum, denn ich weiß es nicht. Es stimmt aber. Wenn sie also nur auf den Truthahnstall gestürzt wäre, hätte sie den Stall nicht beschädigt. Aber Glory trug den

Kochtopf. Sie hielt ihn in den Armen, und seine Masse beträgt das Dreifache der ihren. Sie stolperte und fing an zu *laufen,* um den Topf nicht fallen zu lassen. Dann erst krachte er in den Truthahnstall. Es war, als hätte sie die Sache detalliert geplant. Die Tiere stiegen alle in die Luft. Wir konnten nur etwa ein Drittel wieder einfangen. Daraufhin entlasteten wir Glory von ihren Küchenpflichten.«

Wieder ein freier Platz, ein großer: drei aus Zweigen geflochtene Räume. Alle leer. »Der Vorsitzende muß seinen Staubflaum bald überstanden haben«, sagte Gavving.

»Es ist Nacht«, meinte Harp.

Nacht war nur eine Eintrübung, während der entfernte Bogen des Rauchrings vor der Sonne stand, aber auch ein Kubikkilometer Laubwerk hielt das Licht ab. Wer Staubflaum hatte, konnte nachts lange genug draußen sein, um eine Mahlzeit einzunehmen.

»Er wird uns kommen sehen«, sagte Gavving. »Ich wünschte, er wäre noch bettlägrig.«

Jetzt sahen sie vor sich einen Feuerschein. Sie gingen weiter. Gavving zog wieder die Luft durch die Nase ein. Harp zog das Musrum an einer Leine hinter sich her. Als sie den Versammlungsplatz erreichten, machten sie ernste Gesichter und mieden nicht die Blicke der anderen.

Der Platz war ein großes, offenes, von einem Flechtwerk aus Zweigen abgegrenztes Areal. Die meisten Stammesangehörigen bildeten einen scharlachroten Kreis um den großen Kochtopf in der Mitte. Die Blusen und Hosen der Männer und Frauen waren mit dem Scharlachrot eingefärbt, das der Wissenschaftler aus den Buschbeeren hergestellt hatte, und manchmal war die Kleidung auch mit Schwarz verziert. Das Rot war überall im Busch deutlich zu erkennen. Die Kinder trugen nur Blusen.

Das Kochfeuer war schon fast heruntergebrannt, und im Kessel – ein altmodisches Ding, ein durchscheinender großer Zylinder mit einem Deckel aus dem gleichen Material – waren nur noch ein paar Handvoll Nahrung. Die Leute verhielten sich ungewöhnlich ruhig.

Die Brust des Vorsitzenden war noch zur Hälfte mit dem Flaum bedeckt, aber der Fleck hatte sich zusammengezogen und braun verfärbt. Er war ein breitgesichtiger, kräftiger Mann in den mittleren Jahren, und er wirkte unglücklich und gereizt. Hungrig. Harp und Gavving gingen zu ihm und überreichten ihm ihren Fang. »Nahrung für den Stamm«, sagte Harp.

Das Tier sah aus wie ein fleischiger Pilz mit einem Stiel von etwa einem halben Meter Länge, und unter der Kappe saßen Sinnesorgane und ein eingerollter Greifarm. In der Mitte des Stiels verlief eine Lunge, mit deren Hilfe sich das Tier vorwärtsbewegen konnte. Ein Teil der Kappe war abgerissen worden, vielleicht von einem Raubtier; die Wunde war halb verheilt. Das Tier sah nicht sehr appetitlich aus, aber auch der Vorsitzende mußte die gesellschaftlichen Regeln einhalten.

Er nahm es. »Das Frühstück für morgen«, sagte er höflich. »Wo ist Laython?«

»Verloren«, sagte Harp, bevor Gavving »Tot« sagen konnte.

Der Vorsitzende war bestürzt. »Wie?« Dann »Halt. Eßt erst.«

Das war die übliche Geste einem zurückkommenden Jäger gegenüber, aber für Gavving war das Warten eine Qual. Sie bekamen leere Samenschoten, die ein paar Mundvoll Grünzeug mit Truthahnfleisch in Brühe enthielten. Während sie aßen, bemerkten sie die hungrigen Blicke der anderen, und sie beeilten sich, die leeren Gefäße zurückzugeben.

»Und jetzt redet«, sagte der Vorsitzende.

Gavving war froh, als Harp anfing zu berichten. »Wir brachen zusammen mit den anderen Jägern auf und kletterten den Stamm entlang. Bald konnten wir die Köpfe in den Himmel stecken und sehen, wie sich der kahle Stamm unendlich weit in die Ferne erstreckt . . .«

»Mein Sohn ist verloren, und du zitierst Gedichte?«

Harp zuckte zusammen. »Verzeihung. Auf unserer Seite des Stammes war nichts, weder Gefahr noch Rettung. Wir kletterten um den Stamm herum. Dann sah Laython weit im Westen einen Schwertvogel, der vom Wind zu uns herübergetragen wurde.«

Der Vorsitzende hatte seine Stimme kaum noch unter Kontrolle. »Ihr wolltet einen Schwertvogel jagen?«

»Im Quinn-Busch herrscht Hungersnot. Wir sind zu weit

nach innen gefallen, zu weit nach Voy hin. Das sagt auch der Wissenschaftler. Hier fliegen keine Tiere in der Nähe, und kein Wasser fließt den Stamm herab . . .«

»Bin ich nicht hungrig genug, das selbst zu wissen? Jedes Kind weiß, daß man keinen Schwertvogel jagen kann. Aber erzähl weiter.«

Harp berichtete weiter und sprach dabei sehr sachlich. Er überging Laythons Ungehorsam und ließ ihn als unglücklichen Helden erscheinen.

»Wir sahen, wie Laython und der Schwertvogel vom Sturm nach Osten gerissen wurden, zuerst über einen Kilometer des kahlen Astes und dann darüber hinaus. Wir konnten nichts tun.«

»Aber er hat seine Leine?«

»Die hat er.«

»Dann findet er vielleicht irgendwo Halt«, sagte der Vorsitzende. »In einem Wald irgendwo. An einem anderen Baum . . . er könnte sich in der Mitte festhaken und hinuntersteigen . . . nun ja. Für den Quinn-Stamm ist er jedenfalls verloren.«

»Wir hofften, daß er vielleicht irgendeine Möglichkeit finden würde, zurückzukommen und den Stamm wieder zu erreichen. Vier Tage vergingen, aber nur dieses Pilztier wurde vom Wind herangetragen. Wir warfen unsere Harpunen, und mit meiner fing ich das Ding.«

Der Vorsitzende sah vor Ekel ganz krank aus. In Gedanken hörte Gavving ihn sagen: *Habt ihr meinen Sohn gegen Pilztierfleisch eingetauscht?* Aber der Vorsitzende sagte: »Ihr seid die letzten Jäger, die zurückkommen. Ihr sollt erfahren, was heute passiert ist. Erstens, Martal wurde von einer Drillzecke umgebracht.«

Martal war eine ältere Frau und die Tante von Gavvings Vater. Eine faltige, alte Frau, die immer beschäftigt war, zu beschäftigt, um sich mit Kindern zu unterhalten. Sie war die Chefköchin des Quinn-Stammes gewesen. Gavving versuchte, die Vorstellung einer sich durch Eingeweide bohrenden Drillzecke loszuwerden, und während er sich noch innerlich schüttelte, sagte der Vorsitzende: »Nach fünf Schlafperioden werden wir uns zu Martals Bestattung versammeln. Zweitens, der Rat hat beschlossen, eine komplette Jagdexpedition den Stamm hinaufzuschicken. Sie darf nicht ohne Mittel für unser Überleben zurückkommen. Gavving, du wirst an der Expedition teilnehmen. Über deine Aufgabe wirst du nach der Beerdigung genauer informiert.«

2 Abschied

Der Schlund des Baumes bestand aus einer trichterförmigen, dicht mit tot aussehenden Zweigen augekleideten Grube. Die Bürger vom Quinn-Busch lebten in einem Segment oberhalb des fast vertikalen Randes. Fünfzig oder mehr hatten sich versammelt, um von Martal Abschied zu nehmen. Fast die Hälfte davon waren Kinder.

Westlich des Baumschlundes war nichts als Himmel. Überall um sie herum war Himmel, und hier am westlichsten Ende des Astes gab es keinen Schutz vor dem Wind. Die Mütter hielten ihre Kleinkinder unter der Kleidung.

Im dichten Gebüsch um die Schlundöffnung herum sahen die Angehörigen des Quinn-Stammes aus wie scharlachrote Buschbeeren.

Martal war bei ihnen. Flankiert von vier Familienangehörigen lag sie am unteren Rand des Trichters. Gavving betrachtete das Gesicht der Frau. Ihr Gesicht sieht fast friedlich aus, dachte er. Aber dennoch spiegelte sich in ihm noch eine Spur des Entsetzens wider, das sie erlebt hatte.

Die Wunde lag über der Hüfte. Sie stammte nicht von der Drillzecke, sondern vom Messer des Wissenschaftlers, der es herausgeschnitten hatte.

Eine Drillzecke war eine winzige Kreatur, etwa so groß wie die große Zehe eines Mannes. So schnell, daß man sie nicht wahrnahm, kam sie aus dem Wind herbeigeflogen und schlug zu. Sie bohrte sich ins Fleisch, wobei sie einen Sack hinter sich herzog, der sich ständig erweiterte. Wenn nichts unternommen wurde, wühlte sich das Tier durch die Gedärme, legte seine Eier ab, und, zu dreifacher Größe angeschwollen, verschwand es dann wieder.

Bei Martals Anblick wurde Gavving ganz schlecht. Er hatte zu lange wachgelegen und zu wenig geschlafen. Sein Magen drehte sich um bei dem Versuch, ein Frühstück aus Pilztier-Ragout zu verdauen.

Harp schob sich neben ihn. Er reichte Gavving bis an die Schulter. »Es tut mir leid«, sagte er.

»Was tut dir leid?« Aber Gavving wußte genau, was der andere meinte.

»Wenn Laython nicht gestorben wäre, müßtest du nicht an der Expedition teilnehmen.«

»Du glaubst also, der Vorsitzende will mich bestrafen. Okay, das dachte ich auch, aber ... würdest du nicht ohnehin mitgehen?«

Harp breitete die Hände aus. Es war untypisch für ihn, daß er nicht wußte, was er antworten sollte.

»Du hast zu viele Freunde, Harp.«

»Natürlich. Ich kann gut reden. Daran mag es liegen.«

»Du könntest dich freiwillig melden«, sagte Gavving. »Hast du an all die Geschichten gedacht, die du anschließend erzählen könntest?«

Harp öffnete den Mund und schloß ihn wieder. Er zuckte die Achseln.

Gavving ließ das Thema fallen. Jetzt wußte er es: Harp hatte Angst ... »Ich kriege niemanden dazu, mir etwas zu sagen«, meinte er dann. »Was hast du gehört?«

»Gute und schlechte Nachrichten. Neun Leute sollen teilnehmen. Eigentlich acht, aber du bist hinzugekommen. Die gute Nachricht ist nur ein Gerücht. Clave soll die Expedition leiten.«

»Clave?« fragte Gavving.

»Er selbst. Vielleicht. Der Vorsitzende könnte immer noch versuchen, ein paar Leute loszuwerden, die er nicht mag. Er ...«

»Clave ist der größte Jäger im ganzen Busch!« rief Gavving. »Und er ist der Schwiegersohn des Vorsitzenden.«

»Ja, aber er lebt nicht mit Mayrin zusammen. Und abgesehen davon ... aber ich will nicht raten.«

»Was?«

»Das ist zu kompliziert. Ich könnte mich sogar irren.« Harp verschwand.

Der Rauchring zeigte sich als weißer Strich am blauen Himmel und verengte sich an seiner westlichen Krümmung. Weit unten am Bogen lag Gold als ein Wirbel von tosenden Stürmen. Sein Blick folgte der Krümmung des Ringes bis zu der Stelle, wo er sich in der Nähe von Voy auflöste. Voy lag direkt unten, ein kleiner, glitzender Punkt, wie ein in einen Ring eingefaßter Diamant.

Es war alles schärfer und klarer geworden, als es in Gavvings Kindheit gewesen war. Damals hatte man Voy nur trübe und verschwommen gesehen.

Beim Durchgang von Gold war Gavving zehn Jahre alt gewesen. Er erinnerte sich noch, wie wütend er auf den Wissenschaftler gewesen war, weil der Unheil vorausgesagt hatte, was sie alle in große Angst versetzte. Die heulenden Stürme waren schon schlimm genug gewesen . . . aber Gold war vorbeigezogen, und die Stürme hatten nachgelassen.

Die Allergie-Attacke war ein paar Tage später gekommen.

Es hatte Jahre gedauert, bis die gegenwärtige Dürre ihren Höhepunkt erreichte, aber Gavving hatte schon damals das Gefühl einer nahenden Katastrophe gehabt. Quälende Schmerzen in den Augen, als würden Messer hineingestoßen, eine ständig triefende Nase, ein Druckgefühl in der Brust. Dünne und trockene Luft hatte der Wissenschaftler gesagt. Einige vertrügen sie, andere nicht. Goldblatts Welt habe die Umlaufbahn des Baumes abgesenkt, hatte man Gavving gesagt; der Baum habe sich näher an Voy heranbewegt und stünde jetzt weit unterhalb der Mitte des Rauchrings. Gavving wurde geraten, oberhalb des Baumschlundes zu schlafen, wo das Wasser floß. Das war, bevor sich diese Rinnsale so drastisch verminderten.

Auch der Wind war wieder stärker geworden.

Er wehte immer direkt in den Baumschlund hinein. Der Quinn-Busch spannte seine breiten grünen Segel in den Wind, um alles aufzufangen, was der Wind herantragen mochte. Wasser, Staub oder Schlamm, Insekten oder größere Kreaturen, alles wurde von dem fein verteilten Laub aufgefangen oder blieb in den Zweigen hängen. Die Zweige wanderten langsam in westlicher Richtung am Ast entlang, bis allmählich alles vom Baumschlund verschluckt wurde. Selbst alte Hütten wanderten in den Baumschlund, um dort zerquetscht und verschlungen zu werden, und alle paar Jahre mußten neue gebaut werden.

Alles wanderte in den Baumschlund. Die Rinnsale, die am Baumstamm herabliefen, wurden in künstliche Auffangbekken geleitet, aber das Wasser endete als Kochwasser oder Waschwasser im Schlund und die Bürger kamen hierher, um sich ihrer Exkremente zu entledigen, »den Baum zu füttern«.

Martals Unterlage aus Zweigen hatte sie schon mehrere Meter den Abhang hinabgetragen. Ihre Eskorte zog sich zurück und stellte sich zu Alfin, dem Wächter des Baumschlundes.

Schon die Kinder lernten, wie man den Baum pflegt. Als Gavving jünger war, gehörte es zu seinen Aufgaben, Erde und Exkremente und Unrat zu sammeln und in den Baumschlund zu werfen. Außerdem mußte er Steine sammeln, damit sie an anderer Stelle verwendet werden konnten. Er mußte auch Ungeziefer suchen und töten. Es hatte ihm nicht besonders gefallen – unter Alfin zu arbeiten war entsetzlich – aber er wußte noch, daß einiges von dem Ungeziefer eßbar gewesen war. Auch irdische Pflanzen waren hier angebaut worden: Tabak, Mais und Tomaten; die Ernte mußte eingebracht werden, bevor der Baum sie verschlang.

Aber in diesen dunklen Tagen kamen Beutetiere nur noch selten in die Nähe. Sogar die Insekten starben aus. Es gab keine Nahrung mehr für den Stamm, ganz zu schweigen von dem Unrat, mit dem man die Insekten und den Baum hätte füttern können. Es gab kaum noch Ernten. Der Ast war in seiner halben Länge kahl; er setzte kein neues Laub mehr an.

Alfin war schon vor Gavvings Geburt Wächter des Baumschlundes gewesen. Dieser mürrische alte Mann haßte aus diesem oder jenem Grunde den halben Stamm. Früher hatte Gavving Angst vor ihm gehabt. Alfin nahm an jeder Beerdigung teil . . . aber heute wirkte er ehrlich bekümmert. Er schien sich in seiner Trauer kaum noch beherrschen zu können.

Der Tag trübte sich. Die Sonne, jener helle Fleck, sank und war nur noch undeutlich zu sehen. Aber schon bald würde es im Osten wieder hell werden. Einstweilen . . . ja, da kam schon der Vorsitzende, der eine Kleidung gewählt hatte, die ihn sorgfältig gegen das Licht abschirmte. Der Wissenschaftler und der Student begleiteten ihn. Der Student, ein blonder

Junge, der vier Jahre älter als Gavving war, wirkte ungewohnt ernst. Gavving fragte sich, ob es aus Trauer um Martal oder aus Selbstmitleid war.

Der Wissenschaftler trug eine alte Uniform, an der man seinen Rang erkennen konnte: eine zweiteilige Kombination in blassem Blau, die ihm überhaupt nicht paßte; die Hosen reichten bis kurz unter die Knie, und der Waffenrock ließ fünfundzwanzig Zentimeter graubehaarten Bauch frei. Nach ungezählten Generationen zeigte das seltsame glatte Tuch Abnutzungserscheinungen, und der Wissenschaftler trug es auch nur zu offiziellen Anlässen.

Der Student hat recht, mußte Gavving plötzlich denken: diese Uniform müßte Harp ausgezeichnet passen.

Der Wissenschaftler hielt eine Ansprache, in der er Martals letzten Beitrag zur Gesundheit des Baumes pries und die Anwesenden daran erinnerte, daß auch sie eines Tages diese Verpflichtung würden erfüllen müssen. Er faßte sich kurz und machte dann dem Vorsitzenden Platz.

Der Vorsitzende sprach. Über Martals schlechten Charakter verlor er kein Wort, aber über ihre Kochkunst äußerte er sich ausführlich. Er erwähnte einen weiteren Verlust: seinen Sohn, der für den Quinn-Busch verloren sei, wo immer er sich jetzt aufhalten mochte. Er sprach sehr lange, und Gavving ließ seine Gedanken schweifen.

Vier Knaben lauschten aufmerksam, aber sie traten mit den Zehen gegen die Schotenpflanzen vor ihren Füßen. Die reifen Pflanzen reagierten, indem sie ihre Samenschoten abstießen, winzige Kapseln, die an beiden Enden sirrten. Mit feierlicher Miene standen die Jungen in einer summenden Wolke von Samenkapseln.

Baumschlundhumor. Einige andere hatten Mühe, ihr Lachen zu unterdrücken. Aber Gavving konnte nicht lachen. Er hatte vier Brüder und eine Schwester gehabt, aber alle seine Geschwister waren vor dem sechsten Lebensjahr gestorben, wie viele andere Kinder im Quinn-Busch. In dieser Hungerzeit starben sie noch schneller ... Er war der letzte aus seiner Familie. Alles was er heute sah, brachte Erinnerungen zurück. Es war, als sähe er alles zum letzten Mal.

Dabei ist es nur eine Jagdexpedition! Sein nervöser Magen

wußte es besser. Er war der Held einer einzigen erfolglosen Jagd. Wie konnte man ausgerechnet Gavving an einer letzten verzweifelten Expedition teilnehmen lassen, bei der es galt, Nahrung für den Stamm herbeizuschaffen?

Rache für Laython. Ob auch andere bestraft werden sollten? Wer *waren* die anderen? Wie würde man sie ausrüsten? Und – ging diese entsetzliche Feier denn nie zu Ende?

Der Vorsitzende sprach von der Dürre und der Notwendigkeit, ein Opfer zu bringen; und jetzt sah er einige im Kreise der Umstehenden bedeutungsvoll an. Gavving gehörte dazu.

Als der Vorsitzende seinen langen Vortrag beendet hatte, war Martal weitere zwei Meter hinuntergerutscht. Eilig schritt er davon, dem nahenden Tag zu entkommen.

Gavving eilte zum Versammlungsplatz.

Auf einem Gewebe von trockenen Zweigen, das beim Quinn-Stamm *Boden* genannt wurde, war die Ausrüstung aufgestapelt: Harpunen, aufgerollte Leinen, Haken, Netze, braune Säcke aus grobem Tuch, ein halbes Dutzend Gas-Schoten, Klauensandalen . . . eine beruhigende Auswahl aller Dinge, die man brauchte, um zu überleben. Außer . . . Proviant? Er sah keinen Proviant.

Einige andere waren schon vor ihm gekommen. Schon auf den ersten Blick sah er, daß es eine sehr eigenartige Auswahl war. Er sah ein vertrautes Gesicht und rief: »Student! Kommst du auch mit?«

Der Student sprang herbei. »Stimmt, ich habe sogar bei der Planung mitgewirkt«, gestand er. Der Student, ein lebhafter, lustiger Typ mit einem Beruf, der schon immer Fleiß erforderte, hatte seine eigene Harpune und seine eigene Leine mitgebracht. Er schien eifrig und voll nervöser Energie. Er schaute sich um und sagte: »Oh, verdammtes Baumfutter!«

»Komm! Was willst du denn damit sagen?«

»Nichts.« Er trat mit dem Fuß gegen einen Stapel Wolldekken und sagte: »Wenigstens gehen wir nicht völlig nackt.«

»Aber hungrig.«

»Vielleicht finden wir auf dem Stamm etwas Eßbares. Wehe nicht.«

Der Student war schon lange mit Gavving befreundet, aber

von der Jagd verstand er nicht viel. Und Merril? Merril wäre eine große Frau, wenn sie nicht diese winzigen krummen Beine hätte. Sie hatte Schwielen an ihren langen Fingern, und ihre langen, kräftigen Arme waren zu allem zu gebrauchen, sogar zum Gehen. Warum also sollte sie nicht mitkommen? Teilnahmslos klammerte sie sich an die Flechtwerkeinfriedung des Versammlungsplatzes.

Der einbeinige Jiovan stand neben ihr und hielt sich an den Zweigen fest, um nicht die Balance zu verlieren. Gavving kannte Jiovan als schnellfüßigen und kühnen Jäger. Dann hatte etwas ihn angegriffen, etwas, von dem er nie erzählt hatte. Als er zurückkam, lebte er kaum noch. Seine Rippen waren gebrochen, und das linke Bein war ihm abgerissen worden. Den Stumpf hatte er sich mit seiner Leine abgebunden. Vier Jahre später bereiteten ihm die alten Wunden noch immer Schmerzen, und er sorgte dafür, daß niemand es vergaß.

Glory war eine grobknochige reizlose Frau in mittleren Jahren. Sie hatte keine Kinder. Sie war berühmt für ihre Tollpatschigkeit, wenn auch sehr zu ihrem Verdruß. Die Schuld daran gab sie Harp, dem Geschichtenerzähler, und das nicht ganz zu unrecht. Da gab es diese Geschichte von dem Truthahnstall; und Harp hatte auch noch eine Geschichte über die rote Narbe erzählt, die sie am rechten Bein hatte und die sie sich beim Kochen zugezogen hatte.

Der Haß in Alfins Augen ließ an den Tag denken, an dem sie ihm einen Holzknüppel um die Ohren geschlagen hatte; Alfin war immer schon nachtragend gewesen. Er war Gärtner, Unratbeauftragter und Beerdigungsdirektor . . . kein Jäger, schon gar kein Forscher. Trotzdem war er hier. Kein Wunder, daß er bekümmert wirkte.

Glory saß mit gekreuzten Beinen und wartete. Sie hatte die Augen niedergeschlagen. Alfin beobachtete sie haßerfüllt. Merril schien teilnahmslos und ruhig, aber Jiovan murmelte ständig etwas vor sich hin.

Dies also waren seine Begleiter? Gavvings Magen krampfte sich schmerzhaft zusammen. Er wollte das Pilztierfleisch loswerden.

Jetzt betrat Clave mit schnellen Schritten den Platz, an

jedem Arm eine junge Frau. Er blickte sich um, als gefiele ihm, was er sah.

Es stimmte. Clave leitete die Expedition.

Alle sahen zu, als er mit dem Fuß gegen die aufgestapelten Ausrüstungsgegenstände trat und einige Male nickte. »Gut«, sagte er und schaute von einem der Umstehenden zum andern. »Wir werden den ganzen Mist tragen müssen. Teilt ihn unter euch auf. Nehmt das Zeug auf den Rücken und sichert es mit eurer Leine. Wer sein Gepäck verliert, wird nach Hause geschickt.«

Das Pilztierfleisch in Gavvings Magen beruhigte sich. Clave war der ideale Jäger: lang und schlank, zweieinhalb Meter Knochen und Muskeln. Er konnte einen Mann aufheben, indem er ihm ganz einfach die Hand um den Kopf legte, und mit seinen langen Zehen konnte er genauso geschickt Steine werfen wie Gavving mit seinen Händen. Seine Begleiterinnen waren Jayan und Jinny, Zwillingstöchter Martals und eines schon lange verstorbenen Jägers. Sie waren dunkelhaarig und hübsch. Ohne Aufforderung fingen sie damit an, verschiedene Ausrüstungsgegenstände in Säcke zu tun. Andere sprangen herbei und halfen ihnen.

Alfin meldete sich zu Wort: »Ich nehme an, daß du die Expedition leiten sollst.«

»Richtig.«

»Und was sollen wir mit all diesen Sachen tun?«

»Wir gehen den Baum hinauf. Auf unserem Weg erneuern wir die Quinn-Markierungen. Wir gehen so lange, bis wir etwas finden, was den Stamm rettet. Vielleicht Nahrung . . .«

»Auf dem kahlen Stamm?«

Clave sah ihn von oben bis unten an. »Wir haben unser ganzes Leben auf zwei Kilometern Ast gelebt. Der Wissenschaftler sagt, daß der ganze Baum *hundert* Kilometer lang ist. Vielleicht sogar noch länger. Wir wissen nicht, was wir dort oben finden, aber was wir auch brauchen, hier gibt es das nicht.«

»Du weißt doch genau, warum wir gehen müssen«, sagte Alfin. »Man will uns loswerden. Neun Mäuler weniger zu stopfen, und schau dir doch an, wer . . .«

Clave fiel ihm ins Wort. Wenn er wollte, konnte er mit seinem Gebrüll den Donner übertönen. »Willst du lieber nicht mitkommen, Alfin?« Er wartete, aber Alfin antwortete nicht. »Dann bleib. Aber *du* wirst erklären müssen, warum du nicht mitkommst.«

»Ich komme mit.« Alfins Stimme war fast unhörbar. Clave hatte keine Drohung ausgesprochen, und das war auch nicht nötig. Sie waren der Expedition zugeteilt. Wer sich geweigert hätte mitzugehen, wäre der Meuterei angeklagt worden.

Und auch das spielte keine Rolle. Wenn Clave mitging, dann ... hatte Alfin unrecht. Und auch Gavvings Magen hatte sich geirrt. Sie mußten finden, was der Stamm brauchte, und dann würden sie zurückkehren. Gavving packte seine Sachen ein.

»Wir haben sechs Paar Klauensandalen«, sagte Clave. »Für Jayan, Jinny und den Studenten ... und Gavving. Die restlichen behalte ich. Wir werden feststellen, wer sonst noch welche braucht. Jeder nimmt vier Haken mit. Und ein paar Steine. Man braucht mindestens einen, um die Haken in das Holz zu schlagen, und vielleicht ein paar zum Werfen. Hat jeder seinen Dolch dabei?«

Es war schon Nacht, als sie sich aus dem Laubwerk lösten, aber dennoch kniffen sie die Augen zu. Der Baumstamm kam ihnen riesig vor. Der Busch am anderen Ende war fast nicht zu sehen. Sein Grünblau hob sich kaum vom Blau des Himmels ab.

»Nehmt euch Zeit, noch eine Kleinigkeit zu essen«, rief Clave. »Und stopft euch Laub ins Gepäck. Wir werden lange kein Laub mehr sehen.«

Gavving riß einen dicht mit Baumwollzucker besetzten Zweig ab und steckte ihn sich zwischen Rücken und Rucksack. Dann stieg er den Stamm hinauf. Clave war schon vor ihm.

Die Borke des Stammes war anders als die des Astes. Sie hatte keine Zweige, aber sie mußte mehrere Meter dick sein, denn sie hatte so tiefe Risse, daß sich ein Kletterer in ihnen verstecken konnte. An kleineren Rissen konnte man sich gut festhalten.

Gavving war es nicht gewohnt, Klauensandalen zu tragen.

Er mußte ein paarmal auftreten, damit sie richtig saßen und nicht rutschten. Sein Rucksack hatte die Tendenz, ihn nach hinten zu ziehen. Sollte er ihn vielleicht tiefer hängen? Die Schwerkraft half ein wenig. Sie zog ihn nicht nur nach unten, sondern auch gegen den Stamm, als liege der Stamm geneigt.

Der Student bewegte sich geschickt, aber er keuchte. Vielleicht sollte er weniger studieren. Sein Gepäck war größer als das der anderen. Schleppte er außer seiner Ausrüstung sonst noch etwas mit sich?

Merril trug kein Gepäck. Sie hatte nur ihre Leine. Nur mit Hilfe ihrer Arme kam sie gut voran. Jiovan mit seinen beiden Armen und einem Bein biß zwar vor Schmerzen die Zähne zusammen, aber er hatte sogar schon Clave eingeholt.

Jayan und Jinny, die vor Gavving über die dicke Borke stiegen, hielten beide gleichzeitig an und sahen nach unten. Dann sahen sie sich an. Sie schienen den Tränen nahe. Heimweh schnürte auch Gavving plötzlich die Kehle zu. Wie gern hätte er in der Junggesellenhütte auf seiner Pritsche gelegen und das Gesicht gegen die Laubwand geschmiegt.

Die Zwillinge stiegen weiter, und Gavving folgte ihnen.

Wir kommen gut voran, dachte Clave. Er machte sich immer noch Sorgen um Merril. Sie hielt die anderen zwar auf, aber wenigstens gab sie sich Mühe. Je näher sie der Mitte des Stammes kamen, um so leichter würde es für sie sein, sich nur mit den Armen vorwärtszubewegen. Dort gab es keine Schwerkraft, und alles würde schweben ohne zu fallen, wenn man den wirren Träumen des Wissenschaftlers glauben konnte.

Nur Alfin war noch unten in den letzten Ausläufern des Buschs. Clave hatte Schwierigkeiten mit Alfin erwartet, aber nicht solche. Alfin war der älteste im Team, über vierzig, aber er war kräftig und gesund.

Sollte er ihn bei seinem Stolz packen? »Alfin«, rief er nach unten, »brauchst du Klauensandalen?«

Alfin mochte sich alle möglichen Antworten überlegt haben. »Vielleicht«, rief er zurück.

»Ich werde warten. Jiovan, übernimm du die Führung.«

Clave öffnete sein Bündel, während Alfin zu ihm hochkletterte. Alfin kletterte mit halbgeschlossenen Augen. Darin lag etwas Seltsames. Etwas Falsches.

»Ich hatte gehofft, daß du wenigstens mit Merril Schritt halten würdest«, sagte Clave und reichte ihm die Sandalen.

Alfin sagte nichts, als er sich eine davon anzog. »Spielt das noch eine Rolle?« meinte er endlich. »Wir sind alle schon so gut wie tot. Aber das wird diesem Copsik nichts nützen. Er ist nur die Lahmen losgeworden . . .«

»Wer?«

»Der Vorsitzende, unser sauberer Vorsitzender! Wenn Leute am Verhungern sind, werfen sie ihren Anführer hinaus. Er hat die Lahmen hinausgeworfen, die ihm ohnehin nichts tun könnten. Wir werden sehen, was er tun kann, wenn sie ihn in den Himmel treten.«

»Wenn du mich für lahm hältst, dann versuch doch, mich zu überholen«, sagte Clave leichthin.

»Jeder weiß, warum *du* hier bist, du und auch deine Frauen.«

»Oh, das nehme ich an«, sagte Clave. »Aber wenn du glaubst, daß es *dir* gefallen würde, mit Mayrin zusammenzuleben, kannst du es ja versuchen wenn wir wieder zurück sind. Ich konnte es nicht. Das hat ihr nicht gepaßt, und das hat auch ihrem Vater nicht gepaßt. Weißt du, sie war im gebärfähigen Alter, als ich gerade alt genug war, das zu bemerken.«

Alfin schnaufte.

»Hör gut zu«, sagte Clave. Wenn es überhaupt noch etwas gibt, was den Stamm retten könnte, muß es irgendwo über unseren Köpfen sein. Und wenn wir es finden, könnte ich selbst Vorsitzender werden. Was meinst du dazu?«

Alfin sah Clave erschrocken ins Gesicht. »Vielleicht. Du bist wohl machthungrig, was?«

»Das weiß ich noch nicht genau. Sagen wir mal, ich bin gerade wütend genug, alles zu riskieren. Diese ganze verrückte . . . nun, Jayan und Jinny können selbst auf sich aufpassen, und wenn sie es nicht können, kann ich es. Aber ich mußte Merril mitnehmen; sonst hätte der Vorsitzende mir keine Gas-Schoten gegeben. Und in der letzten Minute schickte er mir noch Gavving auf den Hals.«

»Gavving war nicht viel schlimmer als die anderen Jungen,

die ich ausbilden mußte. Ständig stellte er Fragen. Ich kenne keine *zwei* Leute, die so neugierig sind wie dieser Junge – «

»Darum geht es nicht. Sein einziger Fehler war, *dabei* zu sein als Laython, dieser verdammte Narr, gefressen wurde . . . Vergiß es. Aber, Alfin, irgend jemand in unserem Team ist für die anderen gefährlich.«

»Du sagst es.«

»Und wie würdest du damit fertigwerden?«

Man sah Alfin nur selten lächeln. Er nahm sich für seine Antwort Zeit. »Merril wird sich früher oder später selbst umbringen. Aber Glory wird einen anderen umbringen. Ein falscher Griff im falschen Augenblick. Aber dagegen kann man etwas unternehmen. Warte nur, bis wir weiter oben sind, wo die Schwerkraft geringer ist. Man braucht sie nur anzustoßen, wenn sie nicht die richtige Balance hält. Dann ist sie ganz schnell wieder zu Hause.«

»Genau das meine ich. *Du* bist eine Gefahr für uns, Alfin. Du hegst Groll gegen andere. Wir haben genug Probleme. Wir können nicht auch noch darauf achten, dich nicht im Rücken zu haben. Wenn du uns aufhältst, wenn du irgendeinem von uns Ärger machst, dann schicke ich dich auf eine ganz schnelle Heimreise, Alfin. Ich habe hier genug Schwierigkeiten.«

Alfin wurde blaß, aber er blieb die Antwort nicht schuldig. »Allerdings. Versuch, Glory loszuwerden, bevor sie jemanden vom Stamm stößt. Frag Jiovan.«

»Ich lasse mir von dir nichts befehlen«, sagte Clave. »Und noch eins. Du verschwendest zu viel Energie darauf, wütend zu sein. Die solltest du besser sparen. Du wirst deine Wut noch brauchen. Und jetzt steig voran.« Alfin kletterte weiter, und Clave folgte ihm.

3 Der Stamm

Der Tag brach hell an, verlosch in Dunkelheit und brach wieder an, während sie kletterten. Die Männer zogen ihre Blusen aus und steckten sie unter die Riemen ihrer Rucksäcke; ein wenig später taten es ihnen die Frauen nach. Clave sah Jayan und Jinny ein wenig lüstern an. Gavving tat das nicht, aber ihr Anblick lenkte ihn vom Klettern ab.

Jayan und Jinny waren zwanzig Jahre alte eineiige Zwillinge mit blasser Hautfarbe, dunklem Haar, hübschen, herzförmigen Gesichtern und schönen konischen Brüsten. Sie wurden von einigen Bürgern als dumm bezeichnet, weil sie zu irgendwelchen Unterhaltungen kaum je etwas beizutragen wußten; aber Gavving war sich da nicht so sicher. In anderen Angelegenheiten zeigten sie viel praktischen Verstand; so auch jetzt: Jinny kletterte zusammen mit Clave, aber Merril war weit zurückgefallen, und Jayan hatte sich hinter sie gesetzt, um sie ein wenig anzutreiben.

Clave hatte wieder die Führung übernommen, und Jiovan verlor an Boden. Während er kletterte, war ständig sein monotones Fluchen zu hören. Er verfluchte den Wind, den fehlenden Halt an der Borke, sein verlorenes Bein. Alfin hätte ganz vorn sein müssen, aber immer wieder hielt er inne, um nach unten zu schauen.

Auch Gavvings Schultern und Beine schmerzten vor Anstrengung. Schlimmer noch, er machte Fehler; er trat mit den Sandalen falsch auf, so daß er oft ausrutschte. Wer müde ist, macht Fehler. Gavving sah Glory weggleiten und mit den Armen um sich schlagen. Sie stürzte zwei oder drei Meter, bevor sie wieder Halt fand und sich wild an die Borke klammerte. Gavving bewegte sich, seitlich bis er hinter und neben ihr war.

Sie war starr vor Angst.

»Weiter«, rief Gavving. »Ich bleibe hinter dir, damit ich dich auffangen kann.«

Sie schaute nach unten, nickte nervös und kletterte weiter. Sie bewegte sich wie in Krämpfen und verbrauchte viel zu viel Energie. Gavving hielt mit.

Wieder rutschte sie ab. Gavving hielt sich an der Borke fest. Als sie in Reichweite war, stemmte er ihr die Handflächen gegen das Gesäß und schob sie kräftig gegen den Baum. Ächzend hielt sie sich fest. Dann kletterte sie weiter.

Clave rief nach unten: »Hat jemand Durst?«

Sie brauchten ihre Luft, und die Antwort war klar. *Natürlich* hatten sie Durst. »Nach Osten«, rief Clave. »Wir werden etwas zu trinken finden.«

Das fallende Wasser hatte an der Ostseite des Stammes eine Rinne ausgewaschen. Der Kanal war fünfzig Meter breit und auf der vom Wasser geglätteten Fläche fast trocken. Aber der Baum durchlief noch gelegentlich eine Wolke, und der Nebel legte sich auf die Borke; der Wind und die Corioliskraft ließen das Wasser nach Osten strömen, und zwei kümmerliche Rinnsale flossen in Richtung auf den Quinn-Busch.

»Paßt gut auf«, sagte Clave. »Wenn es nötig ist, gebraucht eure Haken. Dies Zeug ist glatt.«

»Hier«, rief der Student von oben.

Sie abeiteten sich zu ihm hoch. Ein großer Felsbrocken mußte vor langer Zeit auf den Baum aufgetroffen sein. Er war halb in das Holz eingedrungen und bot eine ausgezeichnete Plattform, zumal Wasser sich geteilt hatte und an beiden Seiten um ihn herumfloß. Als Merril und Jayan oben ankamen, hatte Clave schon ein paar Haken in das Holz geschlagen und Leinen an ihnen befestigt.

Merril und Jayan kletterten auf den Felsen. Merril brach keuchend zusammen, während Jayan ihr Wasser holte.

Glory lag mit geschlossenen Augen auf dem Felsen. Endlich kroch sie nach rechts. »Irgendeine Beschränkung?« rief sie Clave zu.

»Was?«

»Wieviel dürfen wir trinken? Das Wasser fließt . . .«

Clave lachte laut. Er brüllte wie der Vorsitzende, wenn er die Feier zur Jahresmitte leitet: »Trinkt! Badet! Macht eine Wasserschlacht! Wer sollte uns hindern? Wenn der Quinn-

Stamm kein gebrauchtes Wasser will, wären wir nicht hier.« Er holte ihren einzigen Kochtopf aus seinem Gepäck und schleuderte damit Wasser gegen ausgewählte Ziele: Merril, die vor Vergnügen jauchzte; Jiovan, der überrascht prustete; Jayan und Jinny, die sich ihm drohend näherten.

»Auf diesem unsicheren Boden wage ich mich nicht zu balgen«, rief er und blieb steif liegen. Sie rollten ihn ins Wasser und hielten ihn an Händen und Füßen fest, damit er nicht abrutschen konnte.

Sie stiegen in einer Spirale weiter. Clave hatte gesagt, sie seien nicht nur zum Klettern hier, sondern auch, um den Stamm zu erforschen. Gavving hörte Jiovans monotones Fluchen, als sie in den Wind stiegen, bis seine Worte im Wind untergingen.

Gavving riß eine Handvoll grüner Baumwolle von seinem Zweig und stopfte sie sich in den Mund. Der Zweig, der zwischen dem Rucksack und seinem Rücken emporragte, war jetzt fast kahl.

Der Himmel war leer; nur ein paar Wolkenfetzen waren zu sehen und ein paar kleine Punkte, die Teiche sein mochten, alles Hunderte von Kilometern weit draußen. Wenn es Schlafenszeit war, würden sie sehr hungrig sein.

Er kletterte über einen Riß in der Borke, der sich tief in den Stamm eingegraben hatte. Eine alte Verletzung, die am Baum langsam heilte. Sie war so tief, daß man hineinsteigen konnte, aber sie führte in die falsche Richtung. Plötzlich schrie der Student: »Halt! Wartet!«

»Was ist denn los?« wollte Clave wissen.

»Die Markierungen des Quinn-Stammes!«

Wenn der Student nicht darauf gezeigt hätte, wäre Gavving nicht auf den Gedanken gekommen, daß es sich hier um Schrift handelte. Schrift hatte er selten gesehen, und diese Buchstaben waren drei bis vier Meter hoch. Man konnte sie nicht lesen; man konnte nur auf ihre Bedeutung schließen: DQ, mit einem Schnörkel durch das D.

»Wir werden die Markierung nachmeißeln müssen. Sie ist fast zugewachsen. Sie sollten öfter jemanden herschicken.«

Clave schaute kritisch von einem zum anderen. Gavving, Alfin, Jinny, fangt an zu graben. Der Student überwacht die

Arbeit. Legt nur das Q frei, das D könnt ihr in Ruhe lassen. Ihr anderen könnt euch inzwischen ausruhen.«

»Ich kann arbeiten«, sagte Merril. »Ich könnte übrigens auch mehr tragen.«

»Das kannst du mir morgen sagen«, meinte Clave. Er trat über den Riß hinweg, um ihr auf die Schulter zu klopfen. »Wenn du uns etwas von unserem Gepäck abnehmen kannst, sollst du es bekommen. Wir wollen sehen, wie du dich morgen fühlst, wenn du verkrampfte Muskeln hast.«

Sie schlugen die Borke weg und gruben mit den Spitzen ihrer Haken tiefer in das Holz. Der Student bewegte sich zwischen ihnen hin und her. Das Q nahm Gestalt an. Als der Student neben ihm stand, fragte Gavving ihn: »Warum sind die Buchstaben so groß? Man kann sie kaum lesen.«

»Sie sind nicht für uns bestimmt. Du könntest sie erkennen, wenn du einen Kilometer entfernt bist.«

Alfin hatte zugehört. »Wo? Im Fallen? Oder machen wir das, damit die Schwertvögel und Triune es lesen können?«

Der Student lächelte und ging wortlos weiter. Alfin schaute ihm böse nach und trat dann auf Gavving zu. »Ist er verrückt?«

»Vielleicht. Aber wenn du nicht so tief graben kannst wie Jinny, wird die Markierung den Schwertvögeln lächerlich vorkommen.«

»Er erzählt ein Geheimnis halb und läßt einen dann hängen«, beschwerte sich Alfin. »Das macht er immer.«

Als sie mit der Arbeit fertig waren, hatten sie das Stammeszeichen tief und deutlich sichtbar in den Baum gemeißelt. Der Wind fuhr jetzt wieder direkt auf sie herab. Gavving spürte vertraute Schmerzen in den Ohren. Er spannte die Kiefermuskeln an und versuchte sich zu erinnern. Als es in seinen Ohren knackte, wußte er es wieder: der Druck und die Schmerzen in den Ohren. Das war ein paar Tage, nachdem Goldblatts Welt vorbeigezogen war, in der Nacht vor seinem ersten Allergie-Anfall.

In letzter Zeit hatte er sich schon nicht mehr gefragt, ob er am nächsten Morgen mit schmerzenden Augen und Nebenhöhlen aufwachen würde. Er hatte es einfach ertragen. Aber er war damals auch nicht am vertikalen Stamm eines Baumes aufgewacht. Er malte sich aus, wie es wohl wäre, wenn er blind klettern müßte . . .

Daran mußte er denken, als ein dickes holzfarbenes Seil aus der Borke hervorschnellte und sich um Glorys Hüften schlang.

Glory kreischte auf. Gavving sah, daß sie sich mit abgewandtem Gesicht an die Borke klammerte. Das Seil zog sie zur Seite, von ihm weg.

Bevor Gavving weiterkletterte, zog er die Harpune aus seinem Gepäck. Dann kroch er um Glory herum auf das lebende Seil zu.

Wieder kreischte Glory, als sie von der Borke losgerissen wurde. Nur das lebende Seil rettete sie noch vor dem Sturz. Er wagte nicht, es zu zerschneiden. Statt dessen wollte er sich rasch an das Ende des Seils vorarbeiten, während dieses Glory immer fester umschlang und sie herumschleuderte. Der Baum hatte hier ein Loch. Gavving sah im Innern des Lochs, daß sich das Seil verdickte. Am Ende öffnete sich ein einzelnes Auge und blickte ihn an. Er stieß zu. Das Lid schloß sich, und das Seil fuhr zurück. Noch einmal traf Gavving. Er spürte den Ruck in Arm und Schulter, als die Harpune eindrang.

Ein riesiges Maul öffnete sich schreiend. Das lebende Seil versuchte, Glory fortzuschleudern. Diesmal rettete Glory sich selbst. Sie stieß ihre eigene Harpune durch die braune Trosse und hielt sich mit beiden Händen am Schaft fest. Das Seil griff jetzt Gavving an.

Das Maul war mit einigen Reihen spitzer dreieckiger Zähne versehen. Mit einer raschen Drehung riß Gavving seine Harpune so geschickt aus dem Auge, als hätte er es sein Leben lang geübt. Er zielte auf das Maul und versuchte, die Kehle zu erreichen. Das Maul schloß sich, und er traf nur Zähne. Wieder stieß er nach dem Auge.

Irgend etwas wand sich in der dunklen Höhlung. Das Maul öffnete sich unglaublich weit. Dann tauchte eine schwarze Masse aus dem Loch auf. Gavving warf sich zur Seite, um nicht mitgerissen zu werden. Ein Untier von der Größe einer Hütte sprang auf drei kurzen dicken, mit sichelförmigen Klauen bewehrten Beinen in den Himmel. Eine dieser Klauen verfehlte Gavving nur knapp. Das Tier breitete kurze Flügel aus, und Gavving sah erstaunt, daß das Seil seine Nase war.

Er dachte, das Tier wolle fliehen, aber zehn Meter von seiner Höhle entfernt drehte es sich mit bemerkenswerter Geschwindigkeit um. Gavving wandte sich mit dem Rücken zur Borke und hob seine Harpune.

Mit lang ausgestreckter Nase schlug das Biest wild mit den Flügeln . . . vergeblich. Die ganze übrige Jagdmannschaft war inzwischen herangekommen. Glory wurde angeleint, und eine weitere Leine legte sich um die Seilnase der Kreatur. Auch ihre Flügel wurden zusammengebunden. Clave schrie Befehle. Er, Jinny und der Student zogen kräftig an den Strikken, damit sich die Klauen des Tieres nach außen und vom Stamm wegdrehten. In dieser Position wurde es herangezogen, bis sie mit den Harpunen seinen Kopf erreichen konnten. Gavving suchte sich eine Stelle und stieß immer wieder zu. Er durchbohrte Knochen und rötlichgraue Gehirnmasse. Er merkte es nicht einmal, als das Tier sich nicht mehr bewegte. Er kam erst wieder zu sich, als Clave schrie: »Gavving, Glory, ihr bereitet das Essen. Ihr habt es getötet, ihr müßt es auch ausnehmen.«

Ihr habt es getötet, ihr müßt es auch ausnehmen war eine Ehre, der man leicht entgehen konnte. Man brauchte nur zu sagen, das Tier habe einen verletzt . . .

Jayan und Jinny machten sich daran, in der Höhle des Tieres ein Feuer anzuzünden. Sie arbeiteten schnell und geschickt und fast ohne Worte, als könne jede die Gedanken der anderen lesen. Die anderen waren draußen und schlugen Borke für das Feuer. Gavving und Glory sicherten das Tier vor der Höhle mit Leinen und Haken und machten sich ebenfalls an die Arbeit. Der Student wollte unbedingt mithelfen. Genau genommen war er dazu gar nicht berechtigt, aber er schien ganz versessen darauf, und Glory war müde. Sie arbeiteten langsam und prüften ihre Beute genau.

Wie so viele Kreaturen im Rauchring, sagte der Student, weise auch dieses Tier eine Art dreiseitiger Symmetrie auf. Ganz hinten hatte es als Steuerflosse einen dritten, kleineren Flügel. Das vordere Paar diente der Vorwärtsbewegung und (wie der Student voll Freude erklärte) als Ohren. Löcher unter jedem Flügel erwiesen sich als Hörorgane als der Student sie zerschnitt. Das Tier konnte die Flügel um diese Öffnungen trichterförmig herumlegen, um Geräusche besser aufzufangen.

Es war ein Höhlentier. Mit diesen kleinen Flügeln konnte es sich nicht schnell bewegen. Alle Kreaturen im Rauchring konnten irgendwie fliegen; aber diese würde es vorziehen, ein Loch zu graben und seiner Beute aufzulauern. Selbst der Rüssel war nicht besonders kräftig. Der Student suchte solange bis er den Stachel fand, der an der Spitze gesessen hatte. Er steckte in Glorys Rucksack und hatte die Größe eines Zeigefingers. Glory fiel fast in Ohnmacht, als sie ihn sah.

Sie behielten die Klauen. Clave wollte sie als Harpunenspitzen verwenden. Sie schnitten Steaks aus dem Fleisch, die gebraten und an die anderen verteilt werden sollten, die sich inzwischen mit ihren Haken und Leinen vor der Höhle verankert hatten. Größere Fleischbrocken wurden zum Räuchern nach hinten in die Holzhöhle gelegt.

Gavving stellte fest, daß er vor Anstrengung nur noch verschwommen sehen konnte. Glory war schweißüberströmt. Er legte ihr den Arm um die Schulter und sagte: »Wir hören auf.«

»In Ordnung«, sagte Clave. »Hakt euch irgendwo fest. Alfin, wir schneiden den Rest auf.«

Claves Team war jetzt satt, sie hatten sogar zuviel gegessen. Jetzt schwebten sie vor der Höhle an ihren Leinen. Drinnen lag das Fleisch im Rauch. Mit dem Rest des Tieres, hauptsächlich Knochen, hatten sie den Höhleneingang versperrt.

»Bürger«, sagte Clave, »gebt mir einen Zustandsbericht. Wie fühlen wir uns? Ist jemand verletzt?«

»Mir tut alles weh«, sagte Jiovan und runzelte die Stirn, als von allen Seiten Ähnliches gemeldet wurde.

»Glory, hat das Ding dir vielleicht ein paar Rippen gebrochen?« fragte Clave.

»Ich glaube nicht. Ich habe wohl nur Quetschungen.«

»Hmm.« Clave schien überrascht. »Niemand ist vom Stamm gefallen. Niemand ist verletzt. Haben wir Gerät verloren?«

Alle schwiegen. »Clave«, sagte Gavving in die Stille hinein, »warum bist du eigentlich hier?«

»Wir erforschen den Stamm und erneuern die Quinn-Markierungen. Vielleicht können wir außerdem etwas gegen die Hungersnot tun. Die heutige Beute war ein guter Anfang.«

Gavving war bereit, das Thema fallenzulassen, aber Alfin nicht. »Der Junge hat gefragt, warum *du* hier bist. Warum bist du, der gewaltige Jäger, hinausgegangen, um mit den Lahmen zu sterben?«

Einige murmelten, aber es gab keine offene Reaktion auf den Ausdruck *lahm*. Clave lächelte Alfin an.

»Stellen wir die Frage einmal andersherum. Quinns Wächter des Baumschlundes. Wieso konnte der Stamm *dich* entbehren?«

Der Westwind war während ihres Aufstiegs schwächer geworden, aber es stürmte noch immer sehr heftig; Rauch wurde an den Überresten des Tieres vorbeigefegt. Alfin hatte Mühe beim Sprechen. »Der Vorsitzende hielt es für einen guten Witz. Und niemand . . . niemand hat sich für mich eingesetzt.«

»Weil niemand dich mag.«

Alfin nickte und seufzte, als sei eine Last von ihm genommen worden. »Niemand mag mich. Und jetzt bist du an der Reihe.«

Gavving grinste. Jetzt steckte Clave in der Falle, und er wußte es. »Mayrin mag mich nicht«, sagte er. »Ich habe sie gegen zwei hübschere und liebevollere Frauen eingetauscht. Und Mayrin ist die Tochter des Vorsitzenden.«

»Du weißt genau, daß das noch nicht alles ist.«

»Wenn du es besser weißt als ich, dann rede doch«, sagte Clave gelassen.

»Der Student wird mir zustimmen. Er kennt ein wenig von der Stammesgeschichte. Wenn etwas schiefgeht, wenn die Bürger nicht zufrieden sind, bekommt der Anführer Ärger. Fast hätte sogar der Wissenschaftler selbst mitkommen müssen. Der Vorsitzende hat Angst, das ist es. Die Bürger hungern, und es gibt für den Vorsitzenden einen Ersatz, der sich geradezu anbietet. Clave, er hat Angst vor *dir!*«

»Student?«

»Der Wissenschaftler weiß schon, was er tut«, erwiderte der Angesprochene.

»Er macht dich für alles verantwortlich«, rief Alfin. »Ich war dabei!«

»Ich weiß. Er hatte seine Gründe.« Der Student bemerkte die Stille ringsum und fing an zu lachen. »Nein, ich habe die Dürre nicht verursacht. Wir haben Gold umrundet, und Gold hat uns zu nahe an Voy herangebracht, dahin, wo der Rauchring dünner wird. Es ist eine Auswirkung der Schwerkraft . . .«

»Vielen Dank, daß du das alles erklärst«, sagte Clave mit fröhlichem Sarkasmus. Gavving war irritiert, aber auch ein wenig erleichtert: auch die anderen verstanden das Kauderwelsch des Studenten nicht. »Gibt es sonst noch etwas, das wir regeln sollten?«

»Wie können wir eine Flut hervorrufen?« fragte Gavving in die Stille hinein.

Es gab Gelächter. »Student?« sagte Clave.

»Das können wir vergessen.«

»Das würde alle Probleme lösen. Sogar die des Vorsitzenden.«

»Das ist lächerlich . . . Nun, also, eine Flut entsteht wenn ein Teich irgendwo am Stamm den Baum streift. Dann sammelt sich eine Menge Wasser am Stamm, und die Schwerkraft zieht es nach unten. Gewöhnlich werden wir von irgendeiner Jagdexpedition gewarnt, und wir laufen den Ast entlang. Die große Flut vor zehn Jahren . . . die meisten von uns konnten sich in Sicherheit bringen, aber das herabstürzende Wasser riß einige Hütten weg, den größten Teil der Erdpflanzen-Ernte und die Truthahnställe. Es dauerte ein ganzes Jahr, bis wir weitere Truthähne fingen.

Ich wünschte allerdings, wir hätten wieder eine Flut«, fügte der Student hinzu. »Ganz sicher sogar. Der Wissenschaftler meint, daß der ganze *Baum* – aber lassen wir das. Man kann einen Teich nicht einfangen. Wir sind viel zu nahe am Gas-Torus . . .«

»Da«, sagte Gavving und zeigte nach Osten und nach außen auf einen metallfarbenen Fleck, hinter dem rosa Wolkenfetzen hingen. »Ich glaube, er ist größer, als er mal war.«

»Na und? Er kommt entweder oder er kommt nicht. Und wenn er vorbeigeschwebt käme, was wolltet ihr tun? Eure

Haken und Harpunen werfen? Das könnt ihr vergessen. Ganz einfach vergessen.«

»Genug«, sagte Clave. »Das Fleisch ist wahrscheinlich fertig. Lassen wir den Rauch heraus und gehen wir hinein.«

Gavving wachte nachts auf und wußte nicht, wo er war.

Es kam ihm so vor, als hätte er Stöhnen gehört. Hatte jemand Schmerzen? Jetzt hatte es aufgehört. Nur noch das Geräusch des Windes und das Atmen der anderen. Überall um ihn herum warme Menschenleiber. Der Geruch von Rauch und Schweiß. Ihm tat alles weh. Es war, als hätte man ihn verprügelt.

In der Nähe hörte er eine Frauenstimme. »Bist du auch wach?«

Dann die eines Mannes. »Ja. Laß mich schlafen.« Alfin?

Stille. Und Gavving dachte daran, daß die Höhle gerade groß genug war, um neun erschöpfte Kletterer unterzubringen, nachdem sie die Knochen des Nasengreifers in den Himmel geworfen hatten. Vielleicht hatte der Abfall inzwischen Quinn-Busch erreicht, um den Baum zu füttern.

Sie drängten sich aneinander, Fleisch an Fleisch. Gavving hatte keine Möglichkeit wegzuhören, als Alfin wieder sprach, wenn er auch nur flüsterte. »Ich kann nicht schlafen. Alles tut weh.«

Glory: »Bei mir auch.«

»Hast du nicht auch Stöhnen gehört?«

»Ich glaube, das waren Clave und Jayan, und du kannst mir glauben, daß ihnen nichts wehtut.«

»Gut für sie. Glory, warum hast du mit mir gesprochen?«

»Ich hoffte, wir könnten wieder Freunde sein.«

»Aber du darfst nicht in meiner Nähe klettern, okay?«

»Okay.«

»Ich habe nämlich Angst, daß du mich vom Stamm stößt.«

»Alfin, hast du hier so weit oben nicht ohnehin Angst?«

»Nein.«

»Ich aber.«

Pause. »Ich habe Angst herunterzufallen. Ich wäre verrückt, wenn ich diese Angst nicht hätte.«

Dann war es eine Zeitlang still. Gavving konzentrierte sich

auf seine eigenen schmerzenden Muskeln und Gelenke. Sie hielten ihn wach . . . aber als Alfin wieder anfing zu sprechen, lag er im Halbschlaf.

»Der Vorsitzende hat es gewußt.«

»Was gewußt?«

»Er weiß, daß ich Angst habe herunterzufallen. Deshalb hat mich dieses Schwein von einem Copsik auf Jagd immer unter den Ast geschickt. Da hat man keinen festen Boden unter den Füßen. Man muß sich mit der Hand festhalten und dann noch eine Harpune werfen . . . aber jetzt habe ich mich gerächt.«

»Wie denn?« fragte Glory, und Gavving dachte: *Der Vorsitzende auch.*

»Ach, nichts. Willst du bei mir liegen, Glory?«

Ein angestrengtes Flüstern: »Nein, Alfin, wir sind doch nicht allein.«

»Hattest du unten im Busch einen Liebhaber?«

»Nein.«

»Die meisten von uns nicht. Es war keiner da, der für uns eintrat, als der Vorsitzende dieses Ei ausbrütete.«

Eine Pause, als dächte sie nach. »Ich kann es trotzdem nicht. Nicht hier.«

Alfin hob die Stimme. »Clave, Clave«, rief er. »Du hättest eine Masseuse mitbringen sollen!«

»*Ich* habe *zwei* mitgebracht«, rief Clave aus der Dunkelheit herüber.

»Verdammt«, sagte Alfin ohne Erregung, vielleicht sogar amüsiert. Bald darauf war alles still.

4 Flitzer und Fächerpilz

Am Morgen hatten alle noch Schmerzen. Einige ließen es sich mehr anmerken als andere. Alfin versuchte, sich zu bewegen und stöhnte vor Schmerzen. Er rollte sich wieder zusammen und versteckte das Gesicht zwischen den Armen. Merrils Gesicht war leer und stoisch, als sie die Arme entspannte und sich dann auf den Händen aufrichtete. Voll gegenseitigen Mitleids massierten Jayan und Jinny einander die Schmerzen weg. In Jiovans Gesicht erschien ein Ausdruck von Erstaunen und Schmerz, als er sich zu bewegen versuchte. Dann warf er Clave einen Blick zu, als habe er Verrat an ihm geübt.

In Glorys Augen waren Panik und Entsetzen zu lesen. Gavving berührte ihr Schulterblatt und zuckte unter seinen eigenen Schmerzsignalen zusammen. »Wir haben alle Schmerzen«, sagte er. »Siehst du das nicht? Worüber machst du dir Sorgen? Du wirst schon nicht hier zurückgelassen. Wir haben alle keine Kraft mehr.«

Ihr Blick wurde wieder normal. »Daran habe ich auch gar nicht gedacht«, flüsterte sie. »Ich habe gedacht: *es tut so weh.* Das ist doch verständlich, nicht wahr?«

»Natürlich. Aber schließlich bist du nicht gelähmt.«

»Vielen Dank, daß du mir gestern geholfen hast. Ich bin dir wirklich dankbar. Aber ich werde besser werden. Das verspreche ich.«

»Wir werden alle besser werden«, sagte der Student und versuchte, sich dabei nicht zu bewegen. »Je höher wir kommen, desto weniger wiegen wir. Bald werden wir schweben.«

Clave stieg vorsichtig über die Bürger hinweg, die wach waren, sich aber kaum bewegen konnten. Gavving empfand Neid und Wut. Clave hatte keine Schmerzen. Im hinteren Teil der Höhle des Rüsseltiers suchte er sich ein geräuchertes, von Harpunen zerfetztes Stück Fleisch aus. »Laßt euch Zeit mit dem Frühstück«, riet er den Leuten. »Eßt langsam und reichlich. So läßt sich Proviant am leichtesten transportieren.«

»Und wir haben gestern sehr viel Energie verbraucht«, sagte der Student. Wie ein Lahmer ging er zu Clave hinüber und begann, das Rippenfleich des Nasengreifers in meterlange Stücke zu reißen. Das erschien Gavving sinnvoll, und er ging ebenfalls hinüber. Das Fleisch hatte einen seltsam ranzigen Geschmack. Man kann sich daran gewöhnen, dachte er, wenn das Leben davon abhängt.

Clave kaute an seinem riesigen Stück Fleisch. Er schnitt eine Scheibe ab und reichte sie Merril. Er hörte Jiovan zu, der ihm seine Symptome beschrieb. Dann unterbrach er ihn. »Du kannst wenigstens wieder richtig atmen, und das ist gut. Aber nun iß.« Er gab ihm ein Stück Fleisch. Den Rest schnitt er für Jayan und Jinny in zwei Hälften und verbrachte dann ein paar Minuten damit, den beiden die Schultern zu massieren. Sie zuckten zusammen und stöhnten leise.

Als alle gegessen hatten, blickte Clave von einem zu anderen. »Wir werden uns in einem Kreis in östlicher Richtung bewegen und einen halben Tag nach dem Aufbruch Wasser finden. Hier haben wir nicht genug Platz für Übungen zum Aufwärmen. Wir müssen weiter. Also legt euch die Sättel auf, Bürger. Wir müssen ins Freie, um ›den Baum zu füttern‹, und ob wir ihn wirklich füttern, hängt von der Schwerkraft und vom Wind ab. Alfin, du steigst voran.«

Alfin führte sie in einer Spirale nach oben, und zwar entgegen dem Uhrzeigersinn. Gavving stellte beim Klettern fest, daß seine Schmerzen nicht mehr so schlimm waren. Er beobachtete, daß Alfin nicht ein einziges Mal nach unten sah. Es war keine Überraschung, daß Alfin sich einen Dreck um die Leute scherte, die ihm folgten – aber er sah kein einziges Mal nach unten.

Aber Gavving tat es und staunte über die Strecke, die sie schon zurückgelegt hatten. Hinter zwei ausgestreckten Händen wäre Quinn-Busch nicht mehr zu sehen gewesen.

Die Reparatur am Q in einem DQ-Zeichen hielt sie eine Weile auf. Als sie aufbrachen, hatte die Sonne horizontal im Osten gestanden. Bevor sie wieder eine vom Wasser geglättete Fläche erreichten, näherte sie sich Voy.

Ein Rinnsal floß durch eine sich schlängelnde Furche. Diesmal fanden sie keinen natürlichen Rastplatz vor. Neun durstige Bürger schlugen ihre Haken ein und hingen an ihren Leinen, um zu trinken, sich zu waschen und ihre Blusen einzuweichen und auszuwringen. Gavving sah, daß Clave ein wenig weiter unten mit Alfin sprach. Er hörte nicht, was gesagt wurde, aber er sah, was Alfin tat.

»Und wenn ich es nicht tu'?«

»Dann tust du es eben nicht.« Clave zeigte nach oben, wo die anderen hingen. »Sieh sie dir an. *Ich* habe sie mir nicht ausgesucht. Was soll ich tun, wenn sich herausstellt, daß einer meiner Bürger ein Feigling ist? Ich muß damit leben. Aber ich muß es wissen.«

Alfin war weiß vor Wut. Nicht rot vor Wut. Es gibt kein »weiß vor Wut«. Weiß bedeutet Angst, wie Clave schon seit langem wußte. Wer Angst hat, ist imstande zu töten . . . aber Alfins Hände klammerten sich um die Leine, und Clave trug seine Harpune auf der Schulter und konnte sie leicht erreichen.

»Ich muß es wissen. Ich kann dich nicht vorausschicken, wenn ich dich nicht dazu bringen kann, nach unten zu schauen, um zu sehen, was die anderen machen. Kapierst du das? Ich muß dich da hinstellen, wo du niemandem schaden kannst, wenn du einen Fehler machst. Ans Ende. Und wenn du Angst hast, will ich sichergehen, daß niemand . . .«

»Okay.« Alfin griff in seinen Rucksack und holte einen Haken und einen Stein heraus. Er schlug den Haken neben dem, an dem er schon hing, ein.

»Vergewissere dich, daß du dich auf den Haken verlassen kannst. Es ist *dein* Leben.«

Der zweite Haken steckte tiefer im Holz als der erste. Alfin band das Ende seiner Leine an beiden Haken fest und verknotete es. »Und du bleibst bei den Haken?«

»Auch das Risiko mußt du eingehen. Oder auch nicht. Ich muß es wissen.«

Alfin sprang direkt nach außen, und die Leine schlängelte sich hinter ihm her. Er ruderte wild mit den Armen, dann riß er die Hände vors Gesicht.

Er fiel langsam. *Wir sind alle leichter,* sagte sich Gavving. *Es stimmt wirklich. Ich dachte, ich fühle mich nur besser, aber wir tragen weniger ...*

Und Alfin fiel immer noch, aber jetzt hatte er die Hände vom Gesicht genommen. Er ruderte mit den Armen, um in Rückenlage zu kommen. Gavving bemerkte, daß Clave die Hand über den Haken hielt, an denen Alfin seine Leine befestigt hatte. Die Leine straffte sich, und der Ruck zog Alfin wieder an den Baum heran.

Gavving sah ihn hochklettern. Und er sah ihn noch einmal springen. Dabei breitete er Arme und Beine aus, als wollte er fliegen. Es schien, als könnte es ihm gelingen, so langsam fiel er; aber dann zog ihn die Tide doch wieder zum Baum hinunter.

»Das sieht aus, als ob es wirklich Spaß macht«, meinte Jayan.

»Frag lieber erst«, meinte Jinny.

Alfin sprang nicht noch einmal. Nachdem er Clave erreicht hatte und die beiden wieder zum Team hinaufgestiegen waren, sagte Jinny: »Dürfen wir das auch versuchen?«

Der Blick, mit dem Alfin sie bedachte, war wie eine Harpune. »Nein«, sagte Clave. »Wir müssen weiter. Satteln ...«

Als sie aufbrachen, setzte sich Alfin wieder an die Spitze. Er hielt sehr oft an und schaute zurück. Und Gavving fragte sich dies und jenes. Gestern hatte Alfin wie ein Berserker auf den Nasengreifer eingestochen, genau wie Gavving. Es war schwer, sich vorzustellen, daß Alfin vor Clave Angst hatte oder vor der Höhe oder vor sonst etwas.

Die Sonne kreiste über den Himmel, verschwand hinter Voy und stand schon im Zenith, als sie die windgeschützte Seite erreichten. Das vom Wasser geglättete Holz war hier weich, so weich, daß sie sich allein mit den Haken in den Händen fortbewegen konnten. Sie schlugen sie in das Holz und hangelten sich an ihnen weiter. Sie wichen nach unten aus, als sie eine Vogelkolonie sahen, die sich am Stamm angesiedelt hatte. Die Vögel hatten scharlachrote Schwänze, aber sonst waren sie so graubraun wie das Holz.

Das Rinnsal, das jetzt vor ihnen lag, war noch schmaler als

das letzte, aber es reichte; sie hängten sich in das Wasser, um sich abzukühlen, und sie ließen es sich über das Gesicht und in den Mund laufen. Clave verteilte Räucherfleisch. Gavving hatte einen wahren Heißhunger.

Der Student beobachtete die Vögel, während er aß. Plötzlich fing er an zu lachen. »Seht, hier findet gerade ein Balztanz statt.«

»So?«

»Ihr werdet sehen.«

Bald darauf sah Gavving es; nach Claves lautem Lachen und Jayans und Jinnys Kichern zu urteilen, sahen es auch die anderen. Ein graubraunes Männchen näherte sich einem Weibchen und breitete die grauen Flügel plötzlich wie einen Mantel aus. Unter dem Grau war das Gefieder von leuchtendem Gelb, und aus einem Büschel roter Federn ragte eine kleine Röhre hervor.

»Der Wissenschaftler hat mir einmal von diesen Vögeln erzählt«, sagte der Student. »Er nennt sie Flitzer.« Das Lächeln verschwand aus seinem Gesicht. »Was sie wohl fressen?« fragte er.

»Spielt das eine Rolle?« wollte Alfin wissen.

»Vielleicht nicht.« Der Student näherte sich den Vögeln. Sie flogen davon, aber bald darauf schossen sie auf ihn herab und schrien Obszönitäten. Der Student ignorierte sie und kehrte zu den anderen zurück.

»Nun?« fragte Alfin.

»Das Holz ist von Löchern übersät. Wirklich übersät. Die Löcher wimmeln von Insekten. Die Vögel hacken in die Löcher hinein und fressen diese Insekten.«

»Du bist verliebt«, forderte Alfin ihn heraus. »Du bist verliebt in den Gedanken, daß der Baum stirbt.«

»Ich würde liebend gern glauben, daß das nicht der Fall ist«, sagte der Student, aber Alfin schnaubte nur verächtlich.

In einer Spirale erreichten sie die Westseite, während die Sonne hinter Voy verschwand und wieder auftauchte. Der Sturm tobte nicht mehr ganz so wild.

Aber sie wurden allmählich müde, und es gab fast keine Unterhaltung mehr. Immer häufiger mußten sie sich in Baumspalten ausruhen.

Sie rasteten gerade, als Merril plötzlich rief: »Jinny, ich hänge fest!«

Eine Art Krebsschere, so groß wie Claves Faust, hatte ihren fast leeren Rucksack gepackt. Merril versuchte, den Rucksack an sich zu ziehen, und aus einem Loch in der Borke tauchte eine mit harten braunen Plattensegmenten bedeckte Kreatur auf. Ihr Kopf bestand aus einer einzigen Platte mit einem tiefliegenden Auge. Hinter der letzten Platte schien der Körper des Tieres weich zu sein.

Jayan schlug auf die Stelle, wo der Körper aus der Borke ragte. Das Tier war tot, aber seine Schere hielt noch immer krampfhaft den Rucksack fest. Jayan löste sie mit der Harpune und warf die Beute in ihren Rucksack.

Als sie wieder Wasser erreichten, setzte Clave in dem kleinen Deckeltopf Wasser auf und bereitete Tee. Dann füllte er den Topf wieder und kochte Merrils Fang. Er reichte zu einem Bissen für jeden.

Sie zwängten sich in einen breiten Spalt, der wie ein Blitz geformt war, und verankerten ihre Leinen. Zusammen aber doch getrennt, von Kopf bis Fuß in der Borke, hatten sie keine Gelegenheit, sich zu unterhalten, aber sie hatten auch nicht das Bedürfnis. Seit dem letzten Frühstück waren sie vier Tage lang geklettert, und nun wollten sie schlafen. Für alles andere waren sie zu müde.

Nach dem Aufwachen aßen sie noch ein wenig Räucherfleisch. »Laßt uns noch ein paar von diesen Schalentieren suchen«, schlug Clave vor. »Das Ding war gar nicht so schlecht.« Er brauchte sie nicht zu drängen. Das würde er nie tun müssen, wurde ihm klar, solange sie keinen Schlafplatz in der Nähe von Wasser hatten.

Diesmal führte Jiovan die Gruppe an. Sie beschrieben eine Spirale im entgegengesetzten Uhrzeigersinn, auf der sie in einem halben Tag wieder die windgeschützte Seite erreichten. Wieder war das Holz weich und von Löchern übersät. Unter ihnen schwärmten die Flitzer. Auf der windgeschützten Seite verloren Alfin und Glory gewöhnlich an Boden. Jiovan machte darüber eine Bemerkung, und Alfin warf ihm einen haßerfüllten Blick zu.

Alfin setzte seine Haken vorsichtiger als die anderen. Aber Glory war zu sorglos, und deshalb rutschte sie oft weg und mußte sich rasch wieder festhalten . . .

Sie hakten sich im Rinnsal fest und tranken und wuschen sich.

Alfin hatte hoch über ihnen etwas entdeckt: graue Auswüchse an der Borke an beiden Seiten des Rinnsals. Verbissen seine Haken in das Holz schlagend, kletterte er hoch und kam mit einem fächerförmigen Pilz zurück. Er hatte eine rote Krause und war halb so groß wie ein Rucksack. Die Farbe war im übrigen blaßgrau. »Er könnte eßbar sein«, sagte Alfin.

»Willst du es probieren?« fragte Clave.

»Nein«, sagte Alfin und machte Anstalten, den Pilz fortzuwerfen.

Merril trat dazwischen. »Wir sind hier, um zu verhindern, daß der Stamm verhungert«, sagte sie. Sie brach ein kleines Stück von dem rotgrauen Fleisch ab und aß einen winzigen Bissen davon. »Nicht viel Geschmack, aber ganz angenehm. Der Wissenschaftler wäre zufrieden. Man könnte es ohne Zähne kauen.« Sie nahm noch einen Bissen.

Alfin nahm ein Stück vom grauweißen Inneren der Pflanze und aß es. Dabei machte er ein Gesicht, als hätte er Gift geschluckt. Er nickte. »Schmeckt einigermaßen.«

Jetzt meldeten sich noch mehr Freiwillige, aber Clave winkte ab. Er stieg nach oben, um noch ein paar von den Fächerpilzen zu pflücken. Ein Pilz von der Größe eines Quadratmeters schwebte anschließend wie eine Flagge über seinem Rucksack.

Im Osten stieg die Sonne höher.

Sie stand unterhalb von Voy – man konnte den ganzen Stamm entlangschauen und noch über das grüne Gewirr, das den Quinn-Busch darstellte, hinaus. Dann sah man Voy als hellen Funken im weichen Sonnenlicht. Der Westwind wehte fast sanft über den Rand der Borke hinweg. Plötzlich hörte Gavving Merril schreien: »Wer braucht noch Beine?«

Mit einer Hand hielt sie sich auf Armlänge entfernt an der Borke fest. Gavving schrie nach unten: »Merril? Ist alles in Ordnung?«

»Ich fühle mich *wunderbar!*« Sie ließ los und fiel, aber sie fing sich sofort wieder. »Der Student hat recht! Wir können *fliegen!*«

Gavving kroch auf sie zu. Jinny war schon unter ihr und schlug gerade ihren Haken in das Holz. Als Gavving die beiden erreichte, benutzte Jayan ihren Haken als Halt und hatte die Leine in der freien Hand. Sie zogen Merril zum Baum zurück.

Sie wehrte sich nicht. »Gavving«, krähte sie. »Warum leben wir im Busch? Hier haben wir Nahrung und Wasser, und hier braucht man keine Beine. Laßt uns bleiben. Wir brauchen keine Nasengreiferhöhle, wir können uns unsere eigene graben. Wir haben Nasengreiferfleisch und diese Schalentiere und die Fächerpilze. Ich habe soviel Laub gegessen, daß es mir für ein ganzes Leben reicht. Wenn jemand Laub haben will, schicken wir einen mit Beinen nach unten.«

Vor diesem Pilz sollten wir uns in acht nehmen, dachte Gavving. Er schlug Haken in die Borke; auf der anderen Seite von Merril tat Jiovan dasselbe. Wo war Clave?

Clave hing zusammen mit Alfin hoch über ihnen, und die beiden führten ein hitziges Gespräch, das man hier unten nicht hören konnte.

»Komm, wir müssen weiter! Was macht ihr denn da?« fragte Merril, als Gavving und Jiovan sie an der Borke festbanden. »Oder, hört zu, ich habe eine wunderbare Idee. Laßt uns zurückgehen. Wir haben, was wir brauchen. Wir töten noch einen Nasengreifer, und im Busch bauen wir Fächerpilze an. Dann gründen wir hier einen zweiten Stamm. Clave!« rief sie, als Clave und Alfin bis auf Hörweite herangekommen waren. »Wie gefalle ich dir als Vorsitzende einer Kolonie?«

»Großartig. Bürger, hier werden wir eine Weile bleiben. Verankert euch. Und fliegt nicht.«

»Ich hätte nie gedacht, daß es so gut werden würde«, sagte Merril. »Meine Eltern – als ich klein war, haben sie nur darauf gewartet, daß ich sterbe. Aber sie wollten mich nicht an den Baumschlund verfüttern. Ich hatte schon daran gedacht, es selbst zu tun, aber dann ließ ich es. Heute bin ich froh darüber. Ich habe manchmal gedacht, daß ich ein Beispiel bin, etwas, was die Leute brauchen, um selbst glücklich zu sein. Glücklich darüber, daß sie Beine haben. Und wenn es nur eins ist.« Die letzten Worte flüsterte sie heiser. Sie galten Jiovan. »Beine! Wozu?«

»Wie lange müssen wir uns das noch anhören?« fragte Jiovan Clave.

»Überhaupt nicht. Nehmt den Studenten mit und sucht uns einen besseren Schlafplatz.«

Jiovan sah sich um. »Was zum Beispiel?«

»Eine Höhle, einen Spalt, ein Loch im Stamm . . . ganz gleich, wenn wir hier nur nicht wie Räucherfleisch hängen müssen.«

»Ich gehe mit«, sagte Alfin.

»Du bleibst.«

»Clave, du brauchst mich nicht wie ein Baby zu behandeln! Ich habe nur ein Stück aus der Mitte gegessen. Ich fühle mich gut.«

»Merril auch.«

»Was?«

»Vergiß es. Du fühlst dich schlecht, und *das* ist gut. Aber Merril fühlt sich gut, und das ist . . .«

»Alfin, ich bin so froh, daß du mich nicht davon abgehalten hast, mitzukommen.« Merril lächelte ihn strahlend an. In diesem Augenblick fand Gavving sie schön. »Aber ich danke dir dafür, daß du es versucht hast. Ich bin so schläfrig.« Merril schlief ein.

Alfin sah die fragenden Blicke. Er sprach zögernd. »Ich, ich dachte, ich könnte dem Vorsitzenden diese Idiotie ausreden. Eine Frau ohne Beine den Baum hinaufzuschicken! Clave, ich fühle mich *wirklich* gut. Ich bin hellwach. Und ich habe Hunger. Ich hätte gern noch ein wenig von dem Pilz gegessen.«

Clave nahm einen Pilz aus seinem Gepäck. Er riß ein wenig von der scharlachroten Krause ab und reichte Alfin ein faustgroßes Stück von dem weißen Pilzfleisch aus der Mitte. Wenn Alfin zurückzuckte, dann so kurz, daß die Zeit nicht zu messen war. Er aß den weißen Brocken mit einem theatralisch zur Schau gestellten Appetit, so daß Clave grinsen mußte. Clave brach den Rest der roten Krause ab und verpackte ihn separat.

Jiovan und der Student kamen zurück. Sie hatten eine DQ-Markierung gefunden, die so von Pilzen überwuchert war, daß es aussah wie ein Feld von grauen Haaren. »Infiziert«, sagte der Student. »Wir werden es ausbrennen müssen.«

»Und wenn es weiterbrennt?« fragte Clave. »Wir haben kein Wasser. Immerhin, wir werden uns die Sache ansehen. Jayan und Jinny, ihr bleibt bei Merril. Wenn sie aufwacht, soll eine von euch mich holen.«

Mißtrauisch sahen sie sich das Pilzbeet an. Das ganze graue Haar wegzukratzen wäre eine höchst langwierige Arbeit. Clave riß einen Büschel heraus und zündete es an. Es brannte nur langsam.

»Wir wollen es versuchen. Aber leert ein paar von unseren Rucksäcken für den Fall, daß wir das Feuer ausschlagen müssen.«

Das Pilzbeet brannte träge. Der Wind war in dieser Höhe nicht sehr stark, und der Rauch blieb zwischen den »Haaren« hängen und drohte das Feuer zu ersticken. Es ging immer wieder aus. Aber stellenweise flackerte es auch wieder von selbst auf. Sie traten ein Stück zurück, als sich in der Umgebung stinkender Qualm ausbreitete.

Der Rauch löste sich auf. Gavving trat näher heran und sah, daß fast alle Pilze verschwunden waren. Der Rest war schwarz und verkohlt. Das Q war zwei Meter tief.

Clave verwendete ein Stück Borke als Fackel und brannte einige restliche Stellen aus. »Kratzt das aus, dann werden wir alle dort schlafen können. Gavving und Jinny, ihr geht zu Merril zurück.«

Sobald sie sie anfaßten, wachte Merril auf. Sie war guter Dinge und sehr aktiv und sprudelte über vor Plänen. Auf alles gefaßt, lockten sie sie über die Borke und banden sie auf dem ausgekratzten Boden des Q fest.

Dann begaben sich auch die anderen frühzeitig im Q zur Ruhe.

Merril schlief wie ein Baby, aber andere bewegten sich unruhig. Unzusammenhängende Unterhaltung kam auf und verstummte wieder. Nach einer Weile sagte Clave: »Jiovan, wie kommst du zurecht?«

»Wie meinst du das?«

»Die ganze Expedition. Wie kommst du mit allem zurecht?«

Jiovan schnaufte. »Ich habe ständig Hunger. Ich habe Schmerzen, aber daran habe ich mich gewöhnt. Ich kann sogar klettern. Oder meinst du, wie *wir* zurechtkommen? Das werden wir erst wissen, wenn wir wieder zu Hause sind. Vielleicht ist Merril im Augenblick ein wenig verrückt, aber sie könnte recht haben.«

Clave war überrascht. »Du meinst *hier* leben?«

»Nein, das wäre verrückt. Ich finde, wir sollten zurückgehen. Noch etwas töten und räuchern und noch mehr Fächerpilze sammeln. Dann gehen wir nach Hause und sind die großen Helden, wie jede Jagdexpedition, die mit Fleisch nach Hause kommt. Ich muß dir ehrlich sagen, ich bin dazu bereit. Ich bin es verdammt leid, zu den Lahmen zu gehören. *Ich* war früher derjenige, der den Stamm ernährte . . . und wenn der Fächerpilz im Busch wächst . . .«

Inzwischen hörte die ganze Gruppe zu. Clave wußte, daß er Zuhörer hatte. »Merril könnte ziemlich krank sein«, sagte er.

»Sie fühlt sich aber großartig.«

»Wir werden sehen, wie sie sich fühlt, wenn das vorbei ist.« Clave lachte. »Vielleicht probiere ich das Zeug selbst.« Er hoffte, daß das Thema damit erledigt war.

Aber er hatte keine Chance, denn Alfin hatte zugehört. »Warum gehen wir nicht nach Hause? Wir haben doch gefunden, was wir suchten.«

»Das glaube ich nicht. Wir haben doch bestimmt noch nicht alle Stammesmarkierungen freigelegt, oder haben wir das etwa, Student?«

»Sie sollen über den ganzen Stamm verteilt sein.«

»Dann laß uns wenigstens bis zur Mitte gehen. Wir wissen ja schon, daß wir uns hier ernähren können. Wer weiß, was wir sonst noch finden. Der Nasengreifer war gute Nahrung, aber wir haben nur einen gefunden, und im Busch könnten wir ihn nicht füttern. Wir könnten auf dem Rückweg ein paar Fächerpilze pflücken, aber was sonst? Kann man die Flitzer essen? Könnten wir diese Schalentiere im Busch züchten?«

Der Student war Feuer und Flamme. »Wir lassen die Pilze oberhalb des Buschs wachsen. Das könnte funktionieren. Gut, ich würde gern noch weiterklettern. Ich will sehen, wie es ist, wenn es überhaupt keine Schwerkraft mehr gibt.«

»Wir wissen schon, was Merril sagen würde. Will sonst noch jemand sich äußern?«

Alfin grunzte nur. Die anderen schwiegen.

»Wir machen weiter«, sagte Clave.

5 Erinnerungen

Es war wieder da. Es gab eine spezielle Lichtfrequenz, die Sharls Davis Kendy seit fünfhundert Jahren gesucht hatte. Er hatte sie vor zweiundfünfzig Jahren gefunden, vor achtundvierzig, vor zwanzig ... im ganzen sechs sichere Anpeilungen und zehn wahrscheinliche. Das Zielobjekt bewegte sich. Diesmal stand es von seiner Position aus gesehen im Westen, kaum wahrzunehmen durch die Suppe von Staub und Gas und Schlamm: das Licht von Wasserstoff, der mit Sauerstoff brannte.

Kendy konzentrierte sich auf einen flimmernden Punkt im Rauchring. Meistens bestätigte das FRM nicht einmal, daß sein Signal die dichten Wirbel durchdrungen hatte; aber er dachte nicht daran, aufzugeben. »Kendy für den Staat. Kendy für den Staat.«

Das Hauptantriebsaggregat des FRM mußte schon seit Stunden laufen. Die Beschleunigung war gering, zu gering: sie schoben etwas Massives. Was ging hier vor?

Hatten sie die *Discipline* und Sharls Davis Kendy ganz vergessen?

Kendy hatte viel vergessen, aber was er noch wußte, stand ihm so lebhaft vor Augen, als sei es soeben geschehen. Diese vergeblichen Versuche, Kontakt aufzunehmen, erforderten wenig Aufmerksamkeit. Kendy suchte Zuflucht in seinen Erinnerungen.

Der Zielstern war gelbweiß, mit einem den der Sonne sehr ähnlichen Spektrum. Er umlief einen nicht erkennbaren Begleiter. Bei 1,2 Sonnenmassen war T3 geringfügig heller und blauer als die Sonne: etwa G0 oder G1. Der Begleiter hatte die halbe Sonnenmasse und mußte ein Stern sein, kein Planet. Aber er hätte doch wenigstens zu sehen sein müssen.

Der Staat besaß teleskopische Daten von früheren Expeditionen zu anderen Sternen. Es gab zumindest einen dritten planetengroßen Körper in diesem System. Es mochte ein Planet sein, der der Erde ähnelte. In diesem Fall würde die *Discipline* ihren Hauptauftrag erfüllen, indem sie die Atmosphäre mit Sauerstoff produzierenden Algen besäte. In einer weit entfernten Zeit würde der Staat weitere Missionen entsenden, die eine für die Kolonisierung reife Welt vorfinden würden.

Irgend jemand wäre auf jeden Fall gekommen, um diese seltsame Welt zu erkunden.

Die *Discipline* war ein Stauschaufel*-Saatschiff, dessen Zielgebiet ein Ring von gelben Sternen war, die von Welten wie der uranfänglichen Erde umkreist wurden. Der zweite Auftrag des Schiffs war ein nur Kendy bekanntes Geheimnis;aber Forschung und Erkundung stand auf jeden Fall als dritter Punkt auf der Liste. Die *Discipline* würde hier nicht haltmachen. Kendy würde an T3 vorbeiziehen, Photos und Aufzeichnungen machen und in die interstellare Leere verschwinden. Falls er ein Ziel fand, würde er ausreichend verlangsamen und ein Geschoß mit passend abgestimmten Algen ausstoßen.

Vier Besatzungsangehörige hatten sich im Kontrollmodul versammelt. Sie hatten die Teleskop-Phalanx eingeschaltet, und der große Schirm zeigte das verwaschene Bild eines gelbweißen Sterns, mit einem blauweiß gleißenden Lichtpunkt am Rand. Auf einem kleineren Schirm hatte Sam Goldblatt das Spektrum von T3 vor sich.

Sharon Levoy dozierte für die Aufzeichnung; sonst hörte niemand zu. »Das löst *dieses* Problem. Levoys Stern ist ein alter Neutronenstern, der eine halbe bis eine Milliarde Jahre über sein Pulsarstadium hinaus ist. Er ist immer noch heißer als die Hölle, aber er hat nur einen Durchmesser von zwanzig Kilometern. Die Strahlung emittierende Oberfläche ist fast vernachlässigbar. Der Stern muß während all dieser Zeit

*Hinweise zu dieser Antriebsmethode für interstellare Raumschiffe, die den freien Wasserstoff zwischen den Sternen einsammeln, verschmelzen und so ihre Energie gewinnen sollen, finden sich u.a. in (C. Sagan: Unser Kosmos, Droemer Knaur oder P. Nichols (Hg.): Science in Science Fiction, Umschau Verlag, Anm. d. Reg.

Rotation und Resthitze verloren haben. Wir haben ihn nicht gesehen, weil er nicht genug Licht abgibt. Der gelbe Zwergstern könnte Planeten haben, aber wir dürfen erwarten, daß ihre Atmosphäre von der damaligen Supernova weggebrannt wurde, aus deren Asche Levoys Stern besteht . . .«

»Heh!« brüllte Goldblatt. »Ich dachte, wir sind hier die erste Expedition! *Prikazyvat Kendy!*«

Die Mannschaft durfte nicht erfahren, daß der Computer des Schiffs und seine aufgezeichnete Persönlichkeit sie belauschen konnte. Deshalb sagte Kendy: »Hallo, Sam. Was gibt's?«

Sam Goldblatt war ein großer, korpulenter Mann mit einem sorgfältig gepflegten buschigen Schnauzbart. Seit Sharon Levoy den Neutronenstern gefunden und benannt hatte, kaute er ständig an ihm herum. Jetzt hatte seine Frustration ein Ziel. »Kendy, haben Sie Unterlagen über frühere Expeditionen?«

»Nein.«

»Nun, dann begreife ich überhaupt nichts mehr. Diese Absorptionslinien zeigen doch, daß es *hier* Sauerstoff und Wasser gibt, oder nicht? Was bedeutet, daß es irgendwo in diesem System pflanzliches Leben gibt, oder nicht? Und das bedeutet, daß der Staat ein Saatschiff hergeschickt hat!«

»Ich habe das Spektrum gesehen. Aber, Sam, warum sollte sich pflanzliches Leben nicht irgendwo von sich aus entwikkeln? Auf der Erde war es so. Im übrigen repräsentieren diese Linien keine erdähnliche Welt. Sie sind zu scharf. Es gibt hier zu viel Sauerstoff und zu viel Wasser.«

»Kendy, wenn es kein Planet ist, was ist es dann?«

»Das werden wir erfahren, wenn wir näher herangekommen sind.«

»Hmmm. Nicht bei dieser Geschwindigkeit. Kendy, sie müssen das Tempo zurücknehmen. Reduzieren Sie auf das Minimum, bei dem der Bussard-Staustrahl noch arbeitet. Wir verschwenden so keinen bordeigenen Treibstoff, bekommen eine bessere Sicht und können wieder beschleunigen, wenn wir die Sonnenwinde als Treibstoff benutzen können.«

»Gefährlich«, sagte Kendy. »Ich rate ab.« Und das hätte es eigentlich schon sein müssen.

Fünfhundertzwölf Jahre lang hatte Kendy Erfahrungskomplexe aus seinem Gedächtnis getilgt, wenn er fand, daß er sie nicht mehr benötigte. Er erinnerte sich nicht daran, Goldblatts Vorschlägen gefolgt zu sein. Goldblatt mußte Captain Quinn und die übrige Besatzung überredet haben, und Kendy hatte nachgegeben . . . ihnen? oder seiner eigenen Neugierde?

Kendy erinnerte sich:

Levoys Stern und T3 umliefen einen gemeinsamen Punkt, in exzentrischen Bahnen in einer Durchschnittsentfernung von $2{,}5 \cdot 10^8$ Kilometern und bei einer Umlaufperiode von 2,77 Erdenjahren. Als die *Discipline* sich dem System näherte, hatte der Neutronenstern hinter dem gelben Stern gestanden. Jetzt war er in den Erfassungsbereich der *Discipline*-Teleskope gelangt.

Er sah einen weißen Wolkenring mit einem Anflug von Grün und einen hellen Funken in der Mitte. Die spektralen Absorptionslinien für Wasser und Sauerstoff kamen von dort. Nach astronomischen Maßstäben war er winzig: Die Region der größten Dichte umlief den Neutronenstern in einer Entfernung von 26000 Kilometern, was dem vierfachen Erdradius entspricht.

»Wie ein Adventskranz«, hauchte Claire Dalton. Die Soziologin hatte den Körper einer langbeinigen hübschen jungen Blondine, aber ihre Corpsicle-Erinnerungen reichten weit zurück . . . und was machte sie überhaupt auf der Brücke? Captain Dennis Quinn mochte sie eingeladen haben, so wie sie dort zusammenstanden. Das deutete auf eine Laxheit in der Disziplin hin, die Kendy im Auge behalten mußte.

Die Mannschaft der *Discipline* beobachtete immer noch den archaischen Advendskranz, als Goldblatt plötzlich krähte: »Goldblatts Welt! Prikazyvat, Kendy, zeichnen Sie das auf! Dort gibt es einen Planeten.«

»Ich bin nicht nahe genug, um das genau zu prüfen, Sam.«

»Es muß einen geben. Wissen Sie, wie ein Gas-Torus funktioniert?«

Die Information befand sich in Kendys Gedächnis. »Ja. Ich zweifle nicht daran, daß Sie recht haben. Wenn wir vorbeiziehen, kann ich einige Radarbilder von diesem Sturmkomplex machen.«

»Vorbeiziehen, zum Teufel! Wir müssen anhalten und das Ding untersuchen.« Goldblatt sah sich hilfesuchend um. »Grün bedeutet Leben! Leben und kein Planet! Wir müssen alles darüber wissen. Claire, Dennis, das seht ihr doch auch so, oder?«

Die Mannschaft bestand aus zwölf Bürgern und acht Corpsiclen. Die Corpsiclen durften diskutieren, aber sie hatten keine bürgerlichen Rechte; und die Bürger hatten weniger, als sie glaubten. Aus Gründen der Moral hielt Kendy die Fiktion aufrecht, daß sie das Sagen hatten.

Es lohnte sich nicht, Goldblatts Vorschlag zu erwägen. »Bedenkt doch«, sagte Kendy. »Unser Brennstoff reicht, um einmal abzubremsen, nur ein Mal. Wir brauchen ihn, wenn wir die Erde erreichen.«

»Es gibt dort Wasser«, sagte Dennis Quinn nachdenklich. »Wir könnten also auftanken. Ich wette, das Wasser enthält reichlich Deuterium und Tritium. Warum auch nicht? Es kreist um die Asche einer Supernova!«

Claire Dalton betrachtete den Schirm und sah einen perfekten Rauchring mit einem winzigen hellen Punkt in der Mitte. »Der Neutronenstern ist abgekühlt. Seine Rotationsgeschwindigkeit und seine Temperatur haben sich erheblich verringert, ebenso das für Pulsare typische enorme Magnetfeld. Er ist hell, aber zu klein, um noch viel Hitze abzugeben. Wir könnten wahrscheinlich selbst in diesem Ring leben.« Claire schaute sich um. »Sind wir nicht deshalb hergekommen? Die Seltsamkeiten des Universums. Wenn wir jetzt nicht haltmachen, hätten wir gleich auf der Erde bleiben können.« Die Verachtung in ihrem Ton war unüberhörbar.

An diesem Punkt machte Kendys Gedächtnis einen Sprung. Kaum überraschend, denn dies mußte der wahre Beginn der Meuterei gewesen sein.

Er erinnerte sich, daß er die Unterlagen über die Mechanik eines Gas-Torus' eingesehen und aufgefrischt hatte.

Zwei Planeten umliefen den Neutronenstern: Gasriesen wie Jupiter, aber ohne Monde. Die alte Supernova mußte alles Kleinere weggefegt haben.

Den Neutronenstern umkreiste ein Körper. Ein Teilkreis

des Rauchrings war geflockt und klumpig, ein verzerrter Strudel aus Stürmen. Verborgen im Innern lag ein Kern aus Fels und Metallen von zweieinhalbfacher Erdmasse. In einer dichten und heißen Atmosphäre gab es etwas Sauerstoff und Wasserdampf. Goldblatts Welt war durch Gezeitenkräfte gesperrt und unbewohnbar. Ohne die Atmosphäre hätte dort irdisches Leben existieren können – aber seine Atmophäre war gewaltig, sie ging unmerklich in den Rauchring über.

Die starken Sauerstoff-Wasser-Linien stammten vom Gas-Torus.

Ein Gas-Torus entsteht, wenn eine leichte Masse sich im Umlauf um eine schwere befindet, wie Titan den Saturn umläuft. Es kann sein, daß die leichte Masse zu schwach ist, um ihre Atmosphäre zu halten. Die schnelleren Luftmoleküle entkommen – aber sie bewegen sich in einem Orbit um die schwere Masse. So umläuft Titan den Saturn innerhalb eines Rings entkommener Titanatmosphäre, wie Io Jupiter innerhalb eines Rings aus Schwefel umkreist, den das gewaltige Magnetfeld Jupiters ionisiert hat.

Ein Gas-Torus ist dünn. Die Gasmoleküle liegen so weit auseinander, daß jedes als auf einer separaten Umlaufbahn befindlich betrachtet werden kann: es muß eine gute Chance haben, die Primärmasse halb zu umlaufen, ohne auf ein anderes Molekül zu stoßen. Unter solchen Umständen ist ein Gas-Torus stabil. Gelegentlich mag ein Photon ein Molekül in den interstellaren Raum schießen; aber die Moleküle treffen ständig wieder auf den Satellitenkörper.

Titan – kleiner als der Mars, nicht größer als Ganymed – hat eine rauchige Atmosphäre mit dem anderthalbfachen Druck der Erdatmosphäre in Höhe des Wasserspiegels. Die Atmosphäre geht natürlich ständig verloren, aber die kehrt auch ständig wieder vom Gas-Torus zurück.

Levoys Stern war ein Extremfall und auch eine etwas andere Sache.

Der Rauchring war der dichteste Teil des Gas-Torus um Levoys Stern. In seiner Mitte war er so dicht wie die Erdatmosphäre anderthalb Kilometer über dem Wasserspiegel – zu dicht, um stabil zu sein. Er mußte ständig Atmosphäre an den Gas-Torus verlieren. Der Gas-Torus allerdings *war* stabil:

dicht zwar, aber gefangen innerhalb eines steilen Schwerkraftgefälles. Moleküle wanderten ständig vom Gas-Torus zum Rauchring zurück und vom Rauchring zu dem Atmosphärensturm, der Goldblatts Welt umgab.

»Goldblatts Welt muß als riesiger Gasplanet begonnen haben, wie beispielsweise der Saturn. Wahrscheinlich erreichte er erst eine Umlaufbahn, als der Pulsar erheblich an Hitze und Rotationsgeschwindigkeit verloren hatte.« Aus Kendys Gedächtnis sprach Sharon Levoys klare Stimme. »Dann wurde sie von starken Roche-Gezeiten erfaßt. Sie mag sich dem Stern so weit genähert haben, daß sie nicht nur Gas, sondern auch Wasser und Boden verlor. Etwa eine Milliarde Jahre lang hat Goldblatts Welt Gas an den Rauchring abgegeben, und dieser an den interterstellaren Raum. Er ist nicht eigentlich stabil, aber, verdammt, kein Planet ist auf die Dauer stabil.«

»Das ganze wird nicht mehr sehr lange stabil bleiben«, unterbrach Dennis Quinn. »Der größte Teil von Goldblatts Welt ist schon weg. Noch zehn Millionen Jahre, vielleicht hundert Millionen, und der Rauchring wird ausgedünnt sein.«

Kendy erinnerte sich an diese Dinge. Die Aufzeichnung war gemacht worden, als die Instrumente der *Discipline* den Rauchring aus kurzer Entfernung sondierten. Einige Besatzungsangehörige erforschten den Rauchring schon mit FRMs. Ihre Berichte waren begeistert. Es gab Leben auf DNA-Basis. Die Luft war nicht nur atembar, sie schmeckte auch noch gut . . .

Kendy erinnerte sich nicht mehr, die *Discipline* auf eine Umlaufbahn um Levoys Stern gebracht zu haben. Er mußte seinen Treibstoff so weit verbraucht haben, daß er gezwungen war, seine Ankunft bei den Zielsternen seiner Route um mehrere Jahre aufzuschieben. Warum?

Claire Daltons Stimme: »Wir müssen raus aus diesem Kasten. Die Aggregate werden nicht mehr lange laufen. Bei jedem Recycling verlieren wir eine Kleinigkeit. Dort drüben gibt es Wasser; dort gibt es Luft. Wir finden wahrscheinlich sogar frischen Dünger für unsere Hydroponik-Tanks!«

Sharls Davis Kendy war der Kommandant der *Discipline*.

Für die Bemannung eines Saatschiffs hätten weniger Leute ausgereicht als die zwanzigköpfige Besatzung, die sich an Bord befand. Der Staat hatte sie als Menschenreservoir mitgeschickt: ein winziger Teil der Bevölkerung, von jeder Katastrophe, die sich auf der Erde ereignen mochte, weit entfernt. Auf *einen* Planeten, auf *ein* Sonnensystem konnte man sich nicht verlassen, wenn man das Überleben des Staates oder gar der ganzen Menschheit sicherstellen wollte. Die Besatzung jedes Schiffs im Weltraum bestand aus so vielen Leuten, daß jederzeit ein Neubeginn der Menschheit eingeleitet werden konnte – ihre zweite Aufgabe, sollte sie je notwendig werden. Der Staat rechnete nicht mit einer solchen Katastrophe, aber der Einsatz war lächerlich gering, verglichen mit dem möglichen Nutzen.

Wann hatte er die Kontrolle verloren? Vielleicht hatten sie ihm gedroht, den Computer zu umgehen und das Schiff manuell zu steuern. Das konnten sie zwar nicht; aber die Moral würde sich auflösen, wenn sie je herausfanden, wie gering die Kontrolle war, die sie wirklich hatten. Vielleicht hatte Kendy sich auf dieser Basis untergeordnet.

Vielleicht war er auch neugierig gewesen.

Er konnte sich an nichts von dem erinnern, was eine Meuterei gewesen sein mußte. Man mußte ihn zum Narren gehalten haben – vielleicht *wollte* er sich nicht daran erinnern. Die Mannschaft war mit acht der zehn FRMs gestartet und hatte auch noch die Hydroponik-Tanks geplündert! Das hätte nie zugelassen werden dürfen.

Er war ziemlich sicher, daß sieben der FRMs nicht mehr funktionstüchtig waren. Einiges Gerät mochten sie geborgen . . . und jetzt hatte das letzte FRM aufgehört, seinen weißglühenden Wasserdampf zu versprühen. Kendy sendete seine Botschaft nicht mehr.

Unter ihm glomm weiß und konturlos der Rauchring.

Eines Tages würde er es wissen. Würden sie sich überhaupt noch an ihn erinnern?

Kendy wartete.

6 Stamm-Mitte

Um diesen großen Fleck Altmännerhaar hätte sich schon längst jemand kümmern müssen. Die Schwamm-Kolonie hatte einen Durchmesser von fünfig bis sechzig Metern und war einen halben Meter tief in lebendiges Holz eingedrungen. In dem Kompost hatten sich Sonnenschirmpflanzen angesiedelt, die nun ihre leuchtendbunten Blüten emporreckten, um vorüberfliegenden Insekten anzulocken.

Minya beobachtete, wie das Feuer sich in der Schwamm-Kolonie ausbreitete. Leichte Windstöße wehten den erstikkenden Qualm immer wieder in eine andere Richtung. Aus dem schwelenden Schwamm stiegen Wolken von Milben auf. Hoffentlich kommt Thanyas Triade bald mit Wasser, dachte Minya.

Zur Zeit waren drei Triaden des Triun-Teams auf dem Stamm. Minya, Sal und Smitta näherten sich der Mitte. Jeels Triade brachte Proviant vom Busch, und Thanyas Triade holte Wasser von der anderen Seite des Stammes.

Im allgemeinen war Feuer kein Problem, man durfte nur keine Fehler machen.

»Ich bin gern hier oben«, sagte Smitta. Sie schwebte in der Luft und hielt sich nur mit den Zehen an der Borke. Die Schwerkraft war hier so gering, daß das genügte. »Ich schwebe gern . . . und von wo sonst kann man den *ganzen* Rauchring sehen?«

Minya nickte. Sie mochte nicht reden. Wenn man ein Problem hatte, das man weder lösen noch ignorieren konnte, was konnte man dann tun außer weggehen? Sie war so weit gegangen wie ein menschliches Wesen nur gehen konnte, und es hatte geholfen. Hier hatte sie ihren Frieden gefunden, mitten in der Unendlichkeit.

Der Baum schien sich unendlich lang in beide Richtungen zu erstrecken. Der Dunkle Busch, hinter dem Voy und die Sonne standen, war ein Heiligenschein aus grünem Flaum mit einem schwarzen Kern. Dalton-Quinn-Busch auf der anderen Seite sah kaum größer aus. Ein paar Wolken trieben dahin, ein paar Bündel aus grünem Buschwerk, weiter draußen einige Windspiralen. Im Osten stand, etwas seitlich in einem dunklen Ring, ein leuchtender Punkt: der kleine Teich, der ein paar Tage lang verlockend auf sie zugekommen war, aber sie hatten die Hoffnung fast aufgegeben.

Vielleicht – vielleicht würde er kommen. Sie sprachen nicht darüber. Pech.

Wegen der Dürre und der politischen Unruhen hatte das Triun-Team die Baumpflege ziemlich vernachlässigt. Sie waren als Polizei gebraucht worden. Man konnte nur hoffen, daß nach den Exekutionen wieder Ruhe einkehren würde. Aber jetzt fanden die Triaden überall am Stamm Parasiten und große Flecken von Altmännerhaar. Heute verbrannten sie ein richtiges *Feld* von dem ekelhaften Zeug.

Minya sah eine Bewegung. Mit dem Wind kam etwas auf sie zu. Blau in blau. Kaum zu sehen. Etwas Großes. Die Sonne stand fast am Tiefpunkt und blendete. Minya hielt eine Hand unter die Augen und blinzelte. »Triune«, sagte sie schließlich.

Smitta wurde munter. »Sind sie an uns interessiert? *Sal!*«

»Ich sehe sie«, rief Sal von der anderen Seite der Qualmwolke herüber.

»Sie sind interessiert«, sagte Minya, »und schon ziemlich nah.«

Smitta machte ihre Waffen bereit. »Ich hab' schon einmal mit einem Triun gekämpft. Sie sind schlauer als Schwertvögel. Man kann sie verjagen. Denkt daran – wenn wir einen töten, müssen wir alle drei töten.«

Das torpedoähnliche Objekt kam immer näher. Es war fast so blau wie der Himmel und rotierte langsam. Um die Mitte saßen sechs große Augen, die eins nach dem anderen auftauchten, und drei große durchsichtige Flossen . . . Eins war kleiner als die anderen. Das mußte das Junge sein. »Was brauchen wir?« flüsterte Minya.

»Bogen und Pfeile bereit? Befestigt die Pfeile und spießt etwas brennendes Altmännerhaar auf die Spitze. Gut, daß wir gerade ein Feuer haben. Überlegt euch, wo ihr eure Treibgasschoten habt. Vielleicht brauchen wir sie.«

Minya fühlte ihr Herz bis zum Hals schlagen. Es war erst ihr zweiter Einsatz am Stamm. Smitta und Sal waren schon viele Male hier draußen gewesen. Sie hatten Erfahrung und Ausdauer. Sal war eine stämmige rothaarige Frau von vierzig, die mit zwölf Jahren in das Triun- Team eingetreten war. Smitta war als Mann geboren, aber sie galt durch stillschweigende Übereinkunft als Frau.

Vorsicht vor Smitta, sagte sich Minya. Smitta war sonst ein ruhiger Typ, aber unter Streß war sie unberechenbar. Dann konnte sie toben wie wahnsinnig, selbst gegen ihre eigenen Leute, und sie hörte nicht auf, bis einige sich auf sie stürzten und sie überwältigten.

Minya spannte ihren Hartholzbogen und spießte etwas brennenden Schwamm auf die Pfeilspitze. Fertig . . .?

Der Torpedo zerbarst in drei Teile. Jetzt kamen drei schlanke Torpedos mit lässigem Flossenschlag auf sie zu. Jetzt sah man auch ihre kleineren Flossen und ihre schreiend orangefarbenen Bäuche. Ein Männchen und ein Weibchen in lebenslänglicher Partnerschaft und ein Junges, das schnell an Umfang zunehmen, aber ziemlich langsam erwachsen werden würde. Sie trennten sich nur zur Jagd oder zum Kampf. Das Triun-Team hatte seinen Namen von dieser Drei-Einheit.

Das kleinere Junge blieb etwas zurück, die beiden Großen schossen vor.

»Ziel auf das Männchen«, sagte Smitta und schoß ihren angeleinten Pfeil ab. Welches war das Männchen? Minya wartete einen Augenblick, um zu sehen, wohin Smittas Pfeil ging. Dann schoß sie auch. Sie sind noch zu weit entfernt, dachte sie . . . und hatte recht. Das Männchen schüttelte sich nur, und das Weibchen flog ungerührt weiter. Sal hatte noch gewartet. Jetzt schoß sie und traf eine Flosse des Weibchens.

Das Tier schrie auf, schüttelte sich, und der Pfeil riß los. Sal tauchte aus dem Qualm auf. Sie stieß sich vom Stamm ab und rollte die Leine mit dem Pfeil ein. Den altertümlichen Bogen aus Metall hatte sie sich fest um die Schulter gelegt. Das qualmende Büschel Altmännerhaar war in der Schwanzflosse des Weibchens stecken geblieben. Das Tier schlug wie wild um sich.

Smitta schoß einen befestigten Pfeil auf das Junge ab. Die

beiden großen Tiere schrien auf. Das Weibchen versuchte, den Pfeil abzufangen. Nicht schnell genug! Das Kleine schien den Pfeil nicht kommen zu sehen. Smitta riß an der Leine und stoppte den Pfeil einen Meter vor dem Ziel.

Das Weibchen wirkte verblüfft.

Die Frauen stimmten ein ohrenbetäubendes Geschrei an. Aber es war nicht mehr nötig. Mit einer anmutigen Bewegung nahmen die Eltern ihr Kind in die Mitte. Kleine Hände erschienen an ihren orangefarbenen Unterseiten und griffen ineinander. Sie rotierten davon wie ein einzelner Blauer Geist vor dem blauen Himmel.

»Seht ihr? Sie sind schlau«, sagte Smitta. »Man kann mit ihnen verhandeln.«

Aus einer der vielen Taschen ihres Arbeitsanzuges holte Sal eine Gasschote. Sie riß eine Ecke ein. Eine Wolke von Samen und Dunst schoß heraus und schob Sal wieder an den Stamm heran.

Sie wickelte ihre Leinen auf und verstaute ihre Waffen , darunter den wertvollen alten Bogen. Flexibles Metall, seit mindestens dreihundert Jahren im Triun-Team von Alt auf Jung weitergegeben. »Gut gekämpft, Soldaten, aber ich glaube, das Feuer ist jetzt bald am Holz. Wo nur Thanya bleibt. Sie kann uns doch nicht verfehlt haben?«

Nach Minyas Meinung konnte das Feuer jetzt das Holz erreicht haben. Oder auch nicht. Es war schwer zu unterscheiden, wo Altmännerhaar in verrottetes Holz überging. »Es sieht nicht schlecht aus«, sagte sie.

»Ich vergeude ungern Gasschoten, aber . . . Baumfutter, ich muß sie suchen«, beschloß Sal. Sie stemmte sich mit Händen und Füßen gegen die Borke und stieß sich ab, dann ruderte sie mit den Armen, um mehr Abstand vom Stamm zu gewinnen, und schwebte in Richtung Dalton-Quinn-Busch davon. Die beiden anderen sahen ihr nach.

»Sie macht sich zu viele Sorgen«, sagte Smitta.

Es war jetzt siebzig Tage her, daß Claves Bürger Quinn-Busch verlassen hatten.

Der Baum ernährte Milliarden von Parasiten, und die Parasiten ernährten Claves Team. Sie hatten einen weiteren

Nasengreifer erlegt. Es war einfach. Zuerst hatten sie ihm die Nase abgehackt, dann mit Harpunen in seine Höhle hineingestoßen. Außerdem gab es überall Fächerpilze. Merril hatte volle acht Tage geschlafen, nachdem sie vom roten Rand eines Fächerpilzes gegessen hatte. Die folgenden pochenden Kopfschmerzen schienen sie beim Klettern nicht zu behindern und verschwanden schließlich. Also diente ihnen auch der Fächerpilz als Nahrung, und sie hatten noch mehr von den seltsamen Schalentieren gefunden, und andere, die sich als eßbar erwiesen.

Der Student betrachtete das alles als Zeichen dafür, daß die Tage des Baumes gezählt seien.

Sie fanden einen Gasschotenbusch, der wie ein Haufen Blasen auf der Borke saß.

Clave packte ein Dutzend reife Schoten in einen Beutel aus geschabter Nasengreiferhaut.

Sie waren dazu übergegangen, direkt neben dem vom Wasser ausgewaschenen Holz zuschlafen. Clave lachte und gab zu, daß sie das schon längst hätten tun sollen. Die letzte Nacht hatten sie in einer Rüsseltierhöhle verbracht, die beiden Nächte davor in tiefen Wunden im Holz. Das waren Risse, die von Flaum überwuchert waren, den sie vorher ausbrennen mußten. Der Ruß hatte ihre Kleider schwarz gefärbt.

Sie hatten festgestellt, daß man hier kein Wasser kochen konnte. Es schäumte einfach über und verdampfte.

Die Tidengravitation nahm immer weiter ab, bis sie fast den Stamm hinaufschwebten. Merril war glücklich darüber. Daß sie vom Fächerpilz genesen war, hatte daran nichts geändert. Man *konnte nicht* fallen – man schrie nur um Hilfe, und jemand warf einem ein Tau zu. Glory liebte es auch, und Alfin lächelte manchmal.

Aber es gab auch Nachteile. Jetzt war auch das Wasser knapp geworden. Hier oben gab es keinen Wind und daher keinen Wasserstrom an der Leeseite des Stammes. Manchmal fand man nasses Holz zum Aussaugen. Auch im Fleisch des Fächerpilzes war Wasser.

Hier war das DQ-Zeichen, das Jinny entdeckt hatte. Gut: es sah fast sauber aus. Und einen halben Kilometer weiter oben ragte eine Fächergestalt wie eine weiße Hand in den Himmel.

Er mußte riesig sein. Der Student zeigte nach oben und fragte: »Unser Abendessen?«

»Um ihn herum werden kleinere stehen«, meinte Clave.

»Aber wäre es nicht ein großartiger Anblick«, fragte Merril, »wenn wir mit ihm auf dem Gemeindeplatz einmarschieren?«

Als der Student weiter auf die Markierung zukletterte, sagte Clave: »Warte einen Augenblick.«

»Was gibt's?«

»Diese Markierung ist nicht so überwuchert wie die andern. Kommt dir das nicht komisch vor, Student? Sieht sie nicht gepflegt aus?«

»Da wächst ein bißchen Zeug, aber vielleicht nicht genug.«

Dann war der Student nahe genug daran, um den *entscheidenden* Unterschied zu sehen: »Das Q ist nicht ungültig gemacht.«

»Bürger, wir sind nicht auf Quinn-Territorium.«

Gavving und Jiovan waren bei dem Räucherfleisch zurückgeblieben. Sie wußten, wie so etwas gemacht wurde: Als Brennmaterial mußte man Borke vom Rande einer Pilzkolonie nehmen, denn gesunde Borke brannte nicht. Das Fleisch lag in einem Kreis von Kohlen, der den unregelmäßigen Windstößen zugänglich war. Ein windgeschütztes Feuer würde nicht brennen. Der Qualm würde nicht aufsteigen, sondern die Flammen niederdrücken und ersticken. Aber selbst hier im Freien hing der Qulm in einer dichten Wolke über dem Feuer und bewahrte die Hitze.

So genügte ein kleines Feuer. Gavving und Jiovan standen in angemessener Entfernung, denn eine Änderung in der Windrichtung konnte sie jederzeit mit erstickendem Qualm eindecken.

Das Fleisch mußte umgedreht werden. Gavving war dran, aber es mußte nicht sofort getan werden.

»Jiovan?«

»Ja?«

Gavving würde Jiovan niemals fragen, wie er sein Bein verloren hat. Niemand würde das tun. Aber etwas an dieser Geschichte störte ihn seit Jahren, deshalb fragte er:

»Warum bist du damals allein auf die Jagd gegangen? Niemand geht allein auf die Jagd.«

»Ich ja.«

»Okay.« Damit war das Thema wohl erledigt. Gavving nahm seine Harpune. Er füllte seine Lungen mit Luft und tauchte mit seinem Oberkörper in die Qualmwolke. Halbblind wendete er mit dem stumpfen Ende der Harpune die Nasengreifer-Schenkel – eins, zwei, drei. Er riß heftig an seiner Leine, um wieder an die frische Luft zu kommen. Qualm folgte ihm, und er nahm sich einen Augenblick Zeit, ihn wegzufächeln, bevor er einatmete.

Jiovan schaute einwärts über den kleinen grünen Busch hinaus, der einmal seine Heimat gewesen war, in den bläulich weißen Funken Voy. Er blickte auf und sah Gavving mit einem mörderischen Funkeln in den Augen an. »Ich will nicht, daß die Leute darüber reden.«

Gavving wartete.

»Okay. Ich bin . . . ich war ziemlich sarkastisch, sagt man mir nach. Wenn ich eine Jagd anführte . . . nun gut, die Jungens sollten etwas lernen, und ich sollte es ihnen beibringen. Und wenn jemand einen Fehler machte, habe ich ihn darüber nicht im Unklaren gelassen.«

Gavving nickte.

»Es dauerte nicht lange, da gaben sie mir nur noch die ungeschickten Tollpatsche. Das konnte ich nicht ertragen, und ich fing an, allein auf die Jagd zu gehen.«

»Ich hätte nicht danach fragen sollen, aber es interessierte mich einfach.«

»Vergiß es.«

Gavving versuchte, noch etwas ganz anderes total zu vergessen. Letzte Nacht war er aufgewacht und hatte festgestellt, daß drei Bürger fehlten. Er war einem Geräusch nachgegangen . . . und hatte Clave, Jayan und Jinny beobachtet, wie sie ihre Leinen an der Borke befestigten, hinaussprangen, und in der Luft schwebend ihre Liebesspiele trieben.

Jetzt war sein Kopf voll von Lust und Neid und Angst vor Claves Zorn und Jinnys Spott (denn er hatte sich für Jinny entschieden, die er für die hübschere hielt). Aber eigentlich konnte er nur davon träumen. Jedes Mädchen, das für ihn in

Frage kommen konnte, war in Quinn-Busch zurückgeblieben, und Gavving konnte sowieso keiner einen Antrag machen, denn er hatte weder das Alter noch den nötigen Besitz. Das würde sich selbstverständlich ändern. Er würde zurückkehren (selbstverständlich) als Held (selbstverständlich!). Was den Zorn des Vorsitzenden betraf ... er hatte Harp nicht schicken können. Aber auch Clave hätte ihm wahrscheinlich widerstanden. Wenn sie die Hungersnot beendeten, konnte der Vorsitzende nichts machen: sie würden Helden sein.

Dann würde Gavving sich ein Mädchen aussuchen können ...

»Deshalb bin ich allein auf die Jagd gegangen«, sagte Jiovan. »Es war an dem Tag, als Glory das Truthahngehege zertrümmerte.«

Gavving verstand zuerst nicht, wovon Jiovan sprach. Dann grinste er. »Harp hat die Geschichte erzählt.«

»Ich habe sie auch gehört. An dem Tag war ich unter dem Ast, mit einer Leine gesichert und einer anderen in der Hand, knabberte ein bißchen Laub und steckte meinen Kopf nach unten in den Himmel. Du weißt, wie das ist. Ich wartete. Es war Nacht und Neujahrs-Okklusion. Die Sonne schien als großer weißer Fleck zu mir herauf, und Voy driftete gerade mitten durch ihr Zentrum.

Da kam ein Truthahn. Er schlug mit den Flügeln gegen den Wind und bewegte sich ziemlich schnell, und rückwärts. Ich befestigte schnell ein Netz an meiner freien Leine und warf es. Der Truthahn war gefangen. Da kam ein zweiter. Ich habe noch mehr Netze, und zwei Atemzüge später habe ich an jedem Ende einen Truthahn. Aber dann kommen noch zwei, dann vier, und sie kommen alle von oben. Inzwischen ahne ich auch, daß es unsere waren. Ich werfe das freie Ende der Leine, mit der ich mich festgehakt habe, und fange einen dritten Truthahn ...«

»Gute Würfe«, sagte Gavving.

»O ja. An meinen Würfen war an diesem Tag *überhaupt nichts* auszusetzen. Aber der Himmel war voller Truthähne, und es sah so aus, als würde den meisten von ihnen die Flucht gelingen. Und ich fand das ganze *immer noch* sehr lustig.«

»Ha-ha.«

»Das ist der Grund, weshalb ich diese Geschichte noch nie erzählt habe.«

Plötzlich ahnte Gavving, was kommen würde. »Ich bin dir nicht böse, wenn du sie lieber nicht zu Ende erzählen willst.«

»Nein, das ist schon in Ordnung. Es *war* tatsächlich komisch«, sagte Jiovan ernst. »Aber der Himmel war voller Truthähne, und eine Triun-Familie kam und fand so viel fliegendes Fleisch sehr interessant. Sie teilten sich und haschten nach den flatternden Vögeln. Ich konnte weiter nichts tun, als meine drei hereinziehen.«

Jiovan lächelte kein bißchen. »Das Männchen stürzte sich auf einen meiner Truthähne, verschluckte ihn ganz, und versuchte fortzuschwimmen. Es hatte die falsche Leine erwischt. Stell dir vor: ein Ende der Leine ist fest im Holz verankert, und dieses massige Biest zieht am anderen Ende. Dazwischen hänge ich in einer Schlinge. Plötzlich begriff ich, was passierte. Ich riß die Schlinge auf und versuchte herauszuspringen. Aber die Schlinge schnappte zu, mein Bein war fast abgerissen, und ich fiel in den Himmel.«

»Baumfutter!«

»Ich dachte wirklich, ich wäre Baumfutter. Du mußt dir vorstellen: ich hatte zwar noch eine Leine in der Hand, aber mit einem wie rasend flatternden Truthahn an jedem Ende. Und ich *fiel.* Ich versuchte, einen Truthahn zu werfen. Ich tat es wirklich, weil ich hoffte, er könnte sich in den Zweigen verfangen. Er tat es nicht.

Inzwischen merkt das Triun-Männchen, daß etwas nicht in Ordnung ist, aber es weiß nicht was. Es zieht an der Leine, spürt einen Ruck im Magen, und kotzt den Brocken aus. So muß es wohl gewesen sein. Ich weiß nur, daß mir etwas ins Gesicht flog. Es war ein toter Truthahn, von einer klebrigen Masse überzogen. Ich packte ihn, drückte ihn fest an mich, und zog mich an der Leine zurück in den Busch.«

Gavving traute sich nicht zu lachen.

»Dann band ich los, was von meinem Bein übrig war. Was lose hing, mußte ich abschneiden. Nun, mein Junge, hat Harp dir jemals eine solche Geschichte erzählt?«

»Nein. Baumfutter, *die* würde ihm gefallen! Oh.«

»Er würde mich berühmt machen. Aber auf solchen Ruhm verzichte ich lieber.«

Gavving dachte nach.

»Warum hast du mir's jetzt erzählt?«

»Ich weiß nicht. Ich bin dran.« Jiovan füllte seine Lungen und verschwand im Rauch.

Gavving fühlte sich belastet. Immer fragte er zuviel. Er grinste verstohlen, als er sich Jiovan vorstellte mit einem toten Truthahn im Arm und einem flatternden an jedem Ende seiner Leine. Was, wenn es ihm plötzlich leid tat, daß er ihm die Geschichte erzählt hatte?

Er sah Clave über die Rundung des Stammes kommen.

Jiovan tauchte wieder aus dem Rauch auf und brachte etwas davon mit. Gavving hielt die Luft an, bis der Rauch verflog. Jiovan hustete ein bißchen. »Es ist so lange her«, sagte er. »Es tut nicht mehr so weh. Vielleicht wollte ich es gerade heute erzählen. Vielleicht mußte ich es tun.«

»Sie kommen zurück«, sagte Gavving. »Warum sind sie bloß so aufgeregt?«

»Ich gehe nicht zurück«, rief Clave, »bevor ich nicht etwas über sie erfahren habe!«

»Ich weiß eine ganze Menge über sie«, antwortete der Student. »Zuerst lebten wir alle im äußeren Busch. Die Quinns verließen ihn wegen irgendeiner Meinungsverschiedenheit. Vorher war es der Dalton-Quinn-Stamm.«

»Dann sind wir mit ihnen verwandt.«

Sie schrien nicht mehr so durcheinander wie am Anfang, aber nur, weil ein Teil des Trupps zurückgefallen war. Sie waren immer noch sehr erregt. »Du hörst nicht richtig zu«, mischte Alfin sich ein. »Sie haben uns rausgeschmissen! Nach allem, was wir wissen, betrachten sie uns immer noch als Feinde!«

»Clave«, sagte der Student, »die Stammeszeichen werden offensichtlich gepflegt, und wir finden nicht mehr so viele Fächerpilze wie vorher, dasselbe gilt für die kleinen Schalentiere. Ich glaube, daß sie diesen Teil des Stammes sauber halten. Vielleicht sind sie sogar noch in der Nähe. Wir sollten hier verschwinden!«

»Ihr wollt vor etwas weglaufen, das ihr nicht mal gesehen habt!«

»Wir haben das Stammeszeichen gesehen, Clave«, sagte der Student. »DQ. Und das Q nicht ungültig gemacht. Vielleicht nennen sie sich immer noch Dalton-Quinn. Was macht das aus uns? Eindringlinge? Den Mittelpunkt haben wir schon überschritten. Wir sind auf ihrem Gebiet. Clave, laß uns umkehren. Wir können noch einen Nasengreifer und ein Schalentier töten, ein paar Fächerpilze pflücken, und mit reichlich Nahrung nach Haus zurückkehren.«

Clave schüttelte den Kopf. Die Leute vom Quinn-Busch brauchen auch nicht mehr zu dursten! Wir bringen Wasser vom Stamm . . .«

Clave machte eine ungeduldige Handbewegung. »Das Wasser läuft auch ohne uns den Stamm herunter zum Busch. Nein. Ich möchte die Daltons kennenlernen. Es ist hunderte von Jahren her. Wir wissen nicht, wie sie sich entwickelt haben. Vielleicht kennen sie bessere Methoden, Gemüse zu ziehen oder Wasser zu bekommen. Vielleicht züchten sie Pflanzen, von denen wir nie gehört haben. *Irgend etwas.* Tag Jiovan.«

»Tag. Was ist denn passiert?«

»Wir haben ein Stammeszeichen gefunden, und es ist nicht unseres. Die Frage an die Bürgerschaft ist: sagen wir den Leuten ›Guten Tag‹, bevor wir gehen, oder hauen wir stillschweigend ab?«

»Verstehst du denn nicht«, warf der Student ein. »Wir können weder kämpfen noch verhandeln! Wir haben einen guten Kämpfer und zwei Krüppel und einen Jungen und vier Frauen und einen Baumschlundwärter, und alle aus Quinn-Busch rausgeschmissen. Wir können ihnen nicht mal etwas versprechen . . .«

Clave unterbrach ihn: »Alfin, bist du auch dafür, daß wir gehen?«

»Ja.«

»Jiovan?«

»Wovor laufen wir denn weg?«

»Vielleicht vor nichts. Das Zeichen ist ziemlich lange nicht gereinigt worden. Baumfutter, die Dürre könnte sie alle getötet haben, wir könnten ihren Busch übernehmen und dort leben ...«

»Oh nein«, rief Merril, obwohl sie vom Klettern noch außer Atem war. »Wenn sie alle gestorben sind ... sollten wir nicht ... auch nur in die Nähe gehen ... dann werden wir alle krank.«

»Bist du für Weitergehen oder Umkehren?«

»Ich weiß nicht ... umkehren, glaube ich, aber ... laßt uns erst diesen ... großen Fächerpilz holen. Die Bürger sollen staunen! Und laßt uns noch einen Nasengreifer räuchern ... wenn wir können. Wir wissen jetzt, daß am Stamm Fleisch zu jagen ist, das müssen wir dem Vorsitzenden erzählen.«

»Jayan, Jinny?«

»Sie hat recht«, sagte Jinny, und Jayan nickte.

»Gavving?«

»Ich weiß nicht.«

»Baumfutter. Glory?«

»Zurück. Ich möchte endlich mal wieder Laub essen.«

Clave seufzte. »Wenn ich sicher sein könnte, daß ich recht habe, würden wir weitergehen. Also gut.« Er ließ seine Stimme lauter klingen. »Wir werden viel zu tragen haben, wenn ich an den großen Fächer denke und an all das Fleisch, das uns noch über den Weg läuft. Bürger, wir haben uns tapfer geschlagen und erreicht, was wir wollten. Wir werden als Helden heimkehren. Jetzt hört gut zu: ich möchte beim Abstieg keinen von euch verlieren! Denkt bitte daran, daß die Schwerkraft mit jedem Kilometer zunehmen wird. Für das größte Stück des Weges werden wir das Fleisch und den Pilz anseilen müssen ...«

Ihre Ziele waren zu Claves geworden, bemerkte Gavving und merkte es sich.

Die Flitzer waren zurückgekommen. Minya beobachtete sie bei der Brautwerbung. Zwei Männchen stolzierten mit gespreitzten Flügeln vor einem Weibchen herum, und der Kopf des Weibchens zuckte so schnell vor und zurück, daß er kaum noch zu sehen war. *Entscheidungen. Entscheidungen ...*

»Irgend etwas macht dir Sorgen, Minya.«

. . . *Entscheidungen.* Ging das Smitta etwas an? Minya traf eine schnelle Entscheidung: sie *mußte* mit jemanden darüber reden, bevor sie platzte. »Ich bin nicht mehr sicher, ob – ob ich noch für das Triun-Team tauge.«

Smitta war erschrocken. »Wirklich. Du warst doch vor acht Jahren ganz wild darauf, einzutreten. Was hat sich denn geändert?«

»Ich weiß es nicht.«

Natürlich wußte sie es, und plötzlich wußte Smitta es auch. »Kein Wort zu Sal darüber. Sie würde es nicht verstehen.«

»Ich war erst vierzehn.«

»Du sahst älter aus . . . reifer. Du warst die hübscheste Rekrutin, die wir je hatten.«

Minya zog eine Grimasse. »Jeder Mann wollte Babys mit mir machen. Ich glaube, ich habe *jede* mögliche Art gehört, wie man es ausdrücken kann. Ich hatte einfach keine Lust, es mit irgend jemanden zu tun. Smitta, genau dafür gibt es das Triun-Team!«

»Ich weiß. Was wäre ich ohne das Triun-Team? Eine Frau, die als Mann geboren wurde, ein Mann, der eine Frau sein möchte . . .«

»Möchtest du manchmal . . .« Was war der richtige Ausdruck? Nicht *Babys machen,* nicht für Smitta. »Ich habe es manchmal getan«, sagte Smitta. »Mit Risher – er war früher viel hübscher – und kürzlich mit Mik, dem Jungen vom Jagdmeister.« Minya zuckte zusammen. Vielleicht hatte Smitta es bemerkt. »Wir geben das alles auf, wenn wir dem Team beitreten. Man muß damit fertigwerden. Du weißt das.«

»Ist schon mal jemand . . .«

»Was? Ausgeschieden? Abtrünnig geworden? Alse ist in den Himmel gesprungen, kurze Zeit, nachdem ich aufgenommen wurde. Keiner weiß wirklich warum. Jedenfalls ist das die einzige Möglichkeit auszuscheiden. Wenn du beim Betrügen erwischt wirst – ich kann dir einige nennen, die dich zerreißen würden. Sal ist eine von ihnen.«

Minya bewahrte ihr Geheimnis hinter zusammengebissenen Zähnen und aufeinandergepreßten Lippen. Smitta bemerkte es. »Laß dich nicht erwischen«, wiederholte sie. »Vielleicht weißt du nicht genau, was die Bürger von uns halten. Sie tolerieren uns. Wir schenken dem Stamm keine Kinder, aber dafür müssen wir die gefährlichste Arbeit tun und so unsere Schulden abzahlen. Aber hüte dich, von irgendeinem normalen Mann zu erwarten, daß er dir hilft, in beiden Welten zu leben.«

Minya nickte mit zusammengebissenen Zähnen und aufeinandergepreßten Lippen. Hätte sie doch nur so geschwiegen, als sie mit Mik zusammen war. Es war ihr unmöglich gewesen, ihn abzuschütteln, vor acht Jahren. Wie konnte er sich so ändern? *Würde er reden?*

»Smitta . . . «

»Sei still, Sal kommt.«

Minya sah auf. Es waren *vier* Personen, die da auf sie zukamen, vier Frauen, die sich von Wolken aus Gas und Samen vorwärtstragen ließen, und sie trugen kein Wasser. Sal schrie irgend etwas, aber sie verstanden es nicht.

»Sie vergeuden Gasschoten«, bemerkte Smitta.

Jetzt waren sie so nahe herangekommen, daß Minya Sals freudiges Geschrei verstehen konnte.

»Eindringlingeee!«

7 Die Hand des Prüfers

Die beiden Triaden bewegten sich innenwärts und blieben dort, wo es möglich war, in der Borke. Etwa jede Minute streckte Denisse, eine große dunkle Frau aus Thanyas Triade, den Kopf über den Rand der Borke, sah sich schnell um und ging wieder in Deckung.

»Am Stammeszeichen haben wir sechs von ihnen gesehen«, sagte Thanya. »Dunkle Kleidung. Vielleicht sind sie vom Dunklen Busch.«

»Eindringlinge.« Sals Stimme war lebhaft, freudig. »Wir haben noch nie gegen Invasoren gekämpft. Vor langer Zeit sind einige Bürger wegen Meuterei ausgewiesen worden . . . einige von ihnen hatten den Vorsitzenden getötet, der Rest ging mit den anderen. Vielleicht haben sie sich im Dunklen Busch niedergelassen. Meuterer . . . Thanya, was für Waffen tragen sie?«

»Hätten wir hingehen sollen und sie fragen? Denisse sagt, sie hätte so etwas wie riesige Pfeile gesehen. Ich konnte nicht mal ihr Geschlecht feststellen. Aber einer hatte keine Beine.«

Sie machten einen Bogen, um einen Riß zu umgehen, der mit Altmännerhaar zugewachsen war. »Wir sind sechs und sie sind sechs«, sagte Smitta. »Vielleicht habt ihr ein paar übersehen . . . sollten wir jemanden zurückschicken, der Jeels Triade holt?«

Sal grinste wölfisch. »Nein.«

»Und nein«, sagte Thanya für ihre Triade.

Minya sagte nichts – ihre Gruppenleiterin hatte für sie gesprochen – aber sie spürte eine wilde Freude. Gerade jetzt gab es nichts, das sie lieber tun würde als kämpfen.

Denisse hatte sich gerade wieder umgesehen. Ihre Stimme war von tödlicher Ruhe. »Eindringlinge. Es sind Eindringlinge. Dreihundert Meter vor uns, hundert Meter links. Mindestens sechs.«

»Laßt uns nichts überstürzen«, sagte Thanya plötzlich. »Ich

möchte gern mit einem von ihnen sprechen. Wir wissen nicht was sie hier wollen.«

»Was geht es uns an? Was sie wollen, gehört jedenfalls nicht ihnen.«

Thanya grinste zurück. »Wir sind kein Debattierclub. Wir sind das Triun-Team. Gehen wir nachsehen!«

Sie arbeiteten sich weiter vor. Denisse verkündete: »Die Eindringlinge haben die Hand des Prüfers erreicht.«

Den Stamm von Parasiten zu befreien, war eine der Aufgaben des Triune-Teams. Fächerpilze waren gefährlich für den Baum und außerdem eßbar. Aber ein großes und auffallend schönes Exemplar genoß besondere Privilegien. Man hatte diesen Pilz vor über zwanzig Jahren entdeckt und stehen lassen: er sollte *noch* größer werden. Minya kannte dies ungewöhnliche Pflegekind des Teams nur vom Hörensagen. Sie riskierte einen Blick über den Rand der Borke . . .

Da waren sie: Männer, Frauen – richtige Menschen. »Mehr als sechs. Acht, neun, angezogen wie dreckige Zivilisten. Die Kleider sind rot, aber rußverschmiert, und haben keine Taschen . . . sie hacken am Stiel! Sie töten ihn. Die Hand des Prüfers – «

Smitta schrie und warf sich aus der Deckung.

Jetzt war alles zu spät. »Wir riskieren alles!« schrie Sal, und das Team warf sich auf die Eindringlinge.

Der Fächerpilz reckte sich wie eine gewaltige Hand in den Himmel, weiß mit roten Nägeln. Sein Stiel, der aus der Ferne unverhältnismäßig schmal und zerbrechlich ausgesehen hatte, war dicker als Gavvings Oberkörper. Er fing an, mit seinem Dolch auf ihn einzuhacken. Jiovan bearbeitete die andere Seite.

»Den Stamm hinunter werden wir ihn schon schaffen«, keuchte Jiovan, »aber wie kriegen wir ihn durch den Busch auf den Dorfplatz?«

»Das brauchen wir doch gar nicht«, sagte Clave. »Laß die Leute zum Pilz gehen und sich soviel abschneiden, wie sie brauchen.«

»Vergiß nicht, den Rand vorher abzureißen«, meinte Merril.

Der Student widersprach: »Der Wissenschaftler muß ein Stück davon bekommen.«

»Und an wem soll er es ausprobieren? Na, meinetwegen. Brich ein Stück für den Wissenschaftler heraus. Aber kein zu großes.«

Der Stiel war zäh. Sie waren ganz gut vorangekommen, aber Gavvings Arme wurden lahm. Er trat zurück, und Clave nahm seinen Platz ein. Gavving beobachtete, wie der Einschnitt tiefer wurde.

Vielleicht war es schon genug?

Er schlug einen Pfahl in die Borke und befestigte seine Leine daran. Dann sprang er mit der ganzen Kraft seiner Beine gegen den Pilz.

Die große Hand gab unter seinem Gewicht nach, sprang dann zurück und schleuderte ihn spielerisch in den Himmel. Als er da oben herumzappelte und seine Leine einholte, sah er, was die anderen nicht sehen konnten, weil sie zu nahe am Stamm waren.

»Feuer!«

»Was? Wo?«

»Vielleicht einen halben Kilometer auswärts. Nicht groß.« Die Sonne stand hinter dem äußeren Busch, dadurch lag der Stamm im Schatten. Er sah ein orangefarbenes Glühen in einer Rauchwolke.

Aus dem Augenwinkel sah er etwas blinken. Er zog heftig an der Leine, bevor sein Gehirn irgend etwas registriert hatte ... und eine Miniaturharpune zischte an seiner Hüfte vorbei.

»Baumfutter!« schrie er. Das war zu ungenau. »Harpunen!«

Jiovan taumelte. Hinter seiner Schulter zeigte sich eine scharfe Spitze. Clave schlug seine Bürger auf Rücken und Hintern, um sie in Deckung zu zwingen. In einiger Entfernung segelte etwas vorbei: eine Frau. Eine stämmige, rothaarige Frau in roter Kleidung, die von der Brust bis zu den Hüften mit ausgebeulten Taschen besetzt war, was ihr das Aussehen einer Schwangeren gab. Sie flog durch die Luft und zog mit beiden Händen etwas auseinander, etwas Glitzerndes, einen Streifen Licht.

Ihre Blicke trafen sich, und Gavving wußte, daß es eine Waffe war, bevor das Ding losging. Er stieß sich ab und rollte über die Borke. Ein winziges, verschwommenes Etwas kam geflogen und schlug mit dumpfen Ton neben seiner Wirbelsäule in den Stamm: eine Miniharpune mit grauen und gelben Vogelfedern am stumpfen Ende. Er rollte sich weiter, um den Fächerpilz zwischen sich und seine Angreiferin zu bringen.

Clave war nirgends zu sehen. Purpurgekleidete Feinde segelten am Stamm entlang, kreischten unverständliches Zeug und warfen todbringende Waffen.

Die Rothaarige war an einem Bein von einer Harpune getroffen worden. Sie riß sie heraus, schleuderte sie von sich und suchte ein Ziel. Jiovan bot sich geradezu an. Er versuchte nicht einmal, in Deckung zu gehen. Eine zweite Miniharpune traf ihn in die Brust.

Sie benutzten Gasschoten. Ein magerer rotgekleideter Mann entdeckte Gavving, spannte seine Waffe, und ein Faden zerriß. Wütend schrie er auf, öffnete eine Gasschote und schoß auf Gavving zu. In der anderen Hand schwenkte er ein Messer von einem Meter Länge.

Gavving sprang zur Seite und zog sein eigenes Messer. Er riß an seiner Leine, um an den Stamm heranzukommen. Der Mann wurde gegen die Borke geschleudert. Gavving war auf seinem Rücken, bevor er sich erholen konnte. Er versuchte, dem Mann die Kehle durchzuschneiden. Übermenschlich starke Finger gruben sich in seinen Arm wie die Zähne eines Schwertvogels. Gavving ließ los und stieß dem Mann das Messer in die Seite. *Höchste Zeit!* Der Griff des Mannes lokkerte sich.

Der Baum bebte. Gavving merkte es nicht. Er sah zwar die Bewegung in dem großen Wall aus Borke, aber das war jetzt sein geringstes Problem. Er hielt nach Feinden Ausschau.

Nicht weit entfernt schwebte die rothaarige Frau auf den Stamm zu.

Sie ignorierte das Blut, das sich an ihrer Kleidung ausbreitete, und starrte auf den bebenden Baum. War sie zu weit weg? Gavving schleuderte eine Harpune und suchte sofort hinter dem Pilz Deckung.

Nicht nötig. Die Harpune hatte sie durchbohrt. Aus schreckgeweiteten Augen sah sie ihn an. Dann starb sie.

Schreiend versuchten die rotgekleideten Feinde sich untereinander zu verständigen, aber ihre Stimmen gingen unter in einem immer lauteren Grollen. Jiovan war tot. In seinem Körper steckten zwei gefiederte Pfeile. Schützend hielt Jinny einen kleinen Fächerpilz vor sich, in der anderen Hand die Harpune. Der Student tauchte aus einem Riß in der Borke auf, sah, was Jinny tat, und machte es ihr nach. Eine Miniharpune fuhr in Jinnys Schild. Sie zeigte wütend die Zähne und warf sich in die Richtung, aus der der Pfeil gekommen war. Jayan und der Student folgten ihr.

Gavving holte seine Harpune ein. Die tote Frau kam näher. Ihre Arme und Beine schlenkerten hin und her. Übelkeit schnürte ihm die Kehle zu. Er löste seine Harpune aus ihrem Körper und wollte dann die seltsam glänzende Waffe untersuchen, die sie noch in der Hand hielt. Er hatte keine Zeit mehr dazu.

Wieder bebte der Baum. Das dumpfe Grollen setzte sich fort. Es klang, als rissen Welten auseinander. Abgeplatzte Borke sauste an Gavving vorbei; die rothaarige Leiche wedelte mit den Armen. Er suchte verzweifelt Halt an der Borke, als sich ihm jemand von der Seite näherte.

Dunkles Haar, ein schönes, blasses, herzförmiges Gesicht – Purpurkleidung. Gavving schleuderte eine Harpune auf ihre Augen.

»Das Feuer!« kreischte Thanya. »Es versperrt uns den Weg zum Busch! Wir müssen daran vorbei!« Sie öffnete Gasschoten und schoß über die Borke nach außen.

Minya hatte es gehört, aber sie zögerte keine Sekunde. Smitta und Sal waren tot, und einer der Eindringlinge, ein Junge, hatte sie umgebracht. Minya schlich sich an ihn heran.

Der Junge trug eine scharlachrote Bluse, Bürgerkleidung; sein krauses blondes Haar wirkte fast wie ein Helm; er hatte noch kaum Bartwuchs. In seinem Gesicht stand Angst, aber vielleicht war es auch Mordlust. Er schlug auf sie ein und wich zurück, als sie seinen Schlag mit dem Schwert abwehrte. Dabei verlor er seinen Halt auf der Borke. Minya wollte nachsetzen, ihn durchbohren, zu Ehren von Sals Triade töten und dann verschwinden!

Ihr blieb keine Zeit mehr. Thanya hatte recht. Das Feuer könnte sie vom Dalton-Quinn-Busch abschneiden. Außerdem mußte sie noch Sals Bogen sicherstellen. Minya fuhr herum und sprang davon. Um schneller zu werden, schoß sie eine Gasschote ab.

Sals Leiche schwebte frei, und ihre tote Hand hielt den wertvollen Bogen umklammert. Hinter Minya hielt sich der Junge an der Borke fest und schleuderte einen Handpfeil. Minya trat wild um sich, um ihre Richtung zu ändern, und das Geschoß zischte an ihr vorbei. Sie drehte sich zu der Gestalt um, die direkt vor ihr auftauchte.

Irgend etwas war an dieser Gestalt verkehrt, sie war nicht menschlich. Eine Weile war Minya wie erstarrt. Bevor sie wußte, was geschah, explodierte eine Faust in ihrem Gesicht.

Gavving hatte die Schreie der purpurgewandeten Frauen ignoriert. Zwei von ihnen flohen jetzt und ließen sich von ihren Gasschoten auf dem Stamm nach außen tragen. Eine andere sprang im Zickzack die Borke entlang. Aber die dunkelhaarige Frau, die versucht hatte, ihn zu töten, bewegte sich jetzt quer zu der Stelle hinüber, wo Gavving die rothaarige Leiche hatte liegen lassen, deren Hand sich um ein gebogenes Stück silbrig glänzendes Metall krampfte.

Merril schoß genau vor der Frau aus einem Riß in der Borke hoch, und ihre Faust traf das Kinn der Fremden mit einem Knall, den Gavving selbst über das knirschende und reißende Geräusch hinweg hörte, um das er sich nicht mehr gekümmert hatte, als er um sein Leben kämpfte. Jetzt hörte er den Studenten wie eine Grille zirpen. Es waren Laute des Entsetzens, aber seine Worte gingen im Lärm unter. Aber Gavving brauchte sie auch nicht zu hören. Er wußte Bescheid.

»Clave! Clave!«

Clave tauchte aus einer tiefen Spalte auf und schrie: »Hier! Was ist los?«

»Wir müssen springen!« brüllte der Student. »Alle!«

»Was redest du da?«

»Der Baum bricht auseinander! Nur so können wir überleben!«

»Was?«

»Sag den Leuten, daß sie springen sollen!«

Clave schaute sich um. Jiovan war tot. Er schwebte an seiner Leine, aber er war tot. Der Student hing schon mit aufgerollter Leine am Himmel! Gavving bewegte sich über die schwankende Borke. Er riß etwas von der purpurgekleideten Leiche ab und setzte seinen Weg fort. Jayan und Jinny waren nicht zu sehen. Alfin knurrte, als er seine Feinde hinter den Rauchwolken verschwinden sah. Auch Merril und Glory schauten hin und konnten es kaum fassen.

Triff eine Entscheidung. Jetzt. Du weißt zwar nicht genug, aber du mußt dich entscheiden. Du mußt es tun.

Gavving. Gavving und der Student waren alte Freunde. Wußte Gavving etwas?

Er hatte eine Waffe der Angreifer erbeutet und war schon weit hinten auf dem Stamm. Er wollte zu dem Fleisch, das sie zurückgelassen hatten, als sie sich um den Pilz kümmerten. Natürlich brauchten sie Verpflegung, wenn sie den Stamm verlassen wollten.

Der Student mochte den Verstand verloren haben. Aber Gavving traute ihm . . . und alles geschah zur gleichen Zeit: das lodernde Feuer am Baum, das Beben und Ächzen im Stamm, die mörderischen Fremden und dann ihre Flucht . . . Clave hatte Gasschoten im Gepäck. Er würde seine Bürger zum Baum zurückschaffen können, wenn sich hier alles beruhigt hatte. »Student!« brüllte er. »Sollen wir uns anleinen?«

»Nein! Baumfutter, *nein!*«

»Okay.« Er überschrie den Weltuntergangsdonner: *»Jayan! Jinny! Glory! Alfin! Merril! Alle abspringen! Vom Baum wegspringen! Nicht anleinen!«*

Die Reaktionen waren verschieden. Merril starrte ihn an, dachte eine Weile nach und stieß sich ab. Glory guckte nur dumm. Jayan und Jinny tauchten aus ihrem Versteck auf und flogen wie zwei Vögel in die Luft. Alfin klammerte sich an die Borke. Gavving? Gavving mühte sich, vom Rüsseltier ein großes Stück Fleisch abzureißen.

Immer noch diese Erschütterungen in der Borke. Der Lärm erfüllte Baum und Himmel; die purpurgekleideten Mörderinnen waren nirgends zu sehen, und . . . niemand hatte den großen Fächerpilz mitgenommen. Clave warf sich gegen den Stiel.

Der Pilz bog sich unter seinem Gewicht, dann riß er ab und fiel um. Claves Finger gruben sich in das weiße Pilzfleisch. Das Ding torkelte und gewann an Geschwindigkeit. Immer schneller raste die Borke unter dem Pilz vorbei . . . ein heißer Wind strich an Clave vorbei und war verschwunden, bevor er Luft holen konnte.

Es war nicht möglich. Verwirrt sah Clave Flammenbüschel, die sich nach beiden Seiten voneinander entfernten. Es gab keinen Baum mehr. Die Bürger schwebten am Himmel. Selbst Alfin war abgesprungen. Aber der Baum, wo war der Baum? Der Baum war verschwunden. Clave schloß die Fäuste, und das Pilzfleisch wurde in seinen Händen zu einer weichen Masse. Er schrie laut und schlang die Arme um den Stiel. Hilflos schwebten sie durch den Himmel.

8 Der Quinn-Stamm

Explosionsartig brach das Holz und bespritzte Gavving mit Splittern, als er über die zerreißende Borke sprang. Millionen von Insekten strömten aus einem Spalt, der wohl einen Kilometer in das Kernholz hineinreichte. Gavving schrie auf und schlug in der summenden Wolke mit den Armen um sich, um genug Luft zum Atmen zu bekommen.

Der Baum war das einzige, was es gab, und mit dem Baum ging es zu Ende. Wenn er darüber nachgedacht hätte, wäre er vor Angst erstarrt. Aber er hatte nur einen Gedanken: *Das Fleisch holen und raus!*

Der Nasengreifer schwebte in einer Wolke glühender Holzkohlen. Ein Lendenstück war in Reichweite. Er wollte es an einer Leine aus den Kohlen ziehen, sprang und fing es mit der Schulter auf. Heißes Fett verbrannte ihm den Hals. Er schrie und fuhr zurück.

Was nun? Er konnte in diesem tobenden Lärm nicht *denken.* Er nahm sein Bündel ab, band es an das Lendenstück und stieß sich ab.

Der schwankende und brüllende Baum lag unter Wolken von Insekten und pulverisiertem Holz halb verborgen. Splitter, so groß wie Dolche, sausten vorbei.

Gavving hielt eine Gasschote gegen sein Bündel und riß die Spitze ab. Samen und kaltes Gas fuhren heraus. Die Schote riß sich aus seiner Hand los, spuckte ihm Samen ins Gesicht und war verschwunden.

Seine Hände zitterten. Sein Hals und seine Wangen bluteten. Er holte seine letzte Gasschote heraus und versuchte es mit zusammengebissenen Zähnen noch einmal. Diesmal blieb die Schote in seiner Hand bis sie verpufft war.

Die Welt riß auseinander.

Während er alles beobachtete, verwandelte sich sein Entsetzen in Bestürzung. Ein heißer Luftstrom fegte an ihm vorbei, und zwei Feuerbälle trieben in entgegengesetzter Richtung auseinander, bis Gavving nur noch zwei kleine Punkte sah, die durch eine unendlich lange Rauchwolke miteinander verbunden waren.

Ein furchterregender Anblick!

Wer hatte je eine solche Katastrophe überlebt? Alle Angehörigen des Quinn-Stammes mußten tot sein . . . alle außer Clave und seinen Bürgern, und sie hatten Jiovan verloren. Wer war übrig? Er schaute sich um.

Niemand?

Weit draußen ein paar winzige Punkte.

Er hatte seine beiden letzten Gasschoten verbraucht und schwebte jetzt hilflos am Himmel. Wenigstens brauchte er nicht zu verhungern.

Durch Fuchteln mit den Armen konnte der Student seine Rotation nicht stoppen. Seine Gasschoten wollte er dafür nicht verschwenden. Er spreizte Arme und Beine und rotierte bald nur noch so langsam, daß er nach Überlebenden Ausschau halten konnte.

An der linken Gesichthälfte spürte er etwas Nasses. Mit den Fingerspitzen ertastete er einen blutigen Riß, der von der Schläfe bis zum Kinn reichte. Er schmerzte nicht. War es der Schock? Aber im Augenblick hatte er ganz andere Sorgen.

Drei menschliche Gestalten taumelten in der Nähe langsam durch die Luft: Purpur mit Scharlach abgesetzt. Sein Magen krampfte sich zusammen. Es war ihre Schuld; er war nicht zum Töten hergekommen.

Der riesige Fächerpilz schwebte durch die Luft. Er drehte sich, und der Student sah, daß Clave sich an seinem Stiel festhielt. Gut. Clave trug immer noch seinen Rucksack: *sehr* gut. Sie hatten also noch einen Vorrat an Gasschoten. Warum aber unternahm Clave nichts zu ihrer Rettung?

Mit den Füßen nach außen rotierten Jayan und Jinny langsam um ihre Hände, mit denen sie sich aneinander festhielten. Es sah fast aus, als tanzten sie. Diese Körperhaltung reduzierte natürlich ihre Rotationsgeschwindigkeit erheblich. Sie waren nicht in Panik geraten; sie hatten ganz einfach nachgedacht.

Merril schwebte in einiger Entfernung. Mit ihren Armen

hatte sie sich nicht sehr kräftig abstoßen können, und der Luftstrom des Baumes hatte sie erfaßt.

Das gewaltige Donnern hatte sich gelegt, und leisere Geräusche waren hörbar. Der Student hörte ein leises Winseln. Auch Alfin war abgesprungen. Er wedelte mit den Armen, rotierte und weinte. Aber er war in Sicherheit.

Der Student sah weder Gavving noch Glory noch Jiovan. Jiovans Leiche mußte mit dem Baum verschwunden sein, aber wo waren die anderen? Und warum unternahm Clave nichts? Zusammen mit dem Fächerpilz trieb er davon.

Der Student seufzte. Er nahm seinen Rucksack ab und suchte seine Gasschoten. Alte Gasschoten aus den Vorräten vom Quinn-Busch. Ob sie noch funktionierten?

Er hatte noch nie eine Schote abgefeuert. Er kannte auch niemanden, der das je getan hatte. Die Jäger hatten welche bei sich für den Fall, daß sie in den Himmel fielen; aber solange der Student lebte, war noch nie ein Jäger aus dem Himmel zurückgekehrt. Er ging sehr vorsichtig zu Werke; zuerst hängte er sich den Rucksack wieder über die Schultern, dann hielt er sich mit beiden Händen eine Gasschote vor den Nabel. Als Clave ungefähr hinter ihm war, riß er geschickt die Spitze ab.

Die Schote drückte sich ihm in den Magen, und er verschob die Spitze, um seine Rotation zu verringern. Dann war die Energie verbraucht. Er ließ die Schote los, und das ausströmende Restgas ließ sie davonhüpfen.

Er blickte über die Schulter zurück und sah den Pilz auf sich zutreiben. Clave unternahm immer noch nichts Konstruktives, und er hatte den Studenten noch nicht bemerkt.

Der bei der Katastrophe entstandene Rauch teilte den Himmel von einem Ende zum anderen. Dichte wabernde schwarze Wolken trennten sich von dem helleren Qualm. Die Insekten, die den Baum von innen zerfressen hatten, stiegen auf, um neue Beute zu suchen.

In der gigantischen Rauchwolke schwebten verschiedene Trümmer. Der Student erkannte große Stücke abgerissenen Holzes und weggeplatzter Borke; ein Schwarm Flitzer schoß in Panik hin und her; und noch etwas flatterte, vielleicht ein Nasengreifer, der aus seiner Höhle geflohen war. Trotz des

Durcheinanders sah er noch immer die Bürger und die Leichen, die langsam voneinander wegtrieben.

Weit innen in Richtung Voy plagte sich Gavving mit seinem halben Eigengewicht an geräuchertem Fleisch. Ihn würde man nur schwer erreichen können. Er hatte sich sehr weit entfernt, um das Fleisch zu holen, und der Wind hatte ihn noch weiter abgetrieben. Ihn mußte man als letzten zu retten versuchen; es war nur zu hoffen, daß es gelingen würde.

Der Student stieß gegen den Pilz und hielt sich am Stiel fest. Clave schaute ihn wie betäubt an. »Was ist passiert?« fragte er.

Der Student hatte es geschafft. »Der Baum ist auseinandergebrochen«, sagte er. »Clave, ich muß deinen Rucksack öffnen. Wir müssen etwas unternehmen, um die Bürger zu retten.«

Clave half nicht, aber er widersprach auch nicht, als der Student in seinem Rucksack wühlte. Sie konnten den großen Pilz als Operationsbasis benutzen . . . und zuerst Alfin retten, denn er war ihnen am nächsten . . . er nahm ein halbes Dutzend Schoten. Dann glitt er etwa bis zur Mitte der Pilzmasse und feuerte eine Schote ab, dann noch eine.

»Der *Baum* ist auseinandergebrochen?«

»Das hast du doch gesehen.«

»Wie? Warum?«

Der Student schätzte die Entfernung. In weitem Bogen warf er eine Leine. Sie streifte Alfins Rücken, der sich herumwarf und die Leine packte. Eisern hielt er sie fest. Er versuchte nicht, sie einzuholen. Das mußte der Student tun, während Alfin mit Entsetzen im Blick zuschaute. Alfin erreichte den Pilz, umschlang den Stiel und grub die Finger bis an die Knöchel in das weiße Fleisch.

Eine Hand schloß sich um den Hals des Studenten. Lange kräftige Finger umklammerten ihn wie ein stählerner Kragen. »Du wirst es mir sofort sagen!« Claves Stimme war ein heiseres Knurren.

Der Student war starr vor Schreck. Clave war verrückt geworden.

»Sag mir, was passiert ist!«

»Der Baum ist auseinandergebrochen.«

»Warum?«

»Vielleicht wurde es durch das Feuer ausgelöst, aber der Baum war reif. Clave, im Rauchring hat alles das Bestreben, sich in der Nähe der Mitte aufzuhalten, wo es Wasser und Luft gibt. Woher zum Beispiel kommen die Gasschoten?« Die Hand lockerte ihren Griff ein wenig, und der Student sprach weiter: »Das ist auch bei den Pflanzen der Fall. Wenn eine Pflanze sich von der Mitte entfernt und zu weit in die Region des Gas-Torus gerät . . .«

»Des was?«

»Was in aller Welt geht hier vor?« fragte Alfin.

»Clave will wissen, was passiert ist. Alfin, kannst du das Ding steuern und versuchen an die anderen heranzukommen? Hier . . .« Er reichte ihm seinen Vorrat an Gasschoten.

Alfin nahm sie und überlegte längere Zeit, was er mit ihnen anfangen sollte. Der Student ignorierte ihn und setzte seinen Vortrag fort. »Der Rauchring befindet sich in der Mitte einer viel größeren Region. Das ist der Gas-Torus, in dem die Moleküle . . . die Luftteilchen einen weiten Abstand zueinander halten. Im Gas-Torus ist die Luft sehr dünn, obwohl es welche gibt. Zur Mitte hin wird sie dichter. Dort gibt es Wasser und Boden und Pflanzen. Dort liegt auch der Rauchring, der den dichtesten Teil des Gas-Torus darstellt, und dort wollen alle Lebewesen bleiben.«

»Wo sie atmen können. Gut. Erzähl weiter.«

»Alles im Rauchring kann sich irgendwie bewegen. Die meisten Tiere haben Flügel. An den Pflanzen, jedenfalls an einigen, wachsen Gasschoten. Sie stoßen ihre Samen zur Mitte hin aus, wo sie wachsen können. Oder sie stoßen unbefruchtete Samen nach außen hin aus, und die Reaktion schiebt die Pflanze zur Mitte hin. Dann gibt es Pflanzen, die lange Wurzeln treiben, die alles packen was vorbeikommt. Es gibt Drachen . . .«

»Und was ist mit den Dschungeln?«

»Ich . . . ich weiß nicht. Der Wissenschaftler hat nie . . .«

»Vergiß es. Was ist mit den Bäumen?«

»Ja, das ist wirklich interessant. Der Wissenschaftler hat diese Theorie entwickelt, aber er konnte sie nicht beweisen . . .«

Die Hand packte wieder fester zu. Der Student konnte nur

noch stammeln. »Wenn ein Integralbaum sich zu weit von der Mitte entfernt, fängt er an, abzusterben. Er stirbt in seinem Zentrum. Die Insekten zerfressen ihn von innen heraus. Sie sind keine Parasiten, sondern leben mit ihm in Symbiose. Wenn das Zentrum verrottet, bricht der Baum auseinander. Die eine Hälfte fällt nach außen, die andere zur Mitte hin, und das ist besser als gar nichts.«

Clave grübelte darüber nach. »Welche Hälfte?« sagte er dann.

»Die Osten bringt dich nach außen, die außen bringt dich nach Westen, Westen . . .«

»Was tust du da?«

»Ich versuche, mich zu erinnern. Wir waren zu nahe an Voy, und deshalb ist unser Ende . . .« In diesem Augenblick durchfuhr es ihn. Der Gedanke schnürte ihm die Kehle zu.

Einen Augenblick später taten es Claves Finger. »Weiterreden, du Copsik. Ich bin es endgültig leid, daß du ein Geheimnis immer nur halb erzählst!«

»Vorsitzender«, sagte der Student mit belegter Stimme, »du darfst mich Wissenschaftler nennen.«

Clave ließ erschrocken seinen Hals los.

»Der Quinn-Stamm ist tot. Wir sind der Quinn-Stamm.«

Alfin brach das lange Schweigen, das dieser schrecklichen Erklärung folgte. »Freust du dich jetzt, Student? Du hattest doch recht. Der Baum war zum Absterben verurteilt.«

»Halt's Maul«, sagte Clave. Er ließ den Hals des Studenten los. Vielleicht war das ein Fehler gewesen, vielleicht auch nicht; er würde sich entschuldigen müssen. Zunächst aber kletterte er bis an den Rand des Pilzes. Jayan und Jinny kamen näher und schauten abwechselnd zu ihm herüber, während sie umeinander rotierten.

Dieses Gefühl hatte er noch nie gehabt, nie hatte er eine solche Hilflosigkeit empfunden und solche Angst davor, eine Entscheidung zu treffen. Es störte ihn, daß Alfin und der Student ihn so schwach gesehen hatten. Er probierte seine Stimme aus und fand, daß sie normal klang.

»Sie sind schon fast hier. Gute Arbeit, Alfin. Dann holen wir Merril. Aber ich sehe Glory nicht.«

Der Student sagte: »Ich habe sie schon nicht mehr gesehen seit . . . seit.« Er rieb sich die Kehle.

»Vielleicht ist sie nicht abgesprungen. Dann sind wir nur noch sieben. Sieben.« Er warf eine Leine. Jinny fing sie mit den Zehen auf, und Clave zog beide heran. »Die Reste des Quinn-Stammes heißen euch willkommen«, sagte er.

Sie klammerten sich an Clave, aber eher verzweifelt als liebevoll. Jinny sah ihm ins Gesicht. »Sind sie tot? Sind alle anderen tot?«

»Warum hat der Wissenschaftler das nicht kommen sehen?« fragte Alfin.

»Er hat«, sagte der Student.

»Baumfutter. Warum ist er dann zurückgeblieben?«

»Er war ein alter Mann. Er hätte nicht fünfzig Kilometer Baum hinaufklettern können. Alfin sperrte den Mund auf. »Aber . . . das ist doch dasselbe, als hätte er alle ermordet, die Klettern *konnten!«*

Aber für diese Betrachtungen war jetzt keine Zeit. »Alfin«, sagte Clave, »achte auf das, was du tust.«

Alfin riß zwei Gasschoten auf, dann noch eine. Der Fächerpilz trieb zu Merril hinüber, die eine stoische Ruhe zu bewahren schien. »Die Kinder«, murmelte Alfin.

Irgendwo seitlich gab es Bewegung.

Was Clave für eine purpurgekleidete Leiche gehalten hatte, taumelte durch die Luft. Clave zeigte hinüber. »Eine Mörderin ist übriggeblieben.«

Sie schauten hinüber. Jetzt taumelte sie nicht mehr. Sie hatte ihr langes Messer an eine Leine gebunden und warf es jetzt. Sie traf eine tote Begleiterin und zog die Leine ein. Dann durchsuchte sie die Leiche und stieß sich von ihr ab zur nächsten hinüber.

Sie hatte nicht viel gefunden, aber wahrscheinlich das, was sie suchte. Jetzt feuerte sie nacheinander zwei Gasschoten ab. Der Gasdruck trieb sie nach innen in Richtung Voy. »Sie kommt nicht her«, sagte Alfin. »Nach Hause will sie auch nicht. Was hat sie vor?«

»Nicht unser Problem.«

Merril fing die Leine, die Alfin geworfen hatte, und zog sich heran. Sie hatte keinen Platz, sich am Fächerpilz selbst festzuhalten. »Hast du irgend etwas von Glory gesehen?« fragte Clave sie.

»Als ich sie zuletzt sah, klammerte sie sich in Todesangst an die Borke. Sie war auf dem äußersten Teil. Gavving ist weiter nach innen gegangen.«

»Wir holen ihn. Hoffentlich kommen wir rechtzeitig an.«

Inzwischen war es klar. Die Frau in Purpur war an ihnen vorbeigeschwebt und auf dem Weg zu Gavving.

Gavving sah sie kommen. Er konnte kaum etwas unternehmen. Als er ihr Gesicht erkennen konnte, sah er, daß sie ihn scharf beobachtete. Der Ausdruck des Hasses war aus ihrem Gesicht verschwunden. Er sah kurzgeschnittenes dunkles Haar und ein dreieckiges Gesicht mit einem seltsam schmalen Kinn. Sie schien nachzudenken.

Es sah aus, als wollte sie an ihm vorbeitreiben.

Gavving wußte nicht, was er davon halten sollte. Er wollte nicht allein sterben; und ganz gewiß wollte er nicht an einer dieser Miniharpunen sterben. Sie war jetzt ganz nahe. Hinter ihrem Rücken holte sie eine dieser kleinen Harpunen hervor. Er konnte nur noch den Fleischbrocken vor sich halten, als sie ihre seltsame Waffe auseinanderzog, zielte und die Harpune schwirren ließ.

Das gefiederte Ding blieb in dem warmen Fleisch stecken.

Gavving bewegte sich in fliegender Hast. Er zog sein Messer und griff nach ihrer Leine.

Ihre Worte klangen seltsam verzerrt, aber er verstand sie. »Nein, nein, nein, laß mich leben! Ich habe Wasser! Ich habe Gasschoten! Ich bitte dich!«

Das könnte stimmen. »Keine Bewegung!« schrie er. »Hol die Leine nicht ein! Ich muß darüber nachdenken.«

»Ich gehorche.«

Reglos hing sie an der Leine.

»Du hast Wasser, und ich habe etwas zu essen. Wenn du mich nun tötest und beides behältst?«

»Mein Schwert«, rief sie, zog ihr langes Messer und warf es ihm zu. Mit einer raschen Bewegung konnte er es am Griff packen. »Mein Bogen«, sagte sie, und er konnte gerade noch das Messer in das Fleisch stecken, bevor sie ihm auch die

Waffe zum Auseinanderziehen zuwarf. Auch die fing er auf.

Was nun? Sie wartete nur.

»Was willst du?«

»Mich euch anschließen. Euren Leuten. Von den anderen lebt keiner mehr.«

Er konnte sich mit seinen und mit ihren Waffen behängen, aber was dann? Zwischen ihnen hingen nur vierzig Kilogramm geräuchertes Fleisch. Jeder von ihnen konnte jederzeit zu einer Waffe greifen und den anderen töten. Er würde irgendwann schlafen müssen . . . und sie wartete immer noch.

Warum nicht? dachte er plötzlich. *Ich bin ohnehin so gut wie tot.* »Komm her«, sagte er.

Sie zog ihre Leine ein und kam näher. Gavving hatte sein Gepäck zwischen sich und dem Fleisch, aber sie klammerte sich an das Fleisch, ohne auf ihre purpurfarbene Kleidung Rücksicht zu nehmen. Sie zog eine Gasschote aus einer ihrer Dutzend Taschen, die ihren Körper so plump und unförmig wirken ließen. Sie hielt sie fest und riß sie auf. Als die Energie verbraucht war, hatte sich ihre Geschwindigkeit schon erhöht. Sie benutzte noch eine. Dann noch eine.

»Warum hast du so viele bei dir?« fragte er.

»Ich habe auch die meiner toten Freundinnen eingesteckt.«

Sie hat sie den Leichen abgenommen, dachte Gavving und wandte sich ab. Der Quinn-Stamm bestand nur noch aus einem Menschenbündel, das sich um . . .

»Die Hand des Prüfers«, sagte seine Feindin. Er hatte Mühe, ihre eigenartige Aussprache zu verstehen. »Sie haben sich alle an der Hand des Prüfers verankert. Das ist ganz gut. Fächerpilze sind eßbar. Auch Dumbo-Fleisch kann man essen.«

»Ich kenne das Wort. *Der Prüfer.* Der Student hat es erwähnt, aber er hat uns nie gesagt, was es bedeutet.«

»Ihr hättet die Hand des Prüfers in Ruhe lassen sollen. Wir pflegen sie . . . wir haben sie gepflegt.«

»Habt ihr deshalb Jiovan getötet? Wegen eines *Fächerpilzes?*«

»Deswegen und weil ihr aus dem Exil zurückgekommen seid. Ihr wurdet ausgewiesen, weil ihr einen Vorsitzenden umgebracht hattet.«

»Das ist mir neu. Wir leben seid über hundert Jahren im Quinn-Busch.«

Sie nickte, als ob das ohne Bedeutung sei. Sie war eine Fremde. Gavving kannte jeden Mann, jede Frau und jedes Kind im Quinn-Busch. Diese Bürgerin war aus dem Himmel zu ihm herabgefallen. Eine Unbekannte. Er wußte nicht einmal, ob er sie hassen sollte.

»Ich habe Durst«, sagte er.

Sie reichte ihm ein halb mit Wasser gefülltes verschlossenes Kürbisgefäß. Er trank.

Das Menschenbündel, aus dem der Quinn-Stamm noch bestand, war nicht mehr ganz so weit entfernt. Vielleicht bildete er sich das auch nur ein. »Was machen wir jetzt?« fragte er. »So wie du die Gasschoten benutzt, kannst du dich in der Luft besser bewegen als wir. Kannst du uns sagen was wir jetzt tun können? Der Dalton-Busch . . .«

»Der Dalton-Quinn-Busch«, korrigierte sie ihn.

»Auf eurer Baumhälfte wären wir wahrscheinlich sicher, aber sie wird von der Schwerkraft nach außen gezogen. Ich wüßte nicht, wie wir sie erreichen sollten. Wir sind verloren.« Aber dann gewann seine Neugier die Oberhand. »Wer *bist* du?«

»Minya Dalton-Quinn.«

»Ich bin Gavving Quinn«, sagte er zum zweiten Mal in seinem Leben. Das erste Mal hatte er seinen Namen anläßlich der bei Erreichen des Mannesalters üblichen Zeremonie ausgesprochen. Er versuchte es noch einmal. »Wer bist du? Wer seid ihr alle? Warum wolltet ihr uns töten?«

»Smitta war . . . sehr leicht erregbar. Einige von uns, die dem Triun-Team angehören, sind nun einmal so. Und ihr habt die Hand getötet.«

»Triun-Team. Wohl meistens Frauen?«

»Es sind alles Frauen. Sogar Smitta. Nach stillschweigender Übereinkunft. Wir dienen dem Busch als Kämpferinnen.«

»Warum wolltest du denn Kämpferin werden?«

Sie schüttelte heftig den Kopf. »Darüber möchte ich nicht reden. Werden eure Bürger mich akzeptieren, oder werden sie mich töten?«

»Wir sind keine . . .« Mörder? Hatte er nicht selbst zwei der

Angreiferinnen umgebracht? Ihm fiel ein, daß der Student ihm nichts Falsches gesagt hatte, damals, als der Wissenschaftler sie für solche Gespräche noch verprügelt hätte . . . Minyas Baumhälfte, die sich von Voy entfernte, entfernte sich gleichzeitig aus der Dürre. »Kann ich meinen Leuten nicht einen Vorschlag machen?« fragte er. »Wenn es uns gelingt, dich zum äußeren Busch zurückzuschaffen, wirst du dafür sorgen, daß wir in euren Stamm aufgenommen werden. Wenn ich das sagen kann, sieht die Sache schon besser aus. Nun?«

Sie schwieg eine Weile. Dann sagte sie: »Ich muß darüber nachdenken.«

Das Fleisch und der Fächerpilz zogen mit ziemlicher Geschwindigkeit aneinander vorbei, als Clave eine mit einem Gewicht beschwerte Leine auswarf. Er hatte die letzte Gasschote zurückbehalten. Wieder ein Fehler; er hätte mehr aufbewahren müssen. Jetzt hatten sie nur noch eine Chance . . . aber die dunkle Fremde fing geschickt die Leine und befestigte sie. Sie mühten sich gemeinsam, die Rotation zu verringern.

»Dies ist Minya vom Dalton-Quinn-Stamm«, schrie Gavving hinüber. »Sie will sich uns anschließen.«

»Noch nicht die Leine einziehen. Ist sie bewaffnet?«

»Sie war.«

»Schick ihre Waffen her.« Clave warf eine zweite Leine aus und holte ein beeindruckendes Bündel ein. Clave prüfte die Beute: Ein Messer so lang wie sein Arm, ein kleineres Messer, ein Bündel Miniharpunen, zwei dieser Waffen zum Auseinanderziehen, eine aus Holz, die andere aus Metall. Die aus Holz gefiel ihm besser. Das Ding aus Metall sah aus, als sei es aus einem anderen Material gemacht. Aber jetzt konnte er schon erraten, wie sie funktionierten. Eine interessante Sache.

»Sie hat versucht, uns alle umzubringen«, rief Alfin.

»Stimmt.« Clave gab dem Studenten seine letzte Gasschote, wenn auch widerwillig. »Sorg dafür, daß wir nicht mehr rotieren. Halt. Siehst du das Stück Borke dort drüben, das sich nicht sehr schnell bewegt? Versuch, unsere Rotation aufzuhalten und uns gleichzeitig in die Richtung zu schießen.«

Alfin ließ nicht locker. »Was willst du tun?«

»Wir werden sie rekrutieren, wenn sie damit einverstanden ist. Sieben Bürger in einem Stamm sind lächerlich.«

»Wir haben keinen Platz mehr für sie.«

»Wo willst du den Rest deines Lebens verbringen?«

Die Gasschote versprühte Gas und Samen. »So erreichen wir das Stück Borke nicht. Nicht genügend Schub.«

Alfin hatte immer noch nicht geantwortet. »Solange du am Fallen keine Freude hast«, sagte Clave zu ihm, »möchtest du vermutlich lieber im Busch eines Integralbaums leben. Wir haben jetzt eine Gefangene, die in einem Busch lebt. Wir haben die Chance, ihre Dankbarkeit zu erlangen.«

Zu Gavving: »Bring sie her.«

9 Das Floß

Der Teich war klein, eine perfekte Kugel, und er befand sich von der Hand des Prüfers aus gesehen zwanzig Kilometer weiter draußen: ein riesiger Wassertropfen, der sich von der Sonne fortbewegte und einen Nebelschleier hinter sich herzog. Wenn die Sonne von hinten hindurchschien, wie es jetzt der Fall war, erkannte Minya Schemen, die sich in diesem Nebel hin und her schlängelten.

Der Teich würde an ihnen vorbeiziehen.

Die beiden Enden des Baumes waren weit entfernt und trieben immer noch auseinander. Der Dalton-Quinn-Busch trieb in westlicher Richtung nach außen, der Dunkle Busch in östlicher nach innen. Die Rauchspur, die beide Teile miteinander verband, war schwächer geworden – abgesehen von einigen dichten, schwarzen Wolken, die aber aus Insekten bestanden.

Irgend etwas tauchte aus dem Teich auf, und der Teich schlug Wellen und schwankte auf seiner Bahn. Das Wesen erschien selbst auf diese Entfernung sehr groß. Es war schwer, seine wahre Größe zu schätzen, aber es sah aus wie ein Maul mit Flossen. Besorgt beobachtete Minya die Kreatur. Sie schien sich ihnen nicht zu nähern, sondern Kurs auf die Rauchspur zu nehmen.

Ein loses Bündel von Bürgern schwebte um die Hand des Prüfers herum. Sie konnten sich nicht alle festhalten. Dazu war nicht genug Platz, und der Pilz hielt auch nicht mehr sehr gut zusammen. Sie benutzten Haken und Leinen, und niemand wollte Minya zu nahe kommen.

Alfin, von allen der älteste, klammerte sich an den Stiel. Das Entsetzen war aus seinem Gesicht gewichen, aber er hatte keine Lust zu sprechen oder sich zu bewegen.

Der Student sah sie prüfend an. »Miinja. Stimmt das so?«

»Ziemlich ähnlich. Minya.«

»Aha. Minija – wenn wir dein Ende des Baumes erreichen

könnten, würdest du uns dazu verhelfen, daß dein Stamm uns aufnimmt?«

Aller Augen richteten sich auf sie. Alfin schien wieder ganz verzweifelt zu sein. Nun, es hatte ja kommen müssen. »Wir leiden unter der Dürre«, sagte sie. »Wir haben schon zu viele Mäuler zu stopfen.«

»Die Dürre endet wahrscheinlich jetzt«, sagte der Student. »Es wird Wasser geben.«

»Bist du beim Quinn-Stamm der Schüler der Wissenschaft?«

»Der bin ich.«

»Dann glaube ich, was du sagst. Wie lange dauert es, bis Pflanzen wachsen, wenn neues Wasser da ist? In jedem . . . «

»Es wird jetzt Fleischvögel in der Luft geben . . . «

»Ich will nicht zurück.« Jetzt war es heraus.

»Hast du denn ein Verbrechen begangen?« fragte Clave.

»Ich habe ein Verbrechen begehen wollen. Ich hätte es tun *müssen*. Bitte!«

»Gut, dann rede nicht darüber. Aber wenn wir unser Leben hier verbringen wollen, werden wir nicht lange leben. Jede Triun-Familie, die vorbeikommt, könnte uns für eine Art Pilzgericht halten. Oder dieses fliegende Maul, das eben aus dem Teich kam . . . «

»Können wir nicht einen anderen Baum erreichen, der unbewohnt ist? Ich weiß, daß wir jetzt nirgendwohin gehen können, aber falls wir den Dalton-Quinn-Busch erreichen *könnten,* dann müßten wir auch zu einem anderen Baum gelangen, oder meinst du nicht?« Das nahmen die anderen ihr nicht ab. Wollte sie sie nur ablenken? »Jedenfalls könnte es uns besser gehen als jetzt. Wir sollten die Hand essen und uns nicht an ihr festhalten. Wir brauchen etwas, an das wir uns anleinen können.«

Sie zeigte auf etwas.

»Das zum Beispiel.«

Das war ein etwa zehn Meter langes rissiges Stück Borke in einer Entfernung von einigen hundert Metern. Es mochte etwa fünf Meter breit sein. Wegen der Luftreibung rotierte es kaum noch. Clave – der Vorsitzende? – sagte: »Ich habe es schon den ganzen Tag beobachtet. Es kommt nicht näher.

Baumfutter! Wenn wir uns nur selbst bewegen könnten, würde ich versuchen, den Teich zu erreichen.«

»Vielleicht hat der Baum ein partielles Vakuum hinterlassen«, sagte der Student. »Das könnte die Borke nach innen ziehen. Wir können noch hoffen.«

»Wir können mehr tun«, sagte Minya. »Vielleicht ist die Borke nahe genug.« Sie griff nach ihren Waffen.

Eine Hand legte sich um ihr Handgelenk. Die Finger hätten es zweimal umschließen können. »Was soll das?«

Lange kräftige Finger, und der Mann hatte keine Bedenken, eine Bürgerin anzufassen. Solche Männer gab es auch im Dalton-Quinn-Busch. Sie hatten Minya in das Triun-Team getrieben . . . Minya schüttelte heftig den Kopf. Sie war seine Gefangene, und sie war gekommen, um zu töten. Sie sprach langsam und bedächtig. »Ich glaube, ich könnte einen angeleinten Pfeil in das Holz schießen.«

Er zögerte. Dann ließ er ihre Hand los. »Versuch es.«

Sie benutzte Sals Metallbogen. Der Pfeil wurde auf seinem Weg immer langsamer, bis er nur noch trieb. Sie versuchte es noch einmal. Jetzt schwebten zwei Pfeile am Ende der schlaffen Leinen. Ungehaltenes Gemurmel wurde laut, als der junge Gavving die Leinen einzog.

»Das würde ich gern einmal versuchen«, sagte Clave und nahm den Bogen. Als er den Pfeil losließ, streifte die Leine seinen Unterarm, und er fluchte. Der Pfeil flog nicht weit.

Minya regte sich nicht auf. Sie traf immer rasche Entscheidungen, ob sie nun wichtig waren oder nicht; auch das hatte ihren Eintritt in das Triun-Team erleichtert. »Halte den linken Arm gerade und steif«, sagte sie jetzt. »Spann die Sehne so straff es geht. Schieb die Leine ein wenig nach rechts, dann trifft sie nicht deinen Arm. Schau am Pfeil entlang. Und nicht bewegen.«

Sie nahm die Leine und schleuderte sie so weit wie möglich hinaus. Nun brauchte der Pfeil nicht mehr so viel Gewicht zu ziehen. »Jetzt kannst du schießen.«

Der Pfeil schoß davon. Er traf eine Ecke der Borke und blieb stecken. Clave holte die Leine ein, ganz langsam . . . die Borke kam näher . . . und der Pfeil löste sich aus dem Holz.

Ohne jedes Anzeichen von Ungeduld wiederholte Clave

die Übung. Die Borke war schon einige Meter näher. Wieder griff Clave nach der Leine und holte sie ein, als kämpfte er mit einem großen Fleischvogel.

Die Borke näherte sich ihnen. Clave schoß einen weiteren Pfeil tief in das Holz. Minya bemerkte, daß Alfin erleichtert aufatmete, als sie sich sicher an der Borke verankert hatten.

Und Clave sagte: »Gut gemacht, Minya.« Aber er behielt den Bogen.

»Wir werden die andere Seite der Borke für intime Zwecke benutzen«, instruierte Clave die anderen. »Die Borke ist alles, was wir haben; wir sollten sie also nicht beschmutzen. Wenn ihr den Baum füttert, muß der Dünger nach außen gehen.«

»Er wird um uns herumschweben«, sagte Alfin, seine ersten Worte seit Stunden. Er mußte gesehen haben, daß die anderen ihn anschauten. »Ja«, sagte er, »ich habe wirklich eine bessere Idee. Geht an den Rand, wenn ihr den Baum füttert. Die Rotation wird es von uns wegschleudern. Stimmt das nicht, Student?«

»Ja. Gut überlegt.«

Minya kaute an einem Stück Fächerpilz. Es war faserig und fast ohne Geschmack, aber es enthielt Feuchtigkeit, und die Feuchtigkeit war köstlich. Sie sah sehnsüchtig zum Teich hinüber, der nicht nähergekommen war. So nah und doch so unerreichbar . . .

Sie hatte das geräucherte Dumbo-Fleisch gegessen und nur die Knochen übriggelassen, um zu verhindern, daß es verdarb. Vielleicht war das ein Fehler gewesen. Ihre Bäuche waren voll, sogar übervoll, aber jetzt hatten sie um so mehr Durst. Sie könnten hier draußen verdursten.

Aber davon abgesehen, lief alles ganz gut.

Gavving, der Junge mit dem goldenen Haar: Minya glaubte, daß sie hier eine gute Wahl getroffen hatte. Vielleicht dachte er, daß er ihr sein Leben verdanke. Vielleicht stimmte das. Er sah zwar harmlos aus, aber sie hatte ihn zweimal töten sehen. Es war besser, ihn zum Verbündeten als zum Feind zu haben.

Alfin konnte sie nicht beurteilen. Wenn er *solche* Angst vor dem Fallen hatte, würde er ohnehin bald sterben.

Da war Merril schon etwas anderes. Sie hatte keine Beine, aber sie schlug mit der Faust, wie andere Frauen mit den Füßen treten! Da sie überlebt hatte, mußte sie zäh sein. Mehr noch: Bei ihrem Handycap wäre sie ohne Freunde schon lange tot. Sie mußte also beliebt sein. Minya beschloß, sich mit Merril anzufreunden.

Der Student war ein Träumer. Er würde nicht einmal bemerken, ob Minya tot oder lebendig war.

Clave war der maßgebende Mann. Vielleicht betrachtete er sie immer noch als Feindin. Aber sie hatte den Leuten zu diesem Floß verholfen und ihm das Verdienst daran gelassen. Das konnte nicht schaden. Wenn Clave nur glaubte, daß er sie brauchte, war es ihr gleichgültig, ob er ihr traute.

Aber was mochte er sonst noch von ihr verlangen?

Jayan und Jinny: Sie hatten sich *beide* so verhalten, als gehörte Clave ihnen, oder umgekehrt. Daß zwei Frauen sich einen Mann teilten, war nichts Ungewöhnliches. Sie schienen Claves Entscheidungen zu akzeptieren. Aber mußten sie nicht einer potentiellen dritten ablehnend gegenüberstehen? Wenn es möglich war, mußte sie sich von Clave fernhalten.

Das Problem ließ sich vielleicht lösen . . .

Merril gähnte gewaltig und sagte: »Ist nicht bald Schlafenszeit? Ich komme mir vor, als hätte man mir auf den Kopf geschlagen.«

»Zwei Leute müssen ständig wach bleiben, und zwar einer auf jeder Seite der Borke«, erklärte Clave. »Ist jemand noch nicht müde?«

»Ich bin nicht müde«, sagte Alfin.

Also übernahmen Alfin und Jayan die erste Tageswache. Gavving und Merril sollten als nächste an die Reihe kommen, dann – Minya merkte sich die Namen nicht. Sie war physisch und emotional erschöpft. Sie richtete sich auf den Schlaf ein, trieb in halbfötaler Stellung in der Nähe der Borke.

Die Sonne zog gerade nördlich von Voy vorbei. Minya bemerkte im Halbschlaf, daß ein Bürger nach dem anderen hinter die Borke kroch, um den Baum zu füttern. Clave und Jinny sammelten einander Ungeziefer ab. Jayan verschwand hinter dem Borkenrand. Alfin . . . Alfin hockte neben ihr. »Minija«, sagte er.

Sie richtete sich auf. »Was willst du, Alfin?«

»Ich will dich zur Frau.«

Plötzlich war sie hellwach. Sie durfte sich jetzt keine Feinde machen. »Eine Ehe hatte ich eigentlich nicht in Betracht gezogen«, sagte sie vorsichtig. *Er hatte ihre Uniform nicht erkannt.*

»Du wärst eine Närrin, wenn du mich zurückweist. Welche bessere Möglichkeit könnte es geben, eine von uns zu werden?«

»Ich werde über deinen Vorschlag nachdenken«, sagte sie und schloß die Augen.

»Ich bin ein angesehener Mann. In Claves Busch war ich Wärter des Baumschlundes.«

Sie schlang die Arme um die Knie und rollte sich, ohne es zu wollen, zu einer Kugel zusammen.

Alfins Hand rüttelte an ihrer Schulter. »So viele Auswahlmöglichkeiten hast du auf diesem Stück Borke nicht, Minija. Du bist als Mörderin gekommen, und manche mögen dich immer noch für eine solche halten.«

Er ließ sie nicht in Ruhe. Sie versuchte, Gelassenheit in ihre Stimme zu legen, aber sie schaffte es nicht, sich auszustrekken. Deshalb klangen ihre Worte erstickt. »Deine Argumente sind gut. Ich sollte einen von euch heiraten. Clave ist wohl versprochen, nicht wahr?«

Alfin lachte. »Dreimal.«

»Erstaunlich. Und der Student?«

»Du treibst deine Scherze mit mir. Überleg dir mein Angebot.« Dann sah er, daß sie schluchzte.

Minya war entsetzt, aber sie konnte nicht aufhören. Sie konnte noch nicht einmal das Geräusch dämpfen. Sie wollte einen Mann, ja, aber nicht diesen Mann! Hatte sie eine Wahl? Möglicherweise war sie gezwungen, diesen häßlichen alten Mann zu heiraten, um zu verhindern, daß der Quinn-Stamm sie umbrachte. Oder sie konnte von ihrem an das Triun-Team geleisteten Eid erzählen. Dann würde sie nie heiraten können. Es war ganz einfach zu viel.

»Ich . . . ich komme wieder, wenn du dich besser fühlst.« Sie hörte aus Alfins Stimme heraus, daß er bekümmert war und sich auch ein wenig schämte. Dann war alles still. Als sie sich dazu zwang hinzuschauen, sah sie, daß er sich zwischen den

Schlafenden hindurchschlich, um das andere Ende der Borke zu erreichen.

Sie hatte ihre Heimat verloren, ihre Familie und ihre Freunde, und nun trieb sie hilflos durch den Himmel, dazu noch zusammen mit Fremden. Copsik! Wie konnte er ihr jetzt eine solche Entscheidung abfordern? *Dieser dreckige baumfütternde Copsik!*

Allmählich trockneten die Tränen in ihrem Gesicht. Jedenfalls hatte keine ihrer Freundinnen aus dem Triun-Team sie in dieser beschämenden Situation gesehen. Sie hatte Alfin mit ihren Tränen vertrieben, fiel ihr auf . . . genau wie sie sich als Vierzehnjährige hauptsächlich mit Tränen gegen andere gewehrt hatte.

Aber was konnte sie *tun?* Sie war dem alten Mann gegenüber nicht ganz fair gewesen. Er hatte nur eine Wahrheit ausgesprochen, über die sie auch schon nachgedacht hatte: Die Eheschließung war eine sichere Methode, in den Quinn-Stamm aufgenommen zu werden.

Und die stellte fest, daß sie schließlich doch ihre Entscheidung getroffen hatte.

Konnte sie es wagen, jetzt zu schlafen? Sie mußte. Die Sonne war schon um eine Handbreit an Voy vorbeigezogen – sie rollte sich zusammen und schlief ein.

Als die Sonne sich Voy wieder näherte, wachte Minya auf. Einige hatten diese Fähigkeit: Minya konnte einschlafen und aufwachen, wie sie es sich vornahm.

Ohne sich viel zu bewegen, spannte sie die Muskeln an. Sie hatte Durst. Der Student schien Alpträume zu haben. Sie beobachtete ihn, bis er sich wieder beruhigte.

Alfin schüttelte Merril wach, dann Gavving. Er legte sich zur Ruhe, während Gavving am anderen Ende der Borke Posten bezog. Minya wartete darauf, daß Jayan und Alfin einschliefen.

Alfin klammerte sich mit Fingern und Zehen an die Borke, und soweit Minya es sehen konnte, auch mit den Zähnen. Sein Gesicht war den Himmel verleugnend an die Borke gepreßt. So würde er auf keinen Fall schlafen können; aber er konnte sie nicht sehen.

Sie streckte sich und machte sich auf den Weg zum Ende der Borke. Merril sah ihr zu. Minya winkte und arbeitete sich zum glatten Teil der Borke vor.

Gavving sah sie kommen. Er bewegte sich von ihr weg – wollte er sie ungstört lassen? »Gavving!« rief sie. »Warte doch!«

Er blieb.

»Gavving, ich muß mit dir sprechen.«

»In Ordnung.« Aber er war mißtrauisch.

Das war ihr nicht lieb. »Ich habe keine Waffen«, sagte sie, und dann: »Ich werde es dir beweisen.«

»Das brauchst du nicht.«

Sie zog sich die Bluse über den Kopf und hängte sie an die Borke. Dann näherte sie sich ihm. Wenn sie sich doch nur mit den Zehen hätte festhalten können, um aufrecht zu gehen. Das Kriechen war so würdelos. Aber wenigstens hatte sie nicht mehr dieses dicke schwangere Aussehen der Angehörigen eines Triun-Teams.

»Meine Hose hat keine Taschen«, erklärte sie. »Das kannst du ja sehen. Ich will dir sagen, warum ich nicht zum Dalton-Quinn-Busch zurückgehen kann.«

»Und warum nicht?« Er versuchte, nicht auf ihre Brüste, sondern ihr ins Gesicht zu sehen. »Ich meine, ich will dir gern zuhören. Allerdings bin ich dafür bekannt, daß ich peinliche Fragen stelle.« Er wollte lachen, aber das Lachen blieb ihm in der Kehle stecken. »Aber sollten das nicht alle hören?«

Sie schüttelte den Kopf. »Ohne dich hätten sie mich vielleicht getötet. Gavving, ich muß dir von dem Triun-Team erzählen.«

»Das hast du schon. Ihr seid Kämpferinnen, und ihr seid alle Frauen, sogar die Männer.«

»Das stimmt. Wenn ein Mann eine Frau sein will oder eine Frau nicht schwanger werden will, schließt sie sich einem Triun-Team an. So kann sie dem Stamm dienen, auch ohne Kinder zu gebären.«

Gavving mußte das erst verdauen. »Wer keine Babys machen will, muß also kämpfen?«

»Richtig. Und es geht nicht nur um das Kämpfen. Sie übernehmen alle gefährlichen Aufgaben. Hier –.« Sie schob ihre

Hose ein Stück nach unten, und er schrak zurück. Von den kurzen Rippen bis über die Hüfte lief eine fünzig Zentimeter lange Narbe. »Die Spitze eines Schwertvogelschwanzes. Wenn meine Gasschote nicht funktioniert hätte, wäre ich jetzt über den ganzen Himmel verteilt.«

Plötzlich fragte sie sich, ob er es vielleicht als Makel ansah und nicht als einen Grund, stolz zu sein. Zu spät ... und lieber sollte er es heute erfahren als später.

»Vor ein paar Wachzeiten haben drei von uns mit einem Schwertvogel gekämpft. Zwei kamen zurück«, sagte er.

»Sie sind gefährlich.«

»Du magst also keine Männer?«

»Ich *mochte* sie nicht, Gavving, ich war erst vierzehn.«

Er starrte sie an. »Warum sollte ein Mann ein vierzehnjähriges Mädchen belästigen?«

Sie hätte nicht gedacht, daß sie noch lachen konnte, aber sie tat es. »Vielleicht lag es an meinem Aussehen. Jedenfalls ... haben sie mich alle belästigt, und der einzige Ausweg waren die Triun-Teams.«

Er wartete.

»Und jetzt bin ich zweiundzwanzig, und ich will es mir anders überlegen, aber das *kann* ich nicht. Niemand, der einmal einem Triun-Team angehört hat, überlegt es sich anders. Schon wenn ich um die Erlaubnis bitte, könnte man mich töten. Und ich *habe* darum gebeten ... « Sie merkte, daß sie jetzt lauter sprach. Es lief nicht wie geplant. Jetzt flüsterte sie: »Er sagte mir, ich sollte mich schämen. Vielleicht hat er es weitererzählt. Es ist mir egal. Ich gehe nicht zurück.«

Er streckte die Hand aus, als wollte er ihr an die Schulter greifen, tat es aber nicht. »Mach dir keine Sorgen darüber. Wir können uns sowieso nicht bewegen. Und wenn wir es könnten, wäre ein unbewohnter Baum die bessere Lösung.«

»Ich will aber Babys machen«, sagte sie und wartete.

Er *mußte* sie verstanden haben. Er blieb reglos. »Mit mir?« fragte er dann. »Warum mit mir?«

»Oh, Baumfutter, warum kannst du nicht einfach ... also gut, mit wem denn sonst? Der Student lebt nur in seinem Kopf. Und Clave? Ich bin froh, daß er hier ist, denn er ist ein guter Anführer. Aber Claves Typ von Mann hat mich in das

Triun-Team getrieben! Er macht mir Angst, Gavving. Ich sah, wie du Sal und Smitta getötet hast, aber ich habe trotzdem keine *Angst* vor dir. Ich glaube, du mußtest es tun.« Sie wußte sofort, daß sie etwas Falsches gesagt hatte.

Er fing an zu zittern. »Ich habe sie nicht gehaßt, Minya. Aber sie wollten uns töten. Ohne ein Wort zu sagen. Sie waren deine Freunde, nicht war?«

Sie nickte. »Es war eine sehr schlimme Wachzeit. Aber ich gehe nicht zurück.«

»Und alles wegen eines Fächerpilzes.«

»Gavving, du darfst mich nicht abweisen. Das ... würde ich nicht ertragen.«

»Ich weise dich nicht ab. Ich habe es nur noch nie getan.«

»Ich auch nicht.« Sie zog ihre Hosen aus, aber sie hatte keinen Haken, an dem sie sie festbinden konnte. Gavving erkannte das Problem und grinste. Er schlug einen Haken in die Borke und befestigte zwei Leinen daran. An die eine band er Minyas Hosen und seine eigene Kleidung, die andere schlang er sich um die Hüften.

»Ich habe zugesehen«, gestand er.

»Das ist gut. Ich habe es nie gesehen.« Sie streckte die Hand aus, um zu berühren was unter seiner Hose gesteckt hatte. Ein Mann hatte sie einmal gegen ihren Willen gezwungen, sein männliches Glied in die Hand zu nehmen, aber es hatte nicht so ausgesehen wie dieses ... nur daß es sich jetzt vor ihren Augen verwandelte. Ja.

Sie hatte gedacht, sie könnte es einfach geschehen lassen. Aber so war es nicht. Sie nahm die Füße zur Hilfe, um sich an ihn zu ziehen, denn sie war es gewohnt, die Füße als Hilfshände zu benutzen. Man hatte sie vor den Schmerzen gewarnt; einige der Frauen hatten sich erst einem Triun-Team angeschlossen, als sie schon defloriert waren. Aber Minya hatte Schlimmeres darüber gehört.

Dann schien Gavving völlig verrückt zu werden, als wollte er aus zwei Menschen einen machen. Sie hielt ihn fest und ließ es über sich ergehen ... aber jetzt geschah es auch mit ihr! Sie hatte ihre Entscheidung ganz nüchtern während der Nachwehen der Katastrophe getroffen, aber jetzt war sie völlig verändert, *ja,* sie wollte für immer mit ihm verbunden bleiben. Mit Händen und Füßen wollte sie ihn näher an sich heranziehen . . . aber nein, sie lösten sich von einander . . . es war zu Ende . . . zu Ende.

Als sie wieder normal atmen konnte, sagte sie: *»Das* haben sie mir nie erzählt.«

Gavving seufzte laut. »Mir aber. Sie hatten *recht.* Heh, hat es auch nicht wehgetan?« Er rückte ein wenig von ihr ab und schaute nach unten. »Da ist Blut. Aber nicht viel.«

»Es hat wehgetan, aber ich bin zäh. Gavving, ich hatte solche Angst. Ich wollte nicht als Jungfrau sterben.«

»Ich auch nicht«, sagte er trocken.

Eine Hand packte den Knöchel des Studenten und riß ihn aus seinen Alpträumen. »Heh! Was . . . ?«

»Student. Kannst du mir einen Grund nennen, warum Gavving mit einer Frau kein Baby machen sollte?«

»Was sonst? Einen Pilz?« Er war noch ganz wirr im Kopf. Dann schaute er sich um. »Wer ist es? Die Gefangene?«

»Ja«, antwortete Merril. »Ich sehe keinen Grund, es zu unterbinden, es sei denn, sie hätte etwas anderes im Sinn. Ich will die beiden nur im Auge behalten. Aber irgend jemand muß Wache halten.«

»Warum ich?«

»Weil du mir am nächsten warst.«

»Okay.« Der Student reckte sich. »Du hältst Wache. Ich achte auf die Gefangene.«

Merril lächelte. »Eine gute Lösung.«

Der Student hörte Stimmen, als er über den Rand der Borke schaute. Gavving und Minya schwebten nackt am Ende einer Leine und unterhielten sich. »Wir waren hundertsiebzig Leute«, sagte Minya gerade. »Doppelt so viele wie ihr?«

»So ungefähr«, sagte Gavving.

»Jedenfalls so viele, daß es im Busch ganz schön eng wurde. Der Eintritt in das Triun-Team ist keine Bestrafung. Ein solches Team ist ein Zufluchtsort. Wir *dürfen* nicht mehr Kinder zeugen, als es ohnehin schon der Fall ist. Und ich war gut, weißt du. Ich kann kämpfen wie der Teufel.«

»Du brauchst also eine Zuflucht . . . vor dem, was wir eben getan haben?«

Sie lachte. »Davor und vor einer Schwangerschaft. Meine Mutter starb an ihrer vierten Schwangerschaft, und das war ich.«

»Hast du denn jetzt keine Angst?«

»Natürlich. Bietest du dich an, es für mich auszutragen?«

»Natürlich.«

»Um so besser.« Sie umarmten sich wieder. Der Student war interessiert und gleichzeitig peinlich berührt. Sein Blick wanderte ... und am Himmel öffnete sich ein Maul.

Der Schock dauerte nur eine Sekunde. Ein großes leeres Maul schloß sich und öffnete sich wieder. Es rotierte langsam. Über dem Oberkiefer quoll ein Auge hervor; unter dem Unterkiefer hing so etwas wie eine Knochenhand. Es war einen Kilometer entfernt und *trotzdem* groß.

Das Ungetüm drehte sich schwerfällig, wobei es nach wie vor rotierte. Es hatte einen kurzen Körper und breite durchsichtige Flügel. Es war keine Illusion: das Tier bestand hauptsächlich aus Maul und Flossen, und das Maul war so groß, daß es das Stück Borke, auf dem sie saßen, verschlingen könnte. Durch die Seiten des Mauls schien die Sonne. Es bewegte sich durch die Insektenwolken, die nach der Katastrophe aufgestiegen waren. Also *kein* jagender Fleischfresser. Das war gut. Aber gab es nicht so ein Vieh in den Aufzeichnungen des Wissenschaftlers? Mit einem komischen Namen ...

Merril berührte den Studenten an der Schulter, und er fuhr zusammen. »Ich mache mir ein wenig Sorgen wegen des Insektenfressers«, sagte sie. »Hast du nicht gemerkt, daß es um uns herum von Insekten wimmelt?«

»Gemerkt? Wie hätte ich es nicht merken sollen?« In Wirklichkeit hatte er gelernt, sie zu ignorieren. Die Insekten stachen nicht, aber Millionen und Abermillionen von ihnen schwirrten um ihr Borkenfloß herum. Es waren Wesen von der Größe eines Fingers bis zu winzigen Punkten, die man kaum sehen konnte. »Wir sind ein wenig zu groß, als daß sie uns aus Versehen fressen könnten.«

»Vielleicht. Was ist mit ...«

»Ich würde sagen, Gavving ist nicht in Gefahr. Ich behalte ihn aber im Auge.«

»Sehr gut.«

»Wir werden beobachtet.«

Minyas ganzer Körper zitterte vor Entsetzen. »Beruhige dich«, sagte Gavving. »Es ist nur der Student.«

Sie wurde ruhiger. »Ob sie glauben, daß wir etwas Unrechtes tun?«

»Wohl nicht. Und wenn schon, ich könnte dich ja heiraten.«

Sie stotterte ein wenig, als sie ihn fragte: »Bist du sicher, daß du das willst?«

Eigentlich wollte er das nicht. Seine Gedanken gerieten durcheinander. Dieser erste Liebesakt hatte ihn mehr verwirrt als die Zerstörung des Baumes. Jetzt liebte er Minya. Aber er fürchtete sie gleichzeitig wegen des Vergnügens, das sie gewähren oder versagen konnte. Ob sie ihn für ihr Eigentum halten würde? Claves Ehe war eine Lehre für ihn gewesen, soweit er überhaupt die Einzelheiten kannte. Wie Mayrin wäre sie älter als ihr Partner . . .

Aber nichts von alledem spielte eine Rolle. Im Quinn-Stamm gab es vier Frauen. Jayan und Jinny waren mit Clave zusammen; blieben also noch Merril und Minya. »Ja, ich bin ganz sicher«, sagte Gavving. »Sollen wir es gleich ankündigen?«

»Laß sie schlafen«, sagte sie und schmiegte sich an ihn. Sie sah das Maul, das sich durch die Insektenwolken bewegte. Es war jetzt schon näher gekommen. Es hatte keine Zähne, nur Lippen und eine Zunge, die wie eine wütende Schlange hin und herfuhr. Der Koloß rotierte langsam. Dadurch konnte er den ganzen Himmel nach möglichen Gefahren absuchen.

»Ob er wohl eßbar ist?« fragte Gavving.

»Ich habe nur Durst.«

»Es muß eine Möglichkeit geben, diesen Teich zu erreichen.«

»Gavving . . . Liebling . . . wir brauchen auch noch ein wenig Schlaf. Ist deine Wache nicht bald vorbei?«

Gavving gähnte ausgiebig, schloß den Mund wieder und grinste. »Ich muß es jemandem erzählen.«

Der Student hatte sich zu einer Embryonalstellung zusammengerollt und schnarchte leise. Gavving zog zweimal an seiner Leine und sagte: »Wir heiraten.«

Der Student riß die Augen auf. »Kein schlechter Gedanke. Sofort?«

»Nein, wir warten, bis die Schlafzeit vorbei ist. Du hast jetzt Wache.«

»Okay.«

10 Der Moby

Sie wurde von Stimmen geweckt. Sofort war sie hellwach. Sie war durstig und nervös.

Er war jung. Sie hatte ihm gegeben, was er wollte, sie hatte es ihm förmlich aufgedrängt. Er würde das Interesse verlieren. Er würde sich daran erinnern, daß sie versucht hatte, ihn zu töten. Ihm blieben noch Stunden, es sich anders zu überlegen.

Die Stimmen kamen aus einiger Entfernung, aber sie konnte die Worte deutlich verstehen. ». . . zehn Jahre älter als du, und du hast nicht einmal die Brautgabe . . . aber das sind Kleinigkeiten. Vor sechs oder sieben Tagen hat sie versucht, uns alle umzubringen!«

Es war Clave, der sprach. »Sie hätte die Wahl unter uns gehabt«, sagte er und schien amüsiert. »Sie hätte alle außer mir haben können. Denn das würde euch doch nicht gefallen, nicht wahr, meine beiden Lieblinge?«

»Ich finde es wunderbar«, sagte Jayan; vielleicht war es auch Jinny. »Es ist – eine Hoffnung«, sagte die Zwillingsschwester.

»Gavving, du bist nicht alt genug, um zu wissen, was du tust!« sagte Alfin.

»Damit kannst du den Baum füttern, Alfin.«

Gavving wurde auf Minya aufmerksam, als sie sich bewegte, und er hangelte sich über die Borke. »Hallo«, rief er. »Bist du bereit?«

»Ja!« War sie zu begierig? Es war ein wenig zu spät, sich zu zieren! »Wie steht es denn mit der Zeremonie? Meine können wir nicht anwenden. Unser Wissenschaftler ist im Busch zurückgeblieben.« *Und er hätte mich töten lassen.*

»Wir sind in der gleichen Lage«, sagte Gavving. »Unser Wissenschaftler . . .«

»Ich bin jetzt der Wissenschaftler«, sagte der Student.

Er ignorierte Alfins verächtliches Schnaufen, öffnete seinen Rucksack und breitete den Inhalt aus. Zwischen seiner Ersatzkleidung lagen vier kleine Kästchen aus Sternzeug-Plastik und eine glatte polierte Scheibe, die aus Glas war wie der Spiegel des Vorsitzenden, aber nichts reflektierte.

Der Quinn-Stamm schien genauso überrascht zu sein wie Minya. »Hast du das die ganze Zeit mitgeschleppt?« fragte Gavving.

»Nein, ich habe es aus der dünnen Luft materialisiert. Wir Wissenschaftler haben da unsere Methoden.«

Sie grinsten einander an. Der Student nahm die Scheibe und eines der Kästchen. Er schob das Kästchen in den dicken Rand der Scheibe. »Prikazyvat Menü.«

Die Aussprache des Studenten hatte sich verändert; sie klang sonderbar, altertümlich. Minya hatte den Dalton-Quinn-Wissenschaftler so sprechen hören. Die Scheibe reagierte: sie glühte auf wie eine trübe Sonne bei Nacht, und dann erschien eine winzige schwarze Schrift.

Minya konnte sie nicht lesen. Der Student konnte es offensichtlich. Er nahm das Kästchen heraus und schob ein anderes ein. »Prikazyvat Menü . . . Okay. Prikazyvat Aufzeichnung«, sagte er rasch. »Erster Tag seit der Schlafzeit, der ersten Schlafzeit nach der Zerstörung des Baumes, Jahr dreihundertsiebzig. Jeffer spricht als Wissenschaftler. Der Quinn-Stamm besteht aus acht Individuen . . . Prikazyvat Pause.«

Darauf geschah überhaupt nichts, und Minya hielt es nicht länger aus. »Stimmt etwas nicht?«

Der Student blickte auf. Sein Gesicht war zu einer Maske erstarrt. Ein pfeifendes Stöhnen drang aus seiner Kehle. Kristallene Tropfen erschienen in seinen Augen. Tränen flossen hier nicht, denn keine Schwerkraft zog sie nach unten.

Clave legte ihm eine Hand auf die Schulter. »Laß dir Zeit. Laß dir so viel Zeit, wie du brauchst.«

»Ich habe versucht . . . es zu verdrängen. Der Wissenschaftler. Er hat es gewußt. Er hat mir diese Sachen mitgegeben. Was nützt das alles, wenn wir ebenfalls sterben?«

»Wir sterben nicht, wir haben nur ein wenig Durst«, sagte Clave energisch.

»Bis auf uns sind alle tot! Ich habe das Gefühl, daß das Aufzeichnen es erst wirklich macht.«

Clave warf einen starren Blick in die Runde. Die Tränen

schienen ansteckend zu wirken. Jayan und Jinny machten schon verdächtige Geräusche. Minya mußte daran denken, daß der Dalton-Quinn-Busch noch lebte, unsichtbar und irgendwo in weiter Ferne.

»Los jetzt, Wissenschaftler«, bellte Clave. »Du hast eine Ehe zu schließen.«

Der Student schluckte und nickte. Tränen so groß wie Buschbeeren rissen sich los und schwebten davon. Er räusperte sich und sagte mit einigermaßen fester Stimme: »Prikazyvat Aufzeichnung. Der Baum ist in zwei Hälften zerrissen. Sieben von uns und ein Flüchtling vom äußeren Busch haben überlebt. Ab sofort besteht eine Ehe zwischen Minya Dalton-Quinn und Gavving Quinn. Noch wurden keine Kinder geboren. Ende.« Er zog das Kästchen heraus und sagte: »Ihr seid verheiratet.«

Minya war erstaunt. »War das alles?«

»Das war alles. Meine erste Amtshandlung als Wissenschaftler. Die Tradition schreibt vor, daß die Ehe bei erster Gelegenheit vollzogen wird . . .«

»Was ist das eigentlich, was du da hast?« fragte Alfin.

»Alles, was ich brauche«, sagte der Student. »Diese Kassette enthält die jüngsten Aufzeichnungen. Früher enthielt sie medizinische Aufzeichnungen, aber die hat der Wissenschaftler gelöscht. Wir könnten das Zeug ohnehin nicht gebrauchen. Die Sternmenschen hatten Krankheiten, die wir hier nicht kennen, und benutzten Medikamente, von denen wir nie gehört haben . . . Diese Kassette ist über Lebensformen, diese hier behandelt Kosmologie und diese enthält alte Aufzeichnungen. Sie sind natürlich alle eingestuft.«

»Eingestuft?«

»Geheim.« Der Student packte seine Ausrüstung wieder ein.

»Halt!« sagte Clave.

Der Student sah ihn an.

»Gibt es irgend etwas in deinem Geheimwissen, das wir vielleicht wissen müßten, um überleben zu können?« Clave hielt inne, aber nicht lange genug, um dem Studenten Zeit zu einer Antwort zu lassen. »Wenn nicht, warum sollten wir das Zeug hüten und dich es herumschleppen lassen? Dadurch werden wir nur langsamer.« Pause. »Wenn es aber der Fall ist, dann enthältst du uns Kenntnisse vor, die wir unbedingt brauchen. Warum sollten wir dich dann noch länger schützen?«

Der Student sah ihn erschrocken an.

»Student, du bist wertvoll für uns. Wir sind nur noch acht und können auf keinen einzigen Mann verzichten. Aber wenn du weißt, wieso wir eher einen Wissenschaftler brauchen als einen Jägerlehrling, dann solltest du es uns lieber gleich sagen.«

Wie erstarrt und mit offenem Mund stand der Student da. Dann nickte er ruckartig. Er nahm eine Kassette und schob sie in den Rand des Nichtspiegels. »Prikazyvat *Moby*«, sagte er. »M, O, B, Y.«

Der Schirm leuchtete auf, und wieder erschien die schwarze Schrift.

Der Student las vor: »Der Moby ist eine walgroße Kreatur mit einem riesigen Maul und vertikalen Wangenschlitzen, die porös sind und als Filter dienen. Sie ernährt sich, indem sie durch Wolken von Insekten fliegt. Länge: siebzig Meter. Masse: etwa achthundert metrische Tonnen. Ein Hauptauge. Zwei kleinere, besser geschützte und wahrscheinlich kurzsichtige Augen, mit denen Gegenstände aus der Nähe betrachtet werden können. Sie sitzen an beiden Seiten eines einzigen Arms. Das Tier hält sich in der Nähe von Teichen oder Baumwollzuckerdschungeln auf. Es rotiert ständig; aus Stabilitätsgründen und um nach Raubtieren Ausschau zu halten, da im Zustand der Schwerelosigkeit die Richtungsorientierung schwierig ist. Moby meidet größere Wesen und hält sich auch von unseren FRMs fern. Wenn man es angreift, kämpft es wie Captain Ahab: sein einziger Arm hat vier Finger, und jeder Finger ist mit Harpunen ausgestattet, die wie Fingernägel gewachsen sind.«

Clave wandte den Kopf und hatte eine Seitenansicht des fliegenden Mauls. Trotz der Schwärme von Insekten in der Nähe des Floßes kreiste es in weitem Bogen um sie herum. »Das Ding?« sagte Clave.

»Das möchte ich annehmen.«

»FRMs? Captain Ahab? Walgroß?«

»Was diese Dinge bedeuten, weiß ich selbst nicht«, meinte der Student.

»Das ist vermutlich auch nicht wichtig. Also: es ist scheu und frißt Insekten und keine Bürger. Das hört sich nicht sehr bedrohlich an.«

»Und *deshalb* braucht ihr einen Wissenschaftler. Ohne die Kassetten würdet ihr nichts über das Tier wissen.«

»Vielleicht«, sagte Gavving, »wollen wir nicht, daß es an uns vorbeikommt.«

Er erklärte leicht stotternd, was er meinte. Niemand lachte. Vielleicht waren sie alle zu durstig. Clave studierte den riesigen Insektenfresser, schürzte die Lippen und nickte . . .

Clave stand mit dem Bogen in der linken Hand so da, wie Minya es ihm gezeigt hatte. Er hatte die Sehne fast bis an seine Wange gezogen. Es war ein komisches Gefühl. Statt Minyas Miniharpune, hatte er die anderthalb Meter seiner eigenen Harpune vor sich.

Der Moby beobachtete ihn. Clave wartete, bis das Hauptauge der Kreatur auf der entfernten Seite lag. »Wirf die Leine aus«, sagte er.

Gavving schleuderte die Leine in Richtung auf den Moby. Clave wartete ein paar Sekunden und schickte die Harpune hinterher.

Die Harpune schwankte im Flug, bis die Leine sich straffte. Mit dem Metallbogen und bei Claves Muskelkraft hätte die schwere Harpune den Moby vielleicht erreichen können. Sie tat es nicht. Sie kam nicht einmal in seine Nähe.

»Hol sie ein und wickle die Leine auf«, sagte er zu Alfin. Zu den anderen sagte er: »Pfeile. Schießt ein paar Pfeile auf das Vieh ab. Macht es verrückt. Es muß auf uns aufmerksam werden.«

Der Pfeil des Studenten ging vorbei, und Clave befahl ihm, keine weiteren Pfeile zu verschwenden. Gavvings und Minyas Pfeile trafen, und jeder von ihnen hatte schon einen zweiten abgeschossen, als Clave sagte: »Hört auf. Das Tier soll wütend werden. Wir wollen es nicht verängstigen oder verletzen. Student, wie scheu ist das Ding eigentlich?«

»Ich habe dir alles vorgelesen, was ich weiß.«

Eingestuft! Bei nächster Gelegenheit würde Clave den gesamten Inhalt dieser ›Kassetten‹ durchgehen. Der Student würde ihm alles vorlesen müssen.

Die durchsichtige Schwanzflosse des Moby schlug hin und her. Er hatte die Bewegung der Harpune wahrgenommen und sich ein Stück entfernt. Dann wurde er von den ersten Pfeilen erreicht. Einer traf die Flosse, ein anderer seitlich am Maul, aber keiner mit großer Wucht.

Der Moby schüttelte sich, schlug mit den Flossen und drehte sich. Ein dritter Pfeil traf ihn in der Nähe des Hauptauges. Das Tier wandte sich ihnen zu.

»Alfin, hast du die Leine aufgerollt?«

»Noch nicht.«

»Dann beeil dich, du Copsik! Sind wir alle festgebunden?«

Am Himmel öffnete sich ein Maul; es klaffte weit und wurde immer größer. Ein skelettartiger Arm streckte sich nach vorn aus und zeigte vier harpunenartige Finger. »Sollen wir es jetzt verletzen?« fragte Alfin.

Clave legte den Metallbogen weg und griff nach einer Harpune. »Baumfutter. Die soll er in den *Schwanz* kriegen.«

Der Moby machte es ihnen leicht. Er schlug mit dem Schwanz – und sie spürten den Wind – als er einen Kreis beschrieb, um die Lage zu prüfen.

Als der Schwanz in Sicht kam, schleuderte Clave seine Harpune. Sie blieb im fleischigen Teil vor der breiten durchsichtigen Flosse stecken. Wieder schüttelte sich der Moby und drang auf sie ein.

Die Hand schoß vor. Gavving schrie auf und schoß zwischen den sich schließenden Harpunenfingern hindurch in den Himmel, bis seine Leine sich straffte und ihn um den Rand der Borke herumzog. Minya kreischte und führte einen Hieb gegen die ›Hand‹. »Fühlt sich wie Knochen an«, sagte sie und schlug noch einmal zu.

Clave griff nach einer zweiten Harpune und sprang auf das riesige Maul zu. Er durchstach die Lippe der Kreatur, bevor seine Leine ihn zurückriß. Die großen Knochenfinger wollten sich um ihn schließen, aber Minya durchschlug mit ihrem Schwert ein Gelenk, und einer der Harpunenfinger fiel ab.

Der Moby riß seine Hand zurück. Sein Maul schloß sich

und blieb geschlossen. Mit Hilfe ihrer Seitenflossen zog sich die Kreatur zurück.

Gavving hangelte sich wieder an die Borke heran. Sie sahen, wie der Moby abdrehte und sich zurückzog.

Schwankend setzte sich das Floß in Bewegung. Der Moby drehte sich um und sah herüber. Das Floß hinter sich herziehend schwamm er dann mit kräftigen Flossenschlägen durch die Luft.

Die Sonne spiegelte sich hell im Teich. Winde kräuselten seine Oberfläche. In seinem Innern bewegten sich Schatten. Eine weit entfernte Pflanze schickte eine etwa einen Kilometer lange Wurzelranke zum Wasser hinüber. Gavving leckte sich die Lippen und wünschte sich den Teich herbei.

Zehntausende Tonnen von Wasser verschwanden hinter ihnen.

Clave fluchte die ganze Zeit vor sich hin. Dann sagte er: »Tut mir leid. Der Moby sollte uns ins Wasser ziehen, um zu versuchen, uns loszuwerden.«

Gavving öffnete den Mund, besann sich anders . . . und sprach dann doch: »Es war meine Idee. Warum gibst du mir nicht die Schuld?«

»Es wäre in jedem Fall meine Schuld, denn ich bin der Vorsitzende. Aber es war doch einen Versuch wert! Ich wollte, ich wüßte, wohin das Biest uns zieht.«

Sie konnten nur abwarten.

Gavvings Blick glitt über die Umrisse des Rauchrings, der sich vom Hintergrund des Himmels her zum blassen Blau von Wasserdampf verdichtete. Zahnstochergroße Splitter, nebeneinander aufgereiht, mochten Integralbäume sein. Ein weißer Wirbelsturm, Zehntausende von Kilometern entfernt, markierte Gold. Eine Verdichtung in Richtung Voy, in der Mitte der Bogenkrümmung, mußte der entferntere Klumpen sein.

Hier fanden sich alle Himmelsobjekte, über die er sich als Kind schon Gedanken gemacht hatte. Harp hatte ihm einmal erklärt, daß er sie eines Tages sehen würde. Leute von praktischerem Verstand hatten widersprochen. Der Baum bewegte sich nach den Launen der Naturkräfte, und niemand verließ den Baum.

Er hatte den Baum verlassen, und er war verheiratet und trieb hilflos im Raum. Außerdem hatte er Durst.

Der Quinn-Stamm klammerte sich an den vorderen Rand des Borkenfloßes. Clave hatte darauf bestanden, daß alle ihr Gepäck umschnallten. Was konnte nicht alles passieren ... aber bisher war nichts passiert, außer, daß der Teich hinter ihnen immer kleiner wurde.

»So nah und doch so unerreichbar«, sagte der Student. »Haben wir nicht noch ein paar Gasschoten?«

»Nicht genug.« Clave schaute sich um. »Jedenfalls haben wir niemanden verloren. Okay. Wir bewegen uns, und wir bewegen uns nach außen. Das ist doch gut; stimmt das nicht, Wissenschaftler? Dichtere Luft?«

»Alles ist dort dichter«, sagte der Student. »Luft, Wasser, Pflanzen, Fleisch, Fleischfresser.«

Der Moby drehte allmählich nach Osten. Er flog jetzt langsamer. Er wurde müde. Er legte die Flossen an und präsentierte dem Wind so eine stromlinienförmige ovale Gestalt; er fiel weiter nach außen und zog das Floß hinter sich her. Der Teich war zu einem winzigen Juwel geworden, in dem sich das blaue Voylicht brach.

»Wir werden die Leine durchschneiden, sobald wir etwas Interessantes finden«, sagte Clave. »Integralbäume, einen Teich, einen Wald, irgend etwas mit Wasser. Aber keiner darf die Leine zu früh kappen.«

»Wolke voraus«, sagte Merril.

Weit entfernt eine weiße Wolke, die in Blau überging. Clave lachte brüllend. »Wie weit voraus? Sechzig, siebzig Kilometer? Außerdem liegt sie nicht voraus, sondern liegt von uns aus gesehen außen. Wir fliegen fast direkt nach Osten.«

»Vielleicht nicht«, meinte der Student. »Wir bewegen uns von Osten nach außen, und wir bewegen uns sehr schnell. Gavving, weißt du noch? Osten bringt dich nach außen, außen bringt dich nach Westen, Westen bringt dich nach innen, innen bringt dich nach Osten, Backbord und Steuerbord bringen dich zurück.«

»Was zum Baumfutter ist *das?*« wollte Clave wissen. Gavving wußte es noch. Es war ›eingestuft‹ ... und der Student hatte ihm nie erzählt, was es bedeutete.

Aber Minya sagte: »Das lernt doch jedes Kind. Es zeigt, in welche Richtung man sich bewegen muß, wenn man am Himmel hängt, aber Gasschoten hat.«

Der Student nickte vergnügt. »Wir werden nach Osten gezogen. Wir bewegen uns zu schnell für unsere Umlaufbahn. Deshalb fallen wir nach außen, und unsere Geschwindigkeit verringert sich. Ich wette, daß der Moby uns zu dieser Wolkenbank bringt.«

Der Moby schlug wieder langsam mit den Flossen. Vor ihnen, wo der Bogen des Rauchrings aus der Unendlichkeit zu kommen schien, lag überhaupt nichts. Minya schob sich an ihrer Leine neben Gavving. Sie klammerten sich an den Rand der Borke und schauten nach außen zur Wolke hinüber. Ihren Durst sparten sie sich auf.

Die Sonne zog hinter Voy vorbei.

Schon wieder. Sie waren schon viele Kilometer nach außen getragen worden. Der Tag-und-Nacht-Zyklus war länger geworden.

Die Wolkenbank wurde größer. Tatsächlich!

»Er wird versuchen, uns im Nebel abzuschütteln«, sagte der Student, aber es war mehr Hoffnung als Überzeugung.

Der Moby hatte sich eine Zeitlang nicht bewegt. Der Haken, an dem die Leine mit der Harpune befestigt war, drohte sich zu lösen. Clave schlug noch einen Haken in das Holz und band das schlaffe Seil daran fest. Die Wolkenbank breitete sich immer größer über den Himmel aus.

Einzelheiten kamen in Sicht: stromlinienförmige Körper, dunkle Sturmwirbel, Lichtblitze im Innern der Wolke.

Jayan und Jinny zogen ihre Hemden aus. Alfin genoß den Anblick und stellte keine Fragen, aber plötzlich sagte er: »Sie haben recht. Zieht eure Hemden aus und versucht, ein wenig von der Feuchtigkeit aufzunehmen.«

Die Dunkelheit hellte sich auf, als die Sonne unter dem Rand der Wolke auftauchte. Sie sank ständig tiefer. Sie spürten den ersten dünnen Nebel und wedelten mit den Hemden.

»Spürt ihr die Feuchtigkeit?« fragte Gavving.

»Ich fühle sie und rieche sie«, knurrte Merril, »aber ich kann sie nicht trinken. Es muß mehr werden.«

Im Westen zuckten Blitze auf. Gavving spürte den feuchten

Nebel jetzt deutlich. Er versuchte, sein Hemd auszuwringen. Nein? Wieder schwenkte er es in der Luft. Jetzt vielleicht? Er zog an dem Stoff und bekam schweißiges Wasser.

Jetzt taten es alle. Sie konnten einander kaum noch erkennen. Eine solche Dunkelheit hatte Gavving noch nie erlebt. Auch der Moby war nicht mehr zu sehen, aber sie spürten den Zug an der Leine. Sie schwenkten die Hemden, sogen das Wasser aus und lachten.

Jetzt gab es um sie herum große Tropfen. Das Atmen machte Schwierigkeiten. Gavving atmete durch sein Hemd und nahm soviel Wasser auf wie möglich.

Es wurde heller. Waren sie im Begriff, die Wolke zu verlassen? »Clave?« sagte Gavving. »Willst du die Leine kappen? Wollen wir hier bleiben?«

»Hat noch jemand Durst?« fragte Clave. Schweigen. »Trinkt, soviel ihr könnt, aber wir können hier nicht bleiben. Wir können nicht ein Leben lang durch unsere Hemden atmen. Laßt uns dem Moby noch eine Weile vertrauen.«

Das blasse grüne Licht wurde stärker. Durch den aufreißenden Nebel meinte Gavving den Himmel zu erkennen . . . einen grüngefärbten Himmel mit Strukturen. Grün? War es vielleicht eine durch die lange ungewöhnliche Dunkelheit bedingte optische Täuschung?

»Baumfutter!« schrie Clave und schwang sein Messer. Die Harpunenleine surrte, als Clave sie traf. Er schlug noch einmal zu, und sie riß. Das Borkenfloß schwankte. Gavving sah den endlich befreiten Moby davonflattern, aber er gönnte ihm nur einen kurzen Blick. Er blickte auf eine sich über viele Kilometer erstreckende dichte grüne Masse. Es war ein Dschungel, und sie würden ihn erreichen.

11 Der Baumwollzuckerdschungel

Das FRM hatte im Universum nicht seinesgleichen. Innen und außen bestand es nur aus rechten Winkeln, aus Kunststoff und Metall, leblosem Sternzeug. Das weiße Licht, das aus der Deckenwand leuchtete, war nicht das Licht Voys und nicht das Licht der Sonne. Ein noch unheimlicheres Licht kroch über die Kontrollanlage und den gewölbten Schirm selbst. Das FRM konnte sich bewegen, während der London-Baum nur mit Hilfe des FRM bewegt werden konnte. Wenn der London-Baum ein von Lebewesen bewohntes Lebewesen war, dann mußte Lawri das FRM als andersartige Lebensform betrachten.

Das FRM war ein mächtiger Diener. Es diente Klance, dem Wissenschaftler und Lawri. Manchmal stieg es mit Leuten von der Navy bemannt in den Himmel. Diesmal flog auch Lawri mit.

Es ging ihr auf die Nerven, daß sie auf diesem Flug das FRM nicht selbst befehligte.

Durch das Aussichtsfenster gesehen war der Dschungel grün, übersät mit Flecken in allen Farben des Regenbogens – darunter scharlachrote Flecken, die Wärmequellen anzeigten. Der Pilot von der Navy drückte die Sprechtaste und sagte: »Wir starten.«

Nach einigen Atemzügen hörte Lawri die Antwort: »Start frei.«

Der Pilot betätigte die Schalter für die Antriebsaggregate. Eine Tide riß Lawri in ihren Gurten nach vorn. Eine Anzahl von Kämpfern hatten sich an Netzen unter dem Rumpf festgehalten. Als das FRM jetzt die Beschleunigung verringerte, kamen sie vor dem Bugfenster in Sicht. Eine Wolke von blaugekleideten Männern, die sich auf wogende grüne Wolken herabsenkte.

Der Pilot ließ nach zwölf Atemzügen (Lawri hatte mitgezählt) die Schalter los. Sie hatte die Zahlen gesehen, die über den kleinen Schirm flimmerten, den er vor sich hatte. Er hatte bei Null losgelassen, und der Dschungel bewegte sich nicht mehr auf das Bugfenster des FRMs zu. »Die Wilden haben sich noch nicht geregt«, berichtete er. Er ignorierte Lawri oder versuchte es wenigstens. Aber hin und wieder sah er sie an. Er hatte deutlich genug seine Ansicht geäußert, daß ein neunzehnjähriges Mädchen hier nichts zu suchen habe, ganz gleich, wie der Erste darüber dachte. »Sie sind direkt unter den Bäumen. Bist du sicher, daß du es tun willst?«

»Wir wissen nicht, wer sie sind.« Das uralte Mikrophon verzerrte die Stimme des Anführers der Kämpfer zu einem Kreischen. »Wenn es nur Kämpfer sind, ziehen wir uns zurück. Wir brauchen keine Kämpfer. Wenn es aber Nichtkämpfer sind, die sich verstecken . . .«

»In Ordnung.«

»Hast du noch andere Wärmequellen gefunden?«

»Noch nicht. Das Grünzeug reflektiert ziemlich gut, wenn man nicht direkt hineinschaut. Wir könnten ein bißchen Fleisch beschaffen. Ganze Schwärme von Lachsvögeln . . . Kommandeur, ich habe seitlich etwas gesehen. Etwas nähert sich dem Dschungel.«

»Und was wäre das?«

»Etwas Flaches, an das sich Leute klammern.«

»Ich sehe es. Könnten es nicht Tiere sein?«

»Nein, ich bediene mich der Wissenschaft«, sagte der Pilot.

Der Schirm, der das Bugfenster überlagerte, zeigte dicht zusammengedrängte scharlachrote Punkte. Wärmere Objekte – zum Beispiel Lachsvögel – erkannte man auf dem Schirm an der vorherrschenden Orangefarbe. Die kälteren Bändervögel zeigten Wellenlinien von dunklerem blutigerem Rot . . . Der Pilot drehte sich um und sah, daß Lawri ihn beobachtete.

»Hast du was gelernt, Darling?«

»Nenn mich bitte nicht *Darling*« sagte Lawri distanziert und ausweichend.

»Verzeihung, Schülerin der Wissenschaft. Glaubst du, daß du genug gelernt hast, um dieses Schiff zu steuern?«

»Das möchte ich gar nicht erst versuchen«, log Lawri. »Außer du würdest es mir beibringen.« Sie hätte es sehr gern versucht.

»Eingestuft«, sagte der Pilot ohne jedes Bedauern. Er wandte sich wieder seinem Mikrophon zu. »Das Ding ist ziemlich hart aufgeschlagen. Ich halte es überhaupt nicht für ein Fahrzeug. Vielleicht sind diese Leute vor irgendeiner Katastrophe geflohen. Und genau das sind die Leute, die wir als Copsiks brauchen. Vielleicht freuen sie sich sogar, wenn wir uns ihrer annehmen.

»Wir werden zu euch kommen, wenn wir . . . können.« Der Kommandeur der Kämpfer schien sich nicht recht auf den Sprechverkehr konzentrieren zu können, und das hatte seine Gründe. Spindeldürre Wilde, die größer waren als ein Mensch eigentlich sein durfte, quollen aus der grünen Wolke hervor. Sie ritten auf gelbgrünen Schoten, die größer waren als sie selbst, und waren grün gekleidet, wodurch sie gegen den Hintergrund schwer zu erkennen waren.

Als die Armeen sich einander näherten, gab es ein kurzes Gefecht. Die Kämpfer vom London-Baum benutzten Fußbogen; der Bogen wurde mit den Zehen eines oder beider Füße gehalten, die Sehne mit der Hand betätigt. Der von den Wilden losgelassene Pfeilhagel hatte geringere Geschwindigkeit, und die Pfeile waren kürzer.

»Armbrüste«, murmelte der Pilot. Er betätigte die Schalter und zog das FRM von der Kampfszene weg. Lawri war erleichtert, aber dann kurvte er wieder zurück.

»Du gefährdest das FRM! Die Wilden könnten sich an die Netze hängen!«

»Beruhige dich, Schülerin der Wissenschaft. Wir sind zu schnell für sie.« Das Schiff näherte sich der Stätte der Auseinandersetzung. »Sie dürfen nicht so nahe heran, daß sie die Schwerter gebrauchen können. Nicht im freien Fall.«

Wenn es nach dem Wissenschaftler gegangen wäre, hätte man das Schiff niemals für kriegerische Zwecke einsetzen dürfen. Daß seine Schülerin an diesem Einsatz teilnehmen durfte, war für ihn ein wichtiger strategischer Erfolg gewesen. »Du hast dich nur um das Schiff, nicht um die Kämpfer zu kümmern«, hatte er ihr gesagt. »Wenn das Schiff gefährdet ist, *muß* es aus der Gefahrenzone heraus. Wenn der Pilot es nicht rettet, mußt du es tun.«

Er hatte ihr weder gesagt, wie sie einen ausgebildeten

Kämpfer überwältigen, noch wie sie die alte Maschine fliegen sollte. Der Wissenschaftler hatte sie selbst noch nicht geflogen.

Wilde flogen auf das Bugfenster zu. Lawri sah ihre entsetzten Gesichter, bevor der Pilot abdrehte. Körper klatschten gegen den Rumpf der Maschine. Lawri würde diesmal nichts unternehmen. Sie würde das FRM wahrscheinlich ruinieren, statt es zu retten . . . und es würde einen gewaltigen Aufstand geben, wenn sie überhaupt je zum London-Baum zurückkam.

Die Wilden formierten sich zu einem neuen Angriff. Der Pilot ignorierte sie und schwebte mit dem FRM mitten zwischen seine Kämpfer.

»Danke, das war sehr gut«, sagte die Radiostimme. Lawri sah die Wilden vorrücken.

»Wir sind alle an Bord«, sagte der Kommandant.

Das FRM wendete und segelte über den grünen Dschungel nach Südwesten. Die Wilden schrien dem Schiff hinterher. Sie hatten keine Chance, es einzuholen.

Es war Zeit genug, sich umzuschauen und dabei wachsende Angst zu empfinden. Vor dem Ende wollte Gavving den Anblick noch auf sich einwirken lassen.

Es war wie eine wogende grüne Wand mit zahllosen Blüten: gelb, blaum scharlachrot, in tausend Farbschattierungen. Wolken von Insekten stiegen auf. Es gab verschiedenartige Vögel, die ihre Schnäbel in die Blüten tauchten oder die Insekten jagten. Einige sahen wie bunte Bänder aus und bewegten sich mit schnellen Flügelschlägen. Andere hatten häutige dreieckige Flügel. Wieder andere waren selbst Dreiecke, aus deren hinteren Spitzen peitschenartige Schwänze herausragten.

Weit im Osten hatte das Grün eine trichterförmige Lücke mit einem Durchmesser von vielleicht einem Kilometer. Sollte der Dschungel einen Baumschlund haben? Aber warum sollte er von riesigen silbrigen Blütenblättern umstanden sein? Während ihres Falls sahen sie hinter dem Dschungelhorizont die größte Blume des Universums.

Hinter den Sturmwirbeln hatte also ein Dschungel gelegen. Er hatte noch nie einen aus der Nähe gesehn, aber was konnte es sonst sein? Das hat der Moby gut geplant, dachte Gavving.

Die Vögel hatten die herabfallende Masse bemerkt. Reglose Flügel und Schwänze verschwammen, bis sie nicht mehr zu sehen waren. Wie von einem starken Wind getrieben, flatterten die Bändervögel davon. Lange, torpedoförmige Wesen tauchten aus dem Grün auf, um das herabfallende Stück Borke zu beobachten.

Clave brüllte Befehle. »Prüft eure Leinen! Bewaffnet euch! Einige von diesen Bestien sehen hungrig aus. Wir werden durchgeschüttelt werden, wenn wir auftreffen. Hat jemand etwas bemerkt, was mir vielleicht entgangen ist?«

Gavving meinte zu wissen, wo sie auftreffen würden. Es sah aus wie eine grüne Wolke. Ob es so gefahrlos sein würde, wie es aussah? Weit entfernt im Osten und im Norden sah er Schwärme von ... Punkte auf diese Entfernung ... Menschen?

»Menschen, Clave. Der Dschungel ist bewohnt.«

»Ich sehe sie. Baumfutter! Sie kämpfen miteinander. Ein neuer Krieg hätte uns gerade noch gefehlt. Aber was ist *das?* Siehst du einen Kasten, der sich bewegt?«

»Ja.«

»Und?«

Gavving ortete ein ziegelförmiges Objekt mit gerundeten Ecken und Kanten. Offensichtlich gelenkt, bewegte es sich von der Kampfszene fort. Ein Fahrzeug also ... groß ... und glänzend, als sei es aus Metall oder Glas. An den Seiten hingen Männer.

»So etwas habe ich noch nie gesehen«, sagte der Student. »Sternzeug.« Aus dem Heck des Fahrzeugs ragten trichterförmige Gebilde hervor: vier an jeder Ecke und eine größere in der Mitte. Aus einigen dieser Nüstern (?) sprühten fast unsichtbare Flammen. Sie hatten nicht die Farbe von Flammen, sondern die blauweiße Farbe Voys. Das Fahrzeug kurvte zum Kampfgeschehen zurück.

»Damit sollten wir es schaffen«, sagte Clave, und Gavving wandte sich ihm zu, um zu sehen, was er getan hatte: er hatte seine letzte Gasschote abgefeuert, um das Floß so zu lenken, daß es mit der Unterseite auftreffen mußte. Es schien zu gelingen, aber der Dschungel war jetzt nicht mehr zu sehen. Gavving klammerte sich an die Borke und wartete.

Sein Kopf dröhnte, und er hatte sich irgendwie den rechten Arm verletzt. Sein Magen versuchte, irgend etwas hochzuwürgen, und er wußte nicht mehr, wo er war. Gavving öffnete die Augen und sah den Vogel.

Er war torpedoförmig und hatte ungefähr die Masse eines Menschen. Die beiden langen Flügel ausgebreitet, hing er über ihm und fixierte ihn mit zwei in tiefen Höhlen liegenden, nach vorn gerichteten Augen. Sein Kopf trug einen Kamm. Der Schwanz war ein Fächer mit vier Rippen, und jede dieser Rippen endete in einer Hakenklaue.

Gavving sah sich nach seiner Harpune um. Beim Aufprall war sie ihm aus der Hand geflogen. In ein paar Metern Entfernung drehte sie sich langsam. Stattdessen zog er sein Messer und schob sich aus dem Grünzeug, in dem er halb begraben gewesen war. »Ich bin Fleisch«, flüsterte er. »Du auch?« Das war als Drohung gedacht.

Der Vogel wich ein Stück zurück. Zwei Artgenossen hatten sich ihm zugesellt. Die Schnäbel der Tiere waren lang und stumpf, und sie hielten sie geschlossen. *Sie bluffen nicht,* dachte Gavving.

Ein vierter Vogel strich über das Grün und schoß direkt auf seinen Kopf zu. Er sprang in Deckung, als der Vogel seine Schwanzhaken ins Geäst hängte und in der Luft stehen blieb. Gavving blieb, wo er war, halb unter dem Borkenfloß.

Eine Harpune an einer Leine traf den Vogel in die Seite.

Er schrie. Der geöffnete Schnabel hatte keine Zähne, nur einen scherenartigen gezackten Rand. Der Vogel wirbelte in der Luft herum, als er versuchte, mit dem Schnabel seinen Bauch zu erreichen, in dem die Harpune steckte. Am Kopf hinter dem Kamm hatte er ein drittes Auge, mit dem er nach hinten sehen konnte.

Die andern drei trafen ihre Entscheidung. Sie flohen.

Alfin klammerte sich mit den Zehen in den Zweigen fest und zog den Vogel heran, um ihn mit dem Messer erreichen zu können. Inzwischen hatte Gavving seine eigene Harpune wieder an sich genommen. Er stieß sie dem Vogel durch den Schwanz, während Alfin ihn abstach. Danach waren seine Ärmel mit rosa Blut durchtränkt. Ein breites Grinsen verzerrte seine Runzeln zu einem ungewohnten Muster.

»Unser Abendessen«, sagte er und schüttelte den Kopf, als hätte er zu viel Bier getrunken. »Ich kann es nicht glauben. Wir haben es geschafft. Wir leben noch. Hoffentlich hält unser Glück an.«

Während all der Jahre im Quinn-Busch hatte Gavving, soweit er sich erinnerte, ihn noch nie grinsen sehen. Wie konnte Alfin im Quinn-Busch nur ständig mürrisch, hier am Himmel verloren aber fröhlich sein? »Wären wir bei dieser Geschwindigkeit auf etwas Hartes aufgeschlagen«, sagte er, »würden wir alle nicht mehr leben.«

Andere Bürger tauchten aus dem grünen Laubwerk auf. Merril, Jayan, Jinny, der Student . . . Minya. Gavving stöhnte auf und nahm sie in die Arme.

»Wo ist Clave?« fragte Alfin.

Die andern sahen sich um. Der Student band sich an der Borke fest und sprang in die Luft, wobei er sich drehte. »Ich sehe ihn nirgens!« schrie er nach unten.

Jayan und Jinny suchten im Laubwerk. Minya schrie: »Halt! Ihr werdet euch verirren!« Dann folgte sie ihnen.

»Er ist hier.«

Clave lag unter dem Borkenfloß. Sie schoben es weg, um ihn zu befreien.

Er war nur halb bei Bewußtsein und stöhnte leise. Sein Oberschenkel war in der Mitte angewinkelt, und durch Haut und Blut ragte der weiße Knochen hervor.

Der Student hielt sich angeekelt zurück, aber alle sahen ihn an, und dies war eindeutig eine Aufgabe für den Wissenschaftler. Er ließ Alfin und Jayan Claves Schultern halten, und Gavving mußte am Fuß ziehen, während er selbst die Knochen wieder zusammenfügte. Es dauerte zu lange. Während der Prozedur wachte Clave auf, aber er wurde gleich wieder bewußtlos.

»Dieser fliegende Kasten«, sagte Alfin. »Er kommt auf uns zu.«

»Wir sind hier noch nicht fertig«, sagte der Student.

Der metallene Kasten sank durch die klare Luft zwischen der Sturmwolke und dem grünen Laubwerk zu ihnen herab. An allen vier Seiten hingen blaugekleidete Männer. Das verglaste Ende sah sie an wie ein großes Auge.

Clave hatte zwar die Augen wieder geöffnet, aber er schien die Situation nicht zu begreifen. *Irgend jemand* mußte etwas unternehmen. »Alfin, Minya, Jinny«, sagte Gavving, »laßt uns wenigstens die Borke außer Sicht schaffen.«

Sie stellten sie auf die Kante und schoben sie zwischen das Laubwerk. Dann bahnte sich Gavving weiter seinen Weg durch das dunkle grüne Dickicht, und Minya folgte ihm. An der Oberfläche war das Laubwerk dicht, aber darunter gab es freien Raum und unzählige federnde Zweige.

»Student«

Der Student blickte auf. »Wissenschaftler, bitte.«

»Okay, Wissenschaftler«, sagte Alfin. »Ich brauche einen Wissenschaftler. Kannst du ihn nicht einen Augenblick allein lassen?«

Clave war wieder nur halb bei Bewußtsein und winselte leise vor sich hin. Wenn zwei Frauen auf ihn aufpaßten, konnte man ihn schon eine Weile alleinlassen. »Ruft mich, wenn er anfängt, um sich zu schlagen«, bat er sie. Er bewegte sich von Clave fort, und Alfin folgte ihm.

»Was für ein Problem hast du denn?«

»Ich kann nicht schlafen.«

Der Student lachte. »Wir hatten viel zu tun. Wen von uns willst du beschuldigen, gut geschlafen zu haben?«

»Ich habe nicht mehr geschlafen, seit wir die Mitte des Baumes erreichten. Wir sind in einem Dschungel und haben Nahrung und Wasser, aber, Student-Wissenschaftler, wir fallen immer noch!« Der Student wunderte sich über Alfins Lachen; es klang geradezu hysterisch.

Alfin sah nicht gut aus. Seine Augen waren geschwollen, er atmete unregelmäßig, und er war so nervös wie der Truthahn für das heutige Abendessen. »Du weißt genauso viel über Schwerkraft wie ich«, sagte der Student. »Du hast es auf die gleiche Weise gelernt. Willst du Amok laufen?«

»Es sieht fast so aus. Aber ich bin nicht hilflos. Ich habe einen Vogel getötet, der hinter Gavving her war.« Hier blitzte wieder sein Stolz auf.

Der Student dachte über das Problem nach. »Ich habe noch ein Stück von dieser roten Pilzkrause. Du weißt, wie gefährlich das Zeug ist. Und jetzt willst du doch ohnehin nicht schlafen.«

Alfin schaute zum Himmel auf. Der metallene Kasten ließ sich Zeit, aber . . . »Nein.«

»Wenn wir in Sicherheit sind. Und viel von dem Zeug habe ich nicht.«

Alfin nickte und wandte sich ab. Der Student blieb, wo er war. Er wollte allein sein, damit sein nervöser Magen sich beruhigte. Er hatte noch nie ein gebrochenes Bein gerichtet, und er hatte es ohne die Hilfe des Wissenschaftlers tun müssen . . . Alfin ging zu Jayan und Merril und Clave zurück. Er drehte sich noch einmal um und sah, daß der Student zum Himmel aufblickte. Dann war er plötzlich verschwunden. Jayan kreischte.

Die Dunkelheit und die seltsamen gefleckten Schatten machten sie fast unsichtbar. Sie konnten einander selbst kaum erkennen. »Wir können uns hier verstecken«, meinte Gavving.

Minya nickte. »Wir vergraben uns im Dickicht. Und wir müssen zusammenbleiben. Was machen wir mit Clave?«

»Wir müssen ihn reinziehen. Wo ist eine geeignete Stelle?«

»Nichts da«, erklärte Jinny. »Das würde ihm wehtun.«

Gavving sah ein dichtes Büschel von Zweigen, das an einem einzelnen Ast wuchs. »Fang hier an zu schneiden«, sagte er zu Minya. Sie hatte nicht viel Platz, um kräftig auszuholen. Deshalb benutzte sie ihr Schwert als Säge, und es dauerte etwa hundert Atemzüge. Dann stieß Gavving gegen das freie Ende und stellte fest, daß der Busch sich in einem Stück löste. Dann zog er sich wieder an die freie Luft und schaute sich um. »Merril! Hierher!«

»Okay«, rief Merril. Zusammen mit Alfin zog sie Clave in rasender Hast zu der Öffnung. Der einäugige Kasten war zu nahe. Die Insassen beobachteten sie wahrscheinlich schon.

Sie würden sich sehr schnell eingraben und ganz tief im Laubwerk verstecken müssen. Aber . . . »Wo ist Jayan? Wo ist der Student?«

»Weg«, keuchte Merril. »Er ist weg. Irgend etwas hat ihn in das Dickicht hinuntergezogen.«

»Was?«

»Beweg dich, Gavving.«

Sie hatten Clave in das Dickicht getragen und den Busch wieder vor die Öffnung gezogen. Gavving sah, daß Claves Bein mit zwei von Minyas Pfeilen geschient war, die mit Streifen aus Wolldecken festgehalten wurden.

»Die Männer im Kasten«, sagte Minya. »Sie werden uns verfolgen.«

»Ich weiß, Merril. Was hat denn den Studenten erwischt. Ein Tier?«

»Ich habe es nicht gesehen. Er schrie auf und verschwand. Jayan nahm eine Harpune und schlich sich ins Gebüsch. Sie sah Leute im Dickicht verschwinden. Sie zieht eine Leine hinter sich her. Sollen wir sie aufhalten, Gavving? Sie werden sie auch erwischen.«

Warum mußte nur alles auf einmal passieren? Die Kidnapper, Claves Bein, der fliegende Kasten. »Okay. Die Männer in dem Metallkasten wären Narren, wenn sie herkämen. Dies ist das Territorium der Eingeborenen . . .«

»Wir sind auch hier.«

»Aus Verzweiflung . . . aber was soll's. Du hast recht. Wir müssen uns *sofort* um Jayan kümmern. Dann lassen wir wenigstens dieses Relikt von den Sternen hinter uns. Merril . . .« Ob Merril wohl mit ihnen Schritt halten würde? Bei Schwerelosigkeit müßte es ihr gelingen. Okay. »Merril, ich, Minya. Wir folgen Jayan und stellen fest, was los ist. Vielleicht können wir den Studenten sogar befreien. Jinny, du und Alfin folgt uns so schnell wie möglich. Nehmt Clave mit. Merril, wo ist Jayans Leine?«

»Irgendwo dort drüben. Baumfutter, warum muß denn alles auf einmal passieren.«

»Ja, warum?«

12 Die Sklavenjäger

Die Vögel veranstalteten einen unbeschreiblichen Lärm. Unsichtbare Hände zerrten den Studenten mit dem Kopf voran durch die Dunkelheit und den würzigen Geruch des fremden Laubs. Es gab keine Zweige mehr, die ihm das Gesicht zerkratzten; um ihn herum mußte also freier Raum sein.

Er hatte vorher überhaupt nichts bemerkt. Hände packten seine Knöchel und zogen ihn in eine andere Welt hinab. Sein Schrei wurde durch etwas erstickt, was man ihm in den Mund schob, etwas nicht sehr Sauberes, und man band ihm einen Lappen um, damit er es nicht ausspucken konnte. Ein Schlag auf den Kopf ließ es ihm geraten erscheinen, auf Gegenwehr zu verzichten.

Seine Augen begannen sich an die Dunkelheit zu gewöhnen.

Ein Tunnel wand sich durch das Laubwerk. Er war schmal: breit genug, daß zwei nebeneinander kriechen konnten, nicht hoch genug, um aufrecht zu gehen. Unnötig, dachte der Student, denn bei Schwerelosigkeit kann man sowieso nicht gehen.

Grob gesagt waren seine Häscher Menschen.

Es waren alles Frauen, obwohl man zweimal hinsehen mußte, um das zu erkennen. Sie trugen grün gefärbte Lederwesten und Hosen. Der lockere Sitz der Westen war das einzige Zugeständnis an ihre Brüste. Drei oder vier von ihnen trugen das Haar sehr kurz, und sie wirkten alle übergroß und hager; zweieinhalb bis drei Meter, also größer als die Männer vom Quinn-Stamm.

Sie führten Geräte mit sich: kleine hölzerne Armbrüste mit gespannter Sehne, also schußbereit.

Sie kamen gut voran. Der Tunnel wand und schlängelte sich durch das Grün, so daß der Student bald jede Orientierung verlor. Sein Orientierungssinn konnte nicht einmal mehr oben und unten unterscheiden. Nach einiger Zeit verbreiterte der Tunnel sich zu einem annähernd runden freien Raum, von dem drei weitere Tunnel abgingen. Hier hielten die Frauen an. Eine zog ihm den Lappen aus dem Mund. »Baumfutter!« fluchte er und spuckte zur Seite.

Eine der Frauen sprach zu ihm. Sie hatte dunkle Haut, und ihr Haar war eine kompakte schwarze Sturmwolke, von weißen Blitzen durchwirkt. Ihre Aussprache war seltsam und sie war noch schwerer zu verstehen als Minya. »Warum habt ihr uns angegriffen?«

»Dummkopf!« schrie ihr der Student ins Gesicht. »Wir haben die Leute gesehen, die euch angegriffen haben. Sie flogen in einem Kasten aus Metall. Das ist Wissenschaft! Wir sind auf einem Stück Borke gekommen!«

Sie nickte, als hätte sie so etwas erwartet. »Eine exzentrische Art zu reisen. Wer seid ihr und wie viele seid ihr?«

Sollte er es ihr verheimlichen? Aber der Quinn-Stamm mußte irgendwo neue Freunde finden. Alles riskieren . . . »Wir sind acht. Der Rest des Quinn-Stammes. Und Minya vom entgegengesetzten Busch. Unser Baum ist auseinandergebrochen, und wir hingen hilflos am Himmel.«

Sie runzelte die Stirn. »Baumbewohner? Die Sklavenjäger sind auch Baumbewohner.«

»Warum nicht? Der einzige Ort, an dem es Schwerkraft gibt. Und wer seid ihr?«

Sie musterte ihn leidenschaftslos. »Für einen gefangenen Eindringling bist du ganz schön frech.«

»Ich habe nichts zu verlieren.« Er hatte die Worte kaum gesprochen, als ihm klar war, daß das wirklich stimmte. Acht Überlebende hatten, getan was sie konnten, um endlich in Sicherheit zu sein, und dies war nun das Ende. Nichts blieb ihnen mehr.

Sie hatte etwas gesagt. »Was?«

»Wir sind die Carther-Staaten«, wiederholte die schwarzhaarige Frau ungeduldig. »Ich bin Kara, die Vorsitzende.« Sie zeigte auf zwei der anderen. »Lizeth und Hild.« Für das ungeübte Auge des Studenten sahen sie wie Zwillinge aus: geisterhaft groß, blasse Haut, das rote Haar auf zwei Zentimeter Länge geschnitten. »Ilsa.« Ilsas Hosen saßen so locker wie ihre

Weste. Diese Rundung am Bauch. Ilsa war schwanger. Ihr Haar war ein blonder Flaum, durch den die Kopfhaut zu sehen war. Langes Haar mußte zwischen dem dichten Zweigwerk problematisch sein. »Debby.« Debbys mattbraunes Haar war sauber und glatt und einen halben Meter lang, aber hinten zusamengebunden. Wie schaffte sie es nur, es so sauber zu halten?

»Du hast uns deinen Namen noch nicht genannt«, sagte Kara spitz.

Etwas war ihm also doch noch geblieben. »Ich bin der Wissenschaftler des Quinn-Stammes«, sagte er nicht ohne Stolz.

»Der Name?«

»Der Wissenschaftler nimmt keinen Namen an. Früher nannte man mich Jeffer.«

»Was wollt ihr in den Carther-Staaten?«

»Das mußt du einen Moby fragen.«

Lizeth schlug ihm mit den Handknöcheln so heftig auf den Hinterkopf, daß es schmerzte. »Ich meine das ernst!« knurrte er. »Wir wären vor Durst fast gestorben. Wir haben uns an einen Moby angehängt. Clave hoffte, er würde versuchen, uns in einem Teich wieder loszuwerden. Statt dessen brachte er uns hierher.«

Das Gesicht der Vorsitzenden ließ nicht erkennen, was sie von der Sache hielt. Dann sagte sie: »Nun, das klingt alles recht harmlos. Wir sollten eure Lage diskutieren, wenn wir gegessen haben.«

Die Demütigung von vorhin ließ den Studenten schweigen . . . bis er ihre Mahlzeit sah und die Harpune erkannte. »Das ist Alfins Vogel.«

»Er gehört den Carther-Staaten«, informierte ihn Lizeth.

Er stellte fest, daß ihm das gleichgültig war. Sein Magen schrie nach Nahrung. »Das Holz sieht zu grün aus, als daß man daraus ein Feuer zum Kochen machen könnte.«

»Lachsvogelfleisch wird roh gegessen; mit Fallzwiebeln, wenn wir sie bekommen können.«

Roh? Dummes Geschwätz. »Fallzwiebeln?«

Sie zeigten es ihm. Die Fallzwiebel war ein Parasit, der in den Zweiggabeln als grüne Röhren mit einer rosa Blüte an der Spitze wuchs. Debby, die hübsche braunhaarige Frau, sammelte eine Handvoll und schnitt die Blütenenden ab. Ilsa schnitt das scharlachrote Fleisch mit ihrem Schwert in hauchdünne durchsichtige Scheiben.

Inzwischen band Kara das rechte Handgelenk des Studenten mit seinen Fußknöcheln zusammen und ließ seine Linke frei. »Nichts aufbinden«, warnte sie ihn.

Rohes Fleisch dachte er mit Schaudern; aber dennoch wurde ihm der Mund wässerig. Hild wickelte die rosa Fleischscheiben um die Röhrenzwiebeln und reichte dem Studenten einen dieser Happen. Er biß hinein.

Er dachte an gar nichts mehr. Während einer Hungersnot lernt man es, den Hunger zu vergessen ... aber er war wirklich hungrig gewesen. Das Fleisch hatte eine seltsame gummiähnliche Beschaffenheit. Es hatte einen kräftigen Geschmack. Die Zwiebel war sehr scharf.

Sie schauten ihm beim Essen zu. *Ich muß mit ihnen reden,* dachte er verschwommen. *Es ist unsere letzte Chance. Wir müssen uns ihnen anschließen. Was bleibt uns anderes übrig? Sollen wir etwa hierbleiben und uns jagen lassen oder von den fremden Eindringlingen gejagt werden? Vielleicht sogar wieder in den Himmel springen? ...* Der mannsgroße Vogel wurde immer kleiner. Lizeth schnitt geduldig Scheiben ab, bis keiner mehr eine nahm. Debby war dazu übergegangen, die Zwiebeln kleinzuschneiden, um sie zu strecken. Die Frauen hatten schon lange aufgehört zu essen. Sie beobachteten ihn mit irritierendem Lächeln. Der Student fragte sich, ob sie Rülpsen wohl für schlechte Manieren halten würden, und rülpste trotzdem. Dann mußte er wieder schlucken. Als sie den Baum hochkletterten, hatte er erfahren, daß es sehr ungünstig ist, bei Schwerelosigkeit zu rülpsen, da es dann schwer ist, die Gase nach oben zu bringen.

Er bat um Wasser. Lizeth reichte es ihm in einem Kürbisgefäß. Er trank ziemlich viel. Die Zwiebeln waren verbraucht. Der Student fühlte sich angenehm gesättigt und rundete seine Mahlzeit mit einer Handvoll Blätter ab.

Nichts konnte ganz schlecht sein, wenn er sich so gut fühlte.

»Eins steht fest«, sagte die Vorsitzende Kara. »Du bist bestimmt ein Flüchtling. Ich habe noch nie einen Copsik-Jäger gesehen, der am Verhungern war.«

Ein Test? Der Student ließ sich beim Schlucken Zeit. »Schlau«, sagte er. »Und wenn das schon einmal feststeht, müssen wir reden.«

»Reden.«

»Wo sind wir?«

»An keinem bestimmten Ort. Ich kann dich nicht zum Rest des Stammes führen, bevor ich weiß, wer du bist. Selbst hier könnten die Copsik-Jäger uns finden.«

»Wer sind diese . . . Jäger?«

»Copsik-Jäger. Benutzt ihr nicht das Wort *Copsik?«* Als sie das Wort aussprach, hörte es sich eher wie Corpsik an.

»Bei uns ist es ein Schimpfwort«, antwortete er.

»Bei uns nicht und bei ihnen auch nicht. Sie halten uns für Corpsiks, die lebenslänglich für sie arbeiten müssen. *Junge, was machst du da?«*

Der Student hatte mit der freien Hand nach seinem Rucksack gegriffen. »Ich bin der Wissenschaftler des Quinn-Stamms«, sagte er kalt. »Ich hoffe, einige Informationen über dieses Wort zu finden.«

»Dann tu's.«

Der Student packte sein Lesegerät aus. Er genoß die ungeteilte Aufmerksamkeit der Carther-Staaten. Die Frauen waren ehrfurchtsvoll mißtrauisch. Lizeth hielt ihren Speer bereit. Er wählte die Kassette mit den Aufzeichnungen, schob sie in das Lesegerät und sagte: »Prikazyvat suche Copsik.«

NICHT VORHANDEN

»Prikazyvat suche . . .« sagte der Student und hielt Kara den Schirm vors Gesicht. Die Vorsitzende zierte sich ein wenig und sprach dann zu der Maschine. »Corpsik«, sagte sie.

CORPSICLE?

»Prikazyvat Erläuterung«, befahl der Student.

Der Schirm füllte sich mit Schrift. »Kannst du das lesen?« fragte der Student.

»Nein«, sagte Kara und sprach damit auch für die andern.

»Corpsicle ist eine beleidigende Bezeichnung, die ursprünglich benutzt wurde, um Menschen zu beschreiben, die zu medizinischen Zwecken eingefroren waren. Im Jahrhundert, das der Gründung des Staates vorausging, wurden einige Zehntausend gleich nach dem Tode eingefroren, in der

Hoffnung, eines Tages wiederbelebt und geheilt zu werden. Das stellte sich als unmöglich heraus. Der Staat machte später Gebrauch von diesen eingelagerten Persönlichkeiten. Aus einem eingefrorenen Gehirn konnten Erinnerungsmuster aufgezeichnet und aus dem Zentralnervensystem RNA extrahiert werden.

So konnte ein gehirngelöschter Krimineller mit einer völlig neuen Persönlichkeit ausgestattet werden. Diesen Corpsiclen wurden keine Bürgerrechte verliehen. Die Behandlung wurde später verfeinert und während langer interstellarer Reisen von Besatzung und Passagieren benutzt.

Zur Besatzung des Saatschiffes *Discipline* gehörten acht Corpsiclen. Ihre Gedächtniskomplexe waren die von angesehenen Bürgern fortgeschrittenen Alters, deren Fähigkeiten den Anforderungen interstellarer Reisen entsprachen. Man hoffte, daß die Corpsiclen dankbar dafür sein würden, sich in gesunden jugendlichen Körpern wiederzufinden. Diese Vermutung erwies sich ... ich verstehe das alles nicht ganz, aber eines scheint klar: Ein Copsik ist kein Bürger. Er hat keine Rechte. Er ist Eigentum.«

»Das stimmt«, sagte Debby zur offensichtlichen Verärgerung der Vorsitzenden.

Die Vorsitzende traut mir also nicht. Und? »Wie finden sie euch denn hier? Es muß hier doch viele Kubikkilometer Dschungel geben, und ihr kennt ihn, und sie kennen ihn nicht. Ich verstehe gar nicht, warum ihr überhaupt kämpft.«

»Sie finden uns. Schon zweimal haben sie uns gefunden, als wir uns im Dschungel versteckt hatten.« Kara sprach sehr verbittert. »Ihr Vorsitzender ist besser als ich. Mag sein, daß ihre Wissenschaft ihre Sinne beflügelt. Wissenschaftler, wir wären froh, wenn wir deine Kenntnisse hätten.«

»Würdet ihr uns zu Bürgern machen?«

Die Pause dauerte nur Sekunden. »Wenn ihr mit uns kämpfen wollt«, sagte Kara.

»Clave hat sich bei der Landung das Bein gebrochen.«

»Wir machen nur diejenigen zu Bürgern, die kämpfen. Unsere Krieger kämpfen jetzt gerade, und wer weiß, ob sie die Corpsik-Jäger zurückschlagen können. Wenn wir ein paar von ihnen verletzen, nehmen sie vielleicht nicht die Kinder und die alten Männer mit und die Frauen, die Gäste beherbergen.«

Gäste? Ah, die *Schwangeren.* »Was ist mit Clave und den Frauen? Was geschieht mit ihnen?«

Die Vorsitzende zuckte die Achseln. »Sie dürfen bei uns leben, aber nicht als Bürger.«

Nicht gut, aber besser als gar nichts. »Ich kann weder ja noch nein sagen. Wir werden darüber reden müssen. Übrigens . . . Kara!«

»Was ist denn?«

»Ich erinnere mich gerade an etwas. Kara, es gibt Lichtarten, die man nicht sehen kann. Es hat Maschinen gegeben, die die Wärme eines Körpers sehen können. Auf diese Weise finden sie euch.«

Die Frauen schauten einander entsetzt an. »Aber nur eine Leiche ist kalt«, sagte Debby.

»Deshalb müßt ihr überall im Wald kleine Feuer anzünden. Dann müssen sie jedes einzeln prüfen.«

»Sehr gefährlich. Die Feuer könnten . . .« Sie verstummte. »Egal. Die Feuer gehen aus, wenn man ihnen nicht dauernd Luft zufächert. Der Rauch erstickt sie. Immerhin, in der Nähe der Dschungeloberfläche könnte es klappen.«

Der Student nickte und riß sich noch ein wenig Laub ab. Es sah schon besser aus. Wenn einige Bürger werden konnten, waren sie in der Lage, die andern zu beschützen. Vielleicht hatte der Quinn-Stamm eine neue Heimat gefunden . . .

»Es sind drei Gruppen, die sich alle tiefer in den Dschungel hineinbewegen«, sagte der Pilot. »Die Spuren verwischen sich.« Das FRM hing hinter der Schulter des Kommandeurs Patry. Das Bugfenster war auf den Dschungel gerichtet. »Willst du sie verfolgen?«

»Wie groß sind die Gruppen?«

»Drei und drei und eine größere Gruppe. Die größere Gruppe ist zuerst aufgebrochen. Die würdest du wahrscheinlich nicht einholen.«

Grünes Laub hatte sich vom übrigen Grün des Dschungels gelöst und schwebte in der Luft. »Wir haben die Stelle, wo sie eingedrungen sind«, berichtete Patry. »Okay, wir verfolgen sie.« Er bewegte sich zu seinen wartenden Männern hinüber. »Mark, du übernimmst die Spitze. Die andern folgen mir. Meidet dieses gelbe Zeug. Es ist Giftfarn.«

Mark war ein Zwerg, der einzige Mann auf dem London-Baum, der die alte Rüstung tragen konnte, und deshalb war er auch der einzig mögliche Wächter der Spuckkanone. Vor zehn Jahren hatte er noch dazu geneigt, vor einem Angriff zurückzuschrecken. Aber dann gewann er Vertrauen in seine Unverwundbarkeit.

Die Männer hatten ihn Winzling genannt, bis Patry gewaltig Krach schlug. Mark war dazu geboren, eine Rüstung zu tragen, und er trug sie sehr gut.

Er stieg an dem abgeschnittenen Busch vorbei in die Dunkelheit, die London-Baum-Infanterie hinter sich.

Der Schmerz war Realität. Sein Zentrum lag oberhalb Claves Knie, aber er strahlte in Schüben in den ganzen Körper aus. Er wurde durch einen Tunnel gezogen. Bald würden die Pflanzenextrakte des Wissenschaftlers die Schmerzen lindern. Aber waren die Pflanzen nicht in der Dürre eingegangen? Und . . . der Baum war verschwunden. Es gab keinen Wissenschaftler mehr, und der Student hatte keine Drogen, und auch der Student war verschwunden. Zu wenige Überlebende folgten dem Studenten durch die grüne Dämmerung. Der traurige Rest des Stammes war zersprengt, und es gab keine Medizin für einen Verletzten.

Minya und Jinny hielten plötzlich an und stauchten ihm dabei das Bein. Gellender Schmerz fuhr ihm ins Gehirn. Dann waren sie plötzlich in die Zweigwände des Tunnels getaucht, und Clave blieb halb schwebend hilflos zurück.

Er drehte sich, und der Traum wurde zu einem Alptraum. Er sah ein großes gesichtsloses silbernes Ding. Die Erscheinung hob etwas . . . Metall? Ein Splitter drang Clave in die Rippen. Er zog ihn heraus. Er hatte nur wirre Gedanken . . . war es ein Dorn? Die Kreatur aus Metall und Glas ignorierte Clave und bahnte sich ihren Weg durch die Tunnelwand. Begleiter folgten ihr durch die Wand. Es waren blaugekleidete Männer, die riesige unförmige Bogen trugen.

Die Schmerzen waren verschwunden, und die Realität versank. Es gab hier also doch Medizin.

»Ich sehe, du hast die erste Gruppe eingeholt«, sagte der Pilot. »Die vordere Gruppe hat Halt gemacht. Die mittlere Gruppe hat sie erreicht. Vielleicht solltest du aufhören.«

»Ich habe Toby mit zwei Copsiks zurückgeschickt. Der dritte hatte ein gebrochenes Bein, deshalb haben wir ihn in Ruhe gelassen. Wir sind fast in voller Stärke. Wir werden abwarten, was geschieht.«

»Patry, ist irgend etwas Ungewöhnliches an deiner Mission?«

Eingestuft ... aber was machte es schon? »Ein paar Copsiks fangen. Ein paar Fleischvögel schießen. Ein paar Gewürze pflücken. Alles Wissenschaftliche mitnehmen.« Das letztere war ungewöhnlich. Vielleicht wollte der Erste Offizier sich den Wissenschaftler verpflichten. Patry gab keinen Kommentar dazu ab, nicht solange die Schülerin der Wissenschaft zuhörte.

»Gut. Du hast Copsiks. Wie viele brauchst du? Du erwartest doch nicht im Ernst, hier etwas Wissenschaftliches zu finden, oder?«

»Vorn ist noch eine größere Gruppe. Ich will wenigstens die Lage prüfen.« Patry drehte die Lautstärke herunter. Piloten hatten die Eigenart, jedes Thema zu Tode zu diskutieren, und Patry wollte seine Ruhe haben.

Gavving war noch nicht weit gekommen, als Jayans Leine sie zu einem durch das Laub geschnittenen Tunnel führte. Jetzt kamen sie schneller voran.

Trotz seines seltsamen Geruchs aß Gavving ein wenig von dem Laub, denn er hatte Hunger. Es schmeckte auch seltsam, aber es war süß und ließ sich gut essen. Er nahm noch ein wenig mehr.

Eigentlich fühlte er sich hier schon fast zu Hause. Mit den Zehen stieß er sich von den Zweigen ab und bewegte sich im vertrauten Rhythmus durch den Tunnel. Aus Tausenden von unsichtbaren Kehlen hörte er Zirpen und Krächzen. So tief im Dickicht konnten es keine Vögel sein; aber sie zwitscherten, und wenn es nötig war, konnten sie wahrscheinlich auch fliegen. Die Geräusche waren die Geräusche, die Gavving aus seiner Kindheit kannte, bevor die große Dürre alle Kleinlebewesen im Busch ausrottete.

Es kostete einige Anstrengung, daran zu denken, daß dies nicht Quinn-Busch war; daß er Feinde verfolgte, die dieses Dickicht so gut kannten wie Gavving seinen Baum.

Minya hatte dieses Problem anscheinend nicht. Sie riß sich etwas Laub ab, aber ihre Hand hielt auch den Pfeil, und in der anderen trug sie den Bogen.

Sie bewegten sich schneller als die Leine, die vor ihnen dahinglitt. Merril rollte sie auf, während sie sich mit den Händen vorwärtszog. Als Gavving das sah, sagte er: »Laß mich das eine Zeitlang tun. Du kannst inzwischen etwas essen.«

»Du sollst deine Hände freihalten!« Vielleicht bedauerte sie ihren scharfen Ton, denn ein wenig später sagte sie: »Ich brauche meine Hände, um mich vorwärtszubewegen. Du kannst mit den Händen kämpfen. Wo ist deine Harpune?«

»Die habe ich auf dem Rücken. Solange Jayan die Leine weiterzieht, ist alles in Ordnung.« In diesem Augenblick sah er, daß die Leine schlaff wurde. Gavving griff nach seiner Harpune, bevor er sich wieder in Bewegung setzte.

Ein körperloser Arm reckte sich aus der Tunnelwand und winkte.

Jayan schaute durch den Laubvorhang. Ihre Stimme war ein heiseres, ängstliches Flüstern: »Sie sind vor uns.«

»Wo?«

»Nicht weit. Geht nicht durch den Tunnel. Jetzt kommt nämlich eine lange gerade Strecke, und dann wird er breiter. Sie würden euch sehen. Geht da, wo ich gehe, sonst könnten sie die Zweige knacken hören.«

Sie folgten ihr in das Dickicht.

Jayan hatte schon einen Pfad gebahnt. Zweimal hatte sie dickere Zweige durchschneiden müssen. Schließlich beobachteten sie, hinter dem Laubwerk verborgen, wie der Student mit den seltsamen Frauen sprach.

Sie waren schlank und sehr lang, wie die Karikatur einer idealen Frau oder wie ein fernes Stadium menschlicher Evolution. Sie wirkten entspannt, genau wie der Student. Seine

Füße und eine Hand waren zusammengebunden, aber er aß seelenruhig von dem Laub, während sie sich unterhielten. Der Körper des Vogels, der neben ihnen lag, bestand fast nur noch aus Knochen.

Er spürte Minyas warmen Atem an seiner Schulter. »Es sieht so aus, als hätte der Student sie überzeugt«, sagte sie. »Ich kann nichts verstehen. Du?«

»Nein.« Es gab zu viel Vogelgezwitscher . . . und ein gelegentliches Knacken, wenn jemand sich bewegte. Gavving war deshalb ganz froh, daß die Vögel zwitscherten. Dennoch, irgend jemand machte zu laute Geräusche . . .

Mit entsetzlichem Krachen sprang Minya durch die Zweige, mitten zwischen die seltsamen Frauen, und kreischte: »Ihr Ungeheuer! Da!«

Gavving sprang hinterher. Er war auf einen Kampf gefaßt, aber er hätte wenigstens eine Vorwarnung erwartet –

Die seltsamen Frauen zögerten keine Sekunde. Fünf von ihnen sprangen zu verschiedenen Tunneln. Sie verschwanden in drei Richtungen. Die sechste sprang ungeschickt. Sie stieß gegen den Rand des Tunnels und sank bewußtlos zu Boden. War sie *so* hart aufgeschlagen?

Der Student bemühte sich, die Hände freizubekommen. Gavving spürte einen Stich im Bein. Er fuhr herum, um sich zu wehren.

Gegen *was*? Ein Ding aus Glas und Metall! Hinter ihm waren Männer – gewöhnliche Männer, die frei schwebten. Mit den Zehen hielten sie riesige Bogen, deren Sehnen sie mit beiden Händen spannten. Aber sie schossen nicht. Das wissenschaftliche Ding richtete eine Metallröhre auf Minya, dann auf den Studenten. Gavvings Harpune prallte von seinem Spiegelglasgesicht ab. Es richtete sich auf Gavving und stach ihn noch einmal.

Man kann nicht gegen die Wissenschaft kämpfen, dachte Gavving. Er zog sein langes Messer und sprang auf das Ungeheuer zu.

Dann verschwamm alles vor seinen Augen.

»Ihr seid zu weit hineingegangen«, sagte der Pilot. »Ich bekomme für euch keine individuellen Werte. Ich habe einen heißen Fleck, etwa ein Dutzend Leute. Du und die Copsiks?«

»Hört sich korrekt an. Wir haben sechs Copsiks hier. Einen haben wir schon zusammengeschnürt. Den ohne Beine lassen wir hier. Wir haben also im ganzen sieben. Ein paar sind durch die Tunnel verschwunden. Findest du sie?«

»Ja. Es sieht so aus, als seien wie wieder zusammen. Ich habe euch und einen kleineren helleren Fleck östlich von euch. Ich würde sagen, wir verschwinden jetzt. Schießt unterwegs noch ein paar Fleischvögel.«

»Ich habe hier etwas ... ich habe hier etwas Wissenschaftliches, etwas, von dem ich keine Ahnung habe. Es ist viel *zu* wissenschaftlich.« Kommandeur Patry nahm einen rechteckigen Spiegel auf, der nicht reflektierte, der sein eigenes Licht ausstrahlte. Ein wenig ängstlich betätigte er einen Schalter. Zu seiner Erleichterung ging das Licht aus. »Du hast recht, wir haben genug. Wir kommen raus.«

13 Die Schülerin der Wissenschaft

Mattigkeit . . . ein seltsames, aber angenehmes Gefühl wie Summen im Blut . . . es war, als zögen sich die Hand- und Fußgelenke zusammen . . . das Gedächtnis kam zurück, sortierte die Erinnerungen. Erst als er wieder klar denken konnte, öffnete der Student die Augen.

Er war wieder gefesselt, und die Spannung an den Gelenken hielt seinen Körper aufrecht. Er war mit dem Gesicht nach unten an ein Netz gebunden, und sein Rücken stieß gegen eine Wand, die sich hart, glatt und kalt anfühlte und bis zu einem Millimeter durchsichtig war. Darunter lag eine graue Schicht.

Er hatte so etwas noch nie gesehen; aber aus einer gewissen Entfernung mochte das Zeug wie Metall erscheinen.

Es war der fliegende Kasten. Er war an den fliegenden Kasten angebunden. Er wandte den Kopf nach links und sah andere: Minya, Gavving, Jayan (die auch schon wach war, es sich aber nicht anmerken lassen wollte), Jinny. Rechts von ihm hingen einige tote Lachsvögel und Bändervögel, Alfin, der im Schlaf lächelte, und die schwangere Frau vom Carther-Stamm. Ihre Augen waren geöffnet, aber in ihrem Blick lag Hoffnungslosigkeit.

Eine freundliche Stimme dröhnte von oben zu ihnen herunter: »Einige von euch sind inzwischen wach . . .« Der Student verbog den Rücken, um über seinen Kopf blicken zu können. Der Copsik-Jäger war groß und kräftig und machte einen heiteren Eindruck. Er klammerte sich in der Nähe des Bugfensters an das Netz. »Versucht nicht, euch zu befreien. Ihr würdet nur im Himmel verlorengehen, und wir werden nicht umkehren, um euch zu retten. Narren können wir als Copsiks nicht gebrauchen.«

»Dürfen wir uns miteinander unterhalten?« rief Minya hinauf.

»Gern, wenn ihr *mich* nicht unterbrecht. Jetzt werdet ihr

euch fragen, was mit euch geschehen soll. Ihr werdet bei uns auf dem London-Baum leben. Es gibt eine Tide, wenn man in einem Baum ist. Ihr werdet euch daran gewöhnen müssen, daß sie euch nach unten zieht, und ihr werdet lernen müssen, auf den Füßen zu stehen, ohne zu fallen. Ihr werdet dazu kommen, es angenehm zu finden. Ihr könnt Wasser erhitzen, bis es kocht, ohne daß es nach allen Seiten verschwindet, und deshalb könnt ihr Mahlzeiten zubereiten, wie ihr sie noch nie geschmeckt habt. Ihr wißt immer, wo ihr seid. Ihr braucht nur etwas loszulassen und darauf achten, wohin es fällt. Ihr könnt Abfall fortwerfen . . .« Unter seinen Füßen erhob sich ein entnervendes pfeifendes Röhren. Der Copsik-Jäger hob die Stimme. ». . . ohne daß er euch wieder ins Gesicht fliegt.« Er hörte auf zu sprechen, denn einige seiner Gefangenen kreischten.

Eine Tide zog an den Füßen des Studenten. Er war nicht erstaunt darüber, daß der Himmel an ihm vorbeiraste: grüner Wald, ein Streifen Blau, wogendes Weiß. Das Grün unter seinen Füßen fing an, sich zusammenzuziehen. Ein feuchter Wind fegte vorüber. Der Nebel um sie herum verdichtete sich. Die entsetzten Schreie waren zu leisem Wimmern geworden, und der Student hörte Alfin sagen: »Baumfutter! Wir fliegen in die baumfütternde Sturmwolke zurück! Wessen tolle Idee . . .« Und dann mußte er sich selbst zum Schweigen gebracht haben, da ihn niemand anderes erreichen konnte.

Der Wächter wartete, bis Stille eingetreten war, und sagte dann: »Es ist *sehr* unhöflich, wenn ein Copsik einen Bürger unterbricht. Ich bin Bürger. Für die Dauer der Reise werde ich nichts unternehmen, aber ihr werdet es noch lernen. Hat jemand Fragen?«

»Was gibt dir das *Recht*?« kreischte Minya.

»Das wirst du nicht noch einmal sagen«, antwortete der Copsik-Jäger. »Sonst noch was?«

Minya schien sich sofort beruhigt zu haben. »Und was ist mit unseren Kindern? Werden sie auch Copsiks sein?«

»Sie haben die Chance, Bürger zu werden. Es gibt eine Aufnahmezeremonie. Einige werden an ihr nicht teilnehmen wollen. Andere werden die Prüfung nicht bestehen.«

Jetzt waren sie ganz in Nebel eingehüllt. Selbst der Copsik-

Jäger war nur undeutlich zu sehen. Tropfen von Daumengröße fegten über sie hin, so daß sie völlig durchnäßt wurden.

Niemand schien etwas sagen zu wollen. Deshalb meldete sich der Student: »Sitzt der London-Baum in dieser Sturmwolke fest?«

Der Copsik-Jäger lachte. »Wir sitzen nirgends fest! Wir haben den Baum in die Wolke geschafft, weil wir Wasser brauchen. Wenn wir mit euch gelandet sind, werden wir die Wolke vermutlich wieder verlassen.«

»Wie?«

»Eingestuft.«

Gavving wachte gerade auf. Er sah nach links und rechts und fand den Studenten. »Wie ist die Lage?« fragte er.

»Die gute Nachricht ist, daß wir auf einem Baum leben werden.«

Gavving prüfte seine Fesseln, während er darüber nachdachte. »Als was?«

»Als Copsiks, Eigentum, Diener.«

»Hmm. Besser als an Durst zu sterben. Wo sind wir? Der fliegende Kasten?«

»Richtig.«

»Ich sehe Clave und Merril nicht.«

»Wieder richtig.«

»Ich fühle mich ausgezeichnet«, sagte Gavving. »Wieso fühle ich mich so gut? Vielleicht war etwas in diesen Dornen, wie die roten Teile an einem Fächerpilz.«

»Könnte sein.«

»Du bist nicht gerade gesprächig.«

»Ich will nichts verpassen«, sagte der Student. »Wenn ich weiß, wie wir zum London-Baum kommen, könnte ich uns vielleicht auch zurückbringen. Ich hatte einige Bürger vom Carther-Stamm schon fast dazu überredet, uns aufzunehmen.«

Gavving wandte sich an Minya. Sie unterhielten sich längere Zeit. Der Student gab sich keine Mühe, etwas zu verstehen. Es herrschte ohnehin zu viel Lärm. Das pfeifende Röhren hatte nachgelassen, aber der Wind pfiff fast genauso laut.

»Zu viele Veränderungen«, sagte Minya.

»Ich weiß.«

»Mir scheint, ich *fühle* gar nichts. Ich will wütend werden, aber ich kann es nicht.«

»Wir stehen unter Drogen.«

»Das ist es nicht. Ich war Minya vom Triun-Team des Dalton-Quinn-Buschs. Dann fiel ich in den Himmel und wäre vor Durst fast gestorben. Ich habe dich gefunden und geheiratet und wurde von den Leuten vom Dunklen Busch aufgenommen. Wir flogen mit einem Moby mit und wurden in den Dschungel geschleudert. Und jetzt sind wir was? Copsiks? Das sind einfach zu viele Veränderungen. Zuviel.«

»Okay, ich bin selbst noch ein wenig betäubt. Darüber kommen wir schon hinweg. Sie können uns nicht ewig unter Drogen halten. Du bist immer noch Minya die wilde Kämpferin. Aber . . . vergiß es, bis du es wieder brauchst.«

»Was haben sie mit uns vor?«

»Das weiß ich nicht. Der Student redet schon von Flucht. Ich denke, wir sollten abwarten. Wir wissen noch nicht genug.«

Irgendwie gelang ihr ein Lachen. »Jedenfalls sterben wir nicht als Jungfrauen.«

»Wir lernten uns kennen, als wir schon fast tot waren, aber jetzt ist von Sterben keine Rede. Wir werden zu einem Baum gebracht, der sich selbst bewegen kann. Wir werden nie wieder eine Dürre erleben. Es hätte schlimmer werden können. Es *war* schon schlimmer . . . ich wünschte allerdings, ich könnte Clave hier irgendwo sehen.«

Um sie herum war es naß und dunkel. Vor dem Bug zuckten Blitze auf. Das Fahrzeug legte sich in die Kurve. Jetzt kam der Wind von unten. In derselben Richtung bildete sich ein dichter Schatten.

»Da«, sagte Minya.

Die Aggregate heulten wieder auf. Gavving mußte eine Zeitlang hinsehen, bevor er davon überzeugt war, daß es sich um den Busch eines Integralbaums handelte. Er hatte noch nie einen Integralbaum aus dieser Höhe gesehen. Sie näherten sich dem inneren Ast. Der Busch war grüner und sah gesünder aus als der Quinn-Busch, und das Laubwerk bedeckte einen größeren Teil des Astes. Das kahle äußere Ende trug eine horizontale Plattform aus bearbeitetem Holz, ganz sicherlich eine Arbeit, die gewaltige Mühe gekostet haben mußte.

Das pfeifende Röhren der Wissenschaft-in-Aktion schwankte jetzt, der Lärm stieg an und verringerte sich wieder, als der Kasten sich der Plattform näherte. Eine breite bogenförmige Lücke war durch den Ast selbst geschlagen worden. Sie verband diese Plattform mit einer zweiten auf der anderen Seite. Am westlichen Ende, wo das Laubwerk zu wachsen begann, stand eine große geflochtene Hütte.

Das pfeifende Röhren war verstummt.

Dann geschah alles sehr schnell. Leute strömten aus der Hütte. Weitere erschienen unten, vielleicht waren sie aus dem Inneren des fliegenden Kastens gekommen. Die Bürger vom London-Baum hatten nicht die unglaubliche Größe der Waldbewohner. Einige trugen Kleidung in glänzenden Farben, aber die meisten trugen Buschbeerenrot, und die Männer hatten glatte Gesichter, von denen das Haar sorgfältig abgeschabt worden war. Sie schwärmten zu dem Teil aus, der jetzt das Dach des fliegenden Kastens war, und fingen an, die Gefangenen loszubinden.

Jinny, Jayan, Minya und die großen Frauen vom Carther-Stamm wurden nacheinander befreit und vom Dach des Fahrzeugs weggeführt. Dann geschah eine ganze Weile gar nichts.

Sie nahmen die Frauen zuerst. Die Droge aus der Nadel hielt ihn noch ruhig, aber das machte Gavving trotzdem Sorgen. Er konnte nicht sehen, was drüben vor sich ging. Bald aber wurde auch er losgebunden und vom Dach geführt.

Irgendwie hatte er normale Tiden erwartet. Hier war nicht mehr als ein Drittel der Gezeitenkräfte des Quinn-Buschs vorhanden. Er schwebte nach unten.

Alfin schlug die Augen auf, als die Copsik-Jäger ihm die Fesseln abnahmen. Er schloß sie wieder, als er die Plattform erreichte. Er protestierte grunzend und schlief dann wieder ein. Zwei Männer in Buschbeerenrot hoben ihn an und trugen ihn davon.

Eine Copsik-Jägerin, eine goldhaarige Frau von etwa zwanzig mit einem hübschen dreieckigen Gesicht hielt das Lesegerät und die Kassetten des Studenten hoch. »Wer von euch gehört zu diesen Sachen?« wollte sie wissen.

Über Gavvings Kopf rief der Student, der immer noch schwebte: »Sie gehören mir.«

»Bleib bei mir«, befahl sie. »Weißt du, wie man geht? Du bist so klein, daß du ein Baumbewohner sein könntest.«

Der Student taumelte, als er den Boden berührte, aber er blieb stehen. »Ich kann gehen.«

»Warte hier bei mir. Wir werden mit dem FRM zur Zitadelle fliegen.«

Unter ihnen bewegten sich Fremde. Sie führten Gavving zu der Hütte hinüber. Der Blick des Studenten folgte ihnen, und Gavving hätte gewinkt, aber seine Handgelenke waren noch gefesselt. Ein kleiner, nervös wirkender Mann in Rot schob ihm einen der toten Vögel in seine durch die Fesselung behinderten Arme – das Tier hatte ungefähr Gavvings Masse – und sagte: »Nimm dies mit. Kannst du kochen?«

»Nein.«

»Komm.« Der Copsik stieß ihm die Hand in den Rücken. Gavving bewegte sich in die entsprechende Richtung und ging auf die Stelle zu, wo der kahle Ast in Busch überging. Aber wo waren die Frauen?

Der fliegende Kasten hatte ihm die Sicht verdeckt. Jetzt sah er die Frauen auf der anderen Seite. Minya wollte sich losreißen und rief: »Halt! Das ist mein Mann!«

Die Droge machte ihn immer noch träge, aber Gavving warf den Vogel in die Arme des Copsiks, der unter der Masse rückwärts stolperte, und wollte auf Minya zuspringen. Er schaffte nicht einmal den ersten Schritt. Von jeder Seite sprang ein Mann auf ihn zu und packte ihn am Arm. Sie mußten geradezu darauf gewartet haben. Der eine versetzte ihm einen solchen Schlag an den Kopf, daß er damit die ganze Welt in Rotation hätte versetzen können. Dann schleiften sie ihn zur Hütte.

Der Copsik sah Lawri genauso prüfend an wie sie ihn. Er war mager, hatte sehnige Muskeln und war vielleicht dreißig oder vierzig Zentimeter größer als Lawri und nicht viel älter. Sein blondes Haar und sein blonder Bart waren unordentlich geschnitten, und er war von oben bis unten verdreckt. Von seiner rechten Augenbraue bis zum Unterkiefer verlief eine getrocknete Blutspur. Er war genau die Sorte Copsik, die auf einem Stück Borke aus dem Himmel kommt, und konnte als Mann der Wissenschaft kaum überzeugen.

Aber seine Augen blickten forschend; er versuchte, sie einzuschätzen. »Bürgerin«, fragte er, »was wird mit ihnen geschehen?«

»Nenn mich Schülerin der Wissenschaft«, sagte Lawri. »Wer bist du?«

»Ich bin der Wissenschaftler des Quinn-Stammes«, sagte er.

Sie mußte lachen. »Ich kann dich kaum *Wissenschaftler* nennen. Hast du denn keinen Namen?«

Er war wütend, aber er antwortete höflich: »Früher hieß ich Jeffer.«

»Jeffer, die anderen Copsiks haben dich im Augenblick nicht zu interessieren. Steig an Bord des FRM und geh dem Piloten aus dem Weg.«

Er blieb dümmlich stehen. »FRM?«

Sie schlug gegen den metallenen Rumpf und sprach die vollen Silben aus, wie sie es gelernt hatte: »Fracht- und Reparaturmodul. FRM. Und jetzt einsteigen.«

Er ging durch beide Luken und noch ein paar Schritte darüber hinaus. Mit offenem Mund blieb er stehen. Er versuchte, in alle Richtungen auf einmal zu blicken. Für einen Augenblick ließ sie ihn in Ruhe. Sie konnte ihn verstehen. Sehr wenige Copsiks bekamen je das Innere des FRM zu sehen.

Zehn Sessel standen vor einer riesigen gekrümmten Scheibe aus dickem Glas. Auf dieser Scheibe gab es Bilder, die weder außerhalb der Scheibe liegen noch Spiegelungen sein konnten. Sie mußten im Glas selbst sein: Zahlen und Buchstaben und Linien in Blau und Gelb und Grün.

Hinter den Sesseln lagen dreißig oder vierzig Kubikmeter leerer Raum. Drehbare Hebel ragten aus den Wänden, der Decke und dem Fußboden. Außerdem gab es an den Wänden zahlreiche Metallvorrichtungen, die wohl der Verankerung der mitgeführten Fracht dienten. Dennoch, die Kabine machte nur ein Fünftel der Größe des Schiffs aus. Was war der Rest?

Als das FRM sich bewegte, waren aus den hinteren Nüstern Flammen herausgeschossen. Es schien, daß etwas brennen mußte, damit das FRM sich bewegte ... sehr viel sogar, wenn es im FRM den größten Teil des Raums einnahm ... und es mußte Pumpen haben, die den Treibstoff bewegten. Und dann die mysteriösen Dinge, deren Namen er aus seinen Kassetten kannte: *Steuerdüsen, Lebenserhaltungssystem, Computer, Massesensoren, Echo-Laser* ...

Die Droge, die ihn ruhiggestellt hatte, wirkte kaum noch, und er begann sich zu fürchten. Würde er lernen können, die Zahlen auf dem Glas zu deuten? Würde er dazu überhaupt die Chance bekommen?

Ein Mann in Blau saß vor dem vorderen Fenster. Ein grobknochiger Mann von mittlerer Größe. Aber er war dennoch zu groß für den Sessel; was eigentlich eine Kopfstütze hätte sein sollen, lag ihm zwischen den Schulterblättern. Die Schülerin der Wissenschaft sagte hastig: »Bitte, bring uns zur Zitadelle.«

»Dazu habe ich keinen Befehl.«

»Wie lauten denn deine Befehle?« Ihre Stimme klang bestimmt, und doch sagte sie den Satz wie beiläufig.

»Ich habe noch keine Befehle. Die Navy ist vielleicht an diesen ... wissenschaftlichen Gegenständen interessiert.«

»Wenn du das einigermaßen genau weißt, mußt du sie beschlagnahmen. Und ich werde dem Wissenschaftler mitteilen, was mit ihnen geschehen ist, sobald ich die Erlaubnis bekomme, mich mit ihm in Verbindung zu setzen. Willst du nicht auch den Copsik beschlagnahmen? Er sagt, er weiß, wie man damit umgeht. Vielleicht solltest du auch mich beschlagnahmen, damit ich mit ihm sprechen kann.«

Der Pilot wirkte plötzlich nervös. Er warf dem Studenten einen giftigen Blick zu. Er war Zeuge seiner Niederlage ... »Zitadelle. In Ordnung.« Seine Hände gerieten in Bewegung.

Das Mädchen war vorgewarnt und hielt sich an einer Sessellehne fest. Der Student war es nicht. Er griff nach irgend etwas, um nicht zu stürzen. Er erwischte einen Handgriff an der hinteren Wand: der drehte sich in seiner Hand, und aus einer Düse spritzte schmutziges Wasser. Er drehte es sofort ab und merkte, daß das Mädchen ihn angewidert ansah.

Nach etwa zwanzig Herzschlägen hob der Pilot die Hand.

Das vertraute pfeifende Röhren verstummte. Es war durch die Metallwände kaum zu hören gewesen, aber dennoch hatte es beängstigend geklungen. Der Student ging sofort zu einem der Sessel.

Das FRM bewegte sich vom Busch weg nach Osten und nach außen. Verließen sie den London-Baum? Warum? Er fragte nicht. Durchaus untypisch für ihn. Hatte er Angst davor, sich lächerlich zu machen? Er beobachtete die Hände des Piloten. Symbole und Zahlen flimmerten über das Bugfenster und auf der Steuerkonsole darunter, aber der Pilot berührte nur die Konsole und nur die blauen Schalter. *Blau bewegt das FRM?*

»Jeffer, woher hast du diese Verletzung?« Das blonde Mädchen sprach in einem Ton, als interessiere es sie nicht sonderlich.

Verletzung? Ach ja, sein *Gesicht.* »Der Baum brach auseinander«, sagte er. »Das passiert, wenn ein Baum zu weit aus dem Rauchring herausfällt. Wir sind vor einigen Jahren sehr nahe an Gold Welt vorbeigekommen.«

Das weckte ihre Neugierde. »Was ist mit den Leuten geschehen?« fragte sie.

»Außer uns sind die Leute vom Quinn-Stamm alle tot. Wir sind nur noch fünf.« Er mußte annehmen, daß auch Clave und Merril nicht mehr lebten.

»Du mußt mir gelegentlich mehr darüber erzählen.« Sie zeigte auf seine Ausrüstung. »Was ist das?«

»Kassetten und ein Lesegerät. Aufzeichnungen.«

Sie dachte unnötig lange darüber nach. Dann griff sie nach vorn und schob eine der Kassetten in einen Schlitz vor dem Pilotensitz. »Heh!« rief der Pilot.

»Wissenschaft, mein Vorrecht«, sagte sie. Sie drückte zwei Knöpfe. (Knöpfe, eine Dauerinstallation in einer Reihe von fünf: gelb, blau, grün, weiß, rot. Das Pult war ansonsten auf. Ein Druck auf den gelben Knopf ließ alle gelben Lichter erlöschen; der weiße Knopf ließ neue Symbole in Weiß entstehen.) »Prikazyvat Menü.«

Das vertraute Inhaltsverzeichnis erschien im Glas: weiße Schrift, die nach oben lief. Sie hatte die Kassette für Kosmologie ausgewählt. Der Student spürte, wie seine Hände sich krümmten, um sie zu erwürgen. Eingestuft, eingestuft! Meins!

»Prikazyvat Gold.« Die Schrift verschob sich. Entsetzte Faszination hatte den Piloten gepackt, und er konnte nicht wegschauen. »Kannst du lesen?« fragte die Schülerin der Wissenschaft den Studenten.

»Natürlich.«

»Dann lies vor.«

»Goldblatts Welt entstand wahrscheinlich als Neptun-ähnlicher Körper, eine Gasriesenwelt in dem kometenartigen Halo, die Levoys Stern und Te-Drei in einer Entfernung von Hunderten von Milliarden Kilometern umkreist. Eine Supernova kann ihre äußere Hülle auf Grund ihres gefangenen magnetischen Feldes asymmetrisch abstrahlen, was dem so entstandenen Neutronenstern eine veränderte Geschwindigkeit verleiht. Die Planetenumlaufbahnen gehen alle zum Teufel. In Levoys Szenario wäre Goldblatts Welt sehr nahe an Levoys Stern herangerückt, und sein Pe . . . Perihel hätte tatsächlich innerhalb der Roche-Grenze des Neutronensterns gelegen. Starke Roche-Gezeitenkräfte hätten seinen Orbit rasch kreisförmig verzogen. Der Planet hätte bis zum heutigen Tag Atmosphäre verloren und Gase ersetzt, die der Rauchring und der Gas-Torus ständig an den interstellaren Raum verlieren. Goldblatt schätzt, daß Levoys Stern vor einer Milliarde Jahren zur Supernova wurde. Sein Planet muß während all dieser Zeit Atmosphäre verloren haben. In ihrem gegenwärtigen Zustand spottet Goldblatts Welt jeder Beschreibung: ein weltengroßer Kern aus Fels und Metall . . .«

»Genug. Sehr gut, du kannst lesen. Aber verstehst du auch, was du liest?«

»Dieses nicht gerade. Ich kann mir vorstellen, daß Levoys Stern Voy ist, und daß Goldblatts Welt Gold ist. Der Rest . . .« Der Student zuckte die Achseln. Sein Blick traf den des Piloten, und der Pilot zuckte zurück. Er schien in sich zusammenzusinken. Machtspiele. Die Schülerin der Wissenschaft hatte den Verstand des Piloten mit den Wundern der Wissenschaft und ihrer kryptischen Sprache beleidigt. Jetzt sagte sie: »Das haben wir Wort für Wort auf unseren eigenen Kassetten. Ich hoffe, du hast uns etwas Neues mitgebracht.«

Ein Schatten zeigte sich im silbrigen Nebel um sie herum. Sie schwebten wieder zum London-Baum zurück. Im freien Fall hatte das FRM die Mitte des Baumes erreicht. *Osten bringt dich nach außen. Außen bringt dich nach Westen* ... Er hatte noch viel zu lernen, wenn er das FRM fliegen wollte. Und er *mußte* lernen. Wenn er nicht lernte, dies Ding zu fliegen, würde er seine Tage hier als Copsik beschließen.

Hier gab es Konstruktionen und Bauwerke. Gewaltige Holzbalken begrenzten einen offenen Platz. Weiter hinten standen vier Hütten in einer Reihe. Sie waren nicht aus Zweigen geflochten, sondern aus Holz gezimmert. Kabel und Röhren liefen in beide Richtungen am Stamm entlang, weiter als der Student sehen konnte. Ein Teich hatte den Stamm erreicht und hing als glitzernde Kugel an der Borke. Das war seltsam. Ein einzelner Teich in dieser Nebelregion? Männer in Rot bewegten sich um ihn herum und schütteten Wasser hinein, das sie in großen Samenschoten trugen. Auch der Teich mußte künstlich sein.

Gegen die vielen künstlichen Strukturen des London-Baums nahm sich der Quinn-Busch barbarisch aus! Aber war es klug, zu ... »Schülerin der Wissenschaft, schneidet ihr das Holz für diese Strukturen aus dem Baum selbst?«

Sie antwortete, ohne ihn anzusehen. »Nein, wir holen es von anderen Integralbäumen.«

»Gut.«

Jetzt drehte sie sich um, verblüfft und verärgert. Er hatte nicht das Recht, London-Baum zu beurteilen. Der Student entwickelte eine Antipathie gegen die Schülerin der Wissenschaft ... die er sich nicht anmerken lassen wollte. Wenn ihr Verhalten für das Benehmen eines Bürgers gegenüber einem Copsik typisch war, hatte der Quinn-Stamm Schlimmes zu erwarten.

Der Stamm des Baums kam auf sie zu, zu schnell. Der Student war erleichtert, als die Aggregate zündeten und die Geschwindigkeit sich verringerte. Der Bug des FRM würde genau in dieses Balkenviereck passen ... und genau das tat der Pilot, indem er auf die blau leuchtenden Knöpfe drückte, paßte er das Bugfenster in den Holzrahmen ein. *Achte auf seine Hände.*

14 Baumschlund und Zitadelle

In der großen Hütte mußten sich die Frauen nackt ausziehen und wurden von zwei Frauen untersucht, die so groß waren wie Ilsa vom Carther-Stamm, viel größer als normale Menschen. Ihr langes Haar war weiß und so dünn, daß die Kopfhaut durchschimmerte. Die Haut schien ihnen auf den Knochen verwelkt zu sein. Minya hielt sie für vierzig oder fünfzig. Aber ihr Alter war schwer zu schätzen, weil sie so fremdartig aussahen. Sie trugen mit Buschbeerensaft scharlachrot gefärbte Ponchos, die zwischen den Beinen geschlossen waren. Ihr Gang war leicht und sicher. Minya nahm an, daß sie schon viele Jahre Zeit gehabt hatten, sich an die Schwerkraft von London-Baum zu gewöhnen.

»Die Leute scheinen hier sehr lange zu leben«, flüsterte sie Jayan zu, und Jayan nickte.

Die Aufseherinnen waren nicht bereit, Fragen zu beantworten, obwohl sie selber sehr viele Fragen stellten.

Sie fanden reichlich Schmutz und viele Wunden, aber keine Krankheiten. Sie versorgten Minyas Abschürfungen und Prellungen und sagten ihr ziemlich barsh, daß sie es in Zukunft unterlassen solle, Bürger zu beleidigen. Minya lächelte. Beleidigen? Sie war sicher, daß sie dem Mann den Arm gebrochen hatte, bevor der Schlag auf den Kopf sie bewußtlos machte. Ilsa war schwanger. Jayan wurde, zu ihrem offensichtlichen Erstaunen, auch für schwanger erklärt und mit Ilsa zusammen weggeführt. Minya ergriff Jinnys Arm, weil sie fürchtete, Jinny würde einen vergeblichen Kampf um ihre Zwillingsschwester anfangen.

Eine der Aufseherinnen bemerkte Jinnys Kummer. »Denen passiert nichts«, sagte sie. »Sie tragen Gäste. Einer der Wissenschaftsschüler wird sie untersuchen. Außerdem wird man die Männer von ihnen fernhalten.«

Die *was* werden *was*? Aber sie wollte weiter nichts mehr sagen, und Minya mußte warten.

Der Student sah durch die kleinen Fenster – das große gebogene Fenster zeigte jetzt rauhe Borke in vier Zentimetern Abstand. Draußen tat sich etwas.

Ein Mann in einem weißen Kittel sprach mit anderen Männern in blauen und roten Ponchos, die die Paßform von zu großen Säcken hatten. Schließlich machten sie sich davon in Richtung auf die niedrigste in der Reihe von Hütten. Alle, bis auf den im weißen Kittel.

»Wer ist das?« fragte der Student.

Die Schülerin der Wissenschaft würdigte ihn keiner Antwort. »Das ist Klance, der Wissenschaftler«, sagte der Pilot. »Dein neuer Besitzer. Was ihn überraschen wird; er glaubt, daß ihm der ganze Baum gehört.«

Klance, der Wissenschaftler, sprach mit sich selbst, als er auf das FRM zukam. Sein weißer Arbeitskittel bedeckte nur gerade die Hüften, so daß unten ein Stück von seinem Poncho hervorschaute. Er war mager bis auf einen kleinen Bauchansatz und für einen Baumbewohner ziemlich groß. Unsportlich, dachte der Student – ungefähr vierzig, schlaffe Muskeln. Er hatte dichtes weißes Haar und eine schmale Hakennase. Plötzlich hörte der Student seine Stimme aus der Luft.

»Lawri.« Scharf und entschieden.

Der Pilot drückte eine gelbe Taste und spreizte zwei Finger über dem sofort erscheinenden Muster aus gelben Linien *(merken!)*, und war damit schneller als Lawri. Die beiden Türen öffneten sich.

Der Wissenschaftler redete schon, bevor er das FRM betreten hatte. »Sie wollen wissen, wann ich den Baum bewegen kann. Diese Dummköpfe. Sie haben doch gerade erst das Reservoir gefüllt. Wenn ich ihn jetzt bewegte, würde das Wasser einfach wegfließen. Zuerst müssen wir . . .« Er verstummte. Sein Blick fiel auf den Rücken des Piloten (der sich nicht die Mühe gemacht hatte, sich umzudrehen), dann sah er den Studenten an, dann Lawri. »Nun?«

»Er ist der Wissenschaftler eines Stammes. Er hatte dies bei sich.« Lawri zeigte die Kunststoffschachteln.

»Alte Wissenschaft.« Sein Blick wurde gierig. »Wir sprechen später darüber. Pilot.«

Der Mann von der Marine drehte sich um.

»Ist das FRM beschädigt worden? Oder etwas verlorengegangen?«

»Selbstverständlich nicht. Wenn Sie einen genauen Bericht . . .«

»Nein, das genügt. Die anderen Marineangehörigen warten auf den Lift. Ich glaube, Sie könnten ihn noch erreichen.«

Der Pilot nickte steif, stand auf und segelte auf die Tür zu. Er hätte den Wissenschaftler, der stur stehenblieb, fast gestreift. Er sprang hinaus und war verschwunden.

Der Wissenschaftler tippte auf gelbe Lichter und auf der Scheibe erschien ein Muster. »Die Treibstofftanks sind fast leer. Wir werden wochenlang zu tun haben, sie wieder zu füllen. Alles andere sieht ganz gut aus. Lawri, von dir erwarte ich einen genauen Bericht. Aber erzähl mir jetzt, ob irgend etwas passiert ist.«

»Er schien sich ganz gut auszukennen. Ich mag den Baumfütterer nicht, aber er hat nirgends angestoßen. Der Überfalltrupp hat das hier mitgebracht – und ihn.«

Der Wissenschaftler nahm die Kunststoffgegenstände, die Lawri ihm überreichte. »Ein Lesegerät«, flüsterte er. »Du bringst mir einen Schatz. Wie heißt du?«

Der Student zögerte. Dann sagte er: »Jeffer.«

»Jeffer, ich bin gespannt auf deine Geschichte. Aber zuerst sollst du dich waschen und saubere Sachen bekommen. All diese Jahre habe ich damit gerechnet, daß die Marine mein FRM mit Lesegerät und allem anderen verliert oder ruiniert. Ich kann dir gar nicht sagen, was es für mich bedeutet, über einen Ersatz zu verfügen.«

Die Tide war geringer. Sonst war alles wie in ihrem heimatlichen Busch, fand Minya. Dasselbe grüne Dämmerlicht, derselbe Pflanzengeruch. Sie gingen durch Tunnel aus Zweigen, von deren Enden die Vorübergehenden das Laub abgestreift hatten. Die großen Frauen gingen schweigend vor ihnen her. Jinny und Minya folgten. Niemand begegnete ihnen.

Sie waren immer noch nackt. Jinny ging vornübergebeugt, als ob das ihre Blöße bedecken könnte. Sie hatte kein Wort gesprochen, seit Jayan fort war.

Als sie eine Zeitlang gegangen waren, spürte Minya den

Wind. Einige Minuten später erweiterte sich der Tunnel zu einem großen Hohlraum, an dessen Ende blendendes Tageslicht sichtbar wurde.

»Jinny, war euer Dorfplatz in Quinn-Busch so groß wie dieser hier?«

Jinny sah sich gehorsam um, zeigte aber sonst keine Reaktion. »Nein.«

»Unserer auch nicht.« Die Ausbuchtung lief einmal um den Stamm herum und dann ganz bis zum Baumschlund. Dahinter konnte sie den leeren Himmel sehen. Die Schatten kamen ihr seltsam vor, denn das bläulich schimmernde Licht von Voy kam hier von unten. Im Dalton-Quinn-Busch hatte Voy immer über ihr gestanden.

So viele Zweige einfach herausgerissen. Hatten die Sklavenjäger keine Angst, den Baum umzubringen? Oder würden sie einfach auf einen anderen übersiedeln?

Dreißig oder vierzig Frauen standen in einer Schlange nach Essen an. Sie hatten Kinder bei sich: drei Jahre alt und jünger. Sie ignorierten Minya und Jinny, die an ihnen vorbei zum Baumschlund geführt wurden.

»Erzähl mir, was dir am meisten Kummer macht«, sagte Minya.

»Clave«, sagte Jinny nach einigen Atemzügen.

»Er ist nicht mitgekommen. Er muß noch im Dschungel sein. Jinny, sein Bein muß erst heilen, bevor er irgend etwas unternehmen kann.«

»Ich werde ihn verlieren«, sagte Jinny. »Er wird kommen, aber ich werde ihn verlieren. Jayan trägt sein Kind. Er wird sich nicht mehr um mich kümmern.«

»Clave liebt euch beide«, sagte Minya, obwohl sie nicht die leiseste Ahnung hatte, wie Clave darüber dachte.

Jinny schüttelte den Kopf. »Wir gehören den Sklavenjägern, den Männern. Sieh dich um, sie sind schon da.«

Minya runzelte die Stirn und sah sich um. Sah Jinny Gespenster? Sie suchte in dem dunklen Laub nach noch dunkleren Schatten und fand sie. Zwei, vier, fünf . . . Männer. Sie sagte nichts.

Man führte sie an den Rand des Schlundes. Unter das große Reservoir, das dort angebracht war, wo der Ast in den Stamm überging. Minya blickte in den Schlund. Speisereste, Müll ... auf Plattformen zwei Leichen, die ganz mit Stoff bedeckt waren. Als sie sich wieder umwandte, waren ihre Begleiterinnen aus ihren Ponchos herausgestiegen.

Sie führten ihre Schützlinge mitten unter das riesige Wasserbecken. Eine der Aufseherinnen zog an einer Leine und produzierte eine kleine Flut. Das Wasser war kalt. Jede der Frauen hatte einen kleinen Klumpen in der Hand, und die eine fing jetzt an, Minyas Körper damit abzureiben. Dann gab sie ihr den Klumpen.

Minya hatte zum ersten Mal ein Stück Seife in der Hand. Es war nicht unangenehm, aber seltsam. Die Aufseherinnen seiften sich auch ab und ließen dann wieder eine Flut herniederrauschen. Dann trockneten sie sich mit ihrer Kleidung ab und zogen sich wieder an. Sie gaben Jinny und Minya scharlachrote Ponchos.

Der Seifenschaum ließ ein prickelndes Gefühl auf ihrer Haut zurück. Trotz des ungewohnten Verschlusses zwischen den Beinen hatte Minya keine Schwierigkeiten, ihren Poncho anzuziehen, aber sie fand ihn zu groß. War er für die übergroßen Dschungelleute gedacht? Was sie noch mehr störte, war, daß sie Buschbeerenrot trug. Zu Hause war es Bürgerrot gewesen, hier war es Copsikrot. Sie hatte zu lange Purpur getragen. Ihre Begleiterinnen brachten sie zur Essensausgabe. Vier Köchinnen – alles Dschungelriesen – schöpften ein Ragout aus Gemüse und Truthahnfleisch in Schüsseln, deren Ränder nach innen gebogen waren. Minya und Jinny machten es sich in federndem Laub bequem und aßen. Die Zuteilung war reichlicher als in Dalton-Quinn-Busch.

Eine andere Sklavin setzte sich zu ihnen: zweieinhalb Meter groß, in mittleren Jahren, und offenbar an die Schwerkraft in London-Baum gewöhnt. Sie sprach Jinny an: »Du siehst aus als könntest du gehen. Kommst du von einem Baum?«

Jinny antwortete nicht. Minya sagte: »Von einem Baum, der auseinandergebrochen ist. Ich bin Minya Dalton-Quinn, und das ist Jinny Quinn.«

»Heln«, sagte die Fremde. »Kein Nachname mehr.«

»Wie lange bist du schon hier?«

»Zehn Jahre, ungefähr. Ich war Carther. Ich hoffe immer noch . . . nun ja.«

»Befreiung?«

Heln zuckte die Achseln. »Ich denke, daß sie eines Tages *irgend etwas* versuchen werden. Bis jetzt war es wohl noch nicht möglich. Außerdem habe ich jetzt Kinder.«

»Verheiratet?«

Heln sah sie an. »Sie haben es euch nicht erzählt. Okay, mir hatten sie's auch nicht gesagt. Wir sind *Eigentum* der Bürger. Du gehörst jedem Mann, der dich begehrt.«

»Ich . . . hab mir so etwas gedacht.« Sie suchte, ohne den Kopf zu bewegen, die Schatten in den Zweigen. Und sie hatten sie nackt gesehen . . . »Was machen sie, treffen sie ihre Wahl?«

»Ja.« Heln sah auf. »Eßt schneller, wenn ihr fertig werden wollt.« Zwei schattenhafte Gestalten kamen auf sie zu, die über die ineinander verflochtenen Zweige gingen, aus denen der Boden des Tunnels bestand.

Minya beobachtete sie und aß dabei weiter. In ein paar Metern Entfernung blieben sie stehen und warteten. Ihre Ponchos waren nicht so unförmig wie ihr eigener, und sie leuchteten in prächtigen Farben. Sie beobachteten die Frauen und redeten miteinander. Minya hörte ». . . die mit den blauen Flecken hat Karal den Arm gebrochen . . .«

Heln beachtete die Männer nicht, und Minya versuchte ebenfalls, sie zu ignorieren. Als ihre Schüssel leer war, fragte sie: »Was machen wir damit?«

»Laß sie stehen«, sagte Heln. »Wenn kein Mann dich mitnimmt, kannst du sie zu den Köchinnen zurückbringen, aber ich glaube, du wirst Gesellschaft bekommen. Du siehst so aus wie die Bürger. Das mögen die Männer.« Sie schnitt eine Grimasse. »Uns nennen sie die ›Dschungelriesen‹.«

Zu viele Veränderungen. Drei Schlafperioden zurück hätte kein Mann in ihrem heimischen Universum es gewagt, sie anzufassen. Was würden sie mit ihr machen, wenn sie sich sträubte? Was würde Gavving von ihr denken? Selbst wenn sie später entkommen könnten . . .

Wenn sie jetzt unauffällig zum Baumschlund ginge, dachte Minya, ob jemand sie dann aufhalten würde? Sie würde so tun, als ob sie den ›Baum füttern‹ wollte. Ein kurzer Sprint am Baumschlund vorbei würde sie in den Himmel tragen, bevor irgend jemand sie daran hindern konnte. Sie war schon einmal im Himmel verloren gewesen und hatte überlebt.

Aber wie konnte sie Gavving dazu veranlassen, ebenfalls zu springen? Vielleicht hatte er keine Möglichkeit. Vielleicht hielt er es für eine verrückte Idee?

Es *war* eine verrückte Idee. Minya ließ den Gedanken fallen. Und die Männer kamen heran und setzten sich zu ihnen.

Das erste Essen, das der Student in der Zitadelle bekam, war einfach aber fremdartig. Er bekam einen ausgehöhlten Kürbis, einen Quetschkürbis für Getränke und eine hölzerne Gabel mit zwei Zinken. Dickes Ragout, das vom äußeren Busch kam, war auf dem Weg zur Zitadelle kalt geworden. Zwei oder drei der Zutaten erkannte er. Er hääte gern gewußt was er aß, und wollte danach fragen, aber es war Klance, der die Fragen stellte.

Eine der ersten war: »Hast du medizinische Kenntnisse?«

»Natürlich.« Das Wort war heraus, bevor er richtig begriffen hatte, um was es ging.

Lawri sah ihn zweifelnd an, und Klance, der Wissenschaftler, lachte. »Du bist zu jung, um so sicher zu sein. Hast du Kinder behandelt? Verletzte Jäger? Kranke Frauen? Schwangere Frauen?

»Kinder nicht. Schwangere Frauen, ja. Auch verletzte Jäger. Krankheiten, die durch Fehlernährung hervorgerufen werden. Alles unter der Aufsicht des Wissenschaftlers.« Er überlegte fieberhaft, was er Klance erzählen sollte und was nicht. Tatsächlich hatte er Kinder behandelt; einmal hatte er eine schwangere Frau untersucht; er hatte Claves Knochen gerichtet. *Der alte Sklavenhalter wird mich doch nicht an seine Bürger heranlassen, oder? Zuerst wird er mich an ihren Copsiks üben lassen! Meine eigenen Leute ...*

»Bei uns gibt es keine Fehlernährung«, sagte Klance. »Dem Prüfer sei Dank. Wieso hat man dich in einem Dschungel gefunden?«

»Reiner Zufall.« Im freien Fall fremdartiges Essen mit fremdartigen Werkzeugen zu essen, verlangte Konzentration.

Aber, damit ihm dabei nicht übel wurde, brauchte er Ablenkung. Der Student war dankbar für die Gelegenheit zum Reden. Er aß, was man ihm gegeben hatte, und erzählte die Geschichte vom Untergang des Stammes Quinn.

Der Wissenschaftler unterbrach ihn mit Fragen über Quinn-Busch, Baumschlund-Wartung, Pilze, Flitzer, den Dumbo, den Moby, die Insekten in der Mitte des Stammes. Lawri schien fasziniert zu sein. Sie unterbrach ihn nur einmal, weil sie wissen wollte, wie man gegen Schwertvögel und Triune kämpft. Der Student verwies sie an Minya und Gavving, in der Hoffnung, sie würde die anderen so informieren, wo er war.

Das Mal endete mit einem bitteren schwarzen Gebräu, das der Student ablehnte. Er erzählte weiter. Zum Schluß war er heiser.

Klance, der Wissenschaftler, sog an seiner Pfeife – sie war kürzer als die, die der Vorsitzende des Quinn-Stammes benutzt hatte – und Rauchwolken zogen träge durch den Raum und hinaus. Das Zimmer war eher ein hölzerner Käfig als eine Hütte. Es gab überall schmale Fenster, die mit schwenkbaren Brettern zu verschließen waren. »Dieser riesige Pilz«, sagte Klance, »hatte halluzinogene Eigenschaften, richtig?«

»Ich kenne das Wort nicht, Klance.«

»Der rote Rand löste seltsame, aber angenehme Gefühle aus, wenn man ihn aß. Das könnte doch der Grund gewesen sein, weshalb sie ihn beschützten?«

»Das glaube ich nicht. Es gab zu viele von diesen Fächerpilzen. Dieser war nur sehr groß und besonders schön geformt und hatte einen Namen.«

»Die Hand des Prüfers. Jeffers, hast du je zuvor das Wort *Prüfer* gehört?«

»Wenn meine Großmutter auf den Vorsitzenden wütend war, sagte sie gelegentlich ›Dieser Baumfütterer hält sich wohl für den Prüfer persönlich‹. Ich habe nie gehört, daß jemand anderes . . .«

Der Wissenschaftler griff nach dem Lesegerät des Studenten und nahm eine seiner eigenen Kassetten. »Ich glaube, ich erinnere mich . . .«

PRÜFER. Ein Offizier, dessen Aufgabe es ist, dafür zu sorgen, daß ein Bürger oder eine Gruppe von Bürgern dem Staat gegenüber loyal bleibt. Die Verantwortung des Prüfers umfaßt die Handlungen, Ansichten und das Wohlergehen seiner Mündel. Der Prüfer an Bord der *Discipline* war die Aufzeichnung von Sharls Davis Kendy im Hauptcomputer des Schiffes. »Das ist streng geheim. Hmp. Der Staat . . . ich habe vier Tage gebraucht, um den Text über den Staat zu lesen. Hast du ihn auch gelesen?«

»Ja. Eigenartige Leute. Ich hatte den Eindruck, daß sie länger lebten als wir.«

»Unsinn. Ist dein Wissenschaftler nie darauf gestoßen? Sie hatten kürzere Jahre. Sie rechneten einen ganzen Umlauf ihrer Sonne als ein Jahr. Bei uns ist es nur ein halber Umlauf. Trotzdem macht unser Jahr sieben Fünftel eines Staats-Jahres aus. Die Wahrheit ist, daß wir etwas länger leben als sie, und etwas langsamer wachsen.«

Bei dieser Herabsetzung seines Lehrers bekam der Student rote Ohren. Er hörte kaum noch, wie Klance sagte: »Also gut, Jeffer, von jetzt an mußt du mich als deinen Prüfer ansehen.«

»Ja, Wissenschaftler.«

»Nenn mich Klance. Wie fühlst du dich?«

Der Student antwortete mit einer wohlüberlegten Halbwahrheit: »Ich bin sauber, satt, ausgeruht und in Sicherheit. Aber es würde mir noch besser gehen, wenn ich wüßte, daß es den übrigen Leuten von meinem Stamm auch gut geht.«

»Sie werden zuerst duschen, dann kriegen sie saubere Kleidung und Essen und Trinken. Ihren Kindern wird man die Chance geben, Bürger zu werden. Dasselbe trifft für dich zu, Jeffer, ob ich dich nun hier behalte oder nicht. Aber ich glaube, im Busch würdest du dich scheußlich langweilen.«

»Das glaube ich auch, Klance.«

»Gut. Dann habe ich also ab sofort zwei Schüler der Wissenschaft.«

Lawri explodierte. »Es ist unerhört, daß ein frisch gefangener Copsik sich überhaupt in der Zitadelle aufhalten darf! Wird die Marine nicht . . .«

»Die Marine kann den Baum füttern. Die Zitadelle gehört mir.«

15 London-Baum

Gavving war mit drei anderen Copsiks auf dem Fahrrad.

Es gab nicht genug Tide, um ihn gegen die Pedale zu drükken. Von dem Gürtel um seine Taille liefen Riemen zum Fahrradrahmen. Preßte er seine Beine gegen die Pedale, drückte ihn das gegen den Gürtel.

Nach der ersten Sitzung glaubte er, für den Rest seines Lebens verkrüppelt zu sein. Die endlos vorüberziehenden Tage hatten ihn gestärkt – seine Beine schmerzten nicht mehr und die Muskeln waren fühlbar hart.

Die Fahrradübersetzungen waren aus altem Metall. Sie quietschten, wenn sie betätigt wurden, und strömten einen Geruch von altem Tierfett aus. Der Rahmen war massiv, aus geschnittenem Holz. Es mußte früher sechs Übersetzungen gegeben haben; Gavving konnte sehen, wo zwei herausgerissen worden waren.

Der Rahmen war im Stamm verankert, wo der Busch sich lichtete. Um die Copsiks herum wuchs Laub. Umgeben von Himmel, den größten Teil des Busches unter sich, konnten sie immer noch eine Handvoll Laub abpflücken und in den Mund stecken, während sie strampelten. Sie arbeiteten nackt, und auf ihren Gesichtern und in den Armbeugen sammelte sich Schweiß.

Oben am Stamm kam ein hölzerner Kasten langsam auf sie zu. Ein ähnlicher Kasten bewegte sich in entgegengesetzter Richtung und war schon fast nicht mehr zu sehen. Gavving ließ seine Beine arbeiten, während er den Lift entschwinden sah. Bei der geistlosen Arbeit konnte er seine Gedanken schweifen lassen.

Es gab hier noch andere Bauten um den Stamm herum. Diese Ebene wurde für die Industrie genutzt, und hier waren alle Männer. Die Arbeit der Männer und der Frauen schien in London-Baum streng getrennt zu sein. Jedenfalls was die Copsiks betraf. Manchmal liefen Kinder vorbei oder blieben stehen und betrachteten sie mit hellen, neugierigen Augen. Heute waren keine da.

Die Bürger von London-Baum schienen schon seit Generationen Sklaven zu halten. Sie waren schon geübt darin. Seinen Stamm hatten sie auseinandergerissen. Selbst wenn sich eine Gelegenheit fände zu fliehen – wie sollte er Minya finden?

Gavving strampelte gewissenhaft und beobachtete einen Punkt im östlichen Teil des Rauchrings, der von Stürmen träge umkreist wurde. Gold war näher, als er sie jemals gesehen hatte, außer zu jener schaurigen Zeit, als er ein Kind war und Gold so nahe vorbeigekommen war, daß hinterher alles anders war.

Der Dschungel schwebte Hunderte von Kilometern unter dem Busch: eine harmlos aussehende grüne Wolke. *Wie geht es dir, Clave? Hat ein Beinbruch dir deine Freiheit bewahrt? Merril, waren deine verkümmerten Beine schließlich doch noch zu etwas gut? Oder seid ihr zu den Copsiks der Dschungelmenschen geworden? Oder seid ihr tot?*

Während der letzten fünfundachtzig Tage (oder zwanzig Schlafperioden) war der Baum an den östlichen Rand der Wolkenbank gedriftet. Gavving hatte gehört, der Baum könne sich selbst bewegen, aber er sah keinen Beweis dafür. Es regnete von Zeit zu Zeit . . . sicher hatte der Baum inzwischen genug Wasser angesammelt . . .

Die Aufzugskabine hielt und entließ ihre Passagiere. Gavving und die anderen hörten auf zu treten. »Marine«, keuchte Horse. »Besuch für die Frauen.«

»Was?« fragte Gavving.

»Die Bürger leben im äußeren Busch. Wenn du eine Kabine voll herunterkommen siehst und es sind alles Männer, kommen sie wegen der Frauen.«

Gavving sah weg.

»Noch neun Schlafperioden«, sagte Horse. Er war über fünfzig, dreißig Zentimeter kleiner als Gavving, hatte einen kahlen, sommersprossigen Kopf und enorm starke Beine. Über zwei Dekaden hatte er die Pedale getreten. »Noch vierzig Tage, bis wir die Frauen sehen. Du kannst dir nicht vorstellen, wie geil ich werde, wenn ich daran denke.« Gavvings Hände preßten die Griffe der Lenkstange, daß ihm die Muskeln am Arm herausstanden. Horse sah es und sagte: »Entschuldige. Ich war nie verheiratet. Ich bin hier geboren. Hab den Test nicht bestanden, als ich zehn war.«

Gavving zwang sich zu sprechen: »Hier geboren?«

Horse nickte. »Mein Vater war ein Bürger. Mutter sagte das jedenfalls immer. Aber – wer kann das wissen?«

»Es sieht doch ganz so aus. Du wärest sicher größer, wenn . . .«

»Ach was, die Kinder der Dschungelriesen sind nicht größer als die der Bürger.«

Aha: Kinder, die im Dschungel aufwuchsen, wurden größer, da die Tide sie nicht zusammendrückte. »Wie sind diese Tests?«

»Darüber dürfen wir nicht sprechen.«

»Okay.«

Der Aufseher schrie: »Treten, ihr Copsiks!« Und sie taten es. Immer mehr Passagiere stiegen aus. »Ich hab den Gehorsamstest geschmissen«, sagte Horse, laut genug, um das Quietschen ihrer Geräte zu übertönen. »Manchmal bin ich ganz froh, daß ich nicht gegangen bin.«

Was? »Gegangen?«

»Zu einem anderen Baum. Dahin kommt man, wenn man die Prüfungen besteht. Heh, du bist ganz schön grün, mein Junge, stimmt's? Hast du geglaubt, deine Kinder könnten hier als Bürger bleiben, wenn sie die Tests bestehen?«

»Ich dachte . . . ja.« Man hatte ihm zwar nichts dergleichen gesagt, aber man hatte ihn in dem Glauben gelassen. »Es gibt noch mehr Bäume? Wie viele? Wer lebt auf ihnen?«

Horse lachte. »Willst du alles auf einmal wissen? Ich glaube, es gibt jetzt vier Anfänger-Bäume, auf denen die Kinder der Copsikfrauen leben, die die Tests bestanden haben. London-Baum versorgt sie mit allem, was sie brauchen. Copsik-Kinder haben die gleiche Chance wie Bürger-Kinder, denn – es weiß ja sowieso keiner, wer der Vater ist – klar? Damals wäre ich gern gegangen. Aber das ist fünfunddreißig Jahre her.

Ich hatte gedacht, man würde mich für den Dienst im äußeren Busch auswählen. Das hätte mir eigentlich zugestanden. Ich bin zweite Generation . . . aber als sie mir das verweigerten, hätte ich fast meine Eier verloren, dafür daß ich einem

Aufseher eine in die Fresse schlug. Jorg, da vorne«, er deutete auf einen Mann, der vor ihnen strampelte, »hat sie verloren. Armer Copsik. Ich weiß nicht, was er macht, wenn die Ferien kommen.«

Gavving konnte sich immer noch nicht rasieren, ohne sich zu schneiden. Er tat es nur, weil alle Copsiks sich rasierten. Er hatte in London-Baum noch keinen Mann mit Bart gesehen – außer Patry, dem Marine-Offizier. »Sollen wir uns deshalb alle rasieren, Horse? Damit die Entmannten nicht so auffallen?«

»Darüber habe ich nie nachgedacht. Es könnte sein.«

»Horse . . . hast du schon mal gesehen, wenn der Baum sich bewegt?«

Horse lachte so laut, daß ein Aufseher sich nach ihnen umsah. Er senkte die Stimme. »Du glaubst wohl, das ist ein Märchen? Wir bewegen den Baum ungefähr einmal in jedem Jahr! Ich hab auch schon Wasser gepumpt – für das FRM.«

»Wie ist es?«

»Alles ist schräg. Wenn man zum Baumschlund will, geht es bergauf. Keiner geht auf die Jagd, wenn der Baum bewegt wird, und man muß den Kochtopf schräg stellen. Der ganze Stamm biegt sich ein bißchen . . .«

»Lawri«, sagte der Student, »es geht nicht.«

Lawri sah sich um. Der Teich klebte an der Borke. Eine abgeflachte Halbkugel. Der Student hatte den Schlauch ins Wasser geschoben, aber das Wasser floß in einer dicken Wulst außen am Schlauch entlang.

»Das geht schon. Du mußt nur aufs Fahrrad steigen und treten«, erklärte sie ihm. »Und nenn mich nicht so.«

Der Student schnallte sich an den Sattel und fing an zu treten. Dadurch setzte er eine Pumpe in Bewegung. Sie war ganz aus Metall und sah uralt aus. Sobald Wasser in den Schlauch gesaugt wurde, ging die Wulst zurück und verschwand.

Dies war eine seltsame Arbeit für den Wissenschaftler von Quinn-Busch; richtiger: für den Schüler der Wissenschaft vom London-Baum. Hatte Klance ihm nicht gesagt, daß es ihm besser gehen würde als den anderen Copsiks? Zu gern wüßte er, was Gavving jetzt machte. Wahrscheinlich sorgte er sich um seine neue und fremde Frau . . . und das mit gutem Grund.

Aus dem Schlauch, den Lawri wegtrug, spritzte Wasser. Der Student konnte nicht sehen, was sie im FRM damit machte. Er mußte treten. Klance behandelte sie beide gleich, aber wenn Lawri mit ihm allein war, behandelte sie ihn als Copsik, als Spion, oder beides. Sonst ging es ihm gut, aber von den anderen vom Quinn-Stamm hörte er nicht einmal Gerüchte. Er und Lawri und der Wissenschaftler durchforschten zusammen die Kassetten nach altem Wissen. Das war faszinierend, aber er lernte dabei nichts, womit er den Quinn-Stamm hätte retten können.

Es war Nacht. Sowohl Voy als auch die Sonne standen hinter dem inneren Busch. In dem eigentümlichen Licht, das verblieb, fächerten zwei kaum sichtbare Fontänen blauen Lichts vom Busch nach außen. Wenn er sie direkt anstarrte, verschwanden sie. Er konnte sie wahrnehmen, indem er an ihnen vorbeisah. Steuerbord der Blaue Geist. Backbord, noch schwächer, das Geistkind.

Der Wissenschaftler (*der* Wissenschaftler) hatte ihm gesagt, das seien Entladungen gewisser Energien aus den Polen von Voy. Er hatte sie als junger Mensch selbst gesehen, aber der Student sah sie jetzt zum ersten Mal. Auch von der Mitte des Dalton-Quinn-Stammes aus hatte er sie nicht sehen können.

Er schwitzte. Eine Fahrstuhlkabine näherte sich der Haltestelle. Ein Mariner und zwei Copsiks stiegen aus. Keiner von ihnen war ein Dschungelriese. Er hatte noch nie einen Copsik der ersten Generation bei der Zitadelle gesehen – außer sich selbst. Sie gingen zum Laboratoriumskomplex des Wissenschaftlers und kamen bald mit dem Geschirr vom Mittagessen zurück.

Aus dem FRM hörte er Lawri rufen: »Der Tank ist voll.«

Flink schnallte der Student sich vom Sattel los und zog den Schlauch aus dem Teich. Überall zwischen den Gebäuden der Zitadelle waren hölzerne Geländer angebracht. Der Student benutzte sie auf seinem Weg zum FRM. »Kann ich helfen?« rief er.

»Du brauchst nur den Schlauch aufzuwickeln«, antwortete sie.

Lawri hatte ihn noch nie in das FRM hineingelassen, während sie den Tank füllte. Jedenfalls mußte der Schlauch irgendwie zu einem Wassertank im FRM führen. Sie hatten ihn schon oft gefüllt, und in ein paar Tagen würden sie es wieder tun.

Der Student rollte den Schlauch zusammen und näherte sich dabei dem FRM. Von drinnen kam unterdrücktes Fluchen. Dann rief Lawri: »Ich kann dieses verdammte Ding nicht bewegen.«

Der Student traf sie zwischen den Türen. »Zeig es mir.« Sollte es so einfach sein?

Sie zeigte es ihm. Der Schlauch war mit einer Manschette an der Rückwand befestigt. »Sie muß gedreht werden. So.« Sie machte mit beiden Händen eine drehende Bewegung.

Er brachte seine Füße in die richtige Position, packte das metallene Ding, und ließ seine Muskeln arbeiten. Die Manschette rührte sich. Noch einmal. Er drehte, bis der Schlauch sich von der Wand löste. Etwas Wasser tröpfelte auf den Fußboden. Lawri nickte und wandte sich ab.

»Schülerin der Wissenschaft? Was geschieht mit dem Wasser?«

»Es wird geteilt«, sagte sie. »Die Außenhaut des FRM nimmt Sonnenlicht auf und gibt die Energie an das Wasser weiter. Das Wasser teilt sich. Der Sauerstoff geht in einen Tank und der Wasserstoff in einen anderen. Wenn sie in den Motoren wieder zusammenkommen, kehrt die Energie zurück und es gibt eine Flamme.«

Er versuchte gerade sich vorzustellen, wie Wasser sich teilt, als Lawri ihn fragte: »Warum wolltest du das wissen?«

»Ich war ein Wissenschaftler. Warum hast du's mir erzählt?«

Sie ließ sich quer über die Stuhlreihen gleiten und setzte sich an die Kontrollen. Der Student befestigte den zusammengerollten Schlauch an seinem Platz im Frachtraum.

Der Tank mußte hinter dieser Wand sein. Das FRM hatte fast keinen Treibstoff mehr gehabt, inzwischen mußte es wieder welchen geben. Der künstliche Teich war sichtlich kleiner geworden.

Als er hinter sie trat, drückte Lawri die blaue Taste, so daß er nicht sehen konnte, was sie abgelesen hatte. Er hatte seine Frage fast vergessen, als sie sich zu ihm umwandte und sagte: »Der Wissenschaftler stellt mir solche Fragen, seit ich hier bin. Wenn ich nicht antworten kann, muß ich irgendwie unangenehme Arbeit machen. Aber ich möchte nicht, daß du mir solche Fragen stellst, Jeffer, und diese Information ist eingestuft!«

»Schülerin der Wissenschaft, gibt es Leute, die dich Lawri nennen dürfen?«

»Du nicht, Copsik.«

»Das weiß ich.«

»Der Wissenschaftler. Meine Eltern.«

»Wie leben Eheleute hier? Ich weiß noch gar nichts darüber.«

»Copsiks heiraten nicht.«

»Du bist kein Copsik. Würde dein Ehemann dich Lawri nennen?«

Von der Luftschleuse kamen Geräusche, und Lawri wandte sich erleichtert in die Richtung. »Klance?«

»Ja. Schalte bitte.«

Sie warf einen Blick auf den Studenten und sah dann wieder Klance an.

»Jetzt«, sagte der Wissenschaftler. Lawri gehorchte. Sie hatte ihren Standpunkt klargemacht: Sie würde einem Copsik wissenschaftliche Geheimnisse preisgeben, aber nur unter Protest. Das waren wieder nur Herrschaftsspiele. Wenn es ihr wirklich so wichtig wäre, hätte sie den Schlauch selbst abgedreht.

Die blauen Tasten und Zahlen hatten mit dem zu tun, was das FRM bewegt, so wie Grün die Werte der Ortungsinstrumente wiedergab, Gelb die Türen bewegte und Weiß die Kassetten las . . . und mehr. Er war sicher, daß es hier viel mehr gab, als er wußte. Und Rot? Rot hatte er überhaupt noch nicht gesehen.

Die blauen Zahlen veränderten sich ständig, wurden immer größer. Jetzt las er: O_2:1,664. H_2: 3,181. Klance nickte zufrieden. »Wir könnten jederzeit starten. Trotzdem denke ich, wir sollten den Rest des Reservoirs noch einfüllen. Jeffer, komm her . . .« Er löschte die blauen Ziffern und aktivierte

Gelb. »Wenn du diese Zahl beobachtest, weißt du, ob es einen Sturm gibt.«

»Was zeigt sie an?«

»Den äußeren Luftdruck.«

»Kann man einen Sturm denn nicht kommen *sehen*?«

»Das Kommen ja; das Entstehen nicht. Wenn der Luftdruck über einen Tag lang stark steigt oder fällt, dann bildet sich ein Sturm. Das macht auf die Bürger gewaltigen Eindruck. Das ist natürlich eingestuft.«

»Wohin geht der Baum von hier?« fragte der Student.

»Heraus aus diesem Regen. Dann nach Brighton-Baum. Da sind wir lange nicht gewesen. Jeffer, das ist eine großartige Gelegenheit für dich, dir die Mädchen von den Anfängerkolonien anzusehen und unter ihnen zu wählen.«

»Wozu, Klance?«

»Damit du Kinder bekommst, natürlich!«

Der Student lachte. »Wie soll ich Kinder bekommen, Klance, wenn ich mein Leben in der Zitadelle verbringe?«

»Hast du noch nichts von den Ferien gehört?«

»Kein Wort.«

»Das ist so: An jedem Jahresende, wenn Voy vor der Sonne vorbeizieht, versammeln sich die Copsiks am Baumschlund und machen sechs Tage Ferien. Sie reden und spielen und paaren sich. Alle Arbeit ruht. Selbst das Essen kommt vom äußeren Busch. In fünfunddreißig Tagen fangen die Ferien an.«

»Keine Ausnahmen? Auch nicht für einen Schüler der Wissenschaft?«

Klance grinste. »Mach dir keine Sorgen. Du wirst gehen.«

Lawri hatte sich abgewandt. Der Student sah ihren gebeugten Rücken und ihr üppiges blondes Haar. *Wie sollte Lawri Kinder bekommen?* fragte er sich. Der Wissenschaftler schien nicht ihr Liebhaber zu sein. Jeffer wußte, daß er sich Copsik-Frauen aus dem inneren Busch kommen ließ. Wenn sie die Zitadelle niemals verließ – wie sollte Lawri jemals einen Mann finden?

Wie war es mit ihm?

Ein Copsik konnte Kinder bekommen, aber Lawri nicht. Da war wohl nichts zu machen. Für ihn konnte Lawri nur eine

Feindin sein. Er wagte nicht, sie sich als etwas anderes vorzustellen.

Sie spürte Haut an ihrer Haut, als sie aufwachte. Das war oft so. Minya bewegte sich und versuchte dabei, den Bürger, der neben ihr schlief, nicht anzustoßen. Sie konnte ihm wehtun.

Er wurde auch wach und drehte sich vorsichtig zu ihr um. Sein Arm war bandagiert und mit Stoffstreifen gegen seinen Körper gebunden. »Guten Morgen«, sagte er.

»Guten Morgen. Wie geht es deinem Arm?« Sie versuchte, sich an seinen Namen zu erinnern.

»Du hast es ihm gründlich gegeben, aber er wird heilen.«

»Warum bist du zu mir gekommen, wo ich dir doch den Arm gebrochen habe?«

Er runzelte die Stirn. »Du gingst mir nicht aus dem Kopf. Die ganze Zeit, als Lawri den Knochen richtete, sah ich dein Gesicht vor mir. Mit gefletschten Zähnen, als wolltest du mir als nächstes an die Gurgel springen . . . Ja. Und deshalb bin ich hier.« Sein Gesichtsausdruck wurde freundlicher. »Unter, äh, anderen Umständen.«

»Besser jetzt?«

»Ja.«

Jetzt fiel ihr sein Name wieder ein. »Karal. Ich erinnere mich nicht an eine Lawri.«

»Lawri ist kein Copsik. Sie ist einer der Schüler des Wissenschaftlers, und sie behandelt die Soldaten, wenn sie verletzt sind.«

Einer der Schüler? »Ich habe gehört, daß der neue ein Copsik ist«, log sie.

»Ja. Ich habe ihn gesehen. Er ist kein Dschungelriese. Gehört er zu euch?«

»Kann sein.« Sie stand auf und rückte ihren Poncho zurecht. »Wirst du wiederkommen?«

Er zögerte. »Kann sein.« Dann sagte er: »Nach acht Schlafperioden sind Ferien.«

Sie lächelte. *Gavving!* »Wie lange dauern sie?«

»Sechs Tage. Und alle Arbeit ruht.«

»Gut. Ich muß jetzt zur Arbeit.«

Karal verschwand in den Zweigen, und Minya schlenderte

auf den Versammlungsplatz zu. Sie hatte Heimweh nach Dalton-Quinn-Busch. An die auffallenden Unterschiede – den riesigen Versammlungsplatz, die allgegenwärtigen Aufseher, ihr eigenes Sklavendasein – hatte sie sich schon fast gewöhnt. Was ihr fehlte, waren die kleinen Dinge, zum Beispiel gewisse Pflanzenarten, die im Dalton-Quinn-Busch wild wuchsen. Hier gab es nichts außer dem Laub an den Zweigen und den sorgfältig kultivierten Gartenpflanzen wie Bohnen, Melonen, Mais und Tabak, die genausowenig Möglichkeit zur freien Entfaltung hatten wie sie.

Ein Dutzend Copsiks war schon auf den Beinen. Minya hielt nach Jinny Ausschau und entdeckte sie am Baumschlund. Nur ihr Kopf war über den Zweigen zu sehen, während sie den Baum fütterte.

Es gab keinen festen Zeitplan. Wer spät zur Arbeit erschien, mußte entsprechend länger bleiben. An allem, was darüber hinausging, waren die Aufseherinnen kaum interessiert . . . aber Minya war es! Sie wollte in allem korrekt handeln. Sie würde ein mustergültiger Copsik sein, so lange, bis die Zeit für etwas anderes gekommen war.

Sie versuchte, sich an die Eigenheiten von Karals Sprache zu erinnern. Die Bürger hatten einen seltsamen Akzent, und Minya übte ihn im stillen.

Sie hatte eine schwere Zeit hinter sich. Ihre Instinkte waren in Aufruhr geraten und hatten gegeneinander gekämpft: auf der einen Seite ein bedingter Reflex, der gegen sexuelle Ausbeutung als unerträgliche Blasphemie rebellierte, auf der anderen der Wille zum Leben.

Der Wille zum Leben hatte gesiegt. Sie wollte in allem korrekt handeln.

Jinny stand auf, schüttelte ihren Poncho zurecht und sprintete nach Westen.

Minya kreischte auf. Sie war zu weit von Jinny entfernt. Sie konnte nur schreien und in ihre Richtung zeigen und laufen. Zwei Aufseherinnen, die näher bei Jinny waren, sahen, was passierte, und setzten ihr nach.

Jinny sprang durch die letzte Blätterwand und stürzte sich in den Himmel.

Minya rannte. Die Aufseherinnen (Haryet und Dloris,

Dschungelriesen mit harten Gesichtern und von unbestimmbarem Alter) hatten den Rand erreicht. Dloris schwang eine beschwerte Leine zweimal um ihren Kopf und ließ sie dann hinausfliegen. Haryet wartete einen Augenblick und warf dann, als Dloris ihre Leine schon wieder einholte. Sie mußte so stark ziehen, daß sie das Gleichgewicht verlor, als die Leine plötzlich nachgab.

Minya kam bei den beiden an und sah, wie Haryets Leine sich um Jinny wickelte. Sie versuchte noch, sich zu befreien, als Dloris zum zweiten Mal warf. Jinny schlug noch einmal um sich, dann gab sie auf.

Haryet holte sie ein.

Jinny lag auf der Seite. Fest zusammengerollt, das Gesicht von Armen und Knien verdeckt. Inzwischen hatten sich einige Copsiks als Zuschauer eingefunden. Dloris scheuchte sie davon, und Haryet rollte Jinny auf den Rücken. Jinnys Augen waren zusammengekniffen wie geballte Fäuste.

»Ich möchte Ihnen etwas sagen, Aufseherin.«

Dloris sah sich um, erstaunt über Minyas scharfen Ton. »Später«, sagte sie.

Jinny fing an zu schluchzen. Ihr ganzer Körper bebte, wie Dalton-Quinn-Baum gebebt hatte, bevor er auseinanderbrach. Haryet stand eine Weile unentschlossen daneben, dann deckte sie das Mädchen mit einem zweiten Poncho zu und setzte sich zu ihr.

Dloris wandte sich an Minya. »Was gibt es?«

»Wenn Jinny das noch einmal versucht und es gelingt ihr, würden Sie dann nicht Ärger bekommen?«

»Kann sein. Und?«

»Jinnys Zwillingsschwester ist bei den schwangeren Frauen. Man muß ihr Gelegenheit geben, mit ihr zu sprechen.«

»Das ist verboten«, sagte die Dschungelriesin müde.

Wenn Bürger so redeten, konnte man das ignorieren, wußte Minya. »Diese Mädchen sind Zwillinge. Sie sind ihr Lebenlang zusammengewesen. Man muß ihnen Gelegenheit geben, sich zu sehen.«

»Ich habe dir doch gesagt, es ist verboten.«

»Das ist dein Problem.«

Dloris sah Minya wütend an. »Geh und arbeite bei der Abfallabteilung«, sagte sie gereizt. »Nein, warte. Rede erst mit dieser Jinny, wenn man mit ihr reden kann.«

»Ja, Aufseherin. Und ich möchte prüfen lassen, ob ich schwanger bin, wenn es dir recht ist.«

»Später.«

Minya beugte sich zu Jinny herunter und flüsterte ihr ins Ohr: »Jinny, ich bin's, Minya. Ich habe mit Dloris gesprochen. Sie wird versuchen, dich mit Jayan zusammenzubringen.«

Jinny blieb fest zusammengerollt.

»Jinny, der Student hat es geschafft. Er ist in der Zitadelle, wo der Wissenschaftler arbeitet.«

Nichts.

»Du mußt durchhalten, bitte! Hab noch ein bißchen Geduld. Irgend etwas wird passieren. Sprich mit Jayan. Vielleicht kannst du etwas von ihr erfahren.« Verdammt – es mußte doch irgend etwas geben . . . »Versuche, herauszubekommen, wo die schwangeren Frauen wohnen. Frage, ob der Student zu ihnen kommt, um sie zu untersuchen. Das könnte sein. Sag ihm, daß wir durchhalten. Warten.«

Jinny rührte sich nicht. Ihre Stimme war kaum zu verstehen. »Schon gut. Ich habe dich gehört. Aber ich kann es nicht ertragen. Ich kann es einfach nicht.«

»Du bist stärker, als du denkst.«

»Wenn ein anderer Mann mich nimmt, *bringe ich ihn um.*«

Einige Männer mögen Frauen, die sich wehren, dachte Minya, aber sie sagte: »Warte. Warte, bis wir sie alle töten können.«

Jinny blieb noch lange zusammengerollt liegen, aber dann streckte sie sich wieder aus und erhob sich.

16 Gerüchte von Meuterei

Gavving wachte auf, als jemand seine Schulter berührte. Ohne sich zu bewegen, blickte er sich um.

Es gab drei Reihen von Hängematten, jeweils drei übereinander, und Gavvings gehörte zu den oberen. Im Eingang, durch den das Tageslicht hereinfiel, war der Aufseher als dunkle Silhouette zu erkennen. Er schien im Stehen eingeschlafen zu sein; bei der geringen Schwerkraft im London-Baum keine Schwierigkeit. Im Halbdunkel der Baracke klammerte Alfin sich an Gavvings Mattenpfosten. Er sprach flüsternd, obwohl er vor Freude gern gejubelt hätte.

»Ich darf am Baumschlund arbeiten!«

»Ich denke, da arbeiten nur Frauen«, sagte Gavving, ohne sich zu bewegen. Direkt unter ihnen schnarchte Jorg – ein ›besänftigter‹ Mann, klein und dick und traurig und zu dumm, um gegen irgendwen zu spionieren. Aber die Hängematten lagen dicht beieinander.

»Ich habe die ganze Art der Bewirtschaftung gesehen, als sie uns zum Duschen führten. Sie machen vieles falsch. Ich habe mit dem Aufseher darüber gesprochen. Er ließ mich mit der Frau sprechen, die den Baumschlund bewirtschaftet. Sie heißt Kor, und sie ist einverstanden. Ich bin jetzt ihr Berater.«

»Gut.«

»Gib mir ein paar hundert Tage, dann kann ich vielleicht auch dich dort unterbringen. Ich muß ihnen erst einmal zeigen, was ich kann.«

»Hattest du Gelegenheit, mit Minya zu sprechen? Oder mit Jinny?«

»Daran ist überhaupt nicht zu denken. Sie würden verrückt werden, wenn ich versuchte, mit den Frauen zu sprechen.«

Er war also wieder Wächter des Baumschlunds ... er konnte Minya sehen, aber er durfte nicht mit ihr sprechen. Vielleicht würde er Botschaften überbringen, wenn man ihn dazu überreden konnte, das Risiko einzugehen. Gavving ließ den

Gedanken fallen. »Ich habe heute etwas erfahren«, sagte er. »Der Baum bewegt sich nicht selbst. Das FRM, dieser fliegende Kasten bewegt ihn. Sie haben schon andere Bäume besiedelt . . .«

»Und was nützt uns das?«

»Das weiß ich noch nicht.«

Alfin zog sich in seine Hängematte zurück.

Es kam Gavving hart an, Geduld zu üben.

Am Anfang hatte er nur an Flucht gedacht. Nachts machte er sich mit seinen Sorgen um Minya verrückt . . . sonst blieb ihm nichts weiter übrig als Schlafen und Arbeiten und Warten und Lernen.

Die Aufseher beantworteten keine Fragen. Was wußte er *tatsächlich?* Was hatte er *wirklich* erfahren? Frauen bewirtschafteten den Baumschlund und kochten; schwangere Frauen lebten woanders. Die Männer kümmerten sich um die Maschinen und arbeiteten hier an den oberen Hängen des Buschs mit Holz. Die Copsiks redeten von Befreiung, aber nie von Rebellion.

Jetzt, wo in acht Schlafperioden die Ferien beginnen sollten, würden sie ohnehin nicht rebellieren. Anschließend vielleicht, aber wußte die Marine das nicht aus Erfahrung? Sie würden vorbereitet sein. Die Aufseher trugen ständig ihre Knüppel, etwa einen halben Meter lange Stöcke aus Hartholz. Horse erzählte, daß die Aufseherinnen auch welche hätten. Bei einem Aufstand würde vielleicht auch die Marine mit Knüppeln statt mit Schwertern ausgerüstet werden . . . oder auch nicht.

Was noch? Fahrräder nutzten sich ab. Wenn man sie beschädigte – wenn man alles beschädigte, was aus Metall gemacht war – würde man dem London-Baum schaden, aber nicht sofort. Man könnte die Aufzüge damit sabotieren, aber die Marine konnte immer noch eine Revolte niederschlagen, indem sie das FRM benutzte. Das FRM machte alles. Es war in der Mitte des Baumes stationiert, wo der Wissenschaftler sein Laboratorium unterhielt. War der Student dort? Plante er irgend etwas? Schon bevor sie den London-Baum erreichten, schien er zur Flucht entschlossen.

Aber welchen Nutzen hatte das alles? *Wenn wir vereint wären, könnten wir etwas planen ...*

Er mußte sich damit abfinden, den Rest seines Lebens damit zu verbringen, den Aufzug anzutreiben oder am Baum Wasser zu pumpen. Seit seiner Gefangennahme hatte er keinen Allergie-Anfall mehr gehabt. Das Leben hier war nicht schlecht, und er war gefährlich nahe daran, sich an dies alles zu gewöhnen. In acht Schlafperioden würde er seine Frau sehen dürfen.

Um die größte Blume des Universums herum zündeten die Carther-Staaten Feuer an.

Clave fächelte mit seiner Decke den Kohlen Luft zu. Er hatte die Arme bis zu den Ellenbogen in das Laubwerk gesteckt, um Halt zu finden, und hielt die Decke mit den Zehen. Er schlenkerte mit den Beinen und ließ den Oberkörper arbeiten, damit die Decke sich wellenförmig bewegte. Er tat nicht mehr als nötig war, um die Kohlen rot zu halten.

Achtzig Meter entfernt veränderte ein riesiges silberglänzendes Blütenblatt allmählich seine Position, um die Sonne in einem spitzeren Winkel aufzufangen.

Ohne Luftzug würde ein Feuer an seinem eigenen Qualm ersticken, und im Dschungel gab es wenig Wind. Der Tag war ruhig und klar, und Clave nahm die Gelegenheit wahr, seine Beine ein wenig zu belasten.

An der Stelle an seinem Schenkel, wo das Bein gebrochen war, wölbte sich ein Knoten von der Größe einer Knabenfaust. Seine Finger konnten den harten Klumpen unter den Muskeln ertasten, und sein Körper spürte ihn, wenn er sich bewegte. Merril hatte ihm gesagt, daß man ihn nicht sehen könne. Würde sie ihn belügen, nur um ihn zu schonen? Er hatte keine Lust, andere zu fragen.

Er war entstellt. Aber der Knochen heilte; von Tag zu Tag schmerzte er weniger. Die Narbe war eine eindrucksvolle rote Wulst. Er trainierte sein Bein und wartete auf den nächsten Kampf.

Es hatte viele Tage gegeben, an denen der Schlaf immer wieder von Schmerzen unterbrochen wurde. Er hatte magere, unglaublich große, fast menschliche Gestalten gesehen, die sich in allen Winkeln um ihn herum bewegten, grüne Gestalten, die wie Geister im dunkelgrünen Hintergrund verschwanden; leise Stimmen, die sich mit dem ewigen Flüstern der Blätter mischten. Er hatte geglaubt, er träume immer noch.

Aber Merril war Wirklichkeit, die häßliche Merril ohne Beine war völlig vertraut und völlig wirklich, und sie war ganz verrückt vor Wut. Die Copsik-Jäger hatten alle andern mitgenommen. »Alle außer uns. Nur uns haben sie zurückgelassen. Das wird ihnen noch leidtun!«

Bei dem Schmerz, den ihm der heilende Knochen, und dem noch schärferen Schmerz, den ihm sein Versagen verursachte, hatte er wenig darauf geachtet. Der Anführer einer Jagdexpedition hatte seine Leute verloren, die Vorsitzende ihren ganzen Stamm. Der Quinn-Stamm war tot. Er sagte sich, daß einer schweren Verletzung immer Depressionen folgen. Er blieb, wo er war: im dunklen Innern des Dschungels. Er hatte Angst, daß Staubflaum sein Wunde befallen könnte; und er schlief. Er schlief sehr viel. Er hatte nicht die Willenskraft, etwas anderes zu tun.

Merril versuchte, mit ihm zu sprechen. So schlecht stünden die Dinge nicht. Der Student habe die Carthers beeindruckt. Merril und Clave seien beim Stamm willkommen . . . wenn auch nur als Copsiks.

Als er einmal erwachte, fand er Merril in freudiger Erregung. »Sie lassen mich mitkämpfen!« jubelte sie, und Clave erfuhr, daß die Carthers einen Krieg gegen den London-Baum planten.

Während der nächsten Tage lernte er die Dschungel-Leute besser kennen. Die Hälfte der etwa zweihundert Carthers waren Copsiks. Das schien keine weiteren Nachteile mit sich zu bringen. Den hiesigen Copsiks fehlte es an nichts; sie hatten lediglich keine Stimme im Rat.

Er sah viele Kinder und viele schwangere Frauen, und es gab hier keine Unterernährung. Die Dschungel-Leute waren gesund und glücklich . . . und besser bewaffnet als der Quinn-Stamm es gewesen war.

Anläßlich einer Stammesversammlung wurde er verhört. Der Versammlungsplatz der Carther-Staaten war nur eine Verbreiterung in einem Tunnel, vielleicht zwölf Meter breit und doppelt so lang. Überraschenderweise paßten alle hinein. Männer, Frauen, Kinder, Copsiks und Bürger, sie alle klammerten sich an die Wände des Zylinders und bedeckten sie mit einer inneren Schicht von Köpfen, während der Comlink oder die Vorsitzende von einem Ende her sprachen.

»Wie wollt ihr den London-Baum denn überhaupt erreichen?« hatte er gefragt, aber nur einmal. Diese Information war ›eingestuft‹; Spione würden nicht geduldet. Aber er konnte die Vorbereitungen beobachten. Er war sicher, daß diese Feuer dazugehörten.

Er hatte jetzt schon einen halben Tag lang den Kohlen Wind zugefächelt.

Sein Bein wurde lahm, und bald würde er eine andere Position einnehmen müssen.

Kara die Vorsitzende schwebte auf ihn zu. Sie tauchte ihren Haken in das Gebüsch und stoppte neben Clave. »Wie kommst du damit zurecht?«

»Das mußt du mir sagen. Wie sieht das Feuer aus?«

Sie sah es sich an. »So muß es bleiben. In ein paar hundert Atemzügen kannst du noch einen Ast auflegen. Was macht das Bein?«

»Danke. Ich möchte gern mit dir sprechen.«

»Ich muß noch weitere Feuer überprüfen.«

Die Vorsitzende der Carther-Staaten war das, was beim Quinn-Stamm der Wissenschaftler gewesen war. Sie schien mehr Macht zu haben als der Comlink, der hier der politische Chef war. Der Comlink verbrachte fast seine ganze Zeit damit, sich über die Bedürfnisse der andern zu informieren. Clave mußte versuchen, ihr Interesse zu wecken. »Vorsitzende«, sagte er. »Ich bin Baumbewohner. Wir wollen den Baum angreifen. Sollten wir uns nicht meine Kenntnisse zunutze machen?«

Sie dachte darüber nach. »Was kannst du mir berichten?« fragte sie dann.

»Tiden. Ihr seid nicht an die Tiden gewohnt. Ich bin es und auch diese Copsik-Jäger. Wenn du . . .«

Ihr Lächeln war ein wenig gequält. »Soll ich dir etwa den Oberbefehl über unsere Kämpfer anvertrauen?«

»Das meinte ich nicht, aber ihr solltet die Mitte des Baumes angreifen. Sorg dafür, daß sie zur Mitte kommen müssen, wenn sie uns erreichen wollen. Ich habe sie im freien Fall kämpfen s ehen, und ihr seid besser.«

»Daran haben wir auch schon gedacht . . .« Sie sah seinen Gesichtsausdruck. »Nein, sprich weiter. Ich bin froh, daß du zustimmst. Wir beobachten den London-Baum seit Jahrzehnten, und zwei von uns konnten einmal von dort entkommen. Wir wissen, daß die Copsiks im inneren Busch leben, aber der Transporter ist in der Mitte des Baumes stationiert. Sollten wir uns nicht zuerst um den kümmern?«

Wissenschaft auf dem Niveau des Transporters, des fliegenden Kastens, beunruhigte Clave. Er versuchte, dieses Gefühl beiseitezuschieben . . . »Ich habe gesehen, wie sie das Ding benutzen. Sie schaffen ihre Kämpfer damit an jede beliebige Stelle und lassen euch in der Luft hängen. Ja. Nehmt den Transporter zuerst, auch wenn ihr ihn nicht fliegen könnt.«

»In Ordnung.«

»Vorsitzende, ich weiß nicht, wie ihr angreifen wollt. Wenn du mir mehr erzählst, kann ich dir bessere Hinweise geben.« Er hatte das schon einmal gesagt. Es war, als würde er zum Baum sprechen.

Kara befreite ihren Haken mit einem Rucken an der Leine und setzte sich in Bewegung. *Baumfutter!* »Eins noch«, sagte Clave. »Wie ich den Studenten kenne, kann er das Ding inzwischen schon selbst fliegen, wenn er überhaupt die Chance gehabt hat, in seine Nähe zu kommen. Oder vielleicht hat Gavving etwas gesehen und dem Studenten mitgeteilt.«

»Es gibt keine Möglichkeit, das zu erfahren.«

Clave zuckte die Achseln.

»Wir kümmern uns um den Transporter und werden den Studenten fragen.«

Clave schob einen toten Stachelzweig in das Feuer und wedelte wieder mit seiner Decke.

»Du nennst dich Vorsitzender«, sagte Kara, ». . . Vorsitzender eines vernichteten Volkes. Ich nehme an, daß du führen kannst. Wenn du Dinge erfährst, die unsere Feinde nicht wissen dürfen ... wenn du in der ersten Reihe unserer Krieger am Kampf teilnimmst ... was würdest du meinen Bürgern sagen, wenn du an meiner Stelle wärest?«

Das war deutlich genug. »Clave darf nicht gefangengenommen und verhört werden. Vorsitzende, ich habe wenig zu verlieren. Wenn ich meine Leute nicht retten kann, werde ich Copsik-Jäger töten!«

»Und Merril?«

»Sie wird mit mir kämpfen. Allerdings nicht unter Tidebedingungen. Und ... ihr dürft ihr nichts erzählen. *Ich* werde Merril *nicht* töten, falls sie in Gefangenschaft geraten sollte.«

»Verständlich. Du hast den Trichter einen ›Baumschlund‹ genannt ...«

»Ich habe mich geirrt, nicht? Der Dschungel kann sich auf diese Weise nicht ernähren. Es gibt nicht genug Wind. Was ist es denn?«

»Der Trichter bewegt den Dschungel. Die Blütenblätter gehören auch dazu. Der Trichter hat das Bestreben, sich immer der Seite des Dschungels zuzuwenden, die am trokkensten ist. Die Blütenblätter reflektieren das Sonnenlicht, um den Dschungel in diese Richtung zu schwingen.«

»Du redest, als sei der Dschungel ein Wesen, das denken kann.«

Sie lächelte.

»So schlau ist er nun auch wieder nicht. Im Augenblick täuschen wir ihn. Die Feuer sind dazu da, den Dschungel auf der einen Seite auszutrocknen.«

»Aha.«

»Im Dschungel gibt es Dutzende von Lebensformen. Eine davon ist eine Art ... Rückgrat für das Ganze. Dieses Leben liegt tief unten, und es ernährt sich von toten Organismen, die zur Mitte hintreiben. Alles Leben im Dschungel trägt etwas dazu bei. Das Laubwerk besteht aus verschiedenen Pflanzen, die in dem wurzeln, was das Herz des Dschungels ansammelt. Aber sie faulen auch und füttern das Dschungelherz und schützen es, wenn etwas Großes auf den Dschungel trifft. Auch wir tragen unsern Teil dazu bei. Wir transportieren Dünger nach unten – tote Blätter und Abfall und unsere Toten – und wir töten wühlende und grabende Parasiten.«

»Und wie bewegt sich der Dschungel? Der Student wußte es nicht.«

»Die silbrigen Blütenblätter drehen den Dschungel, damit der Trichter in die Richtung zeigt, wo er am trockensten ist. Wenn alles zu trocken wird, stößt der Trichter heißen Dampf aus.«

»Tatsächlich?«

»Clave, es ist Zeit, die Feuer zu löschen. Ich muß es den andern sagen, aber ich komme wieder.«

Minya folgte Dloris durch die gewundenen Zweigtunnel. Minyas Griff an Jinnys Arm hatte sich gelockert, aber wenn Jinny irgend etwas Unvernünftiges tat, würde sie wieder fester zupacken.

Aber der Baumschlund und damit die Chance, in den Himmel zu springen, entfernten sich mit jedem Schritt.

Da die Tunnel ständig die Richtung änderten, wußte Minya nicht mehr, wo sie war. In der Nähe der Astmitte, meinte sie, und der Busch würde zum Ende hin schmaler werden. Sie sah noch kein festes Holz, aber nach der Richtung, in die die Zweige zeigten, mußte das Ende des Astes unten und zu ihrer Linken liegen. Vorher waren sie an einer Tunnelabzweigung vorbeigekommen und hatten Kinderlachen und die Rufe verärgerter Erwachsener gehört: die Schulen. Diese Stelle würde sie wiederfinden.

Vor ihnen zeigte sich der Eingang zu einer geflochtenen Hütte. Dloris blieb stehen. »Minya, wenn jemand fragt . . . du und Jinny, ihr glaubt beide, daß ihr schwanger seid. Der Schüler der Wissenschaft wird euch also beide untersuchen. Jinny, dich bringe ich zu deiner Schwester, und was dann geschieht, geht *mich* nichts mehr an.«

Sie hatten die Hütte erreicht. Dloris schob sie in den Baum. Drinnen warteten zwei Männer, einer in Marine-Blau, der andere . . . »Wer bist du?« wollte Dloris wissen.

»Madame Aufseherin? Ich bin Jeffer, der Schüler des Wissenschaftlers . . . der zweite Lehrling. Lawri hat woanders zu tun.«

Minya und Jinny zu begegnen, übertraf die kühnsten Hoffnungen des Studenten.

Er machte die beiden Frauen mit dem Mann von der Marine bekannt. Ordon war sichtlich interessiert. Ordon und Dloris blieben, während der Student Jinny befragte. Sie konnte nicht schwanger sein, denn die Zeit stimmte nicht, und das sagte er ihr auch. Sie und Dloris nickten, als hätten sie das erwartet, und sie verließen die Hütte durch die Hintertür.

Nun stellte er Minya die nötigen Fragen. Seit einem Dutzend Schlafperioden, bevor der Dalton-Quinn-Baum auseinanderbrach, hatte sie nicht mehr menstruiert. »Ich werde sie untersuchen müssen«, sagte er zu dem Mann von der Marine.

Ordon verstand den Wink sofort. »Ich bin schon draußen.«

Der Student erklärte ihr, was zu tun sei. Minya löste unten ihren Poncho, schob ihn hoch und legte sich auf den Tisch. Der Student klopfte ihr Bauch und Brüste ab. Er testete die Sekrete ihrer Vagina mit Pflanzensäften, deren Anwendung Klance ihm erklärt hatte. Als Teil seiner Ausbildung hatte er eine solche Untersuchung unter Aufsicht des Wissenschaftlers auch schon im Quinn-Busch durchgeführt. Einmal.

»Kein Problem«, sagte er. »Eine ganz normale Schwangerschaft. Wann genau es geschah, kann man nur raten.«

Minya seufzte. »Okay. Das hat Dloris auch gesagt. So hatte ich wenigstens die Gelegenheit, dich wiederzusehen. Könnte es von Gavving sein?«

»Die Zeit könnte hinkommen . . . aber du hast den Bürgern zur Verfügung gestanden, nicht wahr?«

»Ja.«

»Minya, soll ich Gavving sagen, daß es sein Kind ist?«

»Laß mich nachdenken.« Sie versuchte, sich an die verschiedenen Gesichter zu erinnern. Einige fielen ihr nicht mehr ein, und das war ihr nur recht. Ähnelten sie Gavving auch nur im geringsten? Aber da war auch noch dieser arrogante Zwerg, der zwei ihrer Schlafperioden in Anspruch genommen hatte . . . »Nein. Was ist die Wahrheit? Du weißt es nicht?«

»Stimmt.«

»Dann sag ihm, daß du es nicht weißt. Wir werden abwarten müssen, wie das Kind aussieht.«

»In Ordnung.«

Jinny und Dlorsi waren inzwischen zu dem Komplex für schwangere Frauen hinuntergegangen, der in sicherer Entfernung lag. Minya war froh, daß der Bewacher des Studenten ein Mann war. Eine Frau hätte sie während der Untersuchung vielleicht nicht allein gelassen. »Bleib, wo du bist, für den Fall, daß Ordon hereinkommen sollte«, sagte Minya. »Student, glaubst du, daß es für uns eine Chance gibt, hier rauszukommen?«

Es war nicht ganz leicht, unter diesen Umständen einen klaren Kopf zu behalten, aber er gab sich Mühe. »Ihr dürft ohne mich nichts unternehmen. Das meine ich ganz ernst. Wir können *überhaupt* nichts unternehmen, wenn wir sie nicht daran hindern können, ihr FRM zu benutzen.«

»Ich war nicht sicher, ob du noch auf unserer Seite bist.«

»Was?« Er war erschrocken, obwohl er selbst seine Zweifel gehabt hatte. Hier gab es so viel für ihn zu *lernen*! Das besserte *seine* Lage. Aber wie mochten sich Minya und Gavving fühlen? »Natürlich will ich uns hier rausschaffen. Aber was immer wir tun, solange sie das FRM haben, können sie uns aufhalten. Hast du vielleicht irgendwo einen Zwerg gesehen?« *Wie Harp,* dachte er, aber Minya hatte Harp nicht gekannt.

»Ich kenne ihn. Er heißt Mark. Er tut so, als sei er drei Meter groß, dabei ist er keine zwei. Er ist ziemlich dick und hat gewaltige Muskeln, die er gern vorführt.« Die blauen Flecken an ihren Armen waren eine gute Gedächtnisstütze.

»Er ist wichtig. Er ist der einzige, der die alte Rüstung tragen kann.«

»Möchtest du, daß er einen Unfall erleidet?«

»Wenn die Zeit gekommen ist. Aber unternehmt nichts, bevor wir unsere Vorbereitungen getroffen haben.«

Sie lachte plötzlich.

»Ich bewundere deine Gelassenheit.«

»Wirklich? Sieh nach unten.«

Sie tat es und wurde rot. Rasch hielt sie sich die Hand vor den Mund. »Wie lange . . .?«

»Seit du dir den Poncho hochgezogen hast. Ich werde einen ernsthaften Anfall von Liebeskummer bekommen.«

»Als ich dich kennenlernte, dachte ich . . . nein, bleib so. Denk an deinen Bewacher.«

Er nickte und blieb, wo er war. »Grad«, sagte sie. »Mein Gast . . . ich hoffe, er ist von Gavving, aber er ist schon da, von wem auch immer. Laß uns . . .« Sie suchte nach Worten, aber der Student war schon in Bewegung. Sie lachte atemlos. » . . . du dein Problem lösen.«

Mit dem Poncho ging es lächerlich einfach. Man brauchte ihn nur zur Seite zu schieben. Nach kaum zwanzig Atemzügen war schon alles vorbei; ein wenig länger dauerte es, bis er seine Stimme wiederfand. »Danke. Danke, Minya. Es war . . . sie ist . . . ich dachte schon, ich würde den Gedanken an Frauen aufgeben müssen.«

»Das solltest du lieber nicht tun.« Minya sprach mit heiserer Stimme. Sie lachte plötzlich. *»Sie?«*

»Der andere Schüler ist eine Bürgerin, die mich wie einen diebischen Copsik behandelt. Entweder bin ich Dreck für den Baumschlund, oder ich bin ein Spion. Wie dem auch sei, es ist mein Problem. Danke.«

»Es war kein Geschenk, Student.« Sie griff nach unten, um ihm die Hand zu drücken. »Auch ich bin es leid, wie ein Copsik behandelt zu werden. Wann kommen wir hier *weg?*«

»Bald. Es muß sein. Der Erste Offizier hat darüber gesprochen. Wir werden den Baum so bald wie möglich bewegen.«

»Und wann wird das sein?«

»In ein paar Tagen, vielleicht früher. Das werde ich erst erfahren, wenn ich wieder in der Zitadelle bin. Lawri ist dort oben und überprüft das Antriebssystem. Ich würde eins von meinen Eiern hergeben, wenn ich an zwei Orten zugleich sein könnte, aber ich *durfte* einfach nicht darauf verzichten, mit dir zu sprechen. Kannst du Gavving etwas ausrichten?«

»Völlig unmöglich.«

»Okay. Unter dem Ast liegen einige Hütten, in denen die Frauen leben, die Gäste tragen; wegen der kräftigeren Tide, während sich das Kind entwickelt. Kennst du jemanden am Baumschlund, der mit dir zusammen kämpfen könnte?«

»Vielleicht.« Sie dachte an Heln.

»Vielleicht reicht nicht. Vergiß den Baumschlund. Wenn irgend etwas passiert, schnapp dir Jayan und wen du sonst noch brauchst, und steig den Baum hoch. Viele Männer verbringen ihre Zeit am Baumschlund. Wir können hoffen, daß auch Gavving und Alfin dort sind. Aber warte, bis etwas Drastisches passiert.«

17 »Wenn Birnham-Wald . . .«

Die riesigen silberglänzenden Blütenblätter richteten sich auf und falteten sich nach innen. Der Trichter in ihrer Mitte war nach Osten und nach außen gerichtet, und die Sonne bewegte sich synchron. Gold lag im Osten und schien sehr nahe. Der träge Sturmwirbel war ein seltsamer Anblick, weder weltlich noch wissenschaftlich, aber höchst interessant.

Clave und Kara waren allein. Nachdem sie ihre Feuer gelöscht hatten, waren die übrigen Feuerwachen verschwunden. »Kennst du das Reaktionsgesetz?« fragte Kara.

»Ich bin ja schließlich kein Baby«, meinte Clave.

»Wenn der Trichter Dampf ausstößt, bewegt sich der Dschungel in die entgegengesetzte Richtung. Dann wäre er wieder in feuchterer Umgebung, wieder tiefer im Rauchring . . . wenn wir uns nicht einmischten. Anschließend muß irgend etwas neu wachsen: Brennstoff zum Beispiel. Und das dauert zwanzig Jahre.«

»Deshalb gelingen ihnen immer wieder ihre Überfälle.«

»Ja. Aber jetzt nicht mehr.«

Die Blütenblätter standen in einem Winkel von dreißig Grad zur Vertikale. Die Sonne schien direkt in den Trichter hinein, und die Blütenblätter fügten ihren Glanz hinzu. Der Trichter mußte eine unerträgliche Strahlung aufnehmen.

»Die Dschungelhitze spuckt«, sagte Kara, »wenn die Sonne direkt in die Blüte scheint. Es ist nicht leicht, sie zu einer bestimmten Zeit zum Spucken zu veranlassen, aber . . . heute könnte es klappen.«

Es kam wie auf Befehl der Vorsitzenden: ein leises, aber markerschütterndes Zischen aus dem Trichter. Clave spürte die Hitze im Gesicht. Der Dschungel bebte. Kara und Clave hielten sich mit Händen und Füßen fest.

Zwischen ihm und der Sonne bildete sich eine Wolke. Eine Dampfsäule raste von ihm fort. Er spürte eine Kraft, die ihn in den Himmel ziehen wollte.

»Es funktioniert«, sagte er. »Ich hätte nicht . . . wie lange wird es dauern, bis wir den Baum erreichen?«

»Einen Tag. Vielleicht geht es sogar schneller. Die Kämpfer versammeln sich schon.«

»Was? Warum hast du mir das nicht gesagt?« Ohne eine Antwort abzuwarten, tauchte Clave in das Laubwerk hinab. Er hatte Mordgedanken. Hatte sie verhindert, daß er am Kampf teilnehmen konnte? *Warum?*

Vier Copsiks betrieben den Aufzug mit ihren Beinen, und der Student erkannte Gavving unter ihnen. Der Aufzug war fast unten angekommen. Gab es denn keine Möglichkeit, es ihm zu sagen? *Minya ist bei den schwangeren Frauen. Es geht ihr gut. Ich bin in der Zitadelle.*

»Du konntest also die Ferien nicht abwarten«, sagte Ordon.

Der Student fuhr heftig zusammen. Einen Augenblick lang schwamm er völlig. Ordon brüllte vor Lachen. »Heh, sei doch nicht so zimperlich. Was war das denn schon. Bei solcher Gelegenheit! Warum solltest du es denn *nicht* tun? Darum war Dloris ja auch so beunruhigt, als sie sah, daß du nicht Lawri warst.«

Der Student lächelte müde. »Hast du die ganze Zeit zugesehen?«

»Nein. So einer bin ich nicht. Ich kann immer zu den Weibern. Nein. Ich steckte meinen Kopf durch die Tür und sah, was du reinstecktest, und zog mich zurück.« Mit einem freundschaftlichen Stoß in den Rücken schubste er den Studenten in den Aufzug und stieg selbst ein.

Er war kein schlechter Kerl, aber in erster Linie mußte er den Studenten bewachen. Der Student durfte in keiner Weise belästigt werden, aber er durfte auch nicht fliehen. Der Student unterhielt sich gern mit seinem Bewacher, aber . . . Zu dem Komplex, der für die schwangeren Frauen reserviert war, hatten sie einen langen Weg zurücklegen müssen. Sie hatten sich der Marine-Installationen auf dem Ast bedient. Auf demselben Weg waren sie wieder zurückgekommen. Vermutlich hatte er auf dem Ast selbst etwas zu erledigen gehabt. Der Student hatte ihn gefragt. Ordon war abweisend und mißtrauisch geworden. Niemals hätte er sich mit einem Copsik über seine Arbeit unterhalten.

Der Busch verschwand unter ihnen. Dies war sehr viel leichter als die viertägige Kletterei auf dem Dalton-Quinn-Baum. Ein Schwarm kleiner Vögel drehte vom Stamm ab. »Hasenhirne«, sagte Ordon. »Sie schmecken gut, aber man muß das FRM benutzen, wenn man sie jagen will. Der alte Wissenschaftler hat es uns erlaubt, aber Klance verbietet es.«

Ein Regenschauer fegte über den äußeren Busch. War das der Grund, warum der Erste den Baum so gern bewegen wollte. Nasse Bürger?

Ein beweglicher Baum: es war zum Erschrecken. Sucht euch euer eigenes Wetter!

Ein flauschiges grünes Ding hing östlich vom äußeren Busch, das einen seltsamen weißen Nebel hinter sich herzog. In ein paar Tagen würde der Baum es weit hinter sich gelassen haben. Der Student fragte sich, ob es nicht ziemlich unvernünftig war, so ungeduldig zu sein. Das FRM konnte die Carther-Staaten über jede Entfernung erreichen. Wenn er das FRM nicht kapern konnte, würde er für immer hier bleiben müssen, aber *wenn* er es konnte, warum dann die Eile?

Aber die Zeit hielt seine Kehle mit einem erstickenden Griff.

Das Leben war für den Schüler der Wissenschaft wirklich nicht unerträglich. Nach hundert Schlafperioden könnte er sich vielleicht sogar an sein neues Leben gewöhnt haben. Er fürchtete, daß er, wenn es soweit war, zu langsam handeln würde.

Wenn überhaupt.

Clave fand Merril auf dem Versammlungsplatz. Sie tauchte die Spitzen der Armbrustpfeile in die übelriechende Brühe, die die Carthers aus Giftfarn bereiteten.

Die zunehmende Tide ergriff Clave, als er auf sie zusprang. Er hielt inne, ließ sich zurücktreiben und lachte. Es stimmt tatsächlich. Ich hätte sie nie eine Lügnerin genannt, aber . . .

»Clave, was geht hier vor?« Auch Merril trieb, überall von Pfeilen umgeben. Sie konnte gerade noch den Topf mit dem

Gift festhalten und zudecken, bevor dieser sein Inhalt entleerte.

»Wir sind unterwegs. Die Kämpfer sind schon an der Oberfläche.« Gegen die ungewohnte Tide sprang er zu seinem Gepäck. Er hatte es vor ein paar Schlafperioden schon gepackt.

»*Was?*« bellte Merril. »Wieviel Zeit haben wir noch?«

Sie hatte in den letzten Tagen gelernt, Pfeile herzustellen, Bogensehnen zu drehen, eine Armbrust zu bauen und damit zu schießen. Clave hatte sie bei ihren Schießübungen beobachtet. Sie war genausogut wie die meisten Carthers, und ihr kräftiger Arm war schneller, wenn es galt, die Armbrust wieder zu spannen.

Er sagte es dennoch: »Merril, du gehörst zu den Carther-Staaten, ob du nun mitgehst oder nicht. Es gibt viele Carthers, die keine Bürger sind.«

»Und?«

»Du brauchst nicht mitzugehen.«

»Damit kannst du den Baum füttern, Vorsitzender.«

Clave schob eine Handvoll von den frisch vergifteten Pfeilen in seinen Köcher. »Dann nimm deine Ausrüstung und komm!«

Die Tide entsprach ungefähr der im Quinn-Busch. Die Tunnel zu benutzen, war fast wie Gehen. Aber es war *seltsam.* Jeder Zweig und jedes Blattbüschel zitterte.

Clave zog sich durch die knackenden Zweige und über die weiche grüne Pflanzendecke ins Freie. Eine Wolkensäule raste jenseits des Dschungelhorizonts nach außen. Die Oberfläche war fast vertikal. Clave achtete auf Möglichkeiten, sich festhalten zu können.

Skeletthafte Krieger krochen wie Erdwürmer aus dem wogenden Grün ins Freie. Fünfzig oder sechzig Carthers hatten sich schon Schoten ausgesucht und sie bestiegen. Clave war verärgert. Die Vorsitzende hatte ihn zu spät informiert, und Merril hatte sie es überhaupt nicht gesagt. Warum? Um ihnen die Chance zu geben, einen Rückzieher zu machen? »Natürlich hätte ich mitgekämpft, aber ich habe es nicht rechtzeitig erfahren . . .«

Vielleicht brauchten die Carthers die Copsiks mehr als die eigenen Bürger.

Er half Merril durch das Gebüsch. Kampfeslust stand in ihren Augen. »Die Copsik-Jäger haben uns hier zurückgelassen. Wir lohnten die Mühe nicht.«

»Ich hatte ein gebrochenes Bein«, sagte Clave, aber dann hatte er begriffen. Er versuchte, ein Grinsen zu unterdrücken. »Aber sie haben den entsetzlichen Fehler gemacht, *dich* nicht mitzunehmen.«

»Das werden sie schon merken. Da brauchst du gar nicht zu lachen!« Sie schüttelte eine Harpune. An ihrer Spitze klebte bösartiges Gelb. »Dieser Lümmel macht wahnsinnig, wenn er nicht gleich tötet.«

Der Himmel war ein riesiges Wolkentuch. Dazwischen zuckten Blitze. Clave blickte suchend über den westlichen Rand, bis er einen schmalen Schatten sah. Der London-Baum war zu groß, als daß er sich in einer Wolke hätte verstecken können: etwa fünfzig Kilometer, die halbe Länge des Dalton-Quinn-Baumes, aber fünfmal so lang wie die Längsachse dieses Krautdschungels.

Anthon, der vom Comlink ausgewählte Anführer, hatte seine Beine schon um die größte Schote geschlungen. Er war muskulöser als der durchschnittliche Carther-Mann, und dunkler. Dennoch wirkte er mit seinen langen schlanken Gliedern fast zerbrechlich. Aber er war mit Waffen behängt wie mit Girlanden. Neben seiner Armbrust mit den dazugehörigen Pfeilen war er unter anderem mit einer gewaltigen Keule bewaffnet. Er hatte lange und scharfe Nägel, und hier und da waren an seinem Körper Narben zu sehen. Er machte tatsächlich einen wilden und gefährlichen Eindruck.

Die Enden der Schoten waren von Holzpflöcken durchbohrt, die jetzt als Stöpsel dienten. Ein Krieger konnte sich auf dem nach innen gewölbten Teil der Schote zurechtsetzen und sie durch Gewichtsverlagerung lenken. Clave hatte ein paar Schoten zu Übungszwecken verbraucht.

Es gab mehr Schoten als Krieger, etwa hundert, die in weitem Abstand zueinander mit dünnen Leinen gesichert waren. Merril suchte sich eine aus und bestieg sie. »Soll ich dich festbinden?« fragte Clave.

»Das kann ich selbst.« Sie warf ihre Leine unter die Schote und fing das Ende an der anderen Seite wieder auf. Clave zuckte die Achseln und suchte sich selbst eine Schote aus. Sie war größer als er, aber weniger massiv, vielleicht dreißig Kilo.

Die Männer waren den Frauen zahlenmäßig überlegen, wenn auch nicht erheblich. »Siehst du die Frauen?« sagte Merril. »In den Carther-Staaten *kämpft* man, um als Bürger aufgenommen zu werden. Eine Bürgerin ist eine bessere Frau, denn die Familie hat dann zwei Stimmen im Rat.« – »Klar.«

»Clave, wie wollen sie es machen?«

»Eingestuft«, sagte Clave und wich grinsend dem Ende ihrer Harpune aus. »Ich kann dir nicht alles erzählen. Die Vorsitzende hat mir gesagt, daß der Dschungel den Baum etwa in der Mitte und schräg zu seiner Längsachse in einem Abstand von einem Kilometer pasieren wird. Bis dahin sind wir schon gestartet. Wir passen unsere Geschwindigkeit der des Baumes an und erreichen sie, wenn sie den ersten Schrecken noch nicht überwunden haben.«

»Und wie kommen wir zurück?«

»Das habe ich auch gefragt.« Clave runzelte die Stirn. »Lizeth und Hild bringen Extraschoten mit. Sie bleiben in der Luft, bis sie sehen, daß der Kampf zu Ende ist . . . aber wenn die Copsikjäger das FRM benutzen, werden sie die beiden genauso erwischen wie uns alle. Wir *müssen* das FRM in Besitz nehmen.«

»Was genau wollen wir denn tun? Ich meine du und ich.«

»Den Quinn-Stamm wieder zusammenbringen. Ich wünschte, ich wüßte, wo sie alle sind.«

Nebel trieb über sie hinweg und legte sich auf die Blätter. Wind kam auf. Dann trübte ein Sturm den Himmel. Er hielt den Blick auf die schwachen dunklen Umrisse des London-Baums gerichtet . . . der näherkam und immer größer wurde.

Der äußere Busch lag ihnen am nächsten: der Bürger-Busch. Die Bürger würden die ersten sein, die den heraufziehenden Schrecken bemerkten: eine grüne Masse, einige Kilometer breit, die auf den Stamm zutrieb, und grüne Krieger, die aus dem Himmel kamen. Hier konnte von einem Überraschungsangriff keine Rede sein. Der Dschungel war zu groß, als daß er nicht bemerkt werden würde.

Realistisch gesehen, hatten sie nicht den Schatten einer Chance, irgendwen zu befreien. Sie würden soviel Schaden anrichten wie möglich und dann sterben. Warum eigentlich nicht erst den äußeren Busch angreifen? Ein paar Bürger töten, damit sie es nicht vergaßen.

Dazu war es jetzt zu spät. Die Vorsitzende war einige Kilometer weit entfernt und kümmerte sich um eine riesige heiße Dampfsäule, mit deren Hilfe sie den Dschungel bis auf Fingernagelbreite an den Stamm heranbringen wollte. Keine Chance, sie zu erreichen, um den Plan noch zu ändern.

Der dunkle Strich im Nebel war jetzt ein gewaltiges Integralzeichen, das an jedem Ende einen Busch hatte. Jeder Carther hielt jetzt ein Schwert in der Hand. Auch Clave zog sein Schwert.

»Krieger!« brüllte Anthon. Er wartete, bis Ruhe eintrat, und rief: »An unseren Angriff sollen sie noch lange denken! Es genügt nicht, ein paar Schädel zu zertrümmern. Wir müssen dem London-Baum *Schaden* zufügen. Der London-Baum soll sich auch in der nächsten Generation noch daran erinnern, daß es eine gefährliche Dummheit ist, die Carther-Staaten zu beleidigen. Denn wenn sie diesen Tag *nicht* im Gedächtnis behalten, werden sie wiederkommen, wenn wir uns nicht bewegen können.

Wir müssen ihnen diese Lektion erteilen!

Starten!«

Sechzig Schwerter durchschnitten die Leinen, die sie mit dem Dschungel verbanden. Sechzig Hände rissen die Stopfen aus sechzig Gasschoten. Die Schoten schossen in einem Wind davon, der nach verrotteten Pflanzen stank. Zuerst drängten sie sich zu einem Haufen zusammen, und einer stieß gegen den andern, aber dann schwärmten sie aus. Die Geschwindigkeit der einzelnen Schoten variierte.

Clave klammerte sich mit Armen und Beinen an seine Schote. Er schwankte ein wenig. Mehr als die andern. Das Blut wich ihm aus dem Kopf. Die Tide war gewaltig.

Der Himmel war dunkel und gestaltlos, und in der Nähe fuhren Blitze herab. Wie geplant, näherten sie sich der Mitte des Baumes. Dort in der Mitte stand das FRM, die Nase gegen den Stamm. Aus seinem Heck schlugen Flammen.

Lawri drückte auf den blauen in der Reihe von fünf Knöpfen. Auf dem Pult darunter tauchten blaue Lichter auf: Blaue Zahlen flackerten in dem großen Fenster auf und stabilisierten sich. Vier Gruppen von je vier vertikalen Strichen in Diamantmustern um einen größeren vertikalen Strich. Diese Anordnung kitzelte das Gedächtnis des Studenten. Lawris Hände schwebten über den Knöpfen wie die von Harp, wenn er anfangen wollte zu spielen.

»Anschnallen«, sagte Klance, und Lawri sah sich verärgert um. Dann betätigte sie in schneller Folge die Knöpfe. Der Student begriff sofort und saß schon in einem Sessel, als das FRM aufheulte, vibrierte und vorwärtsschoß.

Tide preßte den Studenten in den Sitz und ließ dann nach. (Im Quinn-Busch hatte es keine Rolle gespielt, aber der Wissenschaftler hatte es ihm eingebleut. Keine Tide! Dies war Schubkraft! Es mochte das gleiche Gefühl sein, aber die Ursachen und Konsequenzen waren andere. Das Vermächtnis des toten Wissenschaftlers: *Schubkraft!*)

Das Bugfenster lag dicht am Stamm. Leichter Wind war aufgekommen und fuhr durch die geöffneten Türen der Luftschleuse. Durch die Seitenfenster konnte der Student nichts von Bedeutung erkennen.

Lawri aktivierte grüne Muster und tippte auf die entsprechenden Knöpfe. Im Bugfenster erschien ein zweites Fenster, in dem um gleißendes weißes Licht herum ein Stück Himmel zu sehen war. Die Sicht nach vorn und die nach hinten in einem Stück: das konnte einen schon aus der Fassung bringen.

Klance wollte sich einen besseren Überblick verschaffen. Er machte sich auf den Weg zur Luftschleuse, wobei er sich an den Sessellehnen festhielt. Der Student folgte ihm. Ein paar Kilogramm Tide . . . Schubkraft schoben die vibrierenden Wände vorwärts und an ihm vorbei, so daß er schließlich gegen die rückwärtige Wand prallte. Klance stand an der äußeren Tür und hielt sich mit allen Fingern und Zehen am Rahmen fest. »Ich lasse dich gleich an die Tür, Jeffer, aber fall nicht hinaus. Dann kommst du vielleicht nicht mehr zurück.« Er beugte den Kopf vor. »Verdammnis!«

»Was ist?«

»Es ist der Dschungel. Ich hatte keine *Ahnung*, daß sie den Dschungel bewegen können. Da werden sie aber eine schöne Überraschung erleben. Wir werden ihnen einfach wegschwimmen.« Klance grinste über die Schulter zurück. Er sah, wie der Student sich anspannte, zu spät.

Der Student trat mit aller Wucht zu und erwischte den Wissenschaftler oberhalb der Hüfte. Klance schrie laut auf und flog nach draußen. Lange Finger und Zehen klammerten sich noch fest. Die Ferse des Studenten schmetterte auf einen Fuß und eine Hand. Klance verschwand.

Er trat an die äußere Tür und beugte sich vor. Der Antrieb kreischte in seinen Ohren.

Der Baum war massiv, aber er bewegte sich. Klance trieb langsam nach hinten. Er schlug mit den Armen um sich und versuchte, die Netze am Rumpf des FRM zu erreichen. Vor Schreck schien er seine Leine vergessen zu haben. Er sah, daß der Student sich hinauslehnte, und schrie zu ihm herauf: Der Student wußte nicht, ob es Flüche oder Bitten waren. Er sah weg.

Der Baum hatte jetzt eine leichte Krümmung, wie Minyas Bogen. Das FRM schob in der Mitte, und die beiden Büsche blieben ein wenig zurück. Stärkere Schubkraft würde den Baum vielleicht in der Mitte durchbrechen lassen. Aber das FRM war mit dem Baum verglichen winzig und schob wahrscheinlich schon mit voller Kraft.

Klance war ein wirbelnder Schatten vor einem Hintergrund, der so hell war, als sei Voy nähergekommen. Der Hauptmotor des FRM sprühte blauweißes Feuer und schob das FRM gegen die gewaltige Masse des Baumes. Klance trieb in die Flammen hinein. Ordon, der auf dem Weg zum Aufzug war, hatte sie gesehen.

Der Dschungel war jetzt so groß wie der halbe Himmel. An ihm entlang bewegten sich Gestalten: Gestalten, wie er sie schon gesehen hatte, bevor das Borkenfloß in den Dschungel krachte. Dschungelriesen auf großen Gasschoten! Aber sie würden hier nicht ankommen, wenn das FRM den Baum weiterschob. Er mußte den Hauptmotor abschalten. Jetzt!

Er war also *nicht* voreilig gewesen. Er hatte Klance *nicht* umsonst ermordet.

»Lawri!« Er betrat wieder den Innenraum des FRM und sprang zum Bug hinüber. Lawri hatte ihn nicht gesehen. Plötzlich stand sie halb auf und war wie erstarrt. Entsetzt starrte sie auf den Schirm, der den Blick nach hinten ermöglichte. Ein Schatten bewegte sich wild in den Flammen und löste sich auf.

Sie fuhr herum. Sie sah ihm genau in die Augen, als der Student ausholte und ihr Kinn traf.

Der Schlag warf ihren Kopf zurück, und sie hing schlaff in den Gurten. Der Student nahm seine Leine und fesselte sie an einen der Sitze. Er setzte sich vor die Kontrollinstrumente und studierte sie.

Gelb steuerte das Lebenserhaltungssystem sowie die Innenbeleuchtung und die Luftschleuse. Grün war für die inneren und äußeren Sensoren. Blau hatte etwas mit dem Motor zu tun, von dem das FRM angetrieben wurde, und mit den beiden Treibstoffen, dem Wassertank und dem Treibstoffluß. Mit Weiß konnte man die Kassetten lesen.

Was hatte Lawri getan, um den Antrieb zu aktivieren? Er wußte überhaupt nichts mehr. Er drückte den blauen Knopf. Nichts: zwar verschwand das blaue Licht, aber der Motor heulte in unverminderter Stärke weiter. Er ließ das Licht wieder aufflimmern.

Durch ein Seitenfenster sah er Gestalten in Marine-Blau, die sich über die Borke bewegten. *Keine Zeit. Denken!* Ein vertikaler blauer Balken, von blauen Strichen umgeben . . . in einem Muster, das dem der Motoren am Heck entsprach. Er berührte den blauen Balken, und das Heulen erstarb. Der Baum schnellte zurück, und der Student fühlte sich nach vorn gezogen. Dann herrschte Stille.

Kendy war gerade im Begriff, seine übliche Botschaft auszustrahlen, als die Quelle des Wasserstofflichts verschwand.

Das war rätselhaft. Normalerweise lief das Hauptaggregat des FRM mehrere Stunden. Das oder die Steuerdüsen würden es tanzen lassen wie den Ball bei einem Fußballspiel. Kendy richtete seine Aufmerksamkeit auf einen beweglichen Punkt im Wirbel des Rauchrings und wartete.

Ein Dutzend Männer der Marine näherten sich dem FRM. Dabei benutzten sie Leinen und die Handgriffe am Geländer. Ordon war den anderen weit vorausgeeilt, er war nur noch ein paar Meter vom Fenster entfernt. Sein Gesicht war eine einzige Morddrohung.

Schnell jetzt! Ein Schlag auf den gelben Knopf. Ein Wirrwarr von Symbolen; Blau abschalten; die Innenbeleuchtung war jetzt *gedämpft*, die Belüftung *eingeschaltet*. Eine vertikale Linie mit Zahlen und einer Kerbe in der Mitte zeigte die Innentemperatur an. Hier, eine komplizierte Zeichnung aus Linien: die Kabine des FRM von oben gesehen. Der Student fügte mit einer kneifenden Bewegung Linien zusammen, die die Türen darstellten. Hinter ihm versiegelte sich die Luftschleuse.

Lawri regte sich.

Von den Türen her hörte er gedämpftes Klirren.

Der Student fing an, mit den grünen Symbolen zu spielen, und die Kameras des FRM projizierten Ausblicke nach verschiedenen Seiten auf seinen Schirm. Er hatte verdammt wenig Zeit zu lernen, wie dieses metallene Relikt flog! Er spürte Lawris Blick, aber er sah nicht hin.

Das Klirren hörte auf und fing an einer anderen Stelle wieder an. Durch ein Seitenfenster sah er Ordons wutverzerrtes Gesicht. Er hielt sich am Netz fest und hämmerte mit der Faust gegen das Glas.

Der Student bewegte sich zum Fenster hinüber. Er sagte ein Wort. Ordon reagierte – verwirrt – denn er konnte es nicht hören. Der Student wiederholte es und übertrieb dabei seine Lippenbewegungen. Er wiederholte das Wort, das den Mord an seinem Wohltäter Klance rechtfertigte, den Angriff auf Lawri, den Verrat an seinem Freund Ordon, das schließlich auch die Tatsache rechtfertigte, daß er jetzt den London-Baum wehrlos gegen jeden Angriff hinter sich zurückließ.

»Krieg, Ordon! Krieg!«

18 Der London-Baum-Krieg

Clave war zurückgefallen. Die Carthers hatten ihn für einen Neuling gehalten, und das war er auch; er hatte unter diesen seltsamen Schoten nicht richtig zu wählen gewußt. Sie hatten ihn eine langsame nehmen lassen. Er war am Stamm vorbeigeflogen und kurvte jetzt zurück. Er würde zusammen mit den letzten sechs oder acht Leuten landen.

Den Stamm des London-Baums entlang waren Seile gespannt, und Behälter aus Holz stiegen von beiden Seiten zur Mitte hin den Stamm hinauf. Clave sah beide Behälter gleichzeitig aufbrechen und blau gekleidete Männer ausspucken. Aus jedem Behälter kamen acht. Die Copsik-Jäger schienen genau zu wissen, was sie wollten. Sie orientierten sich rasch und feuerten kleine Gasschoten ab, um an der Ostseite die Mitte des Stammes zu erreichen.

Ihr Ziel war der Transporter, um den sich schon etwa zwanzig Copsik-Jäger versammelt hatten. Die Flammen an seinem Heck waren erloschen, was immer das bedeuten mochte.

Die Carthers waren in einem Hagel von Schoten am Stamm vorbeigeflogen. Jetzt kamen sie an der Westseite des Stammes wieder zurück. Sie hatten ihre Formation drastisch aufgelokkert. Die Copsik-Jäger schossen mit ihren langen Bogen gefiederte Pfeile ab. Die Carther-Krieger antworteten mit Bolzen aus ihren Armbrüsten. Sie waren zahlenmäßig fast doppelt so stark wie ihre Feinde.

Der Dschungel war gewaltig, eine grüne Welt zog in einer Entfernung von einem Kilometer vorbei. Clave fragte sich, ob der Dschungel tatsächlich direkt auf den Baum treffen würde, aber er schien an ihm vorbeizugleiten. Der Dampfstrahl war versiegt. Der Dschungel zog zusammengeballte Wolken hinter sich her und Schwärme von Vögeln, die ihn einholen wollten. Die beiden dunklen Trauben am Himmel waren Lizeth und Hild mit je zwanzig Gasschoten.

So nahe am Baum waren der alte Transporter und sein Liegeplatz wegen der Krümmung des Stammes nicht zu sehen; aber die feindlichen Verstärkungen, die aus den Holzbehältern gekommen waren, schienen auf den Transporter einzuschwenken. Auch sie würden seinen Wert kennen. Sie flogen hinter einem Dickicht aus gefiederten Harpunen.

Claves Schote gab jetzt kein Gas mehr ab.

Er fluchte in Gedanken und kletterte um die Schote herum, um sie zwischen sich und die Harpunen der Feinde zu bringen. Er näherte sich immer noch dem Stamm. Andere waren vor ihm da. Einige der Carthers benutzten die um den Gebäudekomples gespannten Seile, um den gefiederten Harpunen auszuweichen. Andere rissen große Stücke aus der Borke um sie als Schilde zu benutzen. Die Copsik-Jäger zogen es vor, aus der Luft auf sie zu schießen, wo sie alle Glieder freihatten, um mit ihren riesigen Bogen zu hantieren.

Anthon und ein Dutzend Krieger schossen auf den Transporter, wobei sie die Krümmung des Stammes als Deckung benutzten.

Merrils Schote traf eine der Hütten, und Merril hing am hinteren Ende. Sie hatte die Schote als Stoßdämpfer benutzt: eine gute Technik. Einige der Copsik-Jäger bewegten sich auf dieses Gebäude zu. Von der Rückseite der Hütte aus erschoß Merril zwei der Männer. Als die übrigen zu nahe waren, verließ sie ihre Deckung.

War etwas Wertvolles in dem Gebäude? Die Copsik-Jäger schienen es holen zu wollen. Clave gab einen Schuß auf sie ab und meinte, einen am Fuß getroffen zu haben.

Aber noch mehr interessierte sie der Transporter. Das sah Clave jetzt: um das Fahrzeug herum wimmelte es von Männern; einige klammerten sich noch an die Borke, andere hatten sich schon in die Netze gehängt.

Die meisten Carther-Krieger hatten jetzt den Stamm erreicht. Clave konnte noch nicht gleich am Schauplatz des Kampfes landen. Vorläufig konnte er nur zuschauen. Aus dem Chaos bildete sich langsam ein bestimmtes Muster heraus:

Die Copsik-Jäger waren zahlenmäßig unterlegen. Aus diesem Grund hielten sie sich zurück, aber auch noch aus einem anderen: im Nahkampf konnten sie ihre Bogen nicht benutzen. Sie hatten zwar Schwerter, genau wie die Carthers; aber die wesentlich größeren Carthers waren ihnen an Reichweite überlegen. In solchen Gefechten siegten sie regelmäßig.

Die Copsik-Jäger hatten kleine Gasschoten von der Art, wie sie auf den Integralbäumen wuchsen. Sie blieben lieber in der Luft.

Clave sah, daß einige Carthers zwischen acht in blaue Ponchos gekleidete Männer sprangen. Die Copsik-Jäger öffneten ihre Gasschoten und ließen die Carthers in der Luft zappelnd hinter sich zurück. Sie schossen mit ihren Langbogen. Aber dann waren zwei Carthers da und metzelten sie nieder. Zwei weitere kamen herzu. Im freien Fall kämpften die Copsik-Jäger wie Kinder. Die Carthers raubten den Leichen die Gasschoten.

Clave schwebte immer noch, und die Carthers errangen ohne ihn den Sieg!

Den Stamm entlang stieg ein Holzbehälter langsam höher. Er spuckte Verstärkungen aus: sechs blau gekleidete Bogenschützen und eine große silbrigglänzende Kreatur. Diese Gestalt kam ihm auf schreckliche Weise vertraut vor . . . aber es würde noch etwa tausend Atemzüge dauern, bis sie hier eintrafen.

Ein Copsik-Jäger hatte Clave entdeckt, ein sitzendes Ziel. Er zielte sorgfältig und schoß eine Harpune durch Claves Schote. Dann bewegte er sich den Stamm entlang. Wenn Clave erst näher war, würde er genauer schießen können. Clave feuerte einen Bolzen auf ihn ab. Sinnlos; der Copsik-Jäger wich aus und wartete. Clave sah sein Grinsen.

Das Grinsen verschwand, als Merril von hinten auf ihn schoß. Der Bolzen blieb unterhalb der Niere stecken. Er hätte weiterkämpfen können . . . aber sein Gesicht war ein stummer Schrei; er griff nach dem Bolzen, dann wurde er von Krämpfen geschüttelt. Das Giftfarngebräu mußte ein scheußliches Zeug sein.

Die Schote stieß gegen das Holz, und Clave war gelandet. Er ließ die Schote los und hielt sich an der Borke fest. Dann machte er sich auf den Weg zu Merril. Seine Armbrust war schußbereit. Er sah Blau gegen den Sturmwolkenhimmel, und ein Bolzen aus seiner Armbrust durchlöcherte einen der Männer. Er zog seine Harpune, als der andere sich mit dem Schwert auf ihn stürzte.

Der Copsik-Jäger war viel zu schnell. Clave schlug ihm den Kolben seiner Armbrust ins Gesicht, und als der Mann zurückfuhr, stieß er ihm sein Messer in die Kehle.

Merril arbeitete sich an der Krümmung des Stammes entlang vorwärts. Clave folgte ihr. Dann duckte sie sich plötzlich, und er sah den Transporter. Um ihn herum wimmelte es von Copsik-Jägern.

Er hatte Merril erreicht. »Okay«, sagte sie. »Warum töten sie uns nicht mit diesem wissenschaftlichen Ding?«

»Eine gute Frage.« Clave sah, daß Anthon und seine Männer von der Krümmung des Stammes aus ihre Armbrüste abfeuerten. Die Männer am Transporter schossen zurück, aber ohne großen Erfolg.

»Vergiß es«, sagte Clave. »Sie setzen das Ding nicht ein. *Was* sie aber einsetzen, sind diese Holzkisten, in denen sie Verstärkungen schicken. Laß uns . . .«

»Die Seile durchschneiden.«

»Richtig.«

Zwei Seile, so dick wie Claves Arm, liefen parallel den Stamm entlang. Der letzte Behälter war schon auf dem Rückweg und kaum noch zu sehen. Jetzt mußte der nächste aufsteigen. Clave und Merril arbeiteten sich zu dem nächstgelegenen Seil vor und fingen an, daran herumzusäbeln.

Sechs Männer und ein silberglänzendes Ding kamen in Reichweite ihrer Armbrüste. Clave und Merril schützten sich mit großen Borkenstücken. Clave starrte den silbernen Mann an. Es war, als versuchte er, sich an einen Alptraum zu erinnern: ein Mann aus Metall mit einer blanken Kugel als Kopf. Clave gab einen Schuß auf ihn ab, und sah, daß der Bolzen zwar traf, aber abprallte.

In ihren Schilden blieben gefiederte Pfeile stecken. Clave sah drei einzige Dinger, die wie Dornen aussahen, Merrils Schild treffen. Sie waren auf ihren Kopf gerichtet.

Er schrie. Sie duckte sich. Die Dornen blieben in der Borke stecken. »Oh, der Silbermann.«

»Du kennst ihn?«

»Ja . . . schneid weiter . . . er kam mit den Copsik-Jägern in die Carther-Staaten. Wir haben nichts, womit wir diese Panzerung knacken könnten.«

Ein weiterer Behälter kam gerade in Sicht, als die Leine riß. Die Kiste fing an zu schweben. Männer purzelten heraus und versuchten, mit Hilfe ihrer Gasschoten den Stamm zu erreichen. Sie schienen zu weit entfernt zu sein, um noch eingreifen zu können. Das andere Seil war jetzt ebenfalls schlaff. »Es ist eine Schleife«, sagte Merril. »Wir brauchen das andere Seil nicht durchzuschneiden.«

»Dann laß uns verschwinden. Ich habe ein Kabel gesehen, das nach außen führt . . .«

»Nein, wir schließen uns der siegreichen Partei an. Schnell, oder wir bleiben zurück.«

»Sieg?« Aber dann sah Clave, was sie meinte.

Grün gekleidete Krieger drängten sich um den Transporter. Einige krochen durch die Türen. Männer in Blau schwebten mit der Schlaffheit von Leichen um das Fahrzeug. Copsik-Jäger, die noch lebten, hatten sich hinter die Krümmung des Stammes zurückgezogen, um auf Verstärkung zu warten.

Es sah aus, als sei der Kampf um den Transporter zu Ende. Aber andere Copsik-Jäger kamen gefährlich nahe. Claves Schuß war ein Sonntagsschuß. Jetzt waren es nur noch fünf Männer. Und der Silbermann.

Ordon starb mit einem Bolzen in der Brust. Der Student sah sein Gesicht durch das Seitenfenster . . . aber selbst wenn Ordon ihn hätte hören können, es gab nichts mehr zu sagen. Er wandte sich wieder den gelben Symbolen zu.

Er hatte fünf schwebende Rechtecke im Bugfenster: Sicht nach hinten, oben, unten und nach beiden Seiten. Er sah Männer in Blau, Männer und Frauen in Grün; es war unmöglich zu erkennen, wer gewann.

Drei Mariner suchten hinten unter den Antriebsaggregaten Deckung. Der Student berührte blaue Pfeile. Flammen schossen aus den Düsen. Sie schrien, warfen sich zur Seite und taumelten durcheinander, als sie versuchten, sich zu orientieren. Einer bekam einen Bolzen durch die Hüfte.

»Mörder!« kreischte Lawri.

»Einige von uns sind nun einmal nicht gerne Copsiks«,

sagte der Student. »Einige von uns mögen die Copsik-Jäger nicht einmal.«

»Klance und ich haben dich immer gut behandelt!«

»Das stimmt. Aber was habt ihr für den Rest des Quinn-Stammes getan? Hast du vergessen, daß ich einen Stamm hatte?«

»Euer Stamm ist tot! Euer Baum ist auseinandergebrochen! *Wir* hätten euer Stamm sein können, du baumfütternder Meuterer!« Der Student verspürte keine besondere Lust, ihr den Mund zu stopfen. Ihre Anschuldigungen waren nur das Echo seiner eigenen, wenn er sie auch nicht aussprach. Er hatte seine Entscheidung getroffen.

Deshalb sprach er ohne Erregung. »Weißt du, was mit unseren Frauen geschehen ist? Gavving hätte vielleicht die Erlaubnis bekommen, seine Frau in fünfunddreißig Tagen zu besuchen, aber jeder männliche Bürger hatte ein Anrecht auf sie, wann immer er wollte. Jetzt ist sie schwanger. Sie weiß nicht, wer der Vater ist, und ich weiß es auch nicht.«

»Sie werden dich töten«, sagte Lawri. »Soll ich dir die Strafe für Meuterei nennen?«

»Wie du willst, aber ich stelle fest, daß die Argumentationslinie sich verschoben hat.«

Sie erzählte es ihm trotzdem. Es hörte sich schlimm genug an – ein guter Grund, die Türen geschlossen zu halten.

Er hatte die Infrarot-Anzeige gefunden. Sie zeigte überall am Stamm rote Punkte. Er schaltete das Infrarot aus und erkannte Clave und Merril, und die Mariner, von denen sie gejagt wurden . . . und einen Zwerg in einem Druckanzug.

Clave und Merril! Dann waren die Carthers also tatsächlich auf seiner Seite. Das hatte er nicht genau gewußt.

Die grün gekleideten Krieger stürzten sich auf das FRM. Als die Marine sich zurückzog, erwischte er einen mit den Flammen seiner Aggregate. Er wollte ihn nicht einfach töten; es war als Signal an die Carthers gedacht. *Ich bin auf eurer Seite!* Denn jetzt waren nur noch Carthers in der Nähe des FRM. Die Marine hatte sich hinter den Stamm zurückgezogen.

Der Student schob mit den Fingerspitzen zwei gelbe Linien auseinander. Er stand auf, um die großen blutbespritzten Dschungelriesen zu begrüßen.

Von zwei Männern festgehalten, stand Gavving schon auf den Füßen, bevor er aufgewacht war. »Was ist?« fragte er.

»Wir brauchen Pedaltreter«, sagte der eine der Männer.

Vier Männer führten drei schläfrige Copsiks aus der Baracke und durch den Busch. Gavving unterdrückte seine Wut, und Horse war fügsam wie immer. Nur Alfin protestierte. »Ich bin der Assistent des Baumschlundwächters! Ich bin kein baumfütterndes Paar Beine . . .«

»Hör zu, du. Wir schicken so schnell wir können Männer zur Zitadelle. Die reguläre Mannschaft hat sich halbtot gearbeitet. Du wirst sie ablösen und zusammen mit den andern in die Pedale treten!«

»Und außerdem meinen normalen Dienst tun? Dann werde *ich* bald tot sein. Was soll ich dem Aufseher sagen?«

»Du wirst auf das Fahrrad steigen, oder du kannst deinem Aufseher sagen, daß du keine Eier mehr hast. Und das so kurz vor den Ferien!«

Die Copsiks auf der Plattform waren schweißgebadet; der Schweiß lief ihnen in Tropfen über das Gesicht. Sie röchelten wie Sterbende.

Die Mariner halfen ihnen herunter und zuckten angewidert zusammen, als sie die Nässe spürten. Andere Männer von der Marine bestiegen den Aufzug.

Der halbe Himmel zeigte grüne Gebilde.

Der Dschungel! Der Dschungel war zum London-Baum gekommen!

Nur drei Mariner blieben zurück. Der eine war Offizier; Gavving erkannte ihn. Er hielt ein Stück alte Wissenschaft in der Hand, einen Sprechkasten. Die andern hatten den Aufzug bestiegen. Gavving wurde in den Sattel gehoben. Er trat in die Pedale, und der Aufzug stieg nach oben.

Der Dschungel hatte den London-Baum angegriffen. Der Dschungel konnte sich bewegen. Wer hätte das gedacht? Die grüne Wolke war erschreckend nahe . . . und sie entfernte sich langsam.

Er müßte etwas unternehmen! Aber was? Bewaffnete Männer beobachteten ihn.

Der Aufzug war jetzt einige Dutzend Kilometer über ihm, und Gavving keuchte schon. Er fühlte die Veränderung, bevor er sie sah. Plötzlich fiel das Treten leichter. Das knirschende Jaulen der Fahrradgänge stieg um eine Oktave an. Er schaute nach oben.

Der Aufzugskasten drehte sich und fiel. Blaue Gestalten lösten sich von ihm und suchten den Stamm zu erreichen. Einer war zu langsam, und als er den Stamm erreichte, prallte er ab und fiel.

Aber der Kasten fiel schneller.

»Hört auf zu treten. Bleibt wo ihr seid!« befahl der Offizier.

Die Eindringlinge hatten das Kabel durchgeschnitten. Was nun? *Innen bringt dich nach Osten.* Der Kasten würde nicht hier auftreffen; er würde weiter östlich auf dem Ast landen, aber wo? Gavving stellte sich vor, wie dieses massive hölzerne Ding die Büsche durchschlug. »Kommandeur? Wenn das Ding nun den Komplex trifft, in dem die schwangeren Frauen sind?«

»Der liegt unter dem Ast«, sagte der Mann. »Hmm . . . er könnte natürlich etwas treffen. Verdammt, da ist ja auch noch der Schulkomplex! *Karal!* Beweg dich oben auf dem Ast nach Osten und sag allen, daß sie nach unten gehen sollen. Vergiß nicht die Hütte, in der die Untersuchungen stattfinden, und den Liegeplatz für das FRM. Dann geh selbst nach unten, wenn du dazu noch Zeit hast.«

»Sir.« Ein Mariner – er war verwundet und trug einen Arm in der Schlinge – lief unbeholfen davon. Nun hatten sie nur noch zwei Bewacher.

Der Offizier sprach in seinen Sprechkasten: »Kommandeur Patry hier. Der Feind hat unsere Aufzugskabel durchgeschnitten. Wie ist die Lage bei euch?«

Die Antwort war wegen der statischen Geräusche kaum zu verstehen. Gavving ließ den Kopf hängen und schloß halb die Augen (armer erschöpfter Copsik, der offensichtlich viel zu müde ist, um an Meuterei auch nur zu denken), aber er hörte genau zu.

Er hörte: »Aufzüge laufen. Wir . . . den Truppen. Feind zahlenmäßig vier . . . *krck* . . . wiederhole, vierzig zu fünfzig. *krck* überlegen. Sie schaffen uns. Sie sind beim FRM, aber selbst . . . nicht gebrauchen . . . angebunden.«

»Ich sehe westlich von hier zwei dunkle Massen.«

»Vergiß sie ... Ärger genug. Wir schicken mehr Männer zur Zitadelle.«

»Patry Ende.«

Der Student erkannte die langgliedrige Frau an ihrem glatten braunen Haar. Es war Debby. Die beiden Männer neben ihr kannte er nicht. Ihre auf ihn gerichteten Armbrüste störten ihn weniger als ihre Angst. Das FRM gefiel ihnen überhaupt nicht. Er breitete die Arme aus und zeigte seine geöffneten Hände. »Ich bin der Wissenschaftler des Quinn-Stammes, der einzige, der dieses Ding fliegen kann. Ich freue mich, dich zu sehen, Debby ...«

Lawri unterbrach ihn: »Damit kannst du den Baum füttern, du Meuterer! Wir werden im Himmel verlorengehen, oder du wirst uns alle am Stamm zerschmettern.«

»... und das ist Lawri, die Copsik-Jägerin.«

Einer kam endlich zu sich. »Ich bin Anthon. Dies ist Prez. Debby hat uns von dir erzählt, Student. Können wir sofort aufbrechen? Alle unsere Krieger in die Netze nehmen und starten? Der Silbermann kommt.«

»Wir sind am Baum festgebunden«, sagte der Student. »Wenn wir die Seile durchschneiden, können wir starten. Aber ich gehe nicht ohne Clave und Merril, und ich glaube, wir haben noch Zeit, etwas anderes mitzunehmen.«

Er zeigte auf den Schirm, der den Ausblick durch das Dach der Kabine wiedergab. Anthon und Debby stellten sich vorsichtig hinter ihn. All dies wissenschaftliche Zeug war wirklich furchterregend.

»Die Hütte dort drüben ist das Labor, Debby. Dort findest du einige Kassetten und das Lesegerät. Weißt du, noch wie die Sachen aussehen?«

Debby nickte.

»Dann geh, Anthon, ein paar deiner Männer müssen die Seile durchschneiden.« Er sah auf den Schirm. Clave hatte Merril im Schlepp und sprang die Borke entlang. Seine Beine dienten ihnen beiden. Gelegentlich schoß er einen Bolzen auf seine Verfolger ab. Einer von ihnen blieb verletzt zurück. Der Silbermann holte langsam auf. »Versuch, ihnen Feuerschutz zu geben.«

»Du bist hier nicht der Anführer, Wissenschaftler«, sagte Anthon ruhig.

»Hier *bin* ich es. Ich bin lange genug Copsik gewesen. Davon habe ich endgültig genug!«

»Debby, geh und hol dieses Baumfutter für den Wissenschaftler. Prez, nimm ein paar Leute mit und schneide die Kabel durch.« Anthon wartete, bis sie alle durch die Tür verschwunden waren, bevor er weitersprach. Er wollte bei dieser Unterhaltung keine Zeugen.

»Student, hast du im Krieg mitgekämpft?«

»Ich habe das FRM gekapert.«

»Du? *Ich* habe . . .« Er schwieg. »Lassen wir das.«

»Wie viele seid ihr?«

»Jetzt etwa vierzig, vielleicht ein paar weniger. Wir passen nicht alle rein, aber wir können uns in die Netze hängen.«

»Ich will den Rest des Quinn-Stammes befreien. Sie sind im inneren Busch, und ich kann sie finden. Das FRM hat genügend Treibstoff. Wir haben die kleinen Motoren, um Feuer zu sprühen. Es dürfte nicht schwierig sein.«

Anthon hatte es nicht eilig, eine Entscheidung zu treffen. In die Stille hinein rief Lawri: »Er kann das FRM nicht fliegen, aber ich kann es. Ich bin Schülerin der Wissenschaft.«

»Warum hast du die nicht getötet?« fragte Anthon.

»Moment mal. Was sie sagt, stimmt . . . den Wissenschaftler selbst mußte ich töten. Lawri kann uns eine Menge beibringen, wenn wir sie dazu überreden können. Sie ist harmlos, solange sie gefesselt ist.«

Anthon nickte. »Dann soll sie am Leben bleiben. Aber ich bin der Anführer der Carther-Staaten.«

»Und *ich* bin Kapitän dieses Schiffes.«

Anthon trat an die Türen und schrie Befehle. Er hatte das Wort ausgesprochen. *Kapitän.* Wer die Befehle des Studenten an Bord des FRM mißachtete, war ein Meuterer!

Die Carthers kappten die Seile, mit denen das FRM festgemacht war. Die Bolzen der Armbrüste flogen zwischen die Männer, die Clave und Merril verfolgten. Sie suchten auf der Borke Deckung. Der Silbermann ging allein weiter. Er benutzte keine Gasschoten. Es mußte etwas an dem Druckanzug selbst sein.

Das FRM schwebte frei.

»Sie würden mich umbringen, nicht wahr?« flüsterte Lawri wütend.

»Sie haben nicht meine Gründe, dich zu mögen«, sagte der Student ohne offenen Sarkasmus. »Behalte eine Zeitlang deine Meinung für dich, wenn es möglich ist. Hast du wirklich geglaubt, ein Dschungelkrieger würde dich ans Schaltpult lassen?«

Clave und Merril kamen wie der Sturmwind. Debby hatte eine klaffende Wunde über den Rippen. Sie blutete stark. Merril flog auf den Studenten zu und umarmte ihn. »Student! Ich meine Wissenschaftler. Gute Arbeit. Ich meine ganz ausgezeichnet. Kannst du dieses Ding fliegen?«

Der Student war ungeheuer erleichtert. Jetzt konnte Clave diese Herrschaftsspiele mit Anthon austragen. Er selbst würde das FRM befehligen und hoffen, daß Lawri sich irrte . . . »Ich kann es fliegen.«

»Kannst du die andern finden?« fragte Clave.

»Sie sind alle im inneren Busch. Gavving ist ziemlich weit oben, wo wir ihn leicht finden können. Jayan und Minya sind bei den schwangeren Frauen. Jinny und Alfin sind wahrscheinlich in den Unterkünften für die Copsiks. Vielleicht müssen wir das FRM verlassen, um sie zu holen.«

»Dann funktioniert es also doch. Ich kann es nicht glauben.«

Der Student grinste. »Warum bist du dann gekommen? Na, ja. Debby . . .«

»Ich habe das hier. Wir mußten darum kämpfen.« Es waren sieben Kassetten. »Das Lesegerät konnten wir nicht finden.«

»Vielleicht hat Klance es gehabt . . . aber das spielt keine Rolle. Setzt euch in die Sessel. Clave und Merril, ihr auch. *Anschnallen!*« Er sah auf seine Instrumente. »In ein paar Atemzügen können wir . . .«

»Was?« Clave sah die Symbole, die im Bugfenster schwebten. Dies Ding ist mir unheimlich. Wenn ich die Bilder sehe, fang ich an zu schielen . . . Student, hast du irgendwas, mit dem wir den Silbermann ausschalten können?«

»Nein, es sei denn er kriecht in die Aggregate. Er trägt den Druckanzug eines Sternenmenschen.«

»Aber er tötet alle unsere Verbündeten.«

»Diese Spuckkanone betäubt nur, und dabei fühlt man sich ganz wunderbar. Spielt für uns aber keine Rolle mehr. Sie sind immer noch außer Gefecht. Anthon, das war gutes Timing. Setz dich in einen Sessel.«

Anthon keuchte; seine Armbrust war auf die Augen des Studenten gerichtet. »Du hast zu lange gewartet! Dieser gottverdammte Silbermann . . .«

»Setz dich und schnall dich an! Und sag mir, wie viele wir noch sind.« Der Student versuchte alle Diagramme auf einmal zu beobachten. Die Carthers verschwanden hinter dem Baumhorizont. Zu viele schwebten mit schlaffen Gliedern; einige wurden von anderen mitgezogen, die nicht getroffen worden waren. Der Mann im Druckanzug hing über dem FRM und schoß Pfeile ab.

Der glasige Blick verschwand aus Anthons Augen. Er ließ sich in einen Sessel fallen. »Er ist unverwundbar. Ich war der einzige, der den Transporter erreichte. Der Rest kommt sowieso nicht. Sie haben Angst vor dem Ding.«

»Wir können sie doch nicht hierlassen.«

Der Silbermann schoß auf die Tür zu. Der Student kniff die Finger zusammen. Der Silbermann schrak zurück, als sich direkt vor ihm die Türen schlossen. Dann war er wieder auf dem Schirm zu sehen, auf dem man Sicht nach oben hatte. Er hielt sich an den Netzen fest, die am Rumpf hingen.

»Er ist auf dem FRM«, sagte der Student.

»Du kannst starten«, sagte Anthon.

»Starten?«

»Wenn wir den Silbermann mitnehmen, können meine Bürger hierbleiben. Sie haben genügend Ersatzschoten.«

»In Ordnung.« Die Finger des Studenten bewegten sich. Der Silbermann hing immer noch an den Netzen, als das FRM vom Baum zurückfuhr und zum unteren Ende des Stammes startete.

19 Der Silbermann

Der Waschbottich war ein großer Glaszylinder. Er hing von der Unterseite des Astes an Seilen, die über Minyas Kopf in der schwarzen Borke verankert waren. Um ihn herum war der Boden mit aus frischen Zweigen geflochtenen Matten ausgelegt. Auf einer Steinschicht unter dem Bottich lagen glühende Kohlen. Ein Leitungsrohr lief vom Wasserreservoir am Baumschlund ganz bis hierher, eine eindrucksvolle Leistung, wenn Minya nicht zu müde gewesen wäre, sie recht zu würdigen.

Mit einem zwei Meter langen Paddel rührten Minya und Ilsa schmutzige Wäsche, die in einem schäumenden Seifensud lag. Das erforderte Aufmerksamkeit und großes Geschick. Alleingelassen, würde die Wäschesuppe samt der Wäsche aus dem Bottich herausschäumen. Immer wieder kam die Aufseherin Haryet aus ihrer Hütte, um die beiden zu überwachen.

Minya fühlte sich immer noch wie sonst, aber doch spürte sie, daß in ihr ein Gast am Entstehen war. Ilsas schwangerer Leib sah lächerlich aus, wie eine gewaltige Ausbuchtung an einem Lineal. Wie die anderen schien sie sich ihrem neuen Status ohne große Schwierigkeiten angepaßt zu haben. Einmal hatte sie zu Minya gesagt: »Wir haben unser Leben lang gewußt, daß die Copsik-Jäger uns holen könnten. Nun, sie haben uns geholt.«

Unter dem Ast lag eine Reihe von Hütten. Die meisten Frauen gingen ungern nach draußen. Sie waren nicht alle schwanger. Einige säugten ihre früheren Gäste. Sie hatten alle ihre Arbeit: Häkeln, Stricken oder die Vorbereitung der Nahrungsmittel, die am Baumschlund gekocht werden sollten.

Die Ruhe wurde durch hastiges Rascheln unterbrochen.

Dann brachen vier Leute aus dem Tunnel hervor, der von der Untersuchungshütte nach hier unten führte: Jayan und Jinny, die Aufseherin Dloris und ein Mariner mit dem Arm in der Schlinge. Karal sah sie, rannte zu ihr und packte sie am Arm. Sie schrak vor seiner Wildheit zurück.

»Mit euch ist alles in Ordnung«, keuchte er. »Gut. Minya. Bleibt unter dem Ast. Keiner ... *keiner* darf nach oben gehen.«

»Das beabsichtigen wir auch gar nicht. Wir fühlen uns viel zu unbeholfen. Ich dachte, Männer dürfen nicht ...?«

»Ich bleibe ja nicht, Minya, beide Aufzüge und mindestens ein Mann, sie fallen aus dreißig Kilometern Höhe, und wir wissen nicht, wo sie aufschlagen werden. Ich muß die Kinder im Schulkomplex warnen.« Er zeigte mit dem ausgestreckten Finger auf ihre Nase. »Ihr bleibt hier!« Dann sprintete er ungeschickt und noch ganz außer Atem zum Tunneleingang.

Wenn etwas passiert, hatte der Student gesagt. Und jetzt passiert etwas, aber was? Ob Dloris es wußte?

Minya konnte nur raten, wohin die Aufseherin gegangen war. Sie bewegte sich an der Reihe von Hütten vorbei und wollte gerade die letzte betreten, als Dloris und Haryet ihr entgegenkamen. »Wir haben gezählt«, sagte Dloris. »Gwen fehlt. Hast du sie gesehen? Drei Meter groß und bleich wie ein Gespenst, mit einem einjährigen Gast?«

»In der letzten Zeit nicht. Was ist denn passiert?«

»Nehmt die Wäsche raus und hängt sie zum Trocknen auf. Dann macht das Feuer aus. Habt ihr Leinen? Gut. Haltet sie bereit.« Die beiden Aufseherinnen gingen weiter.

Minya wandte sich an Jayan und Jinny. »Helft uns, Jinny, wir sind froh, daß ihr hier seid. Jetzt sind wir alle wieder zusammen. Wißt *ihr* was hier vorgeht?«

»Nein. Karal war ganz verrückt vor Angst.«

»Ist etwa Krieg?«

»Laßt uns lieber unsere Arbeit tun, bis wir Genaueres wissen«.

Mit Stangen holten sie die Wäsche aus dem Bottich. Es blieb noch etwas Wasser in dem Gefäß. Sie drehten den Bottich um, und träge floß der restliche Sud heraus und löschte das Feuer. Bei der geringen Schwerkraft am London-Baum stieg der Dampf nicht schnell genug auf. Er hatte die Neigung, sich als siedendheiße Kugel nach allen Seiten auszudehnen.

Minya hatte noch nie erlebt, daß dieses Feuer gelöscht wurde. Dloris mußte etwas Drastisches erwarten.

Sie arbeiteten weiter. Sie gaben die Wäsche in die Presse, die aus zwei breiten Bohlen bestand, die mit Hilfe einer Kurbel aufeinandergedrückt werden konnten. Das Wasser aus der Wäsche quoll an den Seiten heraus und floß dann langsam nach unten.

Irgend etwas krachte ganz in der Nähe durch das Gebüsch.

Sie standen wie erstarrt. Dann verschwand Minya in den Büschen, Jinny und Ilsa folgten ihr. Sie gingen in die Richtung, aus der sie das Geräusch gehört hatten. Minya ging ein Stück weiter nach oben, wo sie die richtige Stelle vermutete.

Da! Eine Spur von abgebrochenen Zweigen. Sie folgte der Spur zu den zerfetzten und verrenkten Überresten eines Mannes, der einmal ein Marine-Offizier gewesen war. Die Leiche trug einen Säbel, der in der Scheide steckte, und einen Köcher mit Pfeilen. Der Bogen fehlte.

»Es ist Krieg«, sagte Minya.

»Wir müssen die Aufseherinnen töten«, sagte Ilsa.

Minya zuckte zusammen. »Was?« Es war, als hätte ein Stein gesprochen. »Laß nur, du hast recht. Ich dachte, du wärest ... ich dachte, du hättest schon aufgegeben.«

Ilsa schüttelte nur den Kopf.

Westen bringt dich nach innen. Innen bringt dich nach Osten. Zuerst richtete der Student das Bugfenster direkt nach unten. Sie fielen glatt ... und immer schneller ... er zog das FRM in westliche Richtung und feuerte die Motoren, um den Kurs zu korrigieren, als er sich vom Stamm entfernte.

Seine Passagiere waren starr vor Entsetzen, außer Lawri, die starr vor Wut war.

Sie hatten immer noch einen Passagier am Rumpf hängen.

Anthon hätte fast gestottert, aber er beherrschte sich: »Ich möchte darauf hinweisen, daß wir *sofort* zu den Carther-Staaten fliegen könnten. Wir haben den Silbermann und das FRM. Die Copsik-Jäger haben nichts, auf das sie mehr Wert legen. Was eure Copsiks anbetrifft, könnten wir einen Tauschhandel abschließen.«

Das hörte sich ganz vernünftig an. »Clave?« sagte der Student.

»Damit kannst du den Baum füttern.«

»Ihr wollt noch mehr Copsik-Jäger töten. Okay, das kann ich verste – «

»Ich will sie selbst befreien. Ich bin der Vorsitzende des Quinn-Stammes. Sie haben einen Anspruch darauf, von mir beschützt zu werden.« Clave spuckte das Wort aus: »Tauschhandel! Sie haben uns angegriffen, wir haben sie angegriffen. Wir haben das FRM, und wir werden auch unsere Leute bekommen. Okay, Student – Wissenschaftler – wie ist deine Meinung?«

Sie fielen zu schnell. Der Student drehte das FRM mit dem Bug nach unten und feuerte die vorderen Motoren. »Nett, daß du mich fragst«, sagte er. »Wir haben die Schülerin der Wissenschaft und den silbernen Anzug und den einzigen lebenden Mann, der hineinpaßt. Vielleicht würden sie auf einen Handel eingehen. Das FRM behalten wir.«

»Niemals«, sagte Lawri. »Mit *Copsiks* verhandeln!«

Anthon und Clave sahen einander an. »Was soll's«, meinte der Student, und sie lachten. Lawris Ton sagte alles.

Minya blieb stehen und sah durch die Wand von Zweigen und Laub.

Die Aufseherinnen hatten Gwen gefunden. Haryet schalt sie, als die beiden sie zur Hütte führten. Haryet war ein Copsik der zweiten Generation, kleiner als Minya; neben ihrer hochschwangeren Gefangenen wirkte sie winzig.

Sie werden uns kommen gehört haben, dachte Minya. Das mußte auch Jinny sich gesagt haben. Zehn Meter von Minya entfernt trat sie aus dem raschelnden Gebüsch heraus. *Gut. Sie werden denken, sie haben eine gehört, nicht zwei.*

Dloris trat auf Jinny zu, und ihr Gesichtsausdruck verhieß nichts Gutes. Es war streng verboten, neue Pfade durch das Gebüsch zu brechen.

Minya tauchte hinter Haryet auf und erstach sie.

Gwen, das Baby im Arm, drehte sich um und kreischte laut auf. Dloris wirbelte herum und sah Minya fassungslos an. Vielleicht hatte dieser Komplex mit seinen Müttern und Babys und Schwangeren ihr ein falsches Gefühl der Sicherheit suggeriert. Sie reagierte nur langsam. Bevor sie ihren Knüppel ziehen konnte, riß Jinny ihr die Arme auf den Rücken, und Minya sprang in langen geduckten Sätzen auf sie zu.

Dloris schnellte vor, und Jinny flog über ihren Rücken und

schoß auf Minya zu. Minya verlor ein paar Sekunden, weil sie ausweichen mußte. Dann hielt Dloris fünfzig Zentimeter Hartholz hoch, um sich zu schützen; aber sie hatte es mit einem Marine-Säbel zu tun.

»Warte«, sagte sie. »Warte.«

»Mein Kind wird nicht als Copsik geboren!« kreischte Minya und stieß zu.

Dloris tänzelte zurück. Der Tunnel lag hinter ihr, und Minya wußte, daß sie die Aufseherin daran hindern mußte, ihn zu erreichen. Sie rannte auf sie zu und war im Begriff, ihr den Knüppel aus der Hand zu schlagen, als Jayan und Ilsa hinter Dloris auftauchten.

Jayan hielt das große Paddel mit dem Blatt nach vorn wie einen Zweihänder.

Dloris ließ ihren Knüppel fallen. »Tötet mich nicht. Bitte.«

»Dloris, sag uns was passiert ist.«

»Die Carther-Staaten sind überall auf dem Stamm. Ich weiß nicht, wer gewinnt.«

»Haben sie das FRM?«

»Das *FRM?«* Dloris zeigte nur Erstaunen.

Sie fesselten sie mit einer Leine. Ilsa wollte noch mehr tun. Minya kannte Dloris so gut, daß sie es nicht zuließ. Sie hätte auch Haryet nicht getötet, wenn ... wenn.

Gavving sah, wie das FRM in Flammen gehüllt niederging. Patry sprach mit seinem Kasten, aber er stand zu weit entfernt, als das Gavving etwas hätte verstehen können. Der Marine-Offizier schien wütend und ängstlich zugleich.

Er merkte, daß Gavving ihn beobachtete. »Du!« schrie er. »Ihr alle! Bleibt wo ihr seid! Wenn ihr euch bewegt, werdet ihr erschossen. Habt ihr kapiert? Arny, geht in Deckung.«

Die beiden Mariner verschwanden im Gebüsch. »Wir sind der Köder«, sagte Alfin bald darauf.

»Es sind nur zwei.«

»Glaubt ihr wirklich, daß eure Freunde das FRM haben?« fragte Horse. »Was werden sie damit tun?«

»Uns befreien», sagte Gavving mit mehr Überzeugung, als er wirklich hatte. »Alfin, wenn es unten ist, springen wir zu den Türen und hoffen, daß sie sich öffnen.«

Alfin schnaufte. »Du mußt verrückt sein. Das Ding zu *sehen* ist schon schlimm genug, und du willst darin *fliegen?*«

»Um hier rauszukommen, würde ich mit allem fliegen, wenn ich nur Minya mitnehmen kann.«

»Du hast Minya nicht. Hör zu, Gavving. Ich weiß noch, du hattest rote Augen und hattest sie halb geschlossen und du hast fürchterlich geflennt. Sie machen hier ihr eigenes Wetter! Niemand muß hungern, und niemand muß Durst leiden. Es ist ein guter gesunder Baum mit reichlichen Ernten von Erdpflanzen. Ich habe eine verantwortungsvolle Stellung . . .«

»Es *gefällt* dir hier?«

»Oh . . . Baumfutter. Vielleicht gefällt es mir nirgends. Auch in Dalton-Quinn mußte ich Befehlen gehorchen. Ich habe eine Aufseherin, eine nette Frau, auch wenn sie über mir steht. So etwas hatte ich im Quinn-Busch nicht. Die Bürger betrachten sie als Kind, aber ich komme gut mit Kor aus. Und ich mag diesen fliegenden Kasten nicht.«

»Ich aber.« Das hatte Horse gesagt. »Gavving, könntest du mir nicht Alfins Platz überlassen?«

Das FRM sank direkt auf sie herab. Die Leute an Bord sollten besser Freunde sein! Wenn nicht, konnte er nur noch im Kampf sterben. »Das ist nicht meine Entscheidung«, sagte er zu Horse. »Tu nur, was ich tu, und wir werden sehen, was Clave dazu sagt.«

»Abgemacht.«

»Alfin. Letzte Chance . . .«

»Nein.«

»Warum nicht?«

Alfin sah ihn an. »Hier gibt es Tide.«

Bei Gwens Schreckensschrei hatte auch das Baby angefangen zu weinen. Inzwischen hatte sich der Junge ein wenig beruhigt. Gwens Bewußtsein lag in den Händen, mit denen sie ihr Kind streichelte.

In ihren Augen war kein Leben mehr. Die Verschwörer ignorierten Gwen genauso, wie sie von ihr ignoriert wurden. Als sie versuchte, zu den Hütten zurückzugehen, holte Ilsa sie zurück. Sie wollten nicht, daß Gwen Gelegenheit bekam, mit den andern zu sprechen.

»Bist du sicher, daß du mitmachen willst, Ilsa?« fragte Jayan.

Jinny war nicht schwanger; Jayan und Minya war es noch nicht anzusehen. Aber Ilsa. »Auch ich will nicht, daß mein Baby als Copsik geboren wird.«

Der ganze Ast erzitterte unter der Wucht eines gewaltigen Schlages.

»Der zweite Aufzugskasten«, sagte Ilsa. »Karal sagte, es seien zwei.«

»Minya, du hast mit dem Studenten gesprochen«, sagte Jayan. »Was hat er denn gesagt?«

»Der Student hat gesagt, wir sollen nach oben gehen. Er will versuchen, das FRM zu kapern. Wenn er das FRM nicht bekommt . . .«

»Dann ist er jetzt tot«, führte Ilsa den Satz zu Ende. »Und alle Krieger der Carther-Staaten werden ebenfalls sterben, und wir werden nie befreit werden. Also *hat* er das FRM und so viele Krieger der Carther-Staaten, wie er an Bord unterbringen kann. Und er versucht, uns zu erreichen. Wer kommt mit?«

Niemand nannte irgendwelche Namen, und Jayan sagte: »Wir sind die einzigen neuen Copsiks. Sollen die andern doch ihre eigene Revolte machen.«

»Ihr könnt nicht nach oben gehen.«

Sie drehten sich überrascht um. Dloris schloß die Augen vor der potentiell tödlichen Aufmerksamkeit ihrer Bewacherinnen. Dennoch wiederholte sie verbissen: »Ihr könnt nicht nach oben gehen. Die Tunnel führen zum Baumschlund. Es gibt keinen Verbindungstunnel zum oberen Ende des Busches; da wohnen die Männer. Keine von euch ist in der Verfassung, sich selbst einen Tunnel zu bahnen, und selbst wenn ihr nach oben gelangtet, würdet ihr dort so auffallen wie ein Moby in einem Suppentopf.«

»Was also dann?«

»Bleibt hier, bis eure Freunde euch holen.«

Ilsa schüttelte den Kopf. »Der Kinderkomplex? Karal muß oben inzwischen alles evakuiert haben.«

»Ilsa, der Busch ist groß und kompliziert, und er hat keine Verbindung nach oben. Ihr würdet euch höchstens verirren.«

»Und wo liegt dein Interesse an dieser Angelegenheit, Dloris?«

»Laßt mich leben. Und sagt niemandem, daß ich geholfen habe.«

»Warum?«

»Auch ich wollte einmal fliehen. Aber inzwischen bin ich zu lange Aufseherin. Irgend jemand würde bestimmt meinen Tod wünschen. Aber ihr könnt nicht nach oben gehen. Bleibt hier und wartet.«

Sie sahen einander an. »Dreißig Jahre lang hast du es hier ausgehalten? Nein. Ich glaube, ich weiß, was wir tun müssen.«

Der Student berührte die Kontrollen für die Aggregate . . . ein wenig. Sie mußten paarweise oder gruppenweise benutzt werden, oder das FRM würde ins Trudeln geraten. Es landete einige Meter von der Plattform entfernt mit einem fürchterlichen Krachen im Laub und öffnete sofort die Türen.

Drei Männer sprangen auf die Tür zu. Gavving hatte den Arm eines älteren Mannes gepackt. Der dritte Mann trug Blau und schwang einen Säbel. Debby zielte sorgfältig und durchbohrte den Mann mit einem Bolzen.

Gavving und der Fremde zogen sich ins Innere. »Schaff uns hier weg«, sagte Gavving. »Dies ist Horse. Er möchte in den Quinn-Stamm aufgenommen werden. Alfin kommt nicht mit. Ihm gefällt es hier.« Eine gefiederte Harpune prallte am Türrahmen ab. Der Student schloß sofort die Türen. Dann sagte er: »Minya und Jayan habe ich in dem Komplex für schwangere Frauen zurückgelassen . . .«

»Was? Minya?«

»Sie trägt einen Gast, Gavving. Dein Kind. Männer sind dort nicht zugelassen.« Später wollte der Student ihm die Wahrheit sagen . . . einen Teil der Wahrheit. Vorläufig heißt es für Zeugen und für die Aufzeichnung: *Minya trägt das Kind ihres Gatten.* »Ilsa ist auch da, Anthon. Ich habe Minya gesagt, sie soll alle zusammenholen und nach oben kommen.«

Clave nickte. Gavving starrte den Studenten mit offenem Mund an. »Student, weißt du denn nicht, daß die Tunnel der Männer zu denen der Frauen keine Verbindung haben?«

»Was?«

»Sie würden den ganzen Weg bis zum Astrücken oder bis zum Baumschlund gehen müssen und zurück! Oder sie müßten sich selbst einen Weg bahnen – Grad, sie werden bestimmt gefangengenommen!«

Clave legte eine Hand auf Gavvings Schulter. »Beruhige dich doch, Junge. Student, wohin würden sie gehen?«

Der Student überlegte. Horse meldete sich zu Wort. »Nicht zum Astrücken. Das ist Marine-Gebiet. Auf dem Versammlungsplatz und in den Schulen würden ein paar zusätzliche Frauen vielleicht gar nicht auffallen. Vielleicht bleiben sie auch ganz einfach, wo sie sind, und warten.«

»Jinny wird auf jeden Fall am Baumschlund sein«, sagte der Student. »Okay.« Er schaltete die vorderen Motoren ein.

Mit dem Heck zuerst hob sich das FRM aus dem Busch und zog Flammen hinter sich her. »Du steckst den Baum in Brand!« kreischte Lawri.

Niemand kümmerte sich um sie. »Ich war schon in dem Komplex für schwangere Frauen«, sagte der Student. »Aber ich war noch nie auf dem Versammlungsplatz.«

»Alfin aber«, sagte Gavving. »Es ist ein großer Komplex, und er reicht bis zum Baumschlund. Wenn wir mit dem FRM im Baumschlund landen könnten . . .«

Lawri wand sich. »Das könnt ihr nicht tun! Ihr könnt doch nicht den Baumschlund verbrennen. Wer *seid* ihr denn? Dies ist keine Meuterei mehr, dies ist mutwillige Zerstörung!«

»Würde der London-Baum etwa mit Copsik-Meuterern einen Handel abschließen?« fragte Anthon freundlich.

»Lügen hätte nichts genützt«, sagte Clave. »Du hast vorher zu überzeugend geredet. Wir werden unsere Leute holen.«

Das FRM bewegte sich seitlich über den Busch hinweg und beschleunigte nur träge. Dann lag der freie Himmel unter ihnen, und der Student zog das FRM herum.

Sie fielen am Baumschlund vorbei. Das FRM wurde langsamer, es schwebte. Der Student berührte ein Paar gelbe Punkte. Ein doppelter Lichtstrahl taucht alles in gleißende Helle, als sei das FRM eine angebundene Sonne.

Frauen liefen . . . sie liefen weg. Alles Dschungelriesen. Sie hüpften über den Boden aus geflochtenen Zweigen. Keine hatte die richtige Größe, keine war dunkel genug, keine konnte Jinny sein.

»Lassen wir das«, sagte Clave, als schmerzte ihn seine Stimme. »Wir müssen zum Quartier der schwangeren Frauen. Wie kommen wir dort hin?«

Der Student ließ das FRM sinken. Sie waren jetzt unter dem Busch; unter ihnen blauer Himmel, über ihnen vorbeiziehendes Grün. »Es liegt unter dem Ast. Ich denke, wir steigen am besten von unten auf. Vielleicht treffe ich es nicht genau, und vielleicht hat die Marine inzwischen erkannt, was wir vorhaben. Seid ihr bereit zu kämpfen?«

»Ja«, riefen mehrere Stimmen.

Der Student grinste. »Vielleicht kann ich auch den Silbermann abkratzen. Ich sehe gerade, daß er noch bei uns ist . . . Aber was ist *das?«*

Etwas fiel aus dem Busch. Ein Kleiderbündel an einer Leine. Große Brotlaibe. Ein toter Vogel, ausgenommen und gehäutet. Und dann regnete es Frauen aus dem grünen Himmel. Jayan, Jinny und ein Dschungelriese. Ilsa?

»Sie sind gesprungen«, flüsterte Gavving erstaunt. »Wenn wir nun nicht gekommen wären?«

»Wir sind gekommen«, sagte Merril. »Holen wir sie.«

Zwei Ledersäcke fielen, und dann sprang noch eine Frau kopfüber in die Tiefe, um die anderen einzuholen: Minya.

Der Student drosselte die Aggregate und überlegte einen Augenblick. Er hörte Stimmen schreien, aber es gelang ihm, diese störenden Geräusche zu ignorieren.

Ich muß sie in die Luftschleuse bekommen. Aber was ist mit dem Silbermann? Er klammerte sich immer noch an der oberen Kante fest. Der Student drehte das FRM, so daß es die fallenden Frauen gegen den Zwerg im Druckanzug abschirmte.

Sie trennten sich. Die Rettungsaktion mußte in drei Schritten erfolgen. Zuerst Jayan und Jinny. Sie hatten sich bei den Händen gefaßt und sahen einander an, wie sie es getan hatten, als der Dalton-Quinn-Baum auseinanderbrach. Wenn man die Umstände berücksichtigte, schienen sie erstaunlich gelassen. Das FRM näherte sich ihnen.

Der Silbermann kroch zur Luftschleuse.

»Festhalten!« schrie der Student und ließ das FRM rotieren. Schneller. Auch sein Kopf rotierte; er sah Übelkeit in den Gesichtern hinter ihm. Der Silbermann, der gerade die Luftschleuse erreicht hatte, hielt sich mit den Händen fest. Wieder benutzte der Student die Aggregate, diesmal gegen den Rotationssinn. Der Silbermann schlug hart gegen den Rumpf. Er mußte loslassen.

Der Student öffnete die Türen. Die Zwillinge flogen auf ihn zu. Mit Hilfe der Düsen verringerte er die Geschwindigkeit und stoppte neben ihnen. Dann bewegte er sich seitlich auf sie zu. Sie krochen durch die Luftschleuse in die Kabine.

Blaue Gestalten krochen über den grünen Himmel. Bewaffnete Mariner mit Gasschoten und Fußbogen und einem massiven Gegenstand, um den sich gleich drei Männer kümmern mußten.

Die Wiedervereinigung würde warten müssen. »Schafft sie in die Sitze«, rief der Student Clave zu. Minya war die nächste. Er flog das FRM, als hätte er sein Leben lang nichts anderes getan. Er wurde ein wenig leichtsinnig; Minya klatschte gegen den Rumpf. Sie kroch in die Kabine, und ihre Nase blutete. »Tut mir leid«, sagte er. »Gavving, es wird nicht so schlimm sein. Bring sie zu einem der Sitze! Wer ist die andere?«

»Das ist Ilsa«, sagte Anthon. »Sie schießen auf sie zu. »Student, hol sie!«

»Ich hole sie. Brauchen wir die Verpflegung und das andere Zeug?« Ilsa schwebte jetzt längsseits. Er hatte das FRM zwischen sie und die herabfallenden Navy-Leute gebracht. Hinter ihr strahlte Voy. Pfeile von den Bogen der Feinde *klickten* gegen den Rumpf . . . aber dieses dumpfe *Wumm* paßte überhaupt nicht in sein Konzept. Was — ?

Ilsas entsetzter, aber entschlossener Gesichtsausdruck wich einem verträumten: sie schlief. Der Student wußte es, bevor er hinsah: der Silbermann war wieder da, mitsamt seiner Spuckkanone. Er hockte wieder oberhalb der Luftschleuse, von der Tür aus unerreichbar. Anthon hatte eine Leine um Ilsa geworfen und zog sie jetzt herein.

»Bring sie in einen . . .« Die Sitze waren alle besetzt. »Bringt sie zur hinteren Wand und bleibt bei ihr. Keine Armaturen anfassen. Debby, schieß einen angeleinten Pfeil in diesen Vogel und hol ihn ein . . .«

Anthon sagte: »Der Silbermann . . .«

»Er ist in unmittelbarer Nähe. Wenn er durch die Tür kommt, stürzt euch auf ihn. Die Spuckkanone tötet nicht, aber wenn er uns alle trifft, hat er uns.«

»Wir haben einen Haufen frische Wäsche mitgebracht«, rief Jinny dem Studenten zu. »Und auch etwas Wasser.«

»Wir haben genug Wasser, aber Wäsche . . . warum nicht? Heh, ich habe Minya gesagt, sie soll nach *oben* gehen. Du hast es richtig gemacht, Minya, sonst hätten wir dich nie gefunden . . .«

»Wenn du das FRM hast, so haben wir uns überlegt, müßtest du uns am Himmel finden. Deshalb haben wir mitgenommen, was wir konnten, und sind gesprungen.«

Die Männer von der Marine hatten die grüne Unterseite des Astes nicht verlassen. Das war keine Überraschung. Wenn es ihnen nicht gelang, das FRM zu nehmen, wie sollten sie dann den Baum wieder erreichen? Was sie taten, hätte sinnlos gewirkt, dachte der Student, wenn dieses unförmige Ding nicht gewesen wäre, das sie wie eine Waffe mit sich führten.

Der tote Lachsvogel war eine schwarze Silhouette vor der schmerzhaften Helle Voys. Anthon und Debby mußten die Augen zukneifen . . . aber ein angeleinter Pfeil traf, und sie zogen die Leine ein. Vielleicht hoffte der Silbermann, daß jemand den Kopf herausstecken würde. Er versuchte, zusammen mit dem Stapel Ponchos hereinzukommen, und der Student hätte ihn fast in der Tür eingeklemmt, als er sie schloß. Damit blieb auch die Wäsche draußen, und um ein gelbes Diagramm legte sich eine roter Rand. »Rot habe ich noch nie gesehen. Was bedeutet das?«

Lawri ließ sich dazu herab, verächtlich zu antworten: »Das ist ein Alarm. Deine Leine verhindert, daß die Tür sich schließt.«

Der Student öffnete die Tür (das rote Warnlicht verschwand), und Debby zog das Bündel herein. Der Silbermann versuchte nicht, hereinzukommen. Wahrscheinlich hatte er Angst vor den Türen. Es war seine letzte Chance: der Student schloß die Türen und seufzte erleichtert.

Der Seufzer brach abrupt ab. Die Anzeige für die Sicht nach unten leuchtete plötzlich strahlend rot auf und verschwand dann aus dem Bugfenster.

Auch andere Anzeigen leuchteten in einem so hellen Scharlachrot auf, daß die Augen schmerzten. »Kann dies Ding uns etwas tun?« wollte Anthon wissen, und Lawri schrie: »Das werdet ihr gleich sehen! Sie werden uns in zwei Hälften schneiden!« Und Clave sagte: »Sie sind schon ganz nahe. Wir werden sie gleich am Rumpf haben, wenn – «

»Damit könnt ihr den Baum füttern!« schrie der Student. Er konnte kaum noch denken. Was *könnte* dieses Licht ihnen antun? Weder Klance noch Lawri hatten es jemals erwähnt.

Wir haben, was wir brauchen. Wir können das Brot und auch das Wasser vergessen. Raus hier! Sie werden das FRM niemals einholen.

Lawri sah seine Hand sich bewegen und kreischte: »Halt!« Der Student kümmerte sich nicht darum. Er berührte das Zentrum des großen blauen vertikalen Balkens.

20 Die Position einer Schülerin der Wissenschaft . . .

Der Student ließ pfeifend die Luft aus den Lungen. Er wurde plattgedrückt. Sein linker Arm hatte die Armlehne verfehlt. Jetzt hing er hinter ihm und wurde allmählich aus dem Schultergelenk gezogen. Der Sitz war zu niedrig, um seinen Kopf zu stützen. Sein Genick schmerzte. Über dem gedämpften Heulen des Hauptantriebs hörte er seine Passagiere nach Luft ringen.

Für die Dschungelriesen mußte es mörderisch sein.

Wie ein Traum verschwand der London-Baum aus dem Schirm, auf den die Kameras den Blick nach hinten projizierten. Sie waren jetzt im Sturm und hatten keine Sicht nach draußen. Der Student versuchte, den Arm zu heben, um den blauen Balken zu berühren, damit die Kraft nachließ, die ihn mit solcher Gewalt in den Sitz drückte. Hoch, hoch . . . weiter . . . und sein Arm fiel ruckartig auf seine Brust zurück und trieb ihm das letzte bißchen Luft aus den Lungen. Ihm wurde schwarz vor Augen.

Lawris Kinn lag auf ihrem Schlüsselbein. Wenn sie ihre Halsmuskeln entspannte, das war ihr ganz klar, dann würde der Schub ihr das Genick brechen.

Sie beobachtete Jeffer, als er versuchte, den Antrieb auszuschalten, und sie wußte, daß er es nicht schaffen würde. Und Lawris Arme waren gefesselt.

Das wird einige der Meuterer umbringen, dachte sich mit einer Befriedigung, bei der ihr nicht ganz wohl war. *Und ich habe es ihnen eingebrockt.* Der Com-Laser konnte auf kurze Entfernung verbrennen oder blenden, aber mit an Sicherheit grenzender Wahrscheinlichkeit hätte er dem FRM nichts anhaben können. Sie hatte gelogen, in der Hoffnung, daß die Meuterer in Panik geraten würden. Das war auch der Fall gewesen, aber in einem Ausmaß, das weit über das hinausging, was sie geplant hatte. *Aber auch ich werde sterben!*

Der Wolkenschleier raste vorbei und war verschwunden.

Links von der Mitte war Gold im Bugfenster zu sehen. Der Rauchring zog sich links von Gold hin. Sie beschleunigten in Richtung Osten und ein wenig nach außen.

Osten bringt dich nach außen . . .

Sie waren im Begriff, den Rauchring zu verlassen.

Ich wußte es. Dieser verrückte Jeffer bringt uns alle um.

Die für ihn nutzlose Kopfstütze bohrte sich mit ihrer Halterung schmerzhaft in seine Schulter. Den Kopf weit nach hinten gelehnt, blickte Gavving an seiner Nase entlang und versuchte zu begreifen, was er sah.

Der Himmel flog an den Kanten am Bugfenster vorbei. Eine Triunen-Familie trennte sich flatternd und war verschwunden. Ein kleiner flacher grüner Dschungel trieb heran, wurde immer schneller und sauste vorbei. Vorn zeigte sich eine flauschige weiße Wolke. Sie stießen hinein. Keine Sicht – alles weiß. Das FRM schüttelte sich, als Wassertropfen mit lautem Knall auf die Außenhaut schlugen. Etwas Winziges versetzte dem Bugfenster einen gewaltigen Schlag und hinterließ einen breiten rosa Fleck auf der Scheibe. In Bruchteilen von Sekunden hatte der Regen ihn weggerissen.

Die Wolke war verschwunden, und im Himmel vor ihnen gab es keine weiteren Hindernisse. Gold und der Rauchring sahen aus wie ein Bovist auf einem Stengel. Sie hoben sich gegen einen blauen Himmel ab . . . der Himmel war von einem tiefen dunklen Blau, eine Farbe, die er noch nie gesehen hatte.

Er versuchte, den Kopf zu drehen, um Minya anzuschauen. Die Schmerzen in seinem Genick verlagerten sich . . . so ließ sich der Druck besser ertragen. Auch sie sah ihn an. Die hübsche Minya; sie hatte ein volleres Gesicht, als er es in Erinnerung hatte. Sie versuchte zu sprechen, aber sie schaffte es nicht. Er konnte kaum atmen. Sie seufzte: »Fast.«

Die Lichtanzeige für das Hauptantriebsaggregat des FRM war wieder da und zeigte eine Blauverschiebung. Eine Verschiebung in seiner Spektallinie, und er hatte es aufgefangen. Ein Glücksfall. Kendy ließ seine gewohnte Botschaft entfallen. Das vom Ablauf der Zeit angegriffene Programm des FRM hatte auch ohne Ablenkung genug zu tun. Denn das FRM flog gerade. Es mußte schon seit einigen Minuten beschleunigt haben. Nach der Frequenzverschiebung zu urteilen, war seine Geschwindigkeit groß genug, das Fahrzeug aus dem Rauchring herauszutragen . . . vielleicht sogar bis auf ein paar tausend Kilometer an die *Discipline* heran?

Als das Licht ausging, strahlte Kendy seine Botschaft aus. Die Luft um das FRM herum mußte schon dünner sein. Sie müßten ihn gut empfangen können. »Kendy für den Staat. Kendy für den Staat. Kendy für den Staat.«

Das Geräusch erstarb, der fürchterliche Schub war weg, und das alles in einem einzigen Augenblick. Die Passagiere sanken in sich zusammen. Bürger, die keine Luft zum Schreien gehabt hatten, schrien jetzt.

Die Schreie in Reaktion auf das Erlebte verstummten. Nur hier und da war noch ein Stöhnen zu hören. Der Student hörte Lawri müde sagen: »Jeffer. Niemals den Hauptantrieb benutzen, außer du willst den Baum schieben.«

Der Student konnte nur nicken. Er hatte das FRM gekapert, er würde . . . Baumfutter, jeden, den er kannte, wenn er ihn nicht schon ermordet hatte, würde er ihn an Bord des FRM bringen. Und *dann* hätte er den blauen Balken berührt. »Lawri«, sagte er, »ich nehme jede Anregung entgegen.«

»Füttere doch den Baum.«

Hinten hörte der Student lautes Gelächter . . . es kam von Anthon. Debby schlug ihm hart gegen den Magen. Er krümmte sich zu einem U, aber er lachte weiter, und sie lachte mit.

Sie hatten allen Grund! Während der Beschleunigung hatten sie an der hinteren Wand gelegen, um Ilsa vor etwas zu schützen, das allenfalls ein leichter Ruck hätte sein dürfen. In den mörderischen Sitzen hätten sie sich das Rückgrat gebrochen, aber keiner der Dschungelriesen hatte in ihnen gesessen.

Andere stöhnten und bewegten sich, und ihre Schmerzen verwandelten sich in Angst. Ilsa begann aufzuwachen. Merril – mit leerem Blick und von dem am Bugfenster vorbeirasenden sonderbaren Himmel wie hypnotisiert – wurde ebenfalls wieder munter.

»Warum *tut* denn niemand etwas?«

Claves weittragende Stimme füllte die Kabine bis zum Überlaufen: »Beruhigt euch, Bürger. *So* schlimm ist die Lage nun auch wieder nicht. Vergeßt nicht, wo ihr seid.«

Andere Geräusche verstummten. Clave fuhr fort: »Der Transporter wurde dafür gebaut. Wir wissen, daß er im Rauchring operiert, aber er wurde gebaut, um *überall* zu operieren, stimmt das nicht, Student?«

Daran hatte der Student überhaupt noch nicht gedacht. »Nicht überall, aber . . ganz sicherlich auch außerhalb des Rauchrings.«

»Das reicht. Wie ist die Lage?«

»Ich muß mich erst mal sammeln.« Der Student schämte sich. Clave mußte erst kommen, damit sein Verstand wieder funktionierte. *So schlimm ist die Lage nicht* – ein Glück, das Clave nicht die Ausbildung hatte, um zu wissen, welchen Unsinn er da redete.

Die blaue Anzeige leuchtete wieder auf. *Schub:* 0. *Beschleunigung:* 0. Das blaue Rechteck war von flimmerndem Rot umrandet: *Hauptaggregat eingeschaltet, kein Treibstoff.* O_2: 211. H_2 : 0. H_2O : 1,328. »Wir haben eine Menge Wasser, aber keinen Treibstoff. Wir können nicht manövrieren. Ich weiß nicht, wie ich feststellen soll, wo wir landen. Lawri?«

Keine Antwort

»Früher oder später werden wir wieder zurückfallen. Die grüne Anzeige: ›Der Luftdruck ist draußen sehr gering.‹ Wir . . .« Es könnte eine Panik auslösen, aber sie mußten es wissen. »Wir verlassen den Rauchring. Deshalb hat der Himmel auch diese seltsame Farbe.« Gelbe Anzeige: »Das Lebenserhaltungssystem scheint okay zu sein.« Sichtanzeige: »Mein Gott!« Nach hinten und zu den Seiten hin wirkten alle Einzelheiten winzig: Die Integralbäume waren Zahnstocher, die Teiche glitzernde Tropfen, und alles schien in Nebel eingehüllt. Gold war nur eine Ausbuchtung in einer größeren Linse von Wolkenmustern, die sich nach Osten und nach Westen hinzogen; ein Sturmmuster, das sich über den Rauchring ausbreitete. Der verborgene Planet schien unanständig nahe.

»Student.«

»Tut mir leid, Clave, ich habe nicht zugehört. Bürger, dies dürft ihr nicht versäumen! Seit die Menschen von den Sternen kamen, hat niemand den Rauchring von außen gesehen.«

Einige betrachteten die Szenerie auf den Schirmen, und andere sahen aus den Seitenfenstern. Aber Gavving sagte: »Ich glaube, Horse ist tot.«

Horse? Der alte Mann, den Gavving mitgebracht hatte. Horse sah wirklich tot genug aus; kein Wunder, daß dieser grauenhafte Schub das Herz eines alten Mannes zum Stillstand gebracht hatte. *Armer Copsik,* dachte der Student. Er hatte Horse nie kennengelernt, aber welcher Mensch hätte wohl gern sterben mögen, bevor er *dies* gesehen hatte? »Prüft seinen Puls.«

Lawri sagte: »Backbordsicht, Jeffer.«

Etwas in ihrer Stimme . . . der Student schaute hin. Oben an der Kante: blitzte das nicht Silber auf? »Was . . .«

»Es ist Mark. Er ist immer noch da draußen.«

»Das glaube ich nicht.«

Aber der silberglänzende Druckanzug kam wieder in Sicht. Der Zwerg mußte sich während der ganzen wilden Beschleunigung an die Netze geklammert haben.«

»Laß ihn rein, Jeffer.«

»Was für ein Mann! Ich . . . Lawri, das kann ich nicht. Draußen ist der Druck zu gering. Wir würden unsere Luft verlieren.«

»Er wird dort draußen sterben! . . . Moment mal. Öffne nur eine Tür zur Zeit. Hah! Deshalb nannte Klance es eine Luftschleuse! Das sagen auch die Kassetten.«

»Natürlich, zwei Türen, um die Luft nicht entweichen zu lassen. Okay.« Von hinten war gedämpftes Klopfen zu hören. Der Silbermann wollte in die Kabine. »Anthon, Clave, er könnte gefährlich sein. Nehmt ihm die Sprühkanone ab, wenn er reinkommt.« Der Student ließ nur die gelben Symbole stehen, alles andere löschte er. Ab jetzt durfte er keine übereilten Entscheidungen mehr treffen. Er kniff die beiden gelben Linien zusammen – darauf achten, daß sie ganz zusammenkommen – dann öffnete er die äußere Tür mit dem Zeigefinger.

Der Silbermann verschwand in der Luftschleuse.

Gut. Jetzt die äußere Tür schließen, *warten* – keine rote Umrandung? Die innere Tür öffnen. Luft zischte in die Schleuse.

Der Silbermann betrat das FRM, reichte Anthon seine Spuckkanone und griff nach seinem Helm.

Im innersten Herzen mochte Lawri gehofft haben, daß der härteste Krieger der Marine in letzter Minute eine Gegenmeuterei inszenieren würde. Sie gab diese Hoffnung auf, als sie sein Gesicht sah. Mark war ein Zwerg, und er hatte ein grobknochiges, brutales Gesicht, aber sein Unterkiefer hing herunter, sein Atem ging schnell, und sein Gesicht war bleich vor Schock. Hilfesuchend sah er sich in der Kabine um. »Minya?«

Eine dunkelhaarige Frau antwortete: »Hallo, Mark.«

Sie sprach gelassen, aber ihr Blick war haßerfüllt. Mark nickte verlegen. Dann erkennte er Lawri. »Hallo, Schülerin der Wissenschaft. Was wird jetzt?«

»Wir sind in der Gewalt von Meuterern«, sagte Lawri, »und ich wünschte, sie könnten ihre Diebesbeute besser fliegen.«

Der erste Offizier der Meuterer sagte: »Der Quinn-Stamm heißt dich als Bürger willkommen. Der Quinn-Stamm kennt keine Copsiks. Ich bin der Vorsitzende, mein Name ist Clave. Wer bist du?«

»Marine, Scharfschütze, Rüstung. Heiße Mark. Bürger hört sich nicht schlecht an. Wohin geht die Reise?«

»Das scheint keiner so recht zu wissen. Aber noch trauen wir dir nicht ganz, Mark. Deshalb werden wir dich an einen Sitz binden. Muß eine ganz schöne Reise gewesen sein. Vielleicht bist du tatsächlich aus Metall.«

Mark ließ sich nach vorn zu einem freien Sitz führen. »Wenn man es recht bedenkt, fahre ich lieber in der Kabine mit. Ich muß verrückt gewesen sein, sonst hätte ich vorher losgelassen. Wir wollen doch nicht nach Gold, oder doch?«

Er ist fügsam geworden, dachte Lawri angewidert. *Er hat sich den Meuterern unterworfen. Werden sie wirklich gewinnen?*

Und dann sah sie, daß sie nicht gewinnen *konnten.*

Aber sie schwieg.

Clave zählte zehn Sitze und dreizehn Bürger, einer davon tot. Horse brauchte keinen Sitz mehr. Auch die Dschungelriesen nicht. Ganz im Gegenteil! Aber trotz des großen Frachtraumes hinten war das FRM gedrängt voll.

Die Bürger schienen ruhig. Sie mußten erschöpft sein, vermutete Clave, und zu sehr beeindruckt, um noch Angst zu empfinden. Ihm selbst ging es ähnlich. Die meisten – sogar der Silbermann – sahen aus dem Fenster.

Der Himmel war fast schwarz, und Dutzende von weißen Punkten waren zu sehen. Die Schülerin der Wissenschaft hatte bisher wütend geschwiegen. Jetzt sagte sie: »Ihr habt euer ganzes Leben lang von ihnen gehört. Die Sterne! Ihr sagt es, ohne zu wissen, wovon ihr redet. Ihr werdet sterben, aber ihr habt die Sterne gesehen.«

Die Sterne waren da, und der Anblick war beeindruckend, aber es waren nur Punkte. Clave fand den Blauen Geist und das Geisterkind viel interessanter. Auch sie hatte er noch nie gesehen. Die beiden Fächer violetten Lichts waren höchst lebhaft und auch erschreckend. Sie standen weit außerhalb des Rauchrings.

Anthon und Debby waren beschäftigt. Sie hatten die Ponchos festgebunden und auch den ausgenommenen und geräucherten Lachsvogel an der hinteren Wand des Frachtraums befestigt. Jetzt schnitten sie vom Fleisch des Tieres dünne Scheiben ab.

Clave erinnerte sich daran, daß er ein ähnliches Gefühl gehabt hatte, als der Baum auseinanderbrach. Er wußte nicht genug, um Entscheidungen treffen zu können. Damals hätte er den Studenten fast erwürgt, weil er ihm Informationen vorenthalten hatte. Jetzt . . .

Der Student betrachtet ihn unruhig. Glaubte er, daß Clave ihre Gefangenen angreifen würde? Clave lächelte ihn an. Er ging nach hinten und half den Dschungelriesen, das Fleisch zu verteilen.

Jetzt war alles anders. Hier war Clave nicht mehr der Vorsitzende. Wenn sie sterben mußten, würde es nicht Claves Schuld sein.

Warscheinlich fanden die Dschungelriesen das FRM viel erschreckender als die anderen - als Clave! - aber dennoch schienen sie sich hier häuslich einzurichten. Quetschkürbisse mit Wasser wurden durch die Sitzreihen weitergereicht . . . drei Quetschkürbisse, die schon ziemlich leer schienen. Clave machte sich Sorgen um den Wasservorrat des FRM.

Er wollte gerade den Studenten fragen, als dieser sagte: »Gavving, würdest du bitte einmal herkommen?«

In seiner Stimme lag etwas Drängendes. Anthon hatte es bemerkt, aber konzentrierte sich weiter auf seine Arbeit. Genauso verhielt sich Clave. Wenn er sie brauchte, würde er es ihnen schon sagen.

Gavving schob sich zwischen Lawri und den Studenten. Er war froh über diese Unterbrechung. Minyas Bericht hatte ihn bestürzt, und er brauchte Zeit, um seine Fassung wiederzuerlangen.

Der Student zeigte auf eine Zahl. »Siehst du die rote Umrandung?«

»Natürlich.«

»Rot bedeutet Alarm. Die Ziffer zeigt die Luftverhältnisse in der Kabine an. Wie fühlst du dich? Hast du einen Allergie-Anfall?«

»Daran habe ich wirklich am allerwenigsten gedacht.« Gavving lauschte in sich hinein. in den Ohren und in den Nebenhöhlen hatte er ein unangenehmes Gefühl . . . und seine Augen juckten . . . »Vielleicht.«

Die gelbe Zahl verlor einen Punkt hinter dem Komma.

»Schülerin der Wissenschaft, willst du einen Kommentar abgeben?«

»Sieh selber, wie du klarkommst, Jeffer, du gewaltiger Wissenschaftler.«

»Hmmm.«

»Student, was *bedeutet* das?«

»Oh, Verzeihung, Gavving. Draußen ist keine Luft. Wir haben ein Leck. Die Luft in der Kabine dringt nach draußen ins, äh, Universum. Wenn ich nicht weiter weiß, wende ich mich immer an dich. Vielleicht hast du einen Vorschlag.«

Gavving dachte darüber nach. »Was Clave sagte . . .«

»Clave hat nicht gesagt, daß das FRM fast vierhundert Jahre alt ist und vielleicht bald auseinanderfällt.«

»Wie all diese Fahrräder . . . okay, was hältst du denn von der Schülerin der Wissenschaft?«

Lawri ertrug ihre nachdenklichen Blicke mit zusammengepreßten Lippen. Der Student lächelte und sagte: »Frag sie lieber, was sie von uns hält.«

Das brauchte Gavving gar nicht erst zu tun, denn Lawri sagte: »Vier feindliche Krieger, sechs Copsiks, die gemeutert haben, und ein Mariner, der seine Waffe abgeliefert hat.« Ihr Gesichtsausdruck war undefinierbar. Hatte sie ganz vergessen, daß er eben noch der Silbermann gewesen war? Es war schwer, sich in die Gedanken einer Fremden hineinzuversetzen. Aber man konnte es versuchen. »Ich frage mich«, sagte Gavving, »ob sie wirklich genug weiß, um uns zu retten. Wir selbst würden nur unsere Zeit verschwenden.«

Der Student nickte. »Lawri, hätte der Wissenschaftler uns retten können, wenn er hier wäre?«

»Vielleicht. Aber er würde es nicht tun!«

»Klance würde das FRM nicht retten?« Der Student lächelte.

Sie zuckte die Achseln, so gut es ging, denn sie war immer noch gefesselt. »Okay, natürlich hätte er das FRM gerettet. Wenn möglich.«

»Wie denn?« Sie antwortete nicht. »Kannst du uns retten?«

Sie hob eine Braue. Gavving fand das bewundernswert, aber er sagte nur: »Sie blufft. Student, wir werden das selbst erledigen müssen. Der Wissenschaftler hat dir doch etwas über Gase erzählt, oder nicht?«

»Beide. Da wir gerade darüber sprechen . . . Sauerstoff? Wir kriegen die Luft aus den Sauerstofftanks. Die Wasserstofftanks sind leer. Und . . . wir werden bald genug Treibstoff haben. Das FRM teilt das Wasser in zwei Brennstoffe. Den einen, den Sauerstoff, atmen wir. Uns bleibt noch etwas Zeit.«

Gavving studierte das Gesicht des blonden Mädchens. Was wußte sie? Was *wollte* sie? Wollte sie, daß alle starben? Dann waren sie schon so gut wie tot. Aber vielleicht gab es etwas, was sie noch mehr haßte als Meuterei.

Es kam darauf an, den Studenten zu aktivieren. Aber wie? Dumme Fragen stellen; das könnte funktionieren. »Können wir das Leck finden? Etwas in Brand stecken und den Rauch beobachten?«

»Ja! Dann sehen die andern, was hier nicht stimmt, und außerdem verbrennen wir unsere Luft.«

»Fällt dir denn nichts ein?«

Moleküle . . . Luftmoleküle bewegen sich langsamer, wenn sie kalt sind.« Auf dem Schirm flimmerten gelbe Zahlen und Symbole. Der Student berührte eine Pfeilspitze auf einer vertikalen Linie. Er bewegt die Fingerspitzen langsam darauf zu. Aus der einen Pfeilspitze wurden zwei, und die eine folgte seinem Finger.

»Ich habe noch nicht einmal darüber nachgedacht, ob wir die Kabine wärmer oder kälter machen können, aber es *muß* möglich sein. Der Sauerstoff ist flüssig. Und kalt! Wenn es nicht etwas gäbe, was die Kabine aufheizt, würden wir erfrieren. Okay, jetzt wird es hier kälter werden, aber wir werden länger leben. Du solltest Clave sagen, was hier vor sich geht. Er kann es dann den anderen mitteilen. Sie müssen es erfahren. Außerdem müssen wir die zusätzlichen Ponchos verteilen. Dann werden wir es mit dem Rauch versuchen.«

»Laß mich doch an die verdammten Kontrollen«, sagte Lawri.

Gavving wandte sich ab. Sie sollte sein Lächeln nicht sehen. Lawri mochte ihnen allen den Tod wünschen, aber sie konnte *unmöglich* dem Studenten allein ihre Rettung überlassen. »Ist es zu kompliziert, ihm die nötigen Anweisungen zu geben?« fragte er.

»Nein, aber ich will es nicht.«

»Student, wollen wir es mit dem Rauch versuchen?«

»Das Schlimmste, was sie tun könnte, ist, uns umzubringen. Lawri wollte schon immer gern das FRM fliegen. Lawri, die Position einer Schülerin der Wissenschaft steht dir zu Verfügung.«

Lawri beugte die Arme und sah zu ihren Bewachern hinüber. In ihren Händen prickelte es, und ihre Arme schmerzten. Sie hätte gern auf die Meuterer eingeschlagen. Aber Jeffers Gesichtsausdruck . . . wie der des alten Wissenschaftlers Klance, wenn er eine alberne Routinefrage gestellt hatte und auf die Antwort wartete.

Der Himmel war schwarz wie Kohle. Die Sterne waren

weiße Punkte und sahen aus wie Miniaturausgaben von Voy. Aber es waren Tausende. Und wenn sie schon Lawri Angst machten, was mochten dann erst diese Wilden empfinden? Sie beobachtete sie, die an rohem Fleisch kauten, und mußte plötzlich lächeln.

Sie griff an dem Studenten vorbei und drückte den weißen Knopf. »Prikazyvat Stimme.« *Hört euch das an, ihr Baumfütterer!*

»Bereit«, sagte eine Stimme, die zu niemanden im FRM gehörte. »Identifizieren Sie sich.«

Niemand sprach mehr. Der männliche Dschungelriese spannte seinen Bogen. Sie drehte ihm den Rücken zu. »Ich bin Lawri die Wissenschaftlerin. Geben Sie uns Ihre Zustandsmeldung.«

»Treibstofftanks fast leer. Energie erschöpft. Batterien laden auf. Luftdruck sinkt. In fünf Stunden höchste Gefahr, in sieben Stunden tödlich. Anzeigen funktionieren.«

»Warum sinkt der Luftdruck?«

»Alle Öffnungen versiegelt. Ich werde das Leck suchen.«

Lawri bestätigte den weißen Knopf. »Das wird uns umbringen. Ohne Luft müssen wir ersticken. Es wäre ein interessantes Schauspiel, aber ihr werdet es nicht sehen.« Sie blitzte den Studenten an.

»Die Stimme hört uns erst wieder, wenn ich auf den Knopf drücke. Sie kann alles mögliche tun, wenn man das Falsche sagt oder einfach nur redet.«

»Würde sie auch mit mir sprechen?« fragte der Student.

»Du bist ein ...« Ihre Verachtung verwandelte sich in etwas anderes. »Sie will, daß du dich identifizierst, dann speichert sie deinen Namen. Hmm. Versuch's doch.« Sie drückte auf die Sprechtaste.

»Prikazyvat Stimme«, sagte der Student.

»Identifizieren Sie sich.«

»Ich bin der Wissenschaftler des Quinn-Busches. Haben wir genug Treibstoff, um den Rauchring zu erreichen?«

»Nein.«

Für einen Augenblick blieb dem Studenten der Atem weg. Dann sagte er: »Wir haben noch einen Wasservorrat. Kann er nicht in Treibstoff aufgespalten werden?«

Die Stimme schwieg eine Weile. »Wenn die Sonneneinstrahlung ihre Identität behält, werde ich genügend Treibstoff haben, um die Rückkehr zu schaffen. Ich bemerke eine Masse in der Nähe unsere Flugbahn. Ich kann ihre Schwerkraft ausnutzen.«

»Ist es Gold?«

»Bitte neu formulieren.«

»Die Masse, handelt es sich dabei um Goldblatts Welt?«

»Ja.«

Der Student drückte auf den Knopf, bevor er anfing zu lachen. »Auf nach Goldblatts Welt! Wenn wir so lange leben.«

Hinten wurde aufdringlich geflüstert. Die plötzliche Eiseskälte und die Stimme aus der Wand hatten die Leute in Panik versetzt. »Gavving«, sagte Jeffer, »du solltest ihnen die Sache mit dem Luftdruck erklären. Wir haben keine Zeit mehr, Clave über die Einzelheiten zu informieren.«

»Soll ich es nicht tun?« fragte Lawri. Sie verstand besser, was hier vor sich ging.

Jeffer erschrak. »Lawri, sie werden glauben, daß du das Leck verursacht hast!«

»Diese Wilden . . .«

»Das würde jeder andere auch glauben.«

Sie wußte nicht, ob er das ernst meinte.

Gavving berichtete den übrigen Meuterern über das Leck. Er erzählte es umständlich und sagte auch, was sie in dieser Situation zu tun gedachten. Jeffer drückte auf den Knopf. »Prikazyvat Stimme. Haben Sie das Leck gefunden?«

»Ich finde kein Leck. Aber es tritt Luft aus.«

»Werden wir lange genug leben, um den Rauchring zu erreichen?»

»Nein. Auf dem von mir programmierten Kurs würde es vierundzwanzig Stunden dauern. Der Druckabfall wird in zehn Stunden tödlich wirken. Es handelt sich um Annäherungswerte.«

Lawri erinnerte sich nicht daran, wie lange eine Stunde dauern könnte. Noch . . . zehn Stunden? Bevor es in der Kabine so kalt wurde, waren es noch sieben Stunden gewesen. Sie fragte sich, ob die Stimme das berücksichtigt hatte. Manchmal war die Stimme ziemlich dumm.

»Zeige die Stellen, an denen du nach dem Leck gesucht hast«, sagte Lawri.

Die gelben Strichdiagramme bekamen grüne Umrandungen. Woanders leuchteten rote Punkte auf. »Das sind Sensoren, die nicht mehr funktionieren«, erklärte Lawri dem Studenten. »Stimme, führen Sie Ihre Kurskorrekturen durch.«

»Prikazyvat Stimme«, sagte Jeffer. »Niemals den Hauptantrieb benutzen.«

»Ich werde zünden, sobald ich Treibstoff habe. Erste Zündung in zehn Sekunden. Neun. Acht.«

»Haltet euch alle irgendwo fest«, rief Jeffer.

Die Meuterer zogen die zusätzlichen Ponchos über ihre Kleidung. Sie hielten inne, um sich anzuschnallen. Die Dschungelriesen gingen an die hintere Wand und hielten sich an den Armaturen fest –

»Zwei. Eins.«

Aber nur die Steuerdüsen zündeten. Das FRM drehte den Bug zum Rauchring hin und blieb in dieser Position, als die hinteren Motoren ansprangen. Es dauerte einige Dutzend Atemzüge. Sie würden näher an Gold vorbeiziehen ... das zu einer gewaltigen spiralenförmigen Sturmwolke geworden war, deren Rand schon unter ihnen lag.

Wenn Mark nicht so müde wäre, dachte Lawri, *und sie das Hauptaggregat zündete, würde außer Mark sich niemand mehr bewegen können.* Das mußte sie im Auge behalten. Jeffer schien nicht zu wissen, daß man den Schub regeln konnte, indem man diese Rechtecke oben oder unten berührte, um so die Treibstoffzufuhr zu verändern.

Inzwischen ... wie konnte sie nur das Leck stopfen? Wenn es eine Möglichkeit gab, dann *mußte* Lawri sie früher finden als Jeffer.

21 Alles riskieren

»Kendy für den Staat. Kendy für den Staat. Kendy für den Staat.«

Bei der verringerten Entfernung kam die Antwort klar und deutlich und fast sofort durch den annähernd luftleeren Raum. Das FRM befand sich außerhalb des Rauchrings. Seit der Meuterei war dies Kendys erster Funkspruch. »Status?« sendete er.

Die Motoren funktionierten alle. Treibstoff: ein paar Teelöffel voll. Wasser: ziemlich viel. Sonnenenergie-Umwandler: betriebsfähig. Batterien: aufgeladen, aber sie verloren an Energie, während sie Wasser in flüssigen Wasserstoff und flüssigen Sauerstoff umwandelten. Die Sonnenstrahlung von T3 würde im Vakuum beständig sein. Sie würden also Treibstoff haben.

Das FRM wurde manuell gesteuert. Die CO_2-Werte zeigten, daß die Kabine mit Passagieren besetzt war. Die Werte für das Kohlendioxyd stiegen langsam an, aber das Lebenserhaltungssystem würde annähernd damit fertigwerden . . . und die Kabine verlor Luft.

Scheiße! Sie würden sterben müssen!

»Kurs seit Zündimpuls.«

Er erhielt den Kurs. Das FRM stieg. Es wäre nahe am L2-Punkt vorbeigekommen – Kendys eigene Position, der Punkt der Stabilität hinter Goldblatts Welt – gäbe es nicht Goldblatts Welt selbst. Und gäbe es nicht Goldblatts Welt würde das FRM jetzt in sichere Regionen zurückfallen . . . aber der Kern eines ehemaligen Gasriesen zog das FRM in eine geneigte fast kreisförmige Umlaufbahn weit außerhalb des Rauchrings.

»Schalten Sie auf mein Kommando um.«

Massive Fehlfunktion.

»Stellen Sie Sichtkontakt mit der Besatzung her.«

»Abgelehnt.«

Und der Kabinendruck fiel ab. Irgend etwas mußte getan werden. Kendy sendete: »Kopie«, und wartete.

Der FRM-Computer dachte darüber nach, langsam, Bit für Bit; werde schneller; und begann sein gesamtes Programm auszustrahlen. Es dauerte sechsundzwanzig Minuten. Kendy prüfte es – ein vereinfachter Kendy, durch nachträgliche Kommandos ausgebessert und geflickt und Zeit und Entropie verstümmelt – während er »Stand by für Überarbeitete Programmversion« sendete.

Kendy konnte es kaum glauben. Der lange verstorbene Programmierer mußte Schutzkommandos inplantiert haben. Er hatte sie einfach nur noch nicht erreicht gehabt... es sei denn, auch sie waren beeinträchtigt worden? Kendy *hatte* keine überarbeitete Programmversion, so sicher war er gewesen. Er würde es völlig neu zusammenstellen müssen.

Die Geschwindigkeit, mit der ein Computer denken kann, war Kendys Triumph und Tragödie. Er war immer wieder aufs neue von der Langweiligkeit seines ereignislosen Lebens überrascht. Es war deshalb immer wieder neu, weil Kendy ständig seine Erinnerungen redigierte. Die Speicherkapazität seines Computergehirns war festgelegt. Es operierte ständig nahe ihrer Grenze. Er hatte sich seine Erinnerung an die Meuterei redigiert und die Namen der Schlüsselfiguren getilgt, befürchtend, daß er später an ihren Nachkommen Rache nehmen würde. Er löschte auch die Erinnerung an seine Langeweile.

Einmal hatte er die Lösung des Vierfarbenproblems der Topologie untersucht. Der 1976 von Appel und Haken vorgelegte Beweis konnte nur von einem Computer überprüft werden. Kendy *war* ein Computer; er hatte den Beweis diskret geprüft und festgestellt, daß er stichhaltig war. Nur daran erinnerte er sich. Die Einzelheiten hatte er gelöscht.

Für die FRMs hatte er ein vereinfachtes Programm benutzt und es dann gelöscht. Aber jetzt hatte er das Programm des FRM als Muster. Er ging es durch, brachte die nötigen Korrekturen an und brachte seine eigene vereinfachte Persönlichkeit auf den neuesten Stand, wobei der die Erinnerung des FRM an die Meuterei intakt ließ, denn er war entschlossen, sie zu ignorieren. Er suchte nach einer Möglichkeit, das Leck in der

Kabine abzudichten. Es war aussichtslos. Die Sensoren des Lebenserhaltungssystems hatten versagt, nicht das Programm. Fast hätte er den Befehl gelöscht, der die Benutzung des Hauptmotors untersagte. Das Hauptaggregat war wirkungsvoller. Kendy verstand diesen Befehl nicht . . . aber er war eingegeben worden, und zwar erst kürzlich. Er ließ ihn unangetastet.

Jetzt: ein Programm für einen Kurs, der sie zu ihm führen würde, damit er sie studieren konnte . . .

Ihm blieb kaum Zeit zu hoffen. Kendy faßte die Orbitalkräfte direkt. Er erkannte sofort, daß es nicht genug Treibstoff gab, und auch nicht ausreichend Sonneneinstrahlung, um rechtzeitig genug Wasser zu elektrolysieren. Seine eigenen zwei FRMs, die ihn mittels ihrer Solarkollektoren mit Energie versorgten, hatten nicht genug Treibstoff, um das FRM der Wilden zu erreichen und in Schlepp zu nehmen, selbst wenn er bereit gewesen wäre, beide zu riskieren.

Das konnte er vergessen. Er mußte es noch einmal versuchen . . . durch eine Annäherung an Goldblatts Welt konnte er sie in den Rauchring zurückbringen. Der Computer des FRM hatte tatsächlich schon die entsprechende Kursänderung veranlaßt. Aber das spielte keine Rolle. Bis sie den Rauchring erreichten, würden sie tot sein.

Er ließ diesen Teil des Programms intakt. Er löschte die Sperren, die ihn von einer Kommunikation abschnitten. Er strahlte das revidierte Programm an das FRM ab, in dem Schneckentempo, das es verkraften konnte.

Das FRM speicherte das Programm.

Es hatte funktioniert. Jedenfalls konnte er sie noch sehen, sie ein wenig besser kennenlernen, bevor es mit ihnen zu Ende ging. Nach fünfhundertundzwölf Jahren!

Die Kälte machte den Dschungelriesen zu schaffen. Sie hatten sich die zusätzlichen Ponchos angezogen. Anthon, Debby und Ilsa hatten sich dicht aneinandergedrängt zusammengerollt.

Die anderen wurden mit der Kälte besser fertig. Für alle außer Mark gab es Ponchos, und zwei blieben übrig. Einen davon zerrissen sie, um Schals zu bekommen. Jinny wickelte

Mark einen Schal um den Hals und stopfte die Enden in den Kragen des silbernen Anzugs. »Geht es so?«

Der Silbermann schien guter Dinge, wenn er auch an den Sitz gefesselt war und sich kaum rühren konnte. »Gut, danke.«

»Ist der Anzug auch dick genug?«

»Verdammt, Frau, du zitterst doch selbst. Dieser Anzug behält seine eigene Temperatur, genau wie das FRM. Falls jemand meinen Schal braucht . . . willst du ihn haben?«

Jinny lächelte und schüttelte den Kopf.

»Natürlich würde es mir besser gehen, wenn ich den Helm schließen würde«, sagte Mark. Und sie lachten, als hätte er etwas Komisches gesagt. Man brauchte es nicht erst zu erwähnen: wenn sie es nicht schafften, das Leck abzudichten oder wenn Lawri sie alle umbringen wollte, würde Mark zusammen mit den anderen sterben müssen.

Der Student hatte einen Schal zu einer Fackel zusammengedreht und sie mit Fett von dem Lachsvogel bestrichen. Er wollte sie gerade anzünden, als er vor seinem Gesicht Nebel sah. Er atmete . . . weißen Rauch aus. Alle außer Horse atmeten weißen Rauch aus, als rauchten sie Tabak.

»Wenn ihr glaubt, daß irgendwo ein Leck ist, müßt ihr darauf atmen«, verkündete er. »Achtet auf euren Atem. Nein, Jinny, an den Türen ist es nicht. Dort hat die Stimme Sensoren.«

Lawri machte sich an den Kontrollen zu schaffen. »Ich drehe die Feuchtigkeit höher . . . die Luftfeuchtigkeit. Dann gibt es mehr Nebel.«

Die Bürger gingen nacheinander an den Schirm, um zu sehen, wo in dem gelben Diagramm die leeren Stellen waren. Der Student übernahm den unangenehmen Job, zwischen den Sitzreihen umherzukriechen. Er schob sich an der erkalteten Leiche von Gavvings Freund vorbei und atmete auf die Stelle, wo Wand und Boden zusammengefügt waren.

»Ich habe es«, rief Merril. »Es ist das Bugfenster.«

Die Bürger traten an das Fenster, hauchten dagegen und beobachteten, wie der blasse Rauch an eine Stelle zog, wo das Fenster mit dem Rumpf verbunden war. Das Fenster hatte sich an der Backbordseite unten gelockert.

»Schaut gründlich nach«, befahl Lawri. »Vielleicht ist es mehr als ein Leck.«

Sie ging nach hinten, wo der Student schon stand. »Hast du eine Idee«, fragte er, »wie wir das Leck abdichten können?«

Die Stimme begann einen Countdown. Die zusammengedrängten Dschungelriesen wurden gegen die Wand gedrückt, ohne daß sie sich voneinander lösten. Ilsa kicherte. Sie stand offenbar noch unter dem Einfluß der Droge aus der Spuckkanone.

Die Aggregate schwiegen. »Vielleicht«, sagte Lawri. »Haben wir irgend etwas, womit wir Wasser transportieren können?«

»Wir brauchen Quetschkürbisse!« rief der Student.

Sie fanden drei. Merril holte sie und brachte sie Lawri. Jayan und Jinny hauchten gegen die Seitenfenster, die in Ordnung schienen. Gavving und Merril prüften sorgfältig das Bugfenster. Sie hauchten dagegen und beobachteten den Nebel. Draußen bildete sich an einem Teil der Krümmung Nebel und verschwand sofort wieder. Das Stück war so lang wie der Arm des Studenten von der Schulter bis zu den Fingerspitzen. Lawri drehte an einem Ventil. Braunes Wasser kam aus der hinteren Wand, und bildete eine Kugel, die immer größer wurde.

»Das ist ja Schlamm«, sagte Merril angewidert.

»Wir benutzen Teichwasser«, sagte Lawri. »Das FRM spaltet das Wasser in Wasserstoff und Sauerstoff, aber der Dreck bleibt zurück. Wir müssen die Tanks regelmäßig reinigen. Deshalb haben wir auch ein Abfallbeseitigungssystem, und darüber könnt ihr verdammt froh sein.«

»Das Zeug können wir doch nicht trinken. Wir hätten Minyas Wasservorräte mitnehmen sollen.«

»Vorausgesetzt wir leben lange genug, um durstig zu werden.« Lawri nahm die Kürbisse und füllte sie mit der braunen Flüssigkeit. Merril zuckte zusammen, als sie sah, wie alle ihre Wasserbehälter beschmutzt wurden. Lawri ging mit den Kürbissen nach vorn. Wollte sie das Leck mit Schlamm abdichten? Jetzt konnte der Student es auch selbst, falls Lawri sich doch noch weigern sollte, ihnen zu helfen. Aber er wollte sie so bald wie möglich auf seiner Seite haben.

Lawri bestrich den Rand des Fensters mit Schlamm und drückte ihn fest. Draußen zeigte sich Nebel. Das Glas überfror. In einer langen braunen Blase blieb das Wasser, wo sie es hingetan hatte. Während der nächsten Minuten, in denen Lawri allein die Instrumente beobachtete, wurde das Wasser immer dickflüssiger und sein Braun dunkler. Schließlich wurde es *hart.*

»Student?« sagte Clave. »Funktioniert es?«

Der Student hatte von Eis gelesen, aber es war für ihn genauso unwirklich wie die flüssigen Gase in den Tanks. Er sah Lawri an.

Lawri bemerkte seinen Blick und sagte: »Die Position einer Schülerin der Wissenschaft akzeptiere ich nicht.«

Wollte Lawri sie nach nach dieser Leistung im Stich lassen? Clave sprach als erster und sehr schnell: »Ich bin ganz sicher, daß der Quinn-Stamm auch zwei Wissenschaftlern Platz bietet. Besonders unter den gegenwärtigen Umständen.«

»Ich habe euch gerettet. Jetzt will ich zum London-Baum zurückkehren. Das ist mein *einziger* Wunsch.«

Sie hat es verdient, dachte der Student, *aber* . . .

»Dann nimm Kurs darauf«, sagte Clave.

Der Bug des FRM war auf den Rauchring gerichtet. Der Sturmwind, der Gold umgab und verhüllte, war jetzt am nächsten. Eine turbulente Wolkenspirale mit einer Ausbuchtung in der Mitte. Die ganze Struktur trieb mit einer Geschwindigkeit nach Westen, die gering schien, aber unvorstellbar groß sein mußte. Die Arme des Rauchrings traten in beide Richtungen zurück. Sie sahen Wolkenstürme auf Voy zurasen, der in der Nähe des FRMs stand und sich von ihm entfernte. Kleinere Details – wie Integralbäume – waren so winzig, daß man sie nicht erkennen konnte.

»Du bist die Wissenschaftlerin«, sagte Clave. »Könntest du uns zum London-Baum zurückbringen?«

Lawri schüttelte den Kopf. Sie fing an zu zittern und konnte nicht mehr aufhören. Minya nahm den letzten Poncho und wickelte sie darin ein. Dann banden sie ihr ein Stück Tuch um Kopf und Hals. »Wir verlieren keine Luft mehr«, sagte Lawri. »Laßt die Feuchtigkeit hoch eingestellt, dann werden wir nicht so schnell durstig. Jeffer, mich friert, und ich bin müde und fühle mich ganz verloren. Ich kann jetzt keine Entscheidungen treffen. Laßt mich in Ruhe.«

Sie waren nicht menschlich.

Kendy hatte sie eine Weile beobachtet. Sie hatten die Temperatur auf ein Minimum reduziert. Kendy wollte das gerade in Ordnung bringen, als er merkte, daß sie dadurch in der Lage gewesen waren, das Leck abzudichten.

Sie mußten sich einiges von dem alten Wissen bewahrt haben.

Aber die Kälte brachte sie fast um. Er sah, daß die *wirklich* Fremden zuerst zusammenbrachen und sich hinten zusammendrängten, um ihren Tod zu erwarten.

Die medizinischen Sensoren des FRMs zeigten eine Leiche und zwölf Bürger an, von denen keiner mehr ganz normal war. Einer hatte keine Beine. Wenn tödliche rezessive Gene im Rauchring auftraten, konnte das auf Inzucht hinweisen. Ansonsten schienen sie gesund. Er sah keine Verletzungen, keine Pockennarben, keine Anzeichen für irgendeine Krankheit – was auch normal war. Auf der *Discipline* waren keine Parasiten oder Bakterien gewesen, von denen Menschen befallen werden. Sie hatten nicht einmal die wunden Stellen, die von unzureichendem Baden herrührten.

Die abnorme Größe, die langen empfindlichen Hälse, die langen zarten Finger und die *sehr* langen Zehen mußten das Ergebnis einer Evolution sein, Anpassung an eine Umgebung des freien Falls.

Er würde seine Probleme haben, *diese* Leute in den Staat zurückzubringen. Auf ihre Weise war diese Gruppe ein perfektes Testmuster. Er konnte hier seine Fehler machen, ohne je dafür zu zahlen. Irgendwann würde das FRM von anderen Wilden gefunden werden.

Zeit für seinen Auftritt.

Lawri aß rohes Lachsvogelfleisch; sie haßte es ganz offensichtlich, aber sie aß es. Jayan und Jinny hatten sich zu den zusammengedrängten Kriegern aus den Carther-Staaten begeben. Es sah nach Spaß aus, dachte der Student mißvergnügt, aber er wurde hier vorn gebraucht.

Irgend etwas geschah mit dem Bugfenster; ein Muster wie ein bunter Schatten versperrte die Sicht.

»Lawri, hast du irgend etwas getan?«

»Etwas stimmt nicht. So etwas habe ich noch nie gesehen . . .« Ihre Stimme verlor sich.

Schweigen senkte sich über die Kabine. Ein gespenstisches Gesicht füllte das ganze Bugfenster aus. Es nahm Farbe an, riesig und durchscheinend, und durch das Bild hindurch konnte man Golds Stürme sehen.

Es war ein brutales Gesicht mit krausem braunen Haar, buschigen Brauen und dicken Stirnwülsten. Es hatte breite, muskulöse Kinnladen und einen kurzen Hals, der im Verhältnis so dick war wie der Oberschenkel eines Mannes. Das Gesicht ähnelt tatsächlich dem Marks oder Harps. Ein Riesenzwerg. Er sprach mit der Stimme der Stimme.

»Bürger, hier ist Kendy. Ich spreche für den Staat. Sprechen Sie, und Sie werden reicher belohnt, als Sie es sich vorstellen können.«

Die Passagiere sahen einander an.

»Ich bin Sharls Davis Kendy«, sagte das Gesicht. »Ich habe Ihre Vorfahren zum Rauchring gebracht und sie hier ausgesetzt, als sie gegen mich meuterten. Es steht in meiner Macht, Sie nach Gold in Ihren Tod zu schicken. Sprechen Sie und sagen Sie mir, warum ich es nicht tun sollte.«

Zu viele sahen die Wissenschaftlerin an. War das ein Trick von Lawri? Der Student bemerkte, daß sich ihm die Haare sträubten . . . aber irgend jemand mußte sprechen. Deshalb sagte er: »Ich bin der Wissenschaftler des Quinn-Stammes . . .«

»Und ich bin die Wissenschaftlerin von London-Baum«, sagte Lawri mit fester Stimme. »Können Sie uns sehen?«

»Ja.«

»Wir sind verloren und völlig hilflos. Wenn Sie unser Leben wollen, dann nehmen Sie es.«

»Wir kommen von drei Stämmen, die an zwei sehr verschiedenen Orten leben«, erklärte der Student. »Die drei Großen . . .« während er sprach versuchte er sich zu erinnern. *Sharls Davis Kendy?*

Lawri unterbrach: »Sie waren der Prüfer der *Discipline.*«

»Das war ich, und das bin ich«, stellte das Spektralgesicht fest.

»Die Verantwortung des Prüfers umfaßt die Handlungen, Einstellungen und das Wohlergehen seiner Mündel«, zitierte Lawri. »Wenn Sie uns helfen können, müssen Sie es tun.«

»Sie argumentieren gut, Wissenschaftlerin, aber meine Verantwortung besteht dem Staat gegenüber. Sollte ich Sie wirklich als Bürger behandeln? Wie sind Sie in den Besitz des FRM gelangt? Sind Sie Meuterer?«

Der Student hielt den Atem an . . . und Lawri sagte: »Ganz gewiß nicht«, sagte sie verächtlich. »Das FRM gehört der Marine und der Wissenschaftlerin. Ich bin die Wissenschaftlerin.«

»Wer sind die andern? Stellen Sie sie mir sie bitte vor.«

Der Student sprach jetzt.

Er versuchte, Lügen zu erzählen, die er im Kopf behalten konnte. Er bezeichnete die Copsiks vom London-Baum – Jayan, Jinny, Gavving und Minya – als Bürger des London-Baums; Clave und Merril als Flüchtlinge, die Copsiks geworden waren; sich selbst als privilegierten Flüchtling; die Dschungelriesen als Gäste. Zu spät dachte er an Mark, der gefesselt in seinem Sitz saß.

Alles riskieren . . . »Mark *ist* ein Meuterer«, sagte er. »Er hat versucht, das FRM zu stehlen.«

Würde der Zwerg ihn als Lügner bezeichnen? Aber die andern unterstützen . . . außer Lawri . . . Mark schlug die Augen nieder. Er wirkte plötzlich gefährlich.

Sharls Davis Kendy fing an, Mark zu befragen. Mark antwortete wütend, kämpferisch. Er tischte eine abenteuerliche Geschichte über sich selbst auf: ihm sei wegen seiner Gestalt der Status eines Bürgers verwehrt worden, und man habe ihn zum Copsik gemacht. Er habe versucht, das FRM zu stehlen, indem er den Hauptmotor aktiviert habe. Dabei habe er gehofft, daß außer ihm alle hilflos sein würden, aber er habe feststellen müssen, daß der gewaltige Schub auch ihn bewegungsunfähig gemacht habe.

Das Gesicht schien zufrieden. »Wissenschaftlerin, erzählen Sie mir mehr über London-Baum. Sie halten dort also Leute, denen der Status eines Bürgers verwehrt wird?«

»Ja«, sagte Lawri, »aber ihre Kinder können sich qualifizieren.

»Warum bricht ein Baum auseinander?« fragte das Gesicht. »Und wie bewegt sich der London-Baum? Sind viele von ihnen verkrüppelt? Warum nennen Sie sich Wissenschaftlerin? Wie viele Kinder werden nach Ihrer Meinung sterben, bevor sie aufwachsen, um selbst Kinder zeugen zu können?« Er erkundigte sich nach der Bevölkerungsdichte, nach den Entfernungen und nach der Zeitdauer verschiedener Ereignisse – Zahlen. Lawri und der Student antworteten, so gut sie konnten. Bei diesen Dingen konnten sie sich ziemlich an die Wahrheit halten.

Zuletzt sagte Kendys Stimme: »Nun gut. Das FRM wird in elf Stunden atembare Atmosphäre erreichen. Der Luftwiderstand wird den Flug verlangsamen. Halten Sie . . .«

»Stunden?«

»Welche Maße benutzen Sie? Der Kreis, den Te-Drei um den Himmel beschreibt? Wenn er etwa ein Zehntel des Kreises zurückgelegt hat, werden Sie durch die Luft fallen. Bei solchen Geschwindigkeiten ist Luft gefährlich. Halten Sie den Bug nach vorn. Sie werden Feuer sehen – machen Sie sich keine Sorgen deshalb. Berühren Sie nichts am Bug, es wird sehr heiß sein. Öffnen Sie die Luftschleuse erst, wenn sie sich nicht mehr vorwärtsbewegen. Bis dahin haben Sie genügend Treibstoff, um manövrieren zu können. Haben Sie alles verstanden?«

»Ja«, sagte Lawri. »Wie sind unsere Chancen, das alles zu überleben?«

Kendys Gesicht wollte antworten und erstarrte mit halb geöffnetem Mund.

Neue Daten: Der Druck in der Kabine ist wieder normal. Sie hatten das Leck abgedichtet! *Wie?* Ein Mann ohne Drüsen mochte natürlicherweise Neugierde und Pflichtempfinden als seine stärksten Gefühle erfahren. Bei Kendy standen sie jetzt im Widerstreit. Und das FRM war im Begriff, außerhalb seiner Reichweite zu geraten.

Kendy hatte nie die Absicht gehabt, ihnen zu sagen, daß sie den Wiedereintritt in die Atmosphäre nicht mehr erleben würden. Die medizinischen Werte zeigten außerdem an, daß sie ihn belogen hatten . . . und er wagte nicht, sie dessen zu beschuldigen.

Das änderte alles. Die Wilden mochten tatsächlich wohlbehalten zurückkehren, um Kendy und die *Discipline* zu beschreiben. Er könnte sie natürlich aufhalten, indem er dem FRM irgendeine wilde Kursänderung übermittelte. Oder er konnte die nächsten paar Minuten damit verbringen . . . sie zu indoktrinieren und für den Staat zu gewinnen? Unmöglich. Er konnte höchstens einen trivialen Schritt in diese Richtung tun und ihnen die Notwendigkeit nahelegen, wieder mit ihm zu sprechen.

Und wenn sie das taten – in Jahren oder Jahrzehnten – konnte er mit der Arbeit beginnen, die schon ein halbes Tausend Jahre gewartet hatte.

»Sie haben das Leck abgedichtet«, sagte das Gesicht. »Gut gemacht. Jetzt müssen Sie den Meuterer töten.«

Mark wurde blaß. Lawri wollte etwas sagen, aber der Student fuhr ihr über den Mund. »Er wird nach unserer Rückkehr vor Gericht gestellt.«

»Zweifeln Sie an seiner Schuld?«

»Das wird sich später entscheiden«, sagte der Student und machte sich damit wahrscheinlich selbst der Meuterei schuldig, aber hatte er eine Wahl? Wenn Mark nicht redete, um seine Haut zu retten, würde Lawri es tun. *Und ich bin Captain des Schiffs.*

»Im Staat arbeitet die Justiz sehr schnell . . .«

»Im Quinn-Busch arbeitet sie genau«, konterte der Student.

»Unsere Schnelligkeit mag darauf beruhen, daß wir unmittelbaren Kontakt untereinander haben, was bei Ihnen offensichtlich nicht der Fall ist.« Das Gesicht sprach lauter und schneller, als sei es in Eile. »Gut, ich habe Ihnen sehr viel mitzuteilen. Ich kann Ihnen Kommunikationsmittel zur Verfügung stellen und eine Energie, die nicht auf Muskelkraft, sondern auf Sonnenstrahlung beruht. Ich kann Ihnen mehr über das Universum sagen, als Sie wissen. Ich kann Ihnen erklären, wie Sie Ihre kleinen Stämme zu einem großen Staat zusammenfassen können und wie dieser größere Staat mit den

Sternen Verbindung aufnehmen kann, die Sie heute zum ersten Mal sehen. Kommen Sie zu mir, so schnell Sie können . . .

Kendys Stimme erstarb auf höchst sonderbare Weise; sie löste sich in bloßen Lärm auf, und sein brutales Gesicht verschwamm zu einem Gewirr von bunten Linien. Dann schwieg die Stimme, und die Sturmwolken um Gold leuchteten blau und weiß durch das Bugfenster.

22 Bürger-Baum

Kendy erhielt nur noch unscharfe Werte. Frustrierenderweise arbeiteten die Heckkamera und die obere Kamera perfekt. Er bekam zwei schöne Bilder von den Sternen und dem dichter werdenen Rauchring. An der oberen Kamera strömte Plasma vorbei, und Kendy suchte die Spektrallinien von Silikon und Metallen, ein Zeichen, daß der Rumpf wegkochte. Er registrierte eine geringfügige Abschmelzung, aber es war nicht mehr, als er auch bei einem neuen FRM erwartet hätte.

In der Kabine stieg der Anteil an CO_2. Das Rütteln reichte aus, um Fleisch weichzuklopfen. Die Pasagiere litten: weit aufgerissene Münder und krampfhaft pumpende Brustkästen. Die Temperatur war inzwischen normal, aber sie stieg weiter an. Eine der verschwommenen Gestalten löste den Sicherheitsgurt und versuchte, die Kleidung abzulegen. Wegen der wachsenden Ionisierung bekam Kendy keine medizinischen Werte mehr, aber der Pilot hatte vorhin unter entsetzlicher Spannung gestanden ...

Es war noch nicht zu entscheiden, ob das FRM leben oder sterben würd. Kendy wußte nicht, was ihm lieber war.

Er hatte gepfuscht.

Das Prinzip war einfach und hatte dem Staat schon früher gedient. Um die Sache zu fördern, wurde einem potentiellen Überläufer befohlen, irgendein obzönes Verbrechen zu begehen. Danach war es ihm für immer unmöglich, die Sache zu verleugnen oder abzulehnen. Denn das hätte bedeutet, daß er zugeben mußte, eine Scheußlichkeit begangen zu haben.

Die zwingende Voraussetzung war genauso einfach. Man durfte keinen solchen Befehl geben, solange es nicht sicher war, daß er befolgt wurde.

Kendy schämte sich und war wütend. Er hatte versucht, ihre Loyalität zu erringen, indem er ihnen eine Hinrichtung befahl. Statt dessen hatte er sie fast zu Meuterern gemacht! Er hatte elegant und schnell einen Rückzieher machen müssen.

Er hatte keine Chance gehabt, sich davon zu erholen, da die Ionosphäre, die sich um das FRM herum aufbaute, jede Verbindung unterbrach. Die medizinischen Werte sagten ihm, daß sie ihn in irgendeinem Punkt angelogen hatten. Auch dazu hätte er sie nicht zwingen dürfen. Er wußte nicht genug, um auch nur zu raten was sie verbargen.

Jetzt war es zu spät. Wenn er jetzt irgendeine tödliche Kurskorrektur durchgab, würde die Ionosierung sie verstümmeln. Wenn sie überlebten, würden sie von einem Kendy berichten, der mächtig, aber leichtgläubig war, einem Kendy, den man einschüchtern konnte. Wenn sie starben . . . würde Kendy eine Legende bleiben, die in einer nebelhaften Vergangenheit versinkt.

Die Bugsicht war ein verwischtes Gewirr von Flammen. Als das FRM tiefer in die Atmosphäre vorstieß – er verlor selbst die Kabinensensoren . . .

Sie sahen eine durchscheinende blaue Flamme vor sich, die seitlich wegströmte. Der Student spürte die Hitze im Gesicht. Sie würden wieder Luft verlieren. Das schwarze Eis am Rand des Bugfensters war wieder zu Schlamm geworden . . . Schlamm, der Blasen warf. Er hatte sich geirrt. Die kreischende glühendheiße Luft, die sich vor dem Bug staute, kam herein.

Dinge rasten auf sie zu. Bei kleineren war nichts zu machen – sie trafen oder sie trafen nicht. Blutflecken wurden schwarz und verdampften. Größeren Objekten konnten sie ausweichen.

Seine Hände krampften sich um die Sitzlehnen. Das FRM hier zu steuern, war schlimm genug. Lawri beim Steuern zuzusehen, war destilliertes Entsetzen. Ihre starre Haltung, ihr gestrafftes Gesicht und entblößten Zähne zeigten, daß sie jeden Augenblick hysterisch losschreien konnte. Ihre Hände schwebten wie Klauen über den Kontrollen, griffen hin und fuhren wieder zurück. Dann berührte sie plötzlich blaue Striche. Ihn juckte es in den Händen, wenn sie eine Gefahr nicht gleich erkannte.

Die Sitze waren alle besetzt. Die Bürger hatten protestiert, aber der Student hatte so lange geschrien, bis es getan war:

Sie hatten Horses Leiche an der Wand des Frachtraumes festgebunden. Mark der Silbermann saß hinten und hielt sich mit seiner abnormen Kraft in seinem Sitz fest. Clave, der neben ihm saß, schwor, daß auch seine Kraft ausreiche. Aber alle anderen waren in die Sitze geschnallt, die wenigstens *etwas* Schutz gegen den Schub vom Bug boten – selbst für die Dschungelriesen. Der Wiedereintritt in die Atmosphäre war nicht so wie die Verwendung des Hauptmotors. Es war ein Angriff. Die Luft versuchte, das FRM in kleine Stücke brennenden Sternzeugs zu zertrümmern.

Lawri hatte ihr halbes Leben im FRM zugebracht. Sie *mußte* es besser können als der Student. Darauf hatte sie bestanden, und damit hatte sie schließlich auch recht. Er hielt sich an den Sitzlehnen fest und wartete darauf, wie eine Wanze zerquetscht zu werden.

Das FRM fiel nach Osten und nach innen. Verkürzt tauchten Integralbäume auf, als drei ... vier Paar grüne Punkte, die schwer zu erkennen waren ... aber sie hatte sie gesehen: Düsen zündeten. Direkt voraus ein grüner Flaum ... Lawri zündete die Backborddüsen – das FRM drehte sich träge und wurde durchgerüttelt, als die glühende Luft den Bug von der Seite traf. Vordere Düsen: das FRM verringerte die Geschwindigkeit, während der grüne Flaum näherkam und zu einem Dschungel anwuchs.

Von hinten war ein Schmerzensschrei zu hören. Clave wäre fast aus dem Sitz geflogen. Der Silbermann hatte ihm die Hand vor die Brust gehalten und hielt ihn so im Sitz fest.

Der Student sah Vögel und scharlachfarbene Blumen, bevor der Dschungel an ihnen vorbeigerast war. Lawri richtete den Bug wieder nach vorn. Ein Teich mit einem Durchmesser von einem Kilometer hätte sie fast zerdrückt, die Tropfen in seinem Schweif schlugen mit dem Klang von Myriaden kleiner Glocken auf den Rumpf ein. Die Trümmerbrocken standen immer dichter beieinander.

Und sie zogen jetzt langsamer an ihnen vorbei.

Etwas wie ein grüner Schleier versperrte ihnen den Weg. Es hätte die Hälfte eines Integralbaumes sein können, dessen Busch wild gewuchert war. Das Laub hatte sich stark ausgebreitet, und der Stamm endete in einem dicken Knoten.

Kleine Vögel schwirrten durch die dünnen Zweige, und an den Rändern schwebten Schwertvögel. Eine solche Pflanze hatte er noch nie gesehen, und Lawri steuerte an dem Baum vorbei.

»Lawri?« sagte der Student.

»Es ist vorbei«, sagte sie. »Verdammt, ich bin müde. Übernimm die Kontrollen, Jeffer.«

»Bin schon dabei. Ruh dich aus.«

Lawri rieb sich heftig die Augen. Der Student berührte blaue Striche, um die Geschwindigkeit der FRMs noch weiter zu verringern. Mit einer Fingerspitze stellte er die Kabinentemperatur auf normal. Die Kabine war schon warm. Wenn diese tödliche Kälte nicht gewesen wäre, als sie in die Atmosphäre eintraten, wären sie vielleicht geröstet worden.

Er sah sich nach seinen Passagieren um. Vom Quinn-Stamm waren noch sechs Leute übrig. Zwölf im ganzen, um einen neuen Stamm zu gründen. »Wir sind wieder zurück«, sagte er. »Ich weiß nur noch nicht genau, wo. Leben wir alle noch? Braucht jemand medizinische Versorgung?«

»Lawri, du hast es geschafft!« jauchzte Merril. »Wir haben lange genug gelebt, um durstig zu werden.«

»Wir haben nur noch wenig Treibstoff«, sagte der Student. »Und Wasser haben wir überhaupt nicht. Laßt uns einen Teich suchen. Und dann suchen wir uns eine neue Heimat.«

»Mach die Türen auf«, sagte Jayan. Sie löste ihren Gurt und ging mit Jinny nach hinten.

»Warum?«

»Horse.«

». . . richtig.« Er öffnete die Luftschleuse, und eine leichte Brise wehte herein, die frisch, sauber und wunderbar roch. Die Luft im FRM stank. Es war ein schaler Baumfuttergestank, ein Gestank nach Angst und faulem Fleisch und nach zu vielen Menschen, die sich gegenseitig ins Gesicht atmeten. Warum hatte er das nicht bemerkt?

Die Zwillinge banden die Leiche los und zuckten zusammen, als sie sie berührten. Sie zogen ihn durch die Tür. Der Student wartete, bis sie die Knochen des Lachsvogels hinterhergeworfen hatten. Dann zündete er die hinteren Aggregate. *Wenn ich seinem Geist begegnete, würde er mich nicht ein-*

mal erkennen. Wie kann ich also sagen, daß es mir leid tut? Niemals das Hauptaggregat benutzen außer – Horse schrumpfte am Himmel zusammen.

Der Teich war riesig und rotierte so schnell, daß er linsenförmig war, so schnell, daß er kleinere Teiche wegschleuderte. Der Student wählte einen der kleineren Satelliten aus, nicht größer als das FRM selbst. Er fuhr an ihn heran, bis das Bugfenster die silberne Kugel knapp berührte.

Was er dann sah, ließ ihm den Atem stocken. Er blickte in das Innere des Teiches. Wasseratmende tropfenförmige Wesen mit winzigen Flügeln bewegten sich durch ein Gewirr von grünen Fäden. Er schaltete das Buglicht ein, und das Wasser glitzerte. In dem Teich war ein ganzer Dschungel, und schwimmende Wasservögel schossen in Schwärmen zwischen den Pflanzen hin und her.

Lawri scheuchte ihn auf. »Komm, Jeffer. Das kann sonst keiner. Such zwei Meuterer mit guten Lungen aus.«

Er folgte ihr nach hinten und fragte nicht weiter wegen der Lungen, bis er selbst dahintergekommen war. »Clave, Anthon, wir brauchen ein paar starke Männer. Bringt die Quetschkürbisse. Die sind besser als Lungen, Wissenschaftlerin.«

»Quetschkürbisse, sehr schön. Hättest du deine Meuterei besser geplant, hättest du die Pumpe abmontiert und an Bord gebracht.«

Er lachte und dachte: *Hätte ich dich um Rat fragen sollen?* Aber er sagte es nicht. Nach allem, was Lawri durchgemacht hatte, war es gut, sie scherzen zu hören, auch wenn es Baumschlundhumor war.

Während sie den Schlauch an der hinteren Wand anbrachte, trug der Student das andere Ende nach draußen. Er sah nichts mehr von den Netzen, die am Rumpf gehangen hatten. Selbst die verkohlten Reste waren weggebrannt. Er leinte sich an, bevor er in das wenige Meter entfernte Wasser sprang. Clave war schon vor ihm gesprungen, ebenfalls vorschriftsmäßig angeleint und mit den Quetschkürbissen in der Hand. Jayan und Jinny folgten ihm.

Jetzt kamen auch die anderen. Mark war aus seinem Druckanzug gestiegen und hing zusammen mit Anthon an einer Leine. Merril, Ilsa und Debby . . . in einem Gewirr von Leinen tauchten sie ins Wasser und tranken. Der Student hatte es sich vorher nicht gestattet, an seinen Durst zu denken. Aber jetzt überließ er sich ihm. Er tauchte mit Kopf und Schultern ein und versuchte, den ganzen Teich zu trinken. Die Buglampen der FRM beleuchteten das Wasser um ihn herum.

Sie vergnügten sich alle sorglos. Warum auch nicht? Er riß an seiner Leine und zog sich aus dem Wasser bevor er ertrank. Die anderen Bürger tranken und spritzten und wuschen sich und andere.

War Lawri allein im FRM?

Allein an den Kontrollen eines Fahrzeugs, das in der Nähe des Teiches schweben und Feuer sprühen konnte. Dann blieb ihnen nur noch die Wahl zwischen Ertrinken und Verbrennen – Er sah Lawri herauskommen, gefolgt von Minya und Gavvin. Er war leichtsinnig gewesen; die beiden nicht. Der Student behielt sie im Auge, um dafür zu sorgen, daß sie nicht allein ins FRM zurückging.

Auch sie tummelte sich im Wasser. Sie und der Zwerg wuschen sich gegenseitig und unterhielten sich dabei. Anthon war in Hörweite. Lawris Bewegungen waren ruckartig und nervös. Die Nachwirkungen des Wiedereintritts ließen sie angespannt und müde wirken. Sein Mißtrauen schien lächerlich – sie war nicht in der Verfassung, eine Gegenmeuterei anzuzetteln. Er fragte sich, ob sie wohl Alpträume haben würde.

Sie wechselten sich beim Pumpen ab. Die Technik bestand darin, den Hals eines Kürbisses in den Schlauch zu schieben und den Inhalt auszudrücken, behutsam, denn es waren drei Kürbisse in Bewegung – zusammendrücken, unter Wasser tauchen, zusammendrücken, warten, bis er sich mit Wasser füllte, in den Schlauch entleeren, zusammendrücken . . .

»Meine Arme spielen nicht mehr mit«, erklärte Minya und reichte Merril ihren Kürbis. Mit den trainierten Muskeln einer Bogenschützin hatte sie es länger ausgehalten als die meisten. Gavving hing in einiger Entfernung von den anderen reglos im Wasser. Er hatte schon vier seltsame geschmeidige und geschuppte Wasservögel erlegt. Sie beobachtete ihn und überlegte, was er wohl davon hielt, daß in ihr jetzt ein Gast heranwuchs.

Und was waren ihre eigenen Gefühle? Ihre Schwängerung war Teil ihrer Vergangenheit. Die Vergangenheit war für jeden tot, aber ganz besonders galt das für diese Bürger, denn zwischen ihnen und ihrer Heimat lagen Hunderttausende von Kilometern und die Stürme von Gold. Sie würde ein Kind haben. Es gab eine Zeit, wo sie schon alle Hoffnung darauf aufgegeben hatte . . . aber was empfand Gavving?

»Niemand spricht von Sharls Davis Kendy«, sagte Merril.

»Warum auch?« wunderte sich Debby. »Er hat uns vorher nicht belästigt und wird es auch in Zukunft nicht tun.«

»Dennoch, es ist schon etwas, den Prüfer gesehen zu haben, nicht wahr? Etwas, wovon wir unseren Kindern erzählen können. Wer so alt ist, muß viel gelernt haben.«

»Wenn er nicht gelogen hat oder verrückt ist.«

»Die Tatsachen stimmen aber«, sagte der Student. »Wir haben ihn doch beim Wort genommen. Vielleicht hatte er, wie ich, nur Kassetten. Ein Zwerg von einem Wissenschaftler, der dort draußen mit seinem FRM steckengeblieben ist, fast wie wir. Und so intelligent kann er nicht sein. Er hat sogar Marks Geschichte geschluckt . . .«

»Komm, ich war wirklich brillant«, bellte der Silbermann.

»Du hast eine gute Geschichte erzählt, Mark. Aber warum hast du mich unterstützt?«

Der Zwerg antwortete erst nach zwei oder drei Atemzügen. »Du begreifst, daß ich eine verdammte Copsik-Revolution nicht unterstützen kann.«

»Okay. *Warum?*«

»Ja . . . Er hatte einige interessante Instrumente. Vielleicht sitzt er selbst mit der *Discipline* fest. Ich hätte die *Discipline* gern gesehen.«

»Ich würde mit Sharls Davis Kendy keinen Handel eingehen, und wenn er mir die *Discipline* schenkte. Häßliches arrogantes Baumfutter. Er wollte, daß Mark umgebracht wird, wie man einen Truthahn schlachtet, weil es an der Zeit ist. Sehr bequem. Und er hat uns herumkommandiert wie Copsiks!«

Darüber mußten sie lachen. Sogar Mark lachte.

Nach drei Stunden waren ihre Unterarme konzentrierter Schmerz. Auf der blauen Anzeige in der Kabine lasen sie H_2O: 260. Der Student fragte Lawri: »Reicht das?«

»Für das, was wir vorhaben . . .«

»Wir hatten daran gedacht, nach Hause zu gehen«, sagte Debby.

Clave schnaufte, aber sie warteten auf Lawris Antwort. Widerwillig sagte sie: »Ich würde den London-Baum nie wiederfinden. Die Carther-Staaten sind sogar noch kleiner, und sie liegen beide auf der falschen Seite von Gold. Wir würden in westliche Richtung beschleunigen müssen, vom Rauchring nach innen fallen und uns von Gold herumziehen lassen. Wollt ihr schon wieder alles riskieren?«

Sie lächelte über die Reaktion der andern. »Ich auch nicht. Ich bin müde. Wir könnten zum nächsten Baum fahren und das FRM festmachen. Wir werden eine Pumpe bauen, bevor wir mehr Wasser brauchen.«

»Uns wäre natürlich ein Dschungel lieber«, sagte Ilsa.

Eine der Frauen wurde böse. »Wir sind neun, und ihr seid nur drei! Wenn –«

»Moment, Merril«, sagte Clave. »Ilsa, bist du ganz sicher? Man kann einen Dschungel bewegen, und das ist ein Vorteil. Stimmt's?«

Ilsa nickte mißtrauisch, und Anthon sagte: »Das ist *eines* der Dinge, die uns am Dschungelleben gefallen.«

»Aber ihr könnt es nur ungefähr alle zwanzig Jahre tun. Wir können den Transporter . . . das FRM in der Mitte eines Integralbaums verankern und ihn bewegen, wann und wo wir wollen.«

»Warum sollte man das nicht auch mit dem Dschungel tun können?«

»Wo sollten wir das FRM festmachen?«

Anthon dachte darüber nach. »Im Trichter? Nein, der könnte plötzlich Dampf ausspucken –« Er lächelte plötzlich. »Ihr seid auf jeden Fall mehr als wir. Gut, suchen wir uns einen Baum.«

Vor ihnen lag eine Ansammlung von kleinen Bäumen, die dreißig bis fünfzig Kilometer lang waren. Ohne zu fragen, wählte der Student den größten. Er benutzte die Heckmotoren und steuerte die westliche Seite des Inneren Busch an.

Es war eine Wildnis. Ein Strom floß den Stamm hinunter direkt in den Baumschlund. Er hielt Ausschau nach den runden Umrissen alter Hütten, aber er fand keine. Im Laubwerk um den Baumschlund herum war nie geschnitten worden; es gab keine Pfade für Beerdigungszeremonien oder für den Transport von Unrat. Keine irdische Vegetation war zu sehen, nicht einmal als Kraut.

Es war entmutigend. »Es scheint, daß wir hier die ersten sind«, erklärte er gezwungen fröhlich. »Lawri, hast du schon überlegt, wie wir dies Ding landen sollen?«

»Du hast das Steuer.«

Er dachte über die Einzelheiten nach. »Ich fürchte, wir müssen in der Mitte festmachen und nach unten gehen.«

»Klettern?«

»Das haben wir schon mal getan. Clave könnte die meisten von uns nach unten führen, während beispielsweise Gavving und ich noch warten. Wir hätten das FRM für eventuelle Rettungsoperationen zur Verfügung. Wenn die übrigen unten angekommen sind, klettern auch wir nach unten. Auf das Klettern verstehen wir uns . . .«

»Moment«, sagte Clave. »Das dauert *viel zu lange.* Student, Schluß mit dem Unfug. Du landest einfach im Baumschlund.«

»Und wenn er in Brand gerät?«

»Dann versuchen wir es mit einem anderen Baum.«

Lawri war bei dem Vorschlag, im Baumschlund des London-Baums zu landen, fast verrückt geworden. Aber jetzt rieb sie sich nur die Augen. Müde . . .

Sie waren alle müde. Sie hatten genug Seltsames und Schockierendes erlebt. Clave hatte recht, eine weitere Verzögerung würde nur unnötige Qualen mit sich bringen, und es gab Bäume genug.

In dieser Wildnis gab es keinen Landeplatz. Er sah nur grün. Hier gab es keine Dürre.

Würde es wirklich brennen?

Alles riskieren.

Er schwebte über dem Baumschlund ein und setzte das FRM hart in das Laub. Noch immer vom Aufprall durchgerüttelt, zwängten sie sich durch die Türen und schlugen mit ihren Ponchos das Feuer aus.

Dann hatten sie endlich Zeit, sich umzusehen.

Keuchend und grinsend stand Minya da, das schwarze Haar naß und wirr. Den geschwärzten Poncho hielt sie locker in der Hand. Sie nahm seine Hand und rief: »Copter-Pflanzen!«

Gavving lachte. »Ich wußte gar nicht, daß du Copter-Pflanzen magst.«

»Ich auch nicht. Aber im London-Baum haben sie die Copter-Pflanzen und die Blumen und alles, was sie nicht gebrauchen konnten, gejätet.« Sie berührte eine, zwei, drei reife Pflanzen, und die Samenschoten schossen in die Luft. Plötzlich schauten sie sich aus nächster Nähe in die Augen. »Wir haben es geschafft. Genau wie geplant. Wir haben einen unbewohnten Baum gefunden, und er gehört uns.«

»Wir sind sechs. Sechs aus dem Quinn-Busch . . . es tut mir leid.«

»Wir sind zwölf, und wir werden bald mehr sein.«

Sie hatte das Feuer mit einer geradezu wütenden Eleganz bekämpft und sich nicht von ihrem etwas voller gewordenen Hüften beeinträchtigen lassen. *Meins,* dachte Gavving. *Ob es nun wie ich aussieht oder wie irgendein Copsik-Jäger . . . oder wie Harp oder Merril! Meins – unseres.* Er würde es ihr sagen, wenn sie dazu in der richtigen Stimmung waren. Aber es war eine zu ernste Sache, als daß man sie jetzt hätte abhandeln können. »Okay, alles was du siehst, gehört uns. Wie sollen wir es nennen?«

»Was mir am besten gefällt . . . ich kann Bürger sagen und damit *uns alle* meinen. Ich bin kein Copsik und Triun. Bürger-Baum?«

Das Laub schmeckte, wie das im Quinn-Busch vor der Dürre geschmeckt hatte, als Gavving noch ein Kind war. Er lag auf dem Rücken in dem jungfräulichen Laub und zerkaute nachdenlich einige Blätter.

Er merkte, daß Lawri ihn aus dem gesprenkelten Schatten heraus beobachtete. Sie wirkte kühl, aber immer noch nervös. Jetzt fuhr sie zurück, als hätte jemand sie geschlagen. »Kannst

du denn nicht entspannen?« fauchte er. »Iß doch etwas Laub.«
»Hab ich schon. Es schmeckt.« Sie sagte es ohne jede Betonung.

Es irritierte ihn. »Oaky, worüber machst du dir noch Sorgen? Niemand nennt dich eine Copsik-Jägerin. Du hast uns das Leben gerettet, und jeder weiß das. Du bist sauber, hast gegessen, bist in Sicherheit, und alle bewundern dich. Nun kannst du dich langsam beruhigen. Es ist vorbei.«

Aber sie sah ihn nicht an. »Jeffer, wie klingt folgendes? Im Umkreis von mindestens zehntausend Kilometern gibt es nur zwei Bürger des London-Baums. Scheint es nicht vernünftig, daß wir . . . am besten miteinander auskommen?«

Jeffer setzte sich auf seinen Hintern. Warum fragte sie ihn das? »Da hast du wahrscheinlich recht.«

»Nun, Mark glaubt es auch.«

»Okay.«

»Er brauchte es nicht auszusprechen. Wir haben uns über den Bau von Hütten unterhalten, weiter nichts, aber er sieht mich an, als *wüßte* er es. Als sei er nur zu höflich, das Thema schon jetzt anzuschneiden. Aber wohin könnte ich gehen? Wer ist denn sonst noch hier? Jeffer, du darfst nicht zulassen, daß ich einen Zwerg heirate!«

»Äh . . . hmmm.«

Sie drehte sich abrupt zu ihm und sah ihm ins Gesicht. Er hob die Hand, damit sie nicht weitersprach. »Grundsätzlich sollten zwei Wissenschaftler gute Partner abgeben. Ergibt *das* einen Sinn? Aber du hast gesehen, wie ich Klance getötet habe. Ich tat es ohne Vorwarnung. Ich habe nicht über Copsiks und Freiheit, Krieg und Gerechtigkeit geredet. Ich habe ihn einfach umgebracht, sobald ich eine Gelegenheit dazu hatte. Ich hätte auch dich getötet, wenn es nötig gewesen wäre.«

Sie nickte nicht, und sie sagte auch nichts.

»Du könntest mir im Schlaf eine Harpune in den Bauch stoßen. Also dräng mich nicht. Ich muß nachdenken.«

Sie wartete, und er dachte nach. Jetzt wußte er, warum ihn ihre traurige Stimmung und ihre Nervosität so irritierten. Er war schuldig geworden, und sie hatte es miterlebt. Nicht ganz das, was einem an einer Partnerin Freude macht!

Wollte er eine Frau? Das hatte er eigentlich immer gedacht, und in diesem namenlosen Busch gab es sieben Frauen und fünf Männer . . . bei einer so kleinen Bevölkerung hatte ein unverheirateter Mann keine Chance, etwas anzufangen, wenn er nicht ernste Absichten hatte, aber er müßte sich seine Frau doch aussuchen dürfen. Wen also?

Gavving und Minya waren verheiratet. Clave, Jayan und Jinny waren eine Einheit, und den Zwillingen schien das zu gefallen. Anthon, Debby und Ilsa mochten ihre Partner in den Carther-Staaten zurückgelassen haben. Vielleicht aber hielten auch sie nach einem Partner Ausschau. Und selbst wenn Debby oder Ilsa zur Verfügung gestanden hätten . . . ein kleiner Flirt hätte vielleicht Spaß gemacht, aber sie sahen so seltsam aus. Wer blieb also übrig? Lawri.

»Lawri«, sagte er und war fast überzeugt, daß sie es ihm nicht übelnehmen würde, »vergibst du mir, daß ich Klance ermordet habe?«

»Ich stelle fest, daß du ermordet sagst. Nicht getötet.«

»Ich kann nicht behaupten, daß zu dem Zeitpunkt Krieg war. Ich weiß, was er dir bedeutet hat, Lawri, ich muß darauf *bestehen.«*

Sie drehte ihm den Rücken zu und weinte. Er drehte ihr nicht den Rücken zu. Er hatte sie praktisch eingeladen zu versuchen, ihn zu töten. *Jetzt oder nie, Lawri! Auch du kannst rechnen. Da gibt es nur mich und Mark und sonst niemanden. Es könnte ihm einen weiteren Grund geben, mich zu töten. Will ich das riskieren?*

Sie wandte sich ihm wieder zu. »Ich vergebe dir, daß du Klance ermordet hast.«

»Dann laß uns zum FRM gehen und eine Ehe registrieren. Die Zeugen finden wir unterwegs.«

Clave sah in den Baumschlund hinab. »Ich sehe dort unten Steine. Wir werden einige für ein Feuer sammeln müssen, damit wir Gavvings Wasservögel kochen können. Reißt etwas Laub ab, damit wir Platz haben. Wo wollen wir den Versammlungsplatz anlegen?«

Nicht viele seiner Bürger waren in Hörweite, und keiner hörte ihm zu.

Er hob die Stimme. »Baumfutter! Wir müssen uns endlich organisieren. Ein Wasserreservoir, Tunnel, Hütten, Ställe. Vielleicht finden wir Truthähne. Irgend etwas finden wir *bestimmt.* Vielleicht Dumbos. Uns fehlt doch alles. Früher oder später werden wir Aufzüge zur Mitte bauen, damit wir das FRM dort stationieren können. Aber fürs erste . . .«

Anthon lag flach auf dem Rücken im Laub, eine sehr lange Frau in jedem Arm. »Clave!« schrie er. »Damit kannst du den Baum füttern.«

Clave grinste Anthon an. Er schien die Meinung der Mehrheit zu vertreten. »Macht es euch bequem, Bürger. Wir sind zu Hause.«

Zum Guten oder zum Schlechten – sie lebten und waren in Sicherheit, zwei Drittel der Strecke zwischen Goldblatts Welt und der Ansammlung von Massen und Lebensformen um den L4-Punkt; und sie würden sich an Kendy erinnern.

Er hatte ihnen einen Schatz an Wissen versprochen. Schade, daß er ihnen nicht einen besseren Vorgeschmack gegeben hatte, aber sie mußten beim Wiedereintritt genau das erlebt haben, was er ihnen vorausgesagt hatte, immer vorausgesetzt, sie hatten überlebt. Die Götter von Wilden *waren* allwissend, nicht wahr? Oder waren sie leichtgläubig und leicht zu manipulieren? Diese Daten waren in Kendys Gedächtnis nicht mehr enthalten.

Wie dem auch sei: die Legende würde sich verbreiten.

Ich kann ihnen zeigen, wie Sie Ihre kleinen Stämme zu einem einzigen großen Staat zusammenschließen können.

Er hatte das Programm des FRM geändert. Das FRM würde ihr Verhalten überwachen und alles aufzeichnen. Bevor die Kinder des Staates wieder zu Kendy kamen, würde er sie kennen . . .

Er würde eine winzige Enklave in dieser ungeheuren Wolke kennen.

Der Rauchring war groß, genug für eine endlose Mannigfaltigkeit. 10^{14} Kubikkilometer atembarer Atmosphäre waren etwa das Dreißigfache des Volumens der Erde! Kendy wünschte, er hätte tausend FRMs, zehntausend. *Was machten sie da drinnen?*

Es war gleichgültig. Irgendwann würde ein Mann auftauchen, der begierig darauf war, ein Reich zu gründen, entschlossen genug, das FRM zu kapern, und verrückt genug, sein Leben dem uralten lecken Fahrzeug anzuvertrauen. Kendy würde wissen, wie er ihn benutzen konnte. Solche Männer hatten geholfen, den Staat auf der Erde zu gestalten. Sie würden es auch in dieser seltsamen Umgebung wieder tun.

Kendy wartete.

Ende

Glossarium

ALTMÄNNERHAAR – Ein parasitärer Pilz auf den Integralbäumen.

AST – Einer an jedem Ende eines Integralbaums. Die Äste biegen sich in Windrichtung.

BAUMFUTTER – Als Fluch gebraucht. Baumfutter ist alles, womit man den Baum füttern kann: Exkremente, Unrat oder eine Leiche.

»DEN BAUM FÜTTERN« – Den Darm entleeren, Unrat beseitigen oder sterben.

BAUMWOLLZUCKERDSCHUNGEL oder DSCHUNGEL – Eine Beschreibung für jede größere Ansammlung von Pflanzen. Viele Pflanzen und Ansammlungen von Pflanzen sehen wie flauschiger grüner Baumwollzucker aus. Manche sind eßbar.

BLAUER GEIST und GEISTERKIND – auroraähnliche helle Flecken, die durch Magnetismus an den Polen des Sterns Levoy entstehen. Selten sichtbar.

BUSCHBEEREN – Früchte, die im Busch eines Integralbaums wachsen. Sie wachsen und reifen nur in dem Busch, der der Mitte des Rauchrings am nächsten liegt.

COPSIK – Sklave. Auch als Beschimpfung gebraucht.

COPSIK-Jäger – Sklavenjäger oder Herr eines Sklaven.

DUMBO – Ein Raubtier, das auf den Integralbäumen lebt.

FÄCHERPILZ – Ein Parasit auf den Integralbäumen. Teile davon sind eßbar.

FLITZER – Insektenfressende Vögel.

FRM – Fracht- und Reparatur-Modul. Das Raumschiff *Discipline* führte ursprünglich zehn solcher Fahrzeuge mit sich.

GEISTERKIND – Siehe BLAUER GEIST.

GASSCHOTE – Einige Pflanzen haben Samenschoten, mit deren Hilfe man sich im Raum bewegen kann: Sie stoßen Gase aus (Fäulnisgase oder Sauerstoff). Diese Pflanzen bevorzugen den äußeren Rand des Rauchrings. Andere Pflanzen stoßen Samen aus, wenn sie reifen oder wenn sie zu weit aus dem Rauchring herausgeraten. Sie reagieren auf Reize.

GOLD – Siehe GOLDBLATTS WELT. Zweite Bedeutung: etwas, das man meiden muß.

GOLDBLATTS WELT – Ein Gasriese, den Levoys Stern an sich zog, als er sich zu einer Supernova und einem Neutronenstern entwickelt hatte. Benannt nach Sam Goldblatt, dem Astrophysiker der *Discipline.*

HÜTTEN – Jede Art von Behausung. Auf den Integralbäumen werden die Hütten aus lebenden Zweigen geflochten.

INTEGRALBAUM – Eine schwierige Pflanze.

JAHR – Ein halber Umlauf der Sonne um Levoys Stern, entspricht 1,385 Erdenjahren.

KLUMPEN – Die L4- und L5-Punkte in Goldblatts Welt. Sie haben die Eigenschaft, Gesteinstrümmer an sich zu ziehen.

LEVOYS STERN – Ein Neutronenstern im Zentrum des Rauchringsystems. Benannt nach seiner Entdeckerin Sharon Levoy, Astrogator an Bord der *Discipline.*

PRIKAZYVAT – Ursprünglich russisch für »Befehl«. Hier zur Aktivierung von Computer-Programmen benutzt.

QUINN-BUSCH – Der innere Busch (oder der Levoys Stern am nächsten liegende Punkt) des Dalton-Quinn-Baums.

RÜSSELTIER – Siehe Dumbo.

SONNE – Ein Stern, der den Neutronenstern in $2{,}5 \times 10^8$ Kilometern Entfernung umläuft und die Sonneneinstrahlung bewirkt, auf die die Wasser-Sauerstoff-DNA-Ökologie des Rauchrings angwiesen ist.

TAG – Ein Umlauf um Levoys Stern, den Neutronenstern (entspricht im Dalton-Quinn-Baum einem Zeitraum von zwei Stunden).

TEICH – Jede große Wasserkugel.

VOY – Siehe LEVOYS STERN.

DER WISSENSCHAFTLER – Der Hüter des Wissens im Quinn-Busch. Diese Bezeichnung wird auch von anderen Stämmen verwendet.

ZWEIGE – Wachsen an den Ästen und bringen Laub hervor.

Hinweise

AUSSEN – Levoys Stern abgewandt.
INNEN – Levoys Stern zugewandt.
OSTEN – In der Umlaufrichtung des Gas-Torus.
WESTEN – Gegen die Umlaufrichtung des Gas-Torus. Wie sich die Sonne bewegt.
LUV – Gegen den Wind.
LEE – Die Richtung, in die der Wind weht.
BACKBORD – Links, wenn man den Kof nach außen wendet und in westliche Richtung schaut, oder wenn man den Kopf nach innen wendet und in östliche Richtung schaut, und so weiter. In Richtung auf das Geisterkind.
STEUERBORD – Die entgegengesetzte Richtung. Zum Blauen Geist hin.
UNTEN und OBEN – Diese Begriffe werden gewöhnlich verwendet, wenn Gezeiten oder Schub im Spiel sind. Die allgemeine Regel, die allen Stämmen bekannt ist, lautet: »Der Osten bringt dich nach außen. Außen bringt dich nach Westen. Der Westen bringt dich nach innen. Innen bringt dich nach Osten. Backbord und Steuerbord bringen dich zurück.« Selbst die Stämme, die nicht innerhalb des Rauchrings manövrieren können, kennen diese Regel.

SCIENCE
FICTION

Band 24 070

Das große
Robert Sheckley-Buch
Originalausgabe

33 x Robert Sheckley zum Kennenlernen oder zum Wiederentdecken.
Längst ist Robert Sheckley auch außerhalb der Science Fiction-Leserschaft als Meister der utopischen Satire berühmt. Der amerikanische Weltenbummler versteht es mit beißender Ironie, den Menschen in einer aus den Fugen geratenen Umwelt zu zeigen: in Vergangenheit, Gegenwart oder Zukunft.
Dieser Band vereinigt eine Auswahl der besten Geschichten – darunter sein berühmtes »Millionenspiel« und der Kurzroman »Planet der Verbrecher«.

BASTEI
LÜBBE

Sie erhalten diesen Band im Buchhandel, bei Ihrem Zeitschriftenhändler sowie im Bahnhofsbuchhandel.

SCIENCE FICTION

Band 24 068
Isaac Asimov (Hg.)
mit Charles G. Waugh
und Martin Gremberg
Faszination der SF
Deutsche Erstveröffentlichung

Isaac Asimov, einer der »Väter der Science Fiction« und ihr kompetentester Kenner und »Macher«, legt mit dieser Anthologie eine Liebeserklärung an die SF vor. Story für Story weist er nach, daß die Science Fiction eine ganz besondere Faszination ausübt, der man sich nur schwer entziehen kann. Die Geschichten dieser Sammlung sind besonders reizvolle Abenteuer des so aufregend vielschichtigen Themas Science Fiction.

BASTEI LÜBBE

Sie erhalten diesen Band im Buchhandel, bei Ihrem Zeitschriftenhändler sowie im Bahnhofsbuchhandel.